『사서 일기』를 먼저 읽은 전국 사서들의 한마디

겉보기에는 고요하지만 자세히 들여다보면 아주 소란스러운 마법 같은 공간, 도서관. 도서관에 대한 애정 가득한 사서가 들려주는 극사실주의 도서관 이야기. ※주의: 사서 업무를 경험한 사람은 PTSD가 올 수도 있음! ────── **최수경 ＊ 고려대학교 CCL**

어느 날 집 뒤로 나 있는 작은 산책로에 꽤 근사한 화단이 꾸며져 있었다는 사실을 알게 되었을 때처럼, 당신이 동네의 도서관에서 우리가 심어놓은 꽃들을 기쁜 마음으로 발견해주길 바란다. 사서들은 이용자의 마음을 화사하게 만들어줄 정원을 매일, 매월, 매년, 매 계절 이곳에서 열심히 꾸미고 있다. ────── **황가원 ＊ 진주시립도서관**

누가 내 일기를 여기에 써났나 했습니다. "도서관에서 일하면 앉아서 책 보면서 업무하고 너무 좋겠다!" 이 일을 시작하면서 이 말을 가장 많이 들었지만, 사서는 생각보다 더 많은 일들을 해내면서 오늘도 고군분투하고 있다는 사실을 알아주셨으면 좋겠습니다. (믿기 어려우시겠지만…… 이 책에 소개된 일들을 실제로 현장에서 많이 겪는다는 점…… 속닥속닥) 그리고, 생각보다 가까운 곳에서 도서관이 당신을 기다리고 있다는 것도 잊지 마세요!! ────── **오늘도 정시 퇴근을 간절히 바라는 토끼 ＊ 강남구립도서관**

진정 스코틀랜드의 도서관 이야기가 맞을까요? 어머! 웬일이냐! 헐~ 추임새가 끊임없이 나오는데, 소리 죽여 웃느라 고생했습니다. 저를 비롯한 한국의 많은 사서가 경험하고 생각하는 바로 그 이야기들이라 혼자서 읽기가 너무 아쉬울 정도였습니다. 아기 때부터 책을 가까이 하게 하자는 취지의 북스타트 운동이 스코틀랜드에서는 북버그로 불리는 이 친근함. '도서관을 살리고 죽이고는 데스크 직원에게 달렸다.' 책 속 이 문장에 정말 공감하며, 대규모 프로젝트를 멋지게 기획하고 성공시킨 로스크리도서관 직원들에게 존경의 박수를 보냅니다. 이 책은 공감 300%가 아닙니다. 1000% 대공감!
────── **2인 체제로 근무하는 사서 후리지아 ＊ 한우리도서관**

정말 좋은 책을 읽었습니다. 뒷이야기가 궁금해 마음을 재촉하게 되고 가슴속에서 뜨거운 무엇이 꿈틀대더군요. 익숙한 하루하루에 지쳐가던 요즘, 초심으로 돌아가 우리 아이들을 위한 도서관을 만들고 싶다는 욕구가 강하게 들었습니다. 모든 것에 무뎌진 18년 차 사서교사를 '도서관'이라는 세 글자로 다시 설레게 하고, 마음을 움직이는 책이었습니다. ────── **정현이 ＊ 부산 분포초등학교 도서관**

책의 힘, 특히 『사서 일기』에 담긴 글의 힘은 위대하다. 지구 반대편에서 고군분투하는 어느 사서에게조차 진한 공감을 이끌어내니까. 도서관에서 마주하는 어려움과 한계, 크고 작은 기쁨과 슬픔이 이 네모난 책 안에 다양한 모양으로 담겨 있다. 책을 읽다보면 어느새 사서 앨리를 따라다니며 제빵대회에서 쓸 케이크를 나르거나 아이들이 서가 곳곳에 남긴 흔적들을 지우려 애쓰는 나를 발견하게 된다. 도서관이라는 공간이 어떻게 기능해야 하는지 생생하게 보여주는 이 책에 사서뿐만 아니라 도서관을 찾는 누구든 공감할 거라 확신한다. ——————— **양지윤 * 사동초등학교 지혜의 집 도서관**

도서관이 가진 마법 같은 가치를 다시 일깨우는 책. 그리고 낭만을 넘어 현실의 사서가 마주하는 상황이 얼마나 다채로운지 알려주는 책이다. 도서관과 함께 성장하고 도서관에서 치유되는 주인공을 지켜보면 이 책이 부디 해피엔딩으로 끝나길 바라게 된다. 이야기를 따라가며 자연스럽게 도서관이 우리에게 어떤 의미인지, 그리고 어떤 태도로 살아가야 할지 고민하게 되었다. 사서를 꿈꾸는 책벌레들과 도서관을 사랑하는 모든 사람에게 추천한다. ——————— **버들연 * 성남시 구미도서관**

도서관은 한 사람이 모든 생애주기에서 만나는 공간이다. 엄마 뱃속에 있을 때부터 시작해 글자는 못 읽어도 그림으로 책을 이해하는 시기를 지나, 학교 과제를 위해 찾아와 책을 읽다가 성인이 되어 자기계발을 하러 온다. 개개인이 스마트폰으로 모든 걸 할 수 있는 시대가 왔다고는 하지만, 여전히 우리는 도움이 필요하며 한데 모이길 바란다. 그 중심에 괜찮은 도서관과 사서가 있기를 기대해본다. ——————— **한아름 * 인천 해돋이도서관**

도서관은 사서에게도 영혼의 치유소로 기능한다는 것을 다시 한번 확인했다. 도서관과 책을 사랑하는 모두에게 이 책을 추천한다. ——————— **최시내 * 경북대학교 도서관**

정의의 사서 앨리의 도서관 구출기는 결국 앨리 자신을 구하기 위한 분투의 서사이자, 세상 모든 사서들에게 건네는 마법 같은 위로이다. 어느 도서관 서가에서 이 책을 발견한다면 당신이 모르는 전투를 치르고 있을 책장 너머 사서에게 부디 따스한 응원을 부탁드린다. ——————— **정윤정 * 성동구립성수도서관**

누구나 찾아올 수 있고, 누구에게나 평등하고, 누구에게도 불편함을 주지 않으면서 모두의 요구를 수용할 수 있는 도서관. 그런 공간을 만들기 위해 오늘도 사서들은 묘수를 강구해내며 노력하고 있다. 도서관은 공간과 장서 이전에 사람이 있어야 한다는 것, 사람이 만들어가는 공간이라는 것을 보여주는 책. ——————— **방신영 * 전주시립도서관 꽃심**

사서 일기

The Librarian

사서 일기

앨리 모건 지음

엄일녀 옮김

문학동네

엄마, 아빠, 헤어리, 나의 털북숭이 고양잇과 감독님들

그리고 처음부터 함께해준 트위터 친구들에게.

이 책을 여러분께 바칩니다.

차례

별종 마법

내가 도서관 면접을 본 날은, 죽지 말아야겠다고 결심한 날이었다. 조만간은 죽지 말아야겠다고. 가급적.

다음날, 면접 결과가 좋지 않아 채용이 어렵겠다는 연락이 왔을 때 나는 다시 마음을 바꿨다.

근 한 달 동안 벌써 몇 번 마음을 바꿨는지 셀 수 없을 지경이지만 이번엔 확고하다는 느낌이 들었다, 마치 한 편의 계획처럼. 나는 늘 잘 짜인 계획을 좋아했다. 적어도 지난 열두 시간 동안 그 문제에 대한 내 마음이 바뀌지 않았다는 사실 또한 불변성의 감각을 더했다. 완전성. 궁극성.

내가 죽고 싶어 했다는 얘기가 아니다. 사실 나는 죽는다는 생각이 정말 마음에 들지 않았다. 다만 내게는 죽어야 할 도의적 의무가 있었다— 이것이 내 생각엔 논리적으로 완벽히 합당했다. 그냥 도망칠까, 점점 줄어들어 얼마 남지도 않은 인간관계와 속박에서 어떻게든 벗어나볼까 심각하게 고민한 적도 있었다. 모든 관계를 완벽히 끊을 수 있다면 그렇게 했을 것이다. 프랑스로 갔을지도. 프랑스 좋아 보였는데.

문제는 상황이 그렇게 단순하지 않았다는 거다. 내가 훌쩍 떠나면 걱정할 사람들이 있었다. 그리고 일단 무슨 수로 도망간단 말인가? 난 운전도 할 줄 몰랐다. 대중교통을 이용해야 할 텐데 그랬다간 금방 행적이 들통날 것이다, 내가 어떤 지불방법을 쓰든 쉽게 추적될 테니까. 그리고 솔직히 내 통장 잔고는 예전 같지 않았다. 게다가 내가 다음번 지역사회 정신보건센터 면담에 가지 않으면 이것저것 캐묻는 사람이 있을 테고, 그게 아니라도 최소한 국민의료보험NHS의 귀중한 재정을 낭비하고 있다는 경고장이 또 날아들겠지.

아니 정말이지 그 문제에 이르러서는 달리 선택의 여지가 없었다. 나는 죽을 것이고, 몇 사람 정도는 슬퍼하겠지만— 남편, 부모님, 남동생, 어쩌면 먼 친척 몇 명정도는— 세상은 나 없이도 별일 없이 계속될 것이다. '계속된다'는 게 핵심이었다.

내 머릿속에 꼬마 악마 한 쌍이 살고 있다는 사실은 잘 알고 있었다. 실은 나 자신이 세번째 악마, 즉 좀더 덩치가 큰 악마가 아닐까 꾸준히 생각했더랬다. 요컨대 대형 악마랄까. 그 중 첫번째 꼬마 악마와는 거의 한평생을 알고 지냈다. 놈의 이름은 '우울'이다. 두번째 놈은 좀더 간교하고 모습을 잘 드러내지 않는다. 최근에야 나는 놈의 이름이 '트라우마'라는 것을 알았고, 내가—그리고 아마 내 두뇌가—대략 열두 살이었을 때 놈이 내 두뇌에 무임승차했다는 사실도 알아냈다.

나는 여전히 나 자신의 내면의 목소리와 저 꼬마 악마들을 구분하는 데 어려움을 겪고 있었고, 저 2인조가 나의 최신판 계획에 불을 지르고 기름을 부은 바로 그놈들이었음은 나중에 밝혀지게 된다. 난 항상 내가 논리적이고 시니컬하고 지적인 사람이라고 자부했고, 이건 놈들도 잘 알고 있었다. 왜냐하면 당시 놈들은 나 자신보다 더 나를 잘 알았으니까.

궁극적으로 꼬마 악마들이 '상기'시킨 것이 있는데, 세상 모든 사람들은 타인의 삶을 더 좋게 만들거나 더 나쁘게 만들거나 둘 중 하나이고 안타깝게도 나는 후자에 속한다는 사실이었다. 그저 서글픈 팩트였다. 거기에 대고 화를 내봤자 의미없는 짓이었다.

가령 불쌍한 우리 남편만 해도 그렇다. 내가 너무 아파서 ("게을러서 아냐?" 꼬마 악마들은 종종 내 머릿속에서 이런 식으로 떠들어댔다) 일을 못하게 됐으니 나를 재정적으로 또 정서적으로 떠받쳐야만 했다. 우리 부모님, 나를 키우고 대학에 보내느라 아등바등 일하셨던 부모님도 성적불량 퇴학생에다 실업자에다 정신적으로 불안정한 폐물이 되어버린 내게 엄청 실망하셨을 거다. 물론 그분들이 그런 말을 입 밖에 낸 적은 단 한 번도 없지만 논리적으로 척 보면 딱이지 않나?

그러므로 내가 도의적으로 마땅히 해야 할 일은, 아니 짊어진 의무는, 그들의 삶에서 나를 제거함으로써 나라는 못난 존재를 떠안아야 하는 부담에서 그들을 해방시켜주는 것이었다.

그리하여 이른바 '행동 계획'으로 명명한 제2단계에 돌입하려는 찰나, 전화기가 또 울렸다.

도서관이었다.

흠, 뭐가 됐든 더 나빠질 일은 없지 않을까? 내가 뭘 두고 왔나, 아니면 내게 주려던 게 아닌 서류를 우연히 슬쩍 갖고 왔나. 이것참 남사스럽군.

"여보세요? 앨리 씨 맞나요?"

나는 그렇다고 대답하며 고개를 끄덕였다. 나는 지금도 전화통화하면서 동의를 표할 때 고개를 끄덕인다.

"……여차저차 상황이 달라져서, 하여간 저희 도서관에서 일해주셨으면 하는데요."

"뭐라고요? 아니 그러니까, 죄송합니다. 대답이 이상했네요. 다시 한번 말씀해주실 수 있나요?"

"물론이죠. 저희 도서관에서 앨리 씨를 채용하고 싶다고요.

다음주부터 나와줄 수 있습니까?"

그 순간 나는 결정했다, 제2단계는 좀 미뤄도 되겠다고. 운명의 장난인지 몰라도 오늘 실제로 뭔가를 이루긴 이뤘으니까. 다음 단계로 진입하기 전에, 적어도 다음번 실패(모르지, 내가 도서관을 잿더미로 만들 수도 있고 복사기에 넥타이가 걸려 목 졸려 죽을 수도 있으니까)까지는 기다려보자고.

"아. 네. 네, 그럼요."

*

만약 당신이 사서가 되고 싶어 이 책을 집어들었다면, 미안하지만 도서관에 취직하는 '왕도'는 없다. 우린 모두 저마다 다른 방향에서 이 업계에 들어왔고, 대체로 많은 부분이 운에 좌우된다.

하지만 의외로 운이란 것은 당신이 생각하는 것보다 믿을 만하다. 운은 특정 종류의 사람이 사서가 되도록 이끄는데, 지금 이 책을 읽고 있다는 사실만으로 당신은 그런 종류의 사람이 될 가능성이 높아진다.

도서관에서 일하기 위해 미칠 필요는 없지만, 당신이 하는 일에 약간 미쳐야 할 필요는 있다. 책에 약간 미치는 것 또한 도움이 된다.

＊

나는 복 받은 어린이였다. 우리 마을 중심가에 위치한 거대한(그리고 그때는 끝이 없어 보였던) 지역 도서관을 어린 시절 거의 내내 이용할 수 있었다. 나의 가장 소중한 추억 중 몇 가지는 도서관의 높이 솟은 서가 사이에서 피어났다.

내가 어릴 때 다니던 도서관이 요즘은 '클러스터 허브'라나 뭐라나 딱딱하고 기업 같은 명칭으로 불리지만, 어린 시절의 나는 단순히 '큰 도서관'이라고만 알고 있었다. 굳이 말로 표현하진 않았어도 항상 굳게 믿었던 것은 큰 도서관이 마법이라는 사실이었다. 디즈니 만화영화에서 묘사되는 환상적인 요술 같은 게 아니라 옛날식 마법 말이다. 그림 형제의 동화집 또는 세계 곳곳의 콘크리트 놀이터에서 숨죽인 목소리로 주고받는 전설과 괴담에 어울릴 법한 바로 그 고풍스러운 마법.

큰 도서관은 경계 공간이었다. 세속적 현실(교복과 시간표와 체육복과 도시락통이 뒤섞인)과 미지의 거친 세계 사이에 위치한 장소랄까. 두꺼운 책 한 권 한 권마다 제각기 하나의 우주가 담겨 있는 곳이었다. 조용한 구석자리를 찾아내기만 하면(다행스럽게도 그런 곳은 아주 많았다) 해적도 마법사도 용을 길들이는 자도 뱀파이어도 될 수 있었고, 좀더 지나서는 강력반 형사, 도시의 생리를 훤히 꿴 법정심리학자 또는 대륙을 넘나드는 전 지구적 음모에 우연히 휘말린 주인공이 되기도 했다.

또한 도서관은 미로였다. 겹겹의 서가들이 나 같은 책벌레 어린이의 손길이 닿지 않는 저멀리까지 펼쳐져 있었다. 일단 어린이 서가를 졸업하고 나자, 온 건물이 나를 손짓해 불렀다.

이제부터 일반 서가의 책을 가져가서 봐도 된다는 말을 처음 들었던 그날이 지금도 기억난다. 책장 사이 통로가 무한대로 뻗어나간 듯 보였다. 그 어마어마한 선택지란! 책들과 책들과 책들…… 그리고 그 모든 것들 한가운데, 사서가 있었다!

장서 정보가 전산화된 시절이긴 했지만 아직 어설프고 오류도 많았다. 그러나 사서들은 저 구불구불한 서가 사이를 아주 쉽사리 넘나다니는 것 같았다. 사서들에겐 각 주제에 관한 그들만의 언어가 있었고, 언뜻 내겐 아무 의미 없는 임의의 숫자로 보여도 사서의 손가락이 닿으면 어떤 주제에 관한 책이든 소환되는 것이었다. 501: 철학. 538: 자기학磁氣學. 720: 건축.

구글 이전 시대에는 저 마법사들이 우리의 검색엔진이었다. 사서는 지식의 수호자였고, 그리고 무엇보다, 누가 물어보면 기꺼이 자신의 재능을 나누어주었다, 그것도 공짜로!

세상에는 우주비행사가 되고 싶어하는 아이들이 있다. 나는 사서가 되고 싶었다.

감청색 벽지가 니코틴에 찌들어 거의 녹색으로 얼룩져 있었다. 앨리는 벽지 무늬를 유심히 살폈다. 퀴퀴한 연기가 콧속을 그슬고 머리카락과 옷에 달라붙었다.

토할 것만 같았다. 목구멍에 박힌 무언가가 심장박동에 맞춰 울컥울컥했다. 담즙의 쓴맛과 피비린내가 났다.

창문 너머에서 새가 노래했다. 대륙검은지빠귀다. 주황색 부리를 하늘로 치켜들었다. 새파란 하늘. 온통 파랑이었다.

그림자가 앨리 위로 떨어졌다. 육중한 무게가 가슴팍을 짓눌렀다. 앨리는 덫에 갇혔고, 짜부라졌다. 밭은 숨을 들이쉴 때마다 갈비뼈가 삐걱대며 아우성쳤다. 어디선가 누가 낑낑거리고 있었지만 천둥 같은 포효가 날뛰며 그 소리를 묻어버렸다. 귓가에서 울리는 앨리 자신의 맥박소리가 다른 소리를 모조리 삼켜버렸다. 눈동자가 좌로 우로 획획 날아다니고, 쉬어지지 않는 숨을 찾아 버둥거리는데 역겨운 담배 연기가 콧속을 그슬고……

"앨리." 남자 목소리다. 그 남자가 아니다. 다른 목소리. 안전한 목소리다.

앨리는 진저리를 쳤다. 가슴팍을 짓누르던 무게가 사라지면서 대륙검은지빠귀의 울음과 천둥 같은 포효도 사라졌다.

여자는 그 낑낑거리는 소리가 자신에게서 흘러나오고 있음을 깨달았다. 내게서. 앨리는 나다.

"앨리." 그레이엄이 재차 내 이름을 불렀다. 그의 얼굴이 내 시야로 헤엄쳐 들어왔다. 햇볕에 완벽하게 그을린 피부와 눈이 부실 만큼 새하얀 치아. "앨리, 당신은 안전해요. 여긴 안전해요. 당신은 성인입니다. 오늘은 목요일이에요."

나는 또 진저리를 쳤고, 의자(국민의료보험 표준규격 플라스틱 의자이고, 약간 땀에 젖었다)를 누르는 내 체중이 느껴졌다.

"미안합니다……" 내가 중얼거리자 그레이엄은 고개를 저었다. 그의 치아에서 눈을 뗄 수가 없었다. 어쩜 저렇게 새하얗지? 치과용 베니어란 게 있다고 하던데 그게 저렇게 보이나?

"미안해하지 말아요." 그레이엄이 말했다. "아주 많은 진전이 있었습니다."

"그래요?" 내가 물었다. 목구멍이 깔깔했다.

최대 강도의 플래시백(그레이엄의 표현에 의하면 '재경험의 단계')을 의도한 건 아니었는데, 선을 넘지 않기가 어려웠다. 트라우마는 예측 불가능한 놈인데다 모 아니면 도를 선호하는 경향이 있다. 몽땅 기억해내거나 아무것도 기억하지 못하거나 둘 중 하나다.

몇 년 전까지만 해도 나의 유일한 선택지는 아무것도 기억하지 않는 쪽이었다.

그레이엄은 노트에 뭔가를 적고 있었다. 그가 끄적이는 모습을 빤히 보고 있어도 뭐라고 적는지 전혀 해독할 수 없다. 전형적인 임상심리학자. 여러 해 동안 이런저런 임상심리학자를 만나봤지만 트라우마 장벽을 깨고 새까만 암흑에서 총천연색의 온전한 기억으로 스위치를 넣은 사람은 그레이엄이 처음이었다.

만약 누가 나더러 그레이엄의 나이를 어림해보라고 한다면 솔직히 앞자리 수가 어떻게 되는지도 전혀 모르겠다. 스물아홉인 나보다야 많겠지만, 그레이엄은 몇몇 방송인들과 TV 진행자들이 점유하고 있는 늙지 않는 세계의 일원 같았다. 완벽하게 다듬은 손톱과 맵시 있게 잘 차려입은 옷매무새로 내가 도착하기 전에 자신의 대사를 미리 연습하고 있는 그의 모습을 나는 늘 상상했다. 우리의 상담시간이 시작되면 누가 "촬영 시작합니다, 모두 조용히 해주세요"라고 소리치지 않을까 기대하기도 했다. 세상에서 가장 조용한 방청객들 앞에서 생방송되는, 세상에서 가장 기묘한 시트콤.

내가 현재로 돌아오자 우리는 몇 가지 안정화 기법을 수행했다. 나는 더이상 어릴 적 몸 안에 있지 않았다. 그레이엄의 지시에 따라 천천히 호흡에 집중하고 손가락과 발가락을 구부렸다 폈다 하면서 더이상 내가 옛날의 꼬마가 아님을 스스로에게 상기시켰다. 그레이엄 말로는 내가 플래시백 동안 내내 얘기를 했다는데 내 기억엔 전혀 없었다. 내가 분열되면 가끔 나오는 그 이상한 어린애 목소리, 지금과 전혀 다른 그 작고 이질적인 목소리가 아니었을까.

그냥 모르는 편이 낫겠다.

"그런데," 내가 다음 예약 날짜를 입력하려 휴대폰으로 손을 뻗자 그레이엄이 그예 말을 꺼냈다. "당신이 자살 경향성을 언급했죠."

그것―울컥거리던 덩어리―이 다시 목구멍으로 치밀었다. "어……"

"아직도 그런 상태인가요?"

나는 헛기침을 하며 목청을 가다듬고 고개를 흔들었다. "아뇨, 그다지."

그레이엄이 씨익 웃었고 나는 그의 치아를 다시 빤히 바라보았다. 방금 저거 반짝인 거야? 저런 효과를 내려면 치과에 가서 뭐라고 말하면 되지? 베니어? 레이저? 꼬마 LED 조명?

"잘됐네요." 그가 말했다. "그럼, 새 직장과 첫 출근이 많이 기대되나요?"

나는 어깨를 으쓱했다. "그렇겠죠. 아무래도."

"난 진짜 그게 당신에게 아주 좋은 일이 될 수도 있다고 생각해요, 앨리."

"나도 그랬으면 좋겠어요."

＊

도서관은 지역 커뮤니티센터 안에 위치하고 있었다. 한때는 이 건물 전체가 도서관이었다. 온 사방에 책장이 그득그득했고 위층에는 어린이 도서관과 이런저런 프로그램 및 행사를 위한 널찍하고 아름다운 공간들이 있었다. 내 어릴 적 가장 소중한 추억 속 마법의 무대처럼.

현재 콜뮤어도서관은 말 그대로 이전 모습의 그림자나 다름없다. 석재와 벽돌로 이루어진 건물의 후미진 구석자리로 밀려나, 커뮤니티센터 중앙에서 뒤쪽으로 뻗은 길쭉하고 비좁은 공간에 시들시들한 기생충처럼 달라붙어 있다.

외부로 열리는 하나 남은 창문으로는 빛이 거의 들어오지 않아서, 꺼질 듯 깜박이는 할로겐 천장등이 운영시간 내내 켜져 있지만 전반적인 가시성에는 별 도움이 되지 않고 오히려 그림자가 더욱 깊어지는 효과만 낸다.

커뮤니티센터 나머지 공간은 몇십 년 전에 작은 치료용 수영장을 갖춘 스포츠센터로 개조됐다. 지금은 그 수영장도 사라졌다— 칠팔 년 전에 수영장 지붕이 무너지기도 했고, 그 훨씬 전부터 수영장 물을 비워서 사용할 수 없었다. 나중에 '리노베이션'을 몇 번 했는데도 수영장 물이 마지막으로 넘쳤을 때 건물의 토대까지 푹 젖어서 그때의 축축한 냄새가 지금까지 떠돈다.

현재 도서관 외에 콜뮤어 커뮤니티센터는 주로 대관 장소로 사용된다. 여기 다목적홀을 자선단체나 식이요법 모임, 심지어 강신술을 행하는 지역 교회 종파에서도 빌려 쓴다. 하지만 대체로는 그냥 비어 있다.

첫날 도서관에 도착하니 문이 잠겨 있었다. 나는 커뮤니티센터 로비에서 어슬렁거리며 현대적인 입구와 소리 없이 열리는 매끈한 자동문에 감탄했다. 어디 다목적홀에서 누가 노래를 부르는지 살짝 음정이 안 맞는 노래가 울려퍼지고 있었다. 도서관 데스크에는 사람이 없어 보였지만 안쪽 사무실을 건너다보니 어지러이 흩어진 일상의 흔적이 곧장 눈에 들어왔다. 서류철 밑으로 삐죽 튀어나온 전자담배, 포크가 꽂혀 있는 지저분한 머그잔, 책상 아래에 흠집투성이 여성용 가죽구두 한 켤레.

나는 도서관을 커뮤니티센터의 다른 구역과 구분 짓는 낡은 나무문(군데군데 페인트가 벗겨지고 여기저기 긁혔다)을 다시 쳐다보고 재차 시계를 확인했다.

건물을 증축 리모델링할 때 커뮤니티센터 내부가 되어버린 창문을 없애지 않고 그냥 놔둬서, 원래 거리를 향해 나 있던 이 창문들에는 여전히 쇠창살이 달려 있다. 나는 창살 틈으로 한껏 고개를 들이밀고 눈을 가늘게 뜨고 안쪽의 어둠을 응시했다.

도서관은 완강히 인적 없는 상태를 고수했다.

쇠창살 틈에서 막 고개를 들었을 때, 타일 바닥 위로 찌익찌익 끌리는 신발 고무밑창 소리가 우리의 팀장이자 오늘의 훈련교관인 헤더의 출현을 알렸다. 지각이었다.

헤더의 손에서 열쇠꾸러미가 미끄러져 바닥에 절그럭 떨어졌다. 펑퍼짐한 패딩 레인코트를 입은 헤더는 각종 서류철과 휴대폰을 간신히 한쪽 손에 모아 들고 나머지 손으로 열쇠를 집었고, 허리를 펴고 나서야 앞에 있는 나를 알아차렸다. 목덜미 위로 대충 틀어올린 머리에서 머리카락 몇 가닥이 삐져나와 얼굴 주위로 흘러내려왔다.

"거기 뭐하는 거예요?" 헤더가 딱딱하게 물으며 펜슬로 그린 눈썹을 한데 모아 찌푸렸는데, 그 표정을 나는 곧 아주 잘 알게 된다. "아직 도서관 이용시간 전인데."

"저는 앨리입니다." 나는 대답했다. "오늘이 첫 출근이고요. 지난주 면접 때 뵈었죠."

헤더의 표정이 살짝 풀어졌고, 열쇠를 고리째 도서관 문에 찔러넣는데 구멍을 못 맞추고 계속 헛손질을 하는 바람에 페인트가 또 긁혔다.

나는 조심스럽게 다가가 도와주겠다는 몸짓을 했다. 서류
철 한두 개쯤 들어주면 어떨지 물어보려는 찰나 헤더가 서류
뭉텅이를 통째로 내게 턱 안겼다.

"네. 맞아요. 네. 미안해요. 오늘은 사람이 달라 보이네. 자,
그럼. 우리가 좀 늦었지만 금방 만회해볼까요."

헤더의 말은 숨가쁘게 터져나왔다. 아까부터 뛰어온 게 아
닐까 싶었다. 이용시간 안내판에 의하면 도서관은 십 분 내에
문이 열려야 했다.

둘이 같이 허겁지겁 안으로 들어가느라 내부를 제대로 둘
러볼 시간은 거의 없었다. 육중한 쌍여닫이 나무문에 이어 더
작고 더 현대적인 쌍여닫이문이 나왔다. 문 주변에 온갖 종류
의 빗장과 맹꽁이자물쇠와 스위치가 달려 있었다. 꽤나 복잡
한 과정을 거치는 것이 경비가 삼엄한 교도소에 들어가는 듯
했다.

때는 초가을 아침이었고, 그래서 우리는 컴컴한 어둠 속으
로 들어갔다. 내가 까치발을 들고 살그머니 걷는 사이 헤더는
요리조리 잘도 헤치고 금세 디지털자료실에 진입해 주르르
늘어선 스위치를 타다다닥 때려 전등을 켜면서 걸어가더니
이내 경보기 비밀번호를 두드리기 시작했다.

전등이 깜박거리며 하나둘 불이 들어왔다.

면접 볼 때 한 번 와본 적이 있어서 완전히 낯선 곳은 아니었

다. 데스크가 문을 바라보고 있고, 그게 도서관의 첫머리이며, 그 옆에 디지털자료실이 있는데 플라스틱 파티션과 책장으로 도서관의 다른 구역과 분리되어 있다. 그렇게 책장이 배열된 탓에 결국 아담한 디지털자료실만 그나마 자연광이 들어왔고, 뒤쪽의 가장 어두운 자리에 어린이 서가가 있었다. 전등이 하나씩 웅웅거리며 기어이 생명을 되찾자 도서관의 나머지 구역들도 차례로 내게 모습을 드러냈다.

"맞다…… 열쇠."

헤더는 내내 혼잣말을 하며 돌아다녔다. 내 딴에는 열심히 주워들으려 했는데 조각난 부스러기만 귀에 들어왔다. 헤더는 이 서랍 저 서랍 열어보고, 창고에 물건들을 던져넣고, 그 벙벙한 레인코트의 단추를 푸는 중이었다.

나는 떠안은 서류철을 책상 위 직원용 컴퓨터 옆에 내려놓은 다음 안전거리를 유지한 채 헤더를 따라다녔다. 데스크 공간이 명백히 한 사람씩만 들어갈 수 있게 설계되었기 때문에 따라다니는 게 쉽진 않았다.

헤더가 부랴부랴 개관 준비를 해나가는 동안 나는 청소용품 창고 겸 직원실에 내 소지품을 던져넣고 쌀쌀한 아침 공기를 떨쳐낼 기회를 얻었다. 헤더가 문서 한 장을 내 손에 쥐여주더니 펜을 찾아오라고 채근했다.

"개관 업무지침이에요." 헤더가 설명했다. "따라오면서 완료한 건 체크해요. 좀더 자세히 짚어주고 싶지만 우리가 지금 늦어서."

또 우리랜다.

아주 간단하다고, 헤더는 부리나케 돌아다니며 얘기했다. 문을 열고, 불을 켜고, 경보기 암호를 입력하고(거기 업무지침에 나와 있어요), 다시 문을 잠그고, 블라인드를 올리고, 직원용 컴퓨터의 전원을 넣고, 열람용 컴퓨터의 전원을 넣고─아, 모니터가 먹통이라도 놀라지 말아요, 누가 자꾸 전원을 빼놔서─관리 소프트웨어에 로그인하고, 맹꽁이자물쇠를 다 서랍에 넣고……

그런 고대 유물 같은 자물쇠가 대체 어디서 난 건지 물어보려 했지만 헤더는 전속력으로 개관 업무를 해치우는 중이었다. 리스트를 보며 따라잡으려 최선을 다했지만 이게 나름 관공서 문서라 매 단계마다 전문용어가 너무 많아서 점점 갈피를 잡지 못하고 헤매기 시작했다.

"─아, 그리고 보건과 안전!" 헤더가 뜬금없이 선언했다. "보건과 안전이 언제나 최우선이에요. 조만간 감사가 나올 거예요. 오 이런, 업무처리양식에 확인서명을 받아야…… 하여간. 신경쓰지 말아요. 여기 좀 봐요."

헤더가 허리 높이쯤 되는 벽장 앞에 섰다. 문이라기보다 뚜껑 같은 게 달려 있었다. 헤더는 그 무시무시한 교도관용 열쇠꾸러미에서 열쇠를 하나 찾아 문을 열었다.

"이 안에서는 항상 머리 조심해요. 내가 먼저 들어갈게요. 밀폐공간 적응훈련은 아직 안 받았죠."

밀폐공간 적응훈련이라는 생각만으로 폐소공포증이 찌릿 찌릿 스며들었지만 나는 그냥 고개만 끄덕이고 뒤를 따랐다.

문 안쪽은 건물의 석조 벽면 내부 틈새라고밖에 묘사할 수 없는 공간으로 이어졌다. 안에서 설 수 있는 높이가 나오지 않았다. 헤더가 허리를 숙이고 들어가 틈새 공간 안쪽의 조그만 철제 금고에서 현금을 꺼내는 절차에 착수했다. 나는 틈새 안으로 머리를 집어넣으며 뭔가 작은 것들이 빠르게 지나가는 저 소리는 틀림없이 내 상상의 산물일 뿐이라고 생각하기로 했다.

무슨 이유에선지 "주님의 사랑으로, 몬트레소르!"라는 문장이 머릿속에 떠올랐고, 헤더가 현찰을 꺼내는 동안 그 문장에서 느껴지는 낯익음을 떨쳐내기 위해 안간힘을 썼다.

어쨌든 우리는 개관시간에 이삼 분 정도밖에 늦지 않았다. 헤더가 과장된 몸짓으로 출입문을 다시 열 때 나는 여전히 그 대사를 생각하던 중이었다.

내가 마지막으로 서비스직에 몸담았던 때는 레스토랑에서 일하던 시절이었다. 서빙을 했던 날도 있었고, 주방일을 했던 날도 있었다. 대체로 대학 등록금을 마련하기 위해서였다.

그 시절 귀에 못이 박히게 듣던 얘기가 바로 시간엄수였다. 사람들은 기다리는 것을 좋아하지 않는다. 그게 피자가 됐든 거스름돈이 됐든. 절대 기다리게 해서는 안 된다. 최대한 빨리 테이블을 배정하여 회전시킬 수 있도록 근무시간 내내 고객 이름과 인원수만 파악하던 날도 있었다. 바에서 음료를 받아서 고객 테이블에 전달하기까지 얼마나 걸리는지 실제로 타이머로 시간을 재는 평가단이 오기도 했으니까. 월급 받는 일을 하는 동안 늘 파워워킹하는 습관은 그때 그 업계에 종사할 때 생겼다.

이곳 도서관에는 대기줄이 생기지 않았다. 문이 활짝 열리자 텅 빈 입구가 드러났다.

"자 그럼," 드디어 나를 돌아볼 정도로 속도를 늦춘 헤더가 사무적으로 말했다. "신입교육을 시작하도록 하지요."

「아몬티야도 술통」이었어, 헤더가 데스크 앞에 앉을 때 비로소 생각났다. 승리를 거머쥔 기분이었다. "주님의 사랑으로, 몬트레소르!"* 이 대사가 나왔던 바로 그 소설.

도서관 보조사서 교육은 알고 보니 대부분 리스트 위주로 돌아갔다. 사실, 조직 내 역할 자체가 거의 리스트에 기초한 일이었다.

---

* 에드거 앨런 포의 「아몬티야도 술통」에서 등장인물이 동굴에서 죽음을 맞기 직전 터져나온 말.

아카이빙 관련 일을 했던 적이 있어서, 도서 대출과 반납에 사용되는 소프트웨어는 비교적 낯익은 편이었다. 바코드 스캐너와 금전등록기 사용법도 금방 이해했다.

하지만 아아, 저 리스트는.

우리는 이용자 수를 기록합니다, 헤더가 설명했다. 문에 레이저 센서가 달려 있다. 레이저 광선이 끊길 때마다 집계기의 숫자가 올라간다. 숫자는 높을수록 좋다. 도서관 예산(그리고 그에 따른 인력 채용과 운영시간)은 이용자 수에 기반하여 배정된다. 아무개 씨가 아무 서비스도 이용하지 않고 하루에 몇 번씩 들락거리기만 한대도 상관없다. 책을 단 한 권도 대여하지 않아도 상관없다, 집계기 숫자만 높게 유지하면 만사 오케이다.

그냥 센서 앞에서 손을 흔들어 숫자를 올리면 될 걸 왜 안 하는지 궁금했다. 어쩌면 이미 하고 있을지도.

다음으로는 장서. 이 도서관의 장서 보유고는 많아야 바닥 면적의 4분의 1 내지 3분의 1을 차지한다. 보유도서 변동은 주로 어린이 서가에서 일어난다. 큰활자도서는 고정 이용층이 있다. 범죄추리는 잘나간다. 그 외에는? 뭐…… 묵어서 먼지만 쌓인다.

이용자 수를 올려주는 일등공신은 디지털자료실이었다. 올려놓을 공간만 나오면 무조건 컴퓨터를 갖다놨다. 그게 돈

줄이었다. 도서관 회원이라면 인터넷 서핑이 무료였다. 디지털자료실 이용자들은 거의 구직활동을 하러 왔다. 인쇄는 장당 15펜스였고, 여기서 도서관의 수입 대부분이 발생했다.

헤더가 디지털자료실을 돌아다니며 좀더 상세히 설명할 때 나는 맥이 빠져 눈의 초점이 다 풀려버렸다. 컴퓨터들이 전부 고릿적 모델인데다 몇 년 동안 본 적도 없는 버전의 윈도우가 깔려 있었다. 키보드는 끈적거렸고 모니터는 4:3 비율이었다. 로그인 후 팝업으로 뜨는 시의회 공식 알림창은 처음부터 끝까지 밑줄을 좍좍 치고 볼드 효과도 팍팍 넣은 귀여운 필기체였다.

만약 절망이란 것이 물리적으로 실체화한다면 그것은 시군구에서 운영하는 IT 서비스가 되리라.

레이저프린터에서는 토너 가루 냄새가 진동했다. 헤더는 내게 인쇄용지 보충하는 법과 걸린 종이를 빼내는 법을 알려주는 중이었다. "보다시피 흑백으로만 출력돼요……"

나는 실망감을 내색하지 않으려 무던 애를 썼고, 적잖이 놀랐다. 내가 도서관에 뭐 대단한 걸 기대해서가 아니라, 여긴 그냥 좀 너무…… 괴괴했다. 고적했다. 쇠잔했다.

규격 비닐커버를 입고 먼지를 뒤집어쓴 책들마저 슬퍼하는 것 같았다. 도서는 알파벳순으로 정렬되어야 했고 대체로 그러했지만, 서가에 돌려놓을 때 부주의하게 아무렇게나 꽂아

넣은 모양새였다. 소설책들은 정말 빈틈이라고는 존재하지 않는 공간에 꽉꽉 밀어넣고 쑤셔넣는 바람에 위아래가 뒤집히고 커버는 짓눌리고 표지 코팅은 각질처럼 일어나 벗겨지고 귀퉁이는 말려서 아수라 난장판이었다.

"물론, 여기 장서 관리에 대한 업무처리양식 빈칸에 사인해야 해요. 그다음에 컴퓨터 관련 업무처리양식에도. 그리고 디지털 개인정보관리……"

헤더는 데스크에 링 바인더를 놓고 휘리릭 넘기고 있었다. 그러니까 좀전에 자기가 들고 왔던 서류철 뭉치를 전부 다 읽고 확인서명을 하라는 거구나, 나는 서서히 깨닫기 시작했다.

"음…… 하드커버 도서는 왜 따로 있어요?" 헤더의 해설방송 중 드물게 생기는 귀한 공백을 틈타 나는 기어코 질문했다.

"흐음?"

"로맨스소설 쪽에요. 로맨스소설이 페이퍼백과 하드커버판으로 구분되어 꽂혀 있던데요."

"그게 더 나으니까요."

나는 입술을 깨물었다. 아니 도대체 왜? 사람들이 판형에 신경을 쓸까? 설사 신경쓴다 쳐도, 이런 규모의 도서관에서, 이렇게 비치된 도서가 몇 권 되지도 않는 곳에서, 이용자들이 그걸 정말 그렇게 중요시한단 말이야? 페이퍼백들은 플라스틱 회전 책장에 무질서하게 대충 쑤셔넣어져 있었다.

"내가 그 방식을 좋아해요." 헤더가 의심스럽다는 눈길로 나를 쳐다보며 말했다.

나는 헛기침을 하고 책상 위 가장 가까이에 놓인 공문서 양식을 가리켰다. '관리운영규정 297-A: 화학물질의 보관'이라는 영문을 알 수 없는 요지의 제목이 퍽이나 요긴하게도 붙어 있었다.

"그럼, 저…… 여기에도 확인서명을 해야 하나요?"

헤더에게서 회의와 의심의 기색이 가셨다. 헤더는 다시 대본으로 돌아가 고개를 끄덕였다. "네, 네. 알다시피 우린 감사를 받고 있으니까요. 그 사항들을 확인하고 서명하는 게 필수예요."

"어 근데…… 이것도요?" 관리운영규정 306: 수영장 수질 정화. "이것도 필수인가요?"

헤더는 마치 내 어깨에서 두번째 머리가 돋아나기라도 한 듯 빤히 바라봤고, 나는 속으로 나 자신을 욕했다. 헤더가 농담한 거잖아! 당연히 농담이지. 도서관 보조사서가 수영장 수질정화를 해야 할 리가 없잖은가. 헤더가 가져온 이 서류철들에는 자치체의 업무처리양식이 무작위로 들어 있고, 새로 들어온 신입이 눈치는 좀 있는지 장단은 맞출 줄 아는지 시험해본 다음에 본론으로 들어갈 심산일 것이다.

"수영장은 그 직원실에 있는 걸 말하는 거겠죠?"

내가 웃음을 터뜨렸지만 헤더는 같이 웃지 않았다. 헤더의 눈썹이 다시 가운데로 모였고, 입은 꾹 다물려 완벽히 가느다란 일자 선을 그렸다.

"우리는 감사를 받습니다." 헤더가 재차 말했다. "당신은 수습기간을 거쳐야 하고, 이 모든 업무처리양식에 반드시 확인 서명을 해야 합니다."

나는 눈만 껌벅였다. 헤더는 장난을 치고 있는 게 아니었다. 눈빛에 은밀한 장난기도 없었다. 헤더는 진지했다.

나는 첫번째 링 바인더를 펼치고 첫번째 업무처리양식(관리운영규정 100: 낙뢰와 응급처치)을 꺼내 읽기 시작했다.

＊

처음 몇 주가 이런 식으로 흘러갔다. 내가 출근하면, 선배 직원이 문을 열어주었다. 나는 업무처리양식을 읽었다. 업무처리양식에 확인서명을 했다. 리스트를 읽었다. 리스트에 확인서명을 했다. 리스트를 만들었다. 리스트를 복사했다. 이메일로 받은 리스트를 인쇄했다.

헤더가 없을 때는(헤더는 지역 내 여러 공공도서관을 총괄하는 팀장이었다) 루스와 같이 일했는데, 루스는 반짝이는 파란 눈과 요정 대모 같은 목소리와 제로에 가까운 청력을 지닌 칠십대 할머니였다.

루스는 주로 도서관의 일상적 운영을 맡았다. 루스가 반납된 도서를 스캔하고 서가의 먼지를 털고 일종의 지친 체념 상태로 단골 이용자들에게 컴퓨터를 배정하는 동안 나는 그 뒤를 그림자처럼 졸졸 따라다녔다. 자신이 은퇴할 나이를 훌쩍 넘겼음을 루스도 인정했다. "도서관 일도 예전 같지 않아서."

대부분의 이용자들에게 공공도서관이 PC방에 불과하다는 사실은 금방 명백해졌다. 도서관 문이 삐걱하고 열릴 때마다 가장 최근에 새로 쌓인 업무처리양식 더미 너머로 눈을 들고 처다봤지만, 사람들이 컴퓨터 자리를 요청할 때면 살짝 낙담했다.

그러나 결국엔 독자들의 방문도 시작됐다.

독자는 단순히 책을 읽는 사람이 아니다. 그들은 신착도서가 들어올 때마다 전부 다 독파하는 호탕한 도서관 이용자다. 그들은 예약자 명단에 백 명이 있어도 이름을 올리는 사람이다. 그들은 '진성' 독자다. 도서관 마법을 여전히 애용하는 사람들.

각각의 독자는 두 그룹 중 하나에 속하게 마련이다. 첫번째는 젊은 부모들. 어린이책은 비싸고, 특히 영유아는 단 몇 주만에 한 단계를 해치우고 다음 단계로 넘어간다. 도서관은 유아서를 상당량 보유하고 있고(별다른 정리 없이 커다란 나무상자에 넣어둔다) 열람과 대출도 활발한 편이다.

두번째이자 가장 큰 독자 그룹은 어르신 이용자들이다. 이분들은(거의 여성이다) 무시할 수 없는 세력이다. 어르신 독자와 나의 첫 소통은 캘러헌 부인이―투피스 정장을 입은 자그마한 팔십대 노인이다―책이 가득 든 카트 겸 보행기를 끌고 문을 넘어 비틀비틀 들어오실 때 시작됐다.

"이번주 들어 두번째야!" 캘러헌 부인이 다 읽은 책을 반납 데스크에 올리는 힘겨운 작업에 착수하며 활짝 웃는 얼굴로 말했다. 그러면서 요정 대모처럼 뮤지컬 같기도 하고 약간 미친 사람 같기도 한 웃음을 터뜨렸다.

루스가 똑같이 느긋한 속도로(아니 조금 덜 느긋했을지도) 한 권 한 권 바코드를 스캔했다. 나는 책이 부인의 카트에서 데스크로, 이어서 북트럭으로 옮겨질 때마다 나도 모르게 수를 세었다.

열여섯 권. 일주일에 두 번. 일주일에 서른두 권.

"그건 별로였어." 캘러헌 부인이 큰 판형의 하드커버 책 하나를 가리키며 말했다. "너무 미련해. 뱃심도 부족하고."

"어제 들어온 책 중에 따로 몇 권 챙겨뒀어." 루스가 대답했다.

일주일에 서른두 권. 뭐야 그럼, 한 해에 천 권이 훌쩍 넘잖아? 설마 그럴 리가. 좀 쉬기도 하셔야지. 계산 결과에 나는 몹시 신경이 쓰였다. 이 도서관에 책이 그렇게 많이 있기는 한가?

뒤늦게 알게 되지만, 나는 그 놀라운 첫 깨달음 이후 더 이상 숫자를 의심하지 않는다. '진성' 독자들은 좀처럼 믿기 힘든 존재들이다.

캘러헌 부인이 가고 나자(또 열여섯 권을 빌려가셨음) 루스가 알려주었다. 우리의 어르신 독자들이 대체로 그렇듯 캘러헌 부인도 이 도서관에 있는 책을 모조리 읽었다. 루스는 그분을 위해 신간을 따로 챙겨야 했다. 많은 어르신 독자를 위해 협력도서관들에 책을 요청해서 배송받았다. 섬뜩한 살인이나 소름끼치는 반전이 나오는 책이라면 뭐든 캘러헌 부인을 기쁘게 만족시킬 것이다.

불현듯 저 작은 체구의 마법사 할머니를 향한 경외감이 솟았다.

"저한테 리스트를 만들어주실래요?" 나는 루스에게 물었다.

"도서 리스트?"

"단골 이용자 리스트요. 그분들이 뭘 좋아하는지도. 그분들 취향에 맞는 책을 주문할 수도 있으니까요."

루스가 워더스 오리지널 캐러멜 광고에 등장하는 꼬마가 지을 법한 미소를 환히 발사했다. "그거 좋은 생각이네."

루스는 잠시 내게 데스크 일을 맡겨보았다. 얼마 안 있어 나는 관리자의 감독 없이 데스크 일을 할 수 있게 되었다. 나는 서가 정리(이미 범죄소설 책장에서 거미줄투성이 감자칩 봉지를 한 개 이상 치웠다)와 북 큐레이션을 하고 싶어서 안달이 났다.

✳

개관과 폐관 절차를 완벽히 숙지하기까지는 생각보다 오래 걸리지 않았고, 이내 캄캄한 와중에도 경보기 패널과 전등 스위치를 능숙하게 찾아내게 되었으며, 틈새 공간에 고개를 푹 숙이고 들어가 머리를 부딪히지 않고 금고 일을 보았고, 이용자들의 질문에도 비교적 자신 있게 대답할 수 있게 되었다.

가을이 쌀쌀한 공기와 길어진 밤을 품고 들이닥치자 커뮤니티센터 입구에서 개관 한 시간 전부터 몸을 잔뜩 웅크리고 있는 가엾은 영혼들을 발견하는 일이 심심치 않게 일어났다. 시간이 지나면서 나는 이 수척하고 궁핍한 사람들(주로 젊은 이들이었고, 언제나 예의발랐다)이 요금이 밀렸거나 집주인이 방치한 탓에 난방이 끊긴 근처 빈민가 공동주택 주민들이라는 사실을 알게 되었다.

그 당시 목격한 가난의 깊이에 나는 충격을 받았다. 노동자 계급 집안에서 태어나 우리집도 나름의 어려움이 있었지만, 그 조그만 도서관과 커뮤니티센터의 어떤 이용자들이 일상적으로 겪는 현실에 나는 전혀 대비가 되어 있지 않았다.

그중 헤로인 중독으로 고생한 전력이 있는 에런이라는 청
년은 컴퓨터를 이용하거나 소설책을 넘기며 도서관 문이 열
려 있는 동안에는 마지막 일분일초까지 도서관 담벼락 안에
서 지냈다.

어떤 날에는 에런이 도서관에서 나와 함께 있는 유일한 사
람일 때도 있어서 우리 사이에는 금방 친밀감이 생겨났다. 우
리는 에런의 구직활동 현황(의미없다, 전 마약 중독자를 고용
하고 싶어하는 사람은 없다)이나 점심식사 계획에 대해 수다
를 떨었다. (오늘 점심을 거르면 저녁에는 감자칩을 먹을 수
있단다. 그 가엾은 청년이 허기를 면하려고 아무것도 바르지
않은 식빵 조각만 뜯어먹는 모습을 본 날도 있다.)

가난도 끔찍하지만 지루함은 진짜 죽을 것 같다고, 에런이
말했다. 전 마약 중독자를 본격 마약 사용자로 되돌리는 데는
지루함만한 게 없을 것이다. 에런은 쇼핑이나 여행을 갈 여유
가 없으므로 도서관에 왔다. 책을 읽어보려 했고(약을 구하려
이른 나이에 학교를 그만두는 바람에 읽는 법은 거의 독학으
로 익혔다), 컴퓨터로 게임을 했고, 일자리를 알아봤고, 유튜
브가 추천해주는 다큐멘터리 영상을 줄기차게 시청했다. 자
꾸 재발되는 중이염으로 청력이 약해진 탓에 헤드폰을 쓰고
있어도 에런이 날마다 무엇을 배우는 중인지 나한테까지 다

들렸다.

에런은 금세 콜뮤어도서관에서 일종의 가구 내지 설비로 자리잡았다. 보통은 문에 들어서기 전에 냄새로 먼저 그가 왔음을 알았다. 에런의 집 보일러는 결코 작동하지 않았으므로 그는 샤워를 할 수 없었다. 대신 커뮤니티센터 화장실에 비치해둔 싸구려 디오도런트를 몸에 흠뻑 뿌렸다. 휴대폰도 없어서(어차피 전기도 주기적으로 끊겼다) 담당 사회복지사에게 종종 의지했고, 그 밖에 에런과 연락하고자 하는 사람은 도서관으로 전화했다.

가끔 에런이 사회복지사를 만날 때 내가 위층의 빈 회의실을 내어주기도 했다(헤더는 못마땅해했지만). 회의실은 사향 비슷한 냄새도 나고 좀 눅눅하고 일반 이용자들에게 개방된 공간은 아니었지만, 적어도 남의 이목은 피할 수 있어서 청년의 품위를 어느 정도 지켜주었다.

주말이면 근처 초등학교 아이들이 부모나 보호자의 손을 잡고 도서관에 와서 해당 학년의 역사탐구 주제에 맞는 책을 빌려가곤 했다. 대개 바이킹, 로마, 고대 그리스 또는 2차세계대전이었다.

딱 한 명, 혼자 온 아이가 있었다. 일고여덟 살가량 되어 보였고, 급성장기의 아이들이 그렇듯 동글동글 통통했다. 밝은 빨간 머리는 맨날 똑같은 지저분한 하늘색 머리끈으로 올려

묶었고, 무심코 손가락으로 제 주근깨투성이 뺨의 보조개를 콕콕 찌르며 어린이책의 무지갯빛 퍼레이드를 멍하니 바라보기만 했다.

처음 몇 주간은 내가 뭔가 도와줄까 물어보면 아이는 고개를 도리도리 젓고 밖으로 달아나버렸다.

"웃기는 꼬마예요, 쟤." 에런이 한마디 보탰다. "쟤 아빠를 아는데."

똑같은 반복으로 삼 주를 보낸 후, 나는 요 빨간 머리 휘둥그런 눈의 여자애와 제대로 소통해보기로 결심했다. 아이의 눈빛에서 망설임이 감지됐다. 꼼지락거리는 손에서 불안함을 알아봤다. 저 꼬마애 속에 있는 내가 보였고, 한 발짝만 들여놓으면 천국이 될 수도 있는 장소에 오롯이 혼자 있는 아이가 보였다.

그다음에 아이가 나타났을 때 나는 데스크에서 로알드 달의 『마틸다』를 넘겨 보고 있었다. 아이가 나를 발견하고 주저주저하자 나는 에라 모르겠다 행동에 들어갔다.

"이건 내가 제일 좋아하는 책이야." 나는 책을 들어 보였다. "이 책 읽어본 적 있니?"

아이가 고개를 흔들었다.

"아, 이거 진짜 재밌는데! 초능력을 가진 여자애 얘기거든! 이 여자애가 초능력을 써서 심술쟁이 교장선생님을 혼내주는 거야."

여자애가 얼굴에서 손을 내렸다. "어떤 초능력인데요?"

나는 책을 아이에게 내밀었다. "머릿속으로 생각만 하면 물건을 움직일 수 있어. 이 여자애는 엄청 똑똑하거든, 주변에서 자기보다 똑똑한 사람을 본 적이 없어."

아이는 내게서 책을 받아 자세히 살펴보았다. 나는 아이를 처음 봤을 때부터 느낌이 딱 왔다. 책을 살펴보는 모양새가 책을 읽고 싶어하는 아이, 어쩌면 이미 책과 사랑에 빠진 아이임을 넌지시 알려주었다. 다만 아이의 발목을 잡은 것은 낯선 사람에 대한 두려움이었다.

아이는 조용히 『마틸다』를 가지고 어린이 서가로 가서 플라스틱 의자에 앉아 읽기 시작했다.

에런이 "헐" 하고는 다시 다큐멘터리(〈2차세계대전의 전함들〉) 시청으로 돌아갔다.

다음날, 아이가—나중에 이름이 리베카라는 것을 알게 되었다—또 왔는데 이번엔 혼자가 아니었다.

"우, 우리 아빠예요." 기골이 장대한 남자의 손을 꼭 잡으며 아이가 소곤거렸다.

리베카의 아버지는 특별히 키가 큰 건 아니었지만 문에 낄 정도로 체구가 우람했고 온통 근육질이었다. 후줄근한 티셔츠 차림이었지만 그가 운동뿐 아니라 싸움에도 많은 시간을 쓴다는 사실은 명백했다―혹은 악어와 레슬링을 하거나. 얼굴과 팔뚝 여기저기에 상처와 흉터가 있었고, 치아는 깨지고 삐뚤빼뚤했으며, 목과 손에 아마추어의 솜씨인 듯한 문신이 여럿 있었다.

"실례합니다," 출처의 생김새와는 딴판으로 부드러운 목소리가 흘러나왔다. "제가 어…… 예전에 책을 몇 권 잃어버렸거든요. 여기서 일하는 딴 여자 말이, 그 책을 도로 가져와야 한대요. 근데 그게, 아기들 보는 애들 책인데 내가 어디 좀, 어…… 교도소에 갔다 와서."

리베카가 고개를 끄덕였다. "그 아주머니가 그러셨어요, 카드가 정지돼서 나는 책을 못 본다고."

헤더가 이 아이에게 연체료 납입과 대여도서 반납의 중요성을 설교하는 모습이 눈에 선했다. 그저 구석에 앉아서 책을 읽고 싶어할 뿐이라는 게 빤히 보이는 이 꼬마애한테 관리운영규정 백몇 번인지를 손으로 짚어가며 '연체료와 분실에 관한 업무지침'을 구구절절 설명하는 헤더가 상상이 갔다. 요 꼬마애가 그렇게 불안해하는 것도 당연했다.

"도서관 카드 갖고 계세요?" 내가 물었다.

남자는 고개를 저었다. "에…… 아뇨…… 깡그리 없어져서. 내가 교도소에 있는 동안에. 보통은 이름으로 찾아주던데요. 크레이그 영이라고."

나는 리베카 쪽으로 고개를 돌렸다. "그럼 됐네! 가서 책을 몇 권 골라오렴, 이 문제는 나와 네 아빠가 해결할게."

리베카의 눈이 반짝 빛나며 똥그래졌다. "집에 갖고 가도 돼요?"

나는 고개를 끄덕였고, 리베카는 군말 없이 곧장 어린이 서가로 달려가다 하마터면 넘어질 뻔했다.

"좋아요, 영 씨, 당신 계정을 찾아볼게요, 영 씨는 나한테 병원에 좀 오래 입원해 있었다고 말씀해주세요, 아시겠죠?"

"어…… 거기에는 뭣 때문에 있었다고 할까요?"

"그건 사적인 개인정보이므로 제가―또는 여기 어떤 직원이라도―절대 알 필요가 없습니다." 내가 강조했다. "그리고 리베카에게도 본인 이름으로 된 카드를 만들어줘야겠지요?"

"여기 **마녀**에 관한 책도 있어요!" 리베카가 책 무더기 뒤에서 소리쳤다.

영 씨는 입 모양으로 내게 '고맙습니다' 하고는 딸이 있는 어린이 서가로 갔다.

"네 이름으로 된 도서관 카드가 있으면 좋겠니?" 영 씨가 물었다.

이 지역 야생동물에 관한 도서가 전시된 진열대 뒤에서 리베카가 꺅 환호성을 올렸다.

어쨌든 이곳에는 여전히 마법이 존재했다.

바깥 어디선가 쾅 소리가 나더니 곧이어 자동차 도난방지 경보기가 삑 경보음을 울렸다.

갈등 관리

9월 일일 이용자(평균): 55	
9월 일일 문의(평균): 8	
9월 일일 인쇄 페이지(평균): 36	
9월 폭력 사건: 5	

헤더가 기회만 있으면 도서관 이용자들에게 함부로 권한을 휘두른다는 사실은 금방 명백해졌다. 부산스러웠던 첫날 이후 헤더와 동선이 거의 겹치지 않았음에도 불구하고, 헤더의 엄격한 '규정' 집행의 증거는 도처에 있었다.

누가 봐도 책을 빌리고 싶어하지만 엄두를 못 내는 아이들—리베카처럼—부터 내가 회원증을 스캔하기도 전에 사죄의 말을 늘어놓는 어른들까지, 헤더가 사람들에게 불러일으킨 공포가 도서관에 먹구름처럼 드리워져 있었다.

그 공포감은 모두 벌금을 중심으로 형성된 듯했다.

나는 하루에도 몇 번씩 회원 계정에 부과된 연체료를 알려주며 사람들을 위로하곤 했는데, 그들은 앞으로 도서관이 제공하는 서비스를 이용하지 못하게 된다고 생각했다. 그들 계정에 뜬 팝업 메시지를 보여주고 위반 사유와 벌금 액수를 구체적으로 알려주려고 내가 모니터를 그들 쪽으로 돌리면 눈에 띄게 움찔하는 사람도 있었다.

현행 연체료는 하루에 20펜스였고, 권당 최대 3파운드까지 올라갔다. 이게 쌓이면 눈덩이처럼 불어날 수도 있는데, 내 보기에 벌금제는 전반적으로 비생산적이었고, 특히나 지나치게 열성적인 헤더의 집행력과 어우러지면 역효과가 나버렸다.

벌금이 부과된 이들은 대부분 갑작스럽게 사정이 생긴 고정 이용자였고, 그 사정이란 흔히 건강과 관계된 것이었으며, 가끔은 단순히 반납일을 착각한 경우도 있었다. 문제는 콜뮤어 주민들이 대체로 찢어지게 가난해서 몇 파운드의 벌금이라도 그날 끼니를 때우느냐 마느냐의 차이를 낳는다는 것이다.

도서관에서 혼자 일하기 시작한 처음 며칠간 나는 사람들의 벌금을 이래저래 면제해주었다. 아파서 혹은 버스를 놓쳐서 혹은 아이를 돌봐야 해서, 생이 그렇게 우리에게 던지는 온갖 예상치 못한 돌멩이 때문에 벌을 받는 것은 대단히 불공평하다는 생각이 들었다(지금도 여전히 그렇게 생각한다). 금전적 불이익은 재정 상태가 취약한 사람들에게 유독 가혹할 뿐 아니라 문제를 더욱 악화시킨다. 하루 벌어 하루 먹으며 근근이 살아가는 사람은 이미 갖가지 책무를 간신히 돌려막고 있을 가능성이 높고, 그러므로 도서관에 와서 책을 반납할 시간(또는 의지할 만한 이동수단)이 없을 가능성 또한 높다.

물론 단순히 게을러서 제때 반납하지 않는 사람도 어디에나 있을 것이다. 물론 연체료라는 위협 때문에 제때 도서를 반납하고자 하는 동기가 더 강해지는 사람도 있을 것이다. 하지만 내 경험상, 처음 몇 주 동안 실제로 보아왔듯, 벌금은 사실상 사람들이 도서관에 아예 오지 못하게 막았고, 특히 도서관을 가장 필요로 하는 사람들이 이용을 포기하게 만들었다.

원칙적으로는, 책을 여러 권 분실하거나 연체료가 15파운드 이상 누적된 계정에 한해 컴퓨터를 포함한 도서관의 전 시설에 대한 접근이 제한됐다. 헤더는 15파운드라는 기준이 대단히 관대한 편이라고 공공연하게 말했고, 나는 연체료가 고작 2, 3파운드뿐인데도 컴퓨터를 사용할 수 있게 해달라고 애걸복걸하는 사람들과 마주치기 시작했다. 아무래도 헤더가 훨씬 낮은 금액의 제한선을 직접 설정하여 적용한 모양이었다.

솔직히 나는 헤더의 그런 무지함 내지 잔인함이 섬뜩했다. 이곳 도서관 이용자 중 대다수가 복지 혜택과 지원금을 신청하기 위해, 공과금을 내기 위해, 노숙자 신세가 되지 않기 위해 컴퓨터 접근권을 필요로 한다는 사실을 헤더도 분명 알고 있지 않을까? 아니, 헤더가 그런 생각을 해보기나 했는지 모르겠다.

나는 연체료든 컴퓨터 사용에 대해서든 헤더의 규칙을 적용하지 않았다. 실제로 돈과 관련 없는 다른 이유(계정 옆에 따로 표시가 뜬다)로 금지된 것이 아닌 한 누구나 컴퓨터를 사용할 수 있게 해주었다. 쓰지 못하게 해봤자 뭐가 달라질까? 그들이 갑자기 안 가난해질 리도 없고, 주머니에서 잊고 있던 공돈이 튀어나올 것도 아닌데.

불합리하다고 생각되는 경우이거나 이용을 포기해버릴 것 같은 연체자(어쨌든 우리 예산은 이용자 수에 달려 있지 않은가?)의 벌금을 죄다 탕감해준 지 일주일밖에 지나지 않았는데 헤더에게서 이메일이 한 통 왔다. 나의 직원 계정에 '벌금의 과도한 면제' 표시가 떴다는데, 그 말을 나는 지금도 믿지 않는다. 사실 헤더는 단순히 신입의 출납 기록을 감시하고 있었을 뿐이고 그 모양새가 마음에 들지 않았던 거라고 생각한다.

내가 누구를 설득해야 했을까? 나는 이 업계에서 어떤 윤리적 기준을 세울 만큼 오래 일하지는 않았다. 그래도 그런 식의 옹졸한 대처는 수긍이 되지 않았다.

처음으로 한 도서관 이용자가 내 앞에서 눈물을 터뜨리며—실업수당을 받기 위해 컴퓨터로 구직활동을 해야 하는 젊은 여성이었다—집에 갈 버스비라도 주겠다고 했을 때, 그렇게 해서라도 만기가 약간 지난 아기 책 때문에 쌓인 얼마 안 되는 연체료 중 일부라도 내겠다고 했을 때, 나는 그렇게는 일할 수 없었다.

"돈은 됐고요. 여기 직원이 게스트 로그인을 해둔 컴퓨터가 있네요. 내가 알려드린 거 아닙니다. 얼마나 오래 쓸 거예요?"

"끽해야 십 분요. 약속할게요." 여자가 대답했다.

"좋아요. 헤더에게는 말하지 마세요."

한동안 이 대사는 나의 캐치프레이즈 비슷한 것이 되었다. "헤더에게는 말하지 마세요."

요는, 그 여자가 일주일 후 다시 찾아와 연체료를 모두 냈다는 것이다. 그렇지만 내가 아는 한 그 여자는 두 번 다시 책을 빌리지 않았다. 도서관이 여자의 실업수당 접근권을 볼모로 연체료를 요구했기 때문에 그 어린 아들이 생애 첫 책들을 볼 기회를 놓쳤다고 생각하니 속이 상했다.

지난 수년간 도서관 벌금을 놓고 많은 사람이 내 의견에 반박했다. 도서관에서 일하다보면 각종 비공개 채팅 그룹과 포럼과 페이스북 그룹에서 활발히 벌어지는 연체료 관련 토론에 대해 모를 수가 없다. 그 문제를 놓고 셀 수 없이 많은 글과 댓글이 올라왔는데, 그중에 '단 하나의 정답'은 없다.

나는 경험에서 우러나온 말을 할 수밖에 없고, 내 경험상 벌금은 누구에게도 도움이 되지 않는다. 도서관에 실질적인 이득이 되기엔 그 액수가 너무 적으면서, 권력에 굶주린 고지식한 원칙주의자들에게 너무 쉽게 오용된다.

우리의 목표가 최대한 많은 사람이 도서관을 이용하게 하여 정보 접근권의 빈부격차를 줄이는 거라면, 벌금은 정확히 그 목표에 상반되는 것이다. 부유층은 어깨 한번 으쓱하며 가볍게 무시하고, 취약계층과 차상위층과 빈곤층은 이미 세금으로 이용료를 다 지불한 — 제대로 돌아가는 세상이라면 — 장소에 들어가는 것을 머뭇거리게 된다.

그렇다, 책은 계속 분실된다. 대부분의 경우 그런 책들은 두번 다시 나타나지 않고, 이용자들이 돌려놓을 리도 만무하다. 도서관을 올바르게 이용하는 단골들은 책을 잃어버리는 일이 없다, 진짜로 실수한 경우가 아닌 한. (나만 해도 공항 의자나 호텔방이나 카페 테이블에 깜박 책을 놓고 온 적이 한두 번이 아니다. 그런 일은 누구한테나 일어난다.) 책을 가져가서 끝까지 반납하지 않는 사람들은 도서관에 딱 한 번 왔다가 다신 안 오는 사람들이다. 아무리 많은 벌금과 제한을 두어도 그런 사람들은 바뀌지 않을 거다.

만약 벌금을 꼭 매겨야겠다면, 자진신고 및 사면기간도 정기적으로 있어야 한다. 대출됐던 도서들이 야단 없이 조용히 서가로 돌아오고 누적된 벌금이 삭제되는 주간이 있어야 한다. 불안하게 눈치를 봐야 했던 잠재적 독자들이 다시 환영받을 수 있게 해야 한다.

그사이에 나는 타협안을 마련했다. 15파운드 밑으로는 서비스 제한을 적용하지 않는다. 병원 입원기간이나 그 외 생사를 다투는 처지에서 생긴 연체료는 여전히 면제하지만, 사안에 따라 좀더 선별한다.

헤더와 한동안 실랑이를 벌인 끝에 15파운드를 넘긴 사람들도 연체료 중 일부를 납부하면 그때마다 컴퓨터 사용을 허가한다는 합의를 얻어냈다. 1파운드도 좋고, 10펜스도 좋고, 다만 얼마라도.

헤더가 간과한 것은, 내가 일과시간 동안 우연히 생긴 잔돈을 모아서 몰래 서랍 속에 넣어둔다는 사실이었다. 누가 오래된 장서를 구입하거나 인쇄비를 내면서 거스름돈은 됐다고 할 때에도 그 돈을 서랍에 넣었다. 그리고 15파운드 초과 회원이 절박하게 컴퓨터를 써야 할 일이 생겼는데 납부할 돈이 한푼도 없다, 그러면 나는 그 비밀서랍 속 잔돈을 이용하곤 했다.

나의 친절을 악용한 사람들이 있었을까? 아마도. 솔직히 그래도 상관없다. 기본적으로 나는 누가 끼니도 못 챙겨먹고 일주일을 보내야 하는 원인이 되고 싶지 않았다. 그래서 내가 공금횡령자가 된다면, 뭐 되고 말라지.

콜뮤어 같은 동네에 존재하는 빈곤의 형태를 직접 눈으로 보기 전까지는, 동전 몇 개가 누군가의 삶에 만들어낼 수 있는 차이를 상상하기 어렵다.

혼자 일한다는 것은 내 임의대로 도서관을 관리할 자유가 있다는 뜻이었다. 나는 일찍 출근해서 선반을 하나하나 분리하여 깨끗이 닦았다. 심지어 도서관 개방시간 중에도 한산한 하루가 될 것 같다 싶으면(대체로 한산했다) 서가에서 책을 다 꺼내서 일일이 먼지를 털고 늘어진 커버나 찢어진 페이지를 능력이 닿는 한 최선을 다해 보수했고, 그런 나를 말릴 사람도 없었다.

그 일은 명상을 하듯 머리를 비우기에 안성맞춤이었고, 나는 그 단순 반복 작업에 아주 많은 시간을 할애했다.

그렇게 혼자 일하는 것에는 자유와 함께 단점도 있었고, 그 단점은 처음엔 사소한 말썽이었다가 이내 내가 도서관에 대해 가졌던 모든 책임감과 포부를 집어삼키는 압도적 골칫덩이가 되었다.

혼자서 일한다는 것은 유사시에 주위의 도움을 받지 못하며 무방비 상태임을 의미했다. 누구에게나 열려 있는 도서관이라 함은 말 그대로였다. 우리는 누구에게나 노출되어 있었다.

혼자 보는 도서관 업무의 어두운 면을 알게 된 것은 콜뮤어에서 일을 시작한 지 얼마 안 된, 마냥 낙관적이었던 초창기였다.

그날 나는 서가를 정돈하기 위해 일찍 출근했다. 서가의 상태는……뭐, 책들이 좀 낡긴 했지만 이젠 올바른 순서로 정렬되어 있었고, 거꾸로 꽂힌 소설이나 진열대 뒤쪽에 쑤셔박힌 하드커버판은 더이상 없었다. 북 큐레이션 공간으로 말하자면, 다가오는 가을에 어울리는 책들로 바꿔놓는 데 십 분밖에 걸리지 않았다. 거의 최면에 걸린 듯 삽시간에 해치우며 마음의 평화를 얻었다.

그리고 자리에 앉으면서 컴퓨터 마우스를 한 번 획 흔들었다. 장서 관리 시스템 인터페이스에 불이 들어오며 켜졌다. 신착도서 목록은 빈 페이지처럼 텅 비어 있었다. 커서는 바코드가 읽히길 기다리며 깜박거렸다.

그때 도서관 문이 들썩이며 끼이익 열렸고, 이후 나는 그 소리를 밤중에 꿈에서 종종 듣게 된다. 커다란 형체 하나가 잠시

어둑어둑한 입구를 채웠다가 누런 불빛 속으로 비틀비틀 들어왔다.

사람보다 냄새가 먼저 도착했다. 과숙성된 과일처럼 달큰하면서도 약간 쉰 냄새였다. 남자가 채 가시지 않은 담배연기 구름 속에서 나타나자 마른 땀 특유의 시금털털한 냄새 때문에 목구멍이 간질간질했다. 남자는 거의 출입구 꼭대기에 닿을 만큼 장신이었고, 깨끗이 민 머리에는 여기저기 팬 자국과 흉터가 있었다. 둥근 턱은 까칠한 수염으로 듬성듬성 덮였고 페인트가 튄 오버올 작업복과 잠바를 입었으며, 멍하니 졸린 듯한 표정이었다.

만취 상태로 추정되는 이런 사람을 보면 우리 아빠가 항상 하시던 말씀이 떠오른다. "한쪽 눈은 가게 안에 들어가고 다른 쪽 눈은 거스름돈 받아서 나온다." 주정뱅이의 두 눈이 각각 별개로 껌벅이고 움직여서 시선이 따로 노는 모양을 말하는 것이다. 이 사람도 눈동자가 제멋대로 떠다니는 게 빤히 보였다.

하지만 뭔가 좀 이상했다. 마약에 취한 사람들은 전에도 봤다. 약을 맞고 맛이 간 중독자들과 환각에 빠져 비몽사몽인 십대들도 봤다. 이 남자는 엄밀히 말해 그런 상태는 아니었지만, 그 썩은 쉰내에 양조장에서 일하던 때가 떠올랐다.

"보쇼, 아가씨," 남자가 어눌하게 말하자 나는 가슴이 답답하게 죄어들었다.

단순한 주정뱅이가 아니었다. 약에 취한 것도 아니었다. 남자는 비틀비틀 다가와 한쪽 눈으로 잠깐 나를 응시했다가 곧 눈꺼풀을 파르르 떨었고, 내게는 흰자밖에 보이지 않았다.

나는 본능적으로 벌떡 일어나 의자와 책상을 방패막이 삼았다. 신입이긴 하지만 그래도 나는 이곳의 직원이었다. 이건 내 일이었다. 나는 데스크 담당자이자 책 마법사였다. 나는 모든 사람의 도우미였다.

"안녕하세요." 나는 간신히 인사말을 꺼냈다.

그는 내가 움직인 것을 눈치채지 못한 듯했다. 대신 상체를 내밀어 두 손바닥을 책상 위에 얹었고, 꾀죄죄한 흉터투성이 머리가 모니터 바로 위에서 깐닥거렸다.

남자의 냄새가 와락 덮쳤고 나는 목구멍으로 치미는 담즙을 억지로 도로 삼켰다. 해동하려고 냉동고에서 꺼냈다가 상온에 너무 오래 놔둔 고깃덩이가 생각났다. 회색이 되어버린 다진 소고기.

"공포 있어요?" 남자가 물었다. "공포소설. 스티븐 킹이나 그런 거."

나도 모르게 불안한 웃음이 터져나왔다. 물론이죠, 나는 속으로 중얼거렸다. 지금 내가 그 상황에 있잖아요. 이거 완전 스티븐 킹 소설인데. 이 남자는 이제 막 괴물로 변신할 것이다. 어쩌면 가슴속에서 뭐가 튀어나올지도.

"공포요?" 나는 따라 말했다. "아, 네, 있죠. 공포 있습니다. 저쪽에 —"

내가 우리의 아담한(그래, 쥐꼬리만한) 공포소설 서가를 가리키려는 찰나, 남자가 허리를 세우며 뒤로 휘청하더니 거의 나자빠질 뻔했다. 머리가 뒤로 꺾여 순간 B급 좀비영화 그 자체였고, 헤벌린 입 한쪽에 말라붙은 침까지 똑같았다.

"아 그게," 남자가 굼뜬 손놀림으로 잠바 소매를 말아올리며 말했다. 손가락이 자꾸 미끄러지며 헤맸다. "지난주에 사고가 좀 있어서. 일하다가, 봐요. 난 지붕 수리공인데. 지붕을 고치다가. 비계에 부딪혀가지고. 팔을 베였는데."

맙소사, 나는 깨달았다. 지금 나한테 보여주려는 거구나. 저게 책하고 무슨 상관이지? 내가 자길 도와줄 수 있다고 생각하나?

내 등이 벽에 닿았다. 남자는 한번 더 상체를 앞으로 내밀었고, 소매를 말아올리는데 창백한 이마에 땀이 구슬처럼 맺혔다. 썩은 악취는 이제 더욱 심해졌다.

문득 우리 말고 아무도 없는 도서관에서 나의 고립이 뚜렷하게 인식되며 몹시 신경쓰였다. 나는 위에서 보는 부감 장면처럼 내 상황을 내려다보았다 — 공포영화의 도입부를 관람하는, 눈앞에서 펼쳐지는 상황을 바꿀 수 없는 수동적 관객처럼.

"근데 내가 아직 이걸 한 번도 못 봐서," 휘청거리는 남자가 내가 묻기라도 한 것처럼 말을 이었다. "좀 쑤시더라고."

남자가 소매를 걷자 마른 상처 딱지가 갈라져 자잘한 깃털처럼 책상 위로 떨어졌다. 남자의 짓이겨진 팔이 드러나면서 냄새가 나를 덮쳤고, 나는 헛구역질이 나는 것을 간신히 눌렀다. 짓물러 고름이 흐르고 딱지가 앉은 상처 부위는 심하게 오염되어 거의 파르스름했다.

"내가 몸 상태가 별로인 게 이것 때문인 것 같아요?"

나중에야 그때 구급차를 불렀어야 했다는 생각이 들었다. 도서 바코드를 스캔하고 DVD를 책장에 다시 꽂으면서도 그때의 대화를 머릿속으로 자꾸 재생했다. 999에 전화를 했어야 했나? 구급차가 어떻게 해줄 수 있었을까? 패혈증이었을까? 그런 상처는 난생처음 봤다.

열성 어르신 독자 중 한 분인 콜린스 부인이 자신의 결장에 대해 미주알고주알 얘기해주는 동안 나는 한 귀로 듣고 한 귀로 흘리고 있었다. 천공이라든가 염증이라든가. 몇 번 경련도 왔어. 우리 딸도 똑같아. 내가 그것 때문에 약을 먹는데. 이름이 뭐라더라? 가방에 있을 텐데 좀 찾아봐야겠네……

나는 고개를 주억거리며 음, 네, 그렇군요, 맞장구를 치긴 했지만 머릿속에는 그 공포스러운 팔밖에 없었다. 그때 책상을 닦고 그걸 —윽, 아냐, 생각하면 안 돼— 치울 때 썼던 살균 소독제 냄새를 맡을 때마다, 가까운 외과병원으로 가는 길을 그에게 일러준 게 과연 올바른 결정이었을까 걱정됐다. 지금 쯤 어디 길가 배수로에 쓰러져 있는 거 아닐까? 길을 잃었으면 어떡하지? 혹시 마약이었을까? 마약으로 그렇게 될 수도 있나?

"—그래도 경련이라는 게 그래," 콜린스 부인이 말을 이었다. "초장에 아주 꽉 잡아야 해, 안 그럼 밤새 잠 못 자거든. 그래서 내가 요새 너무 일찍 일어난다니까. 아가씨 어디 아픈가?"

나는 눈을 깜박였고, 염색을 해서 살짝 남보랏빛이 도는 화려한 곱슬머리 아래 여위고 작은 콜린스 부인의 얼굴이 눈에 들어왔다.

"네? 아. 괜찮습니다. 저도 과민성대장증후군이라 위경련이라면 좀 알죠." 나는 곧장 장단을 맞췄다. 발병 이후 끈질기게 나를 괴롭히는 그 성가신 만성불안의 부작용이었다.

콜린스 부인은 마치 우리가 같은 비밀클럽 소속이라는 듯 만족스럽게 고개를 끄덕이더니 빙긋이 웃으며 말했다. "그럼 알 건 다 알겠네. 기분이 아주 더럽지, 그렇잖아? 몸 잘 챙겨요, 아가씨."

나는 부인의 도서관 회원증을 되돌려주었고, 콜린스 부인은 무의식적인 습관처럼 한 손으로 책상을 쓸었다.

부디 내가 저 책상 위를 철저히 닦고 소독했기를 바랄 뿐이었다.

그게 나의 마지막 공포 체험은 아니다. 안타깝게도 최악의 경험 또한 아니다. 몇 주 동안 나는 몇 가지 꺼림칙한 광경과 경험을 일지에 적어야 했다. 도서관 앞에서 벌어진 몸싸움, 사소한 공공기물 파손, 마약 사용, 심지어 커뮤니티센터 내에서 투여한 것으로 의심되는 약물 과용까지. 그래도 그 폭력이 직접적으로 나를 향한 것은 아니었다. 첫눈이 오기 전까지는.

그해엔 찬 공기가 일찌감치 몰아닥쳐 첫눈이 쌓인 날도 아주 일렀다. 바로 그날 도서관 폭력에 관한 심화수업이 있었다. 아침에 도서관에 다다랐을 즈음엔 길 위에 눈이 손가락 한두 마디 깊이로 쌓여 있었다.

건물에 아무도 없을 거라고 생각했는데 도착해보니 문이 열려 있고 불도 켜져 있어 뜻밖이었다.

웬 키 큰 여자가 복사기 위로 상체를 숙이고 있다가 내가 들어서자 고개를 들었다. 나와 똑같이 못생긴 직원 유니폼을 입고 있었지만, 나보다는 옷 맵시가 나아 보였다.

"어. 안녕하세요." 나는 어깨에 쌓인 눈을 털어내며 인사하고 열쇠꾸러미를 데스크에 놓았다. "저는 앨리예요."

여자는 나를 위아래로 훑으며 대놓고 뜯어봤다. 그 눈초리에 나는 벌거벗겨진 느낌이었다. 평가받는 기분. 왠지 이 여자의 승인을 꼭 받아야 할 것처럼 뜬금없이 절박한 심정이 되었다.

"피비." 마침내 여자가 자신의 이름표를 가리키며 말했다.

피비가 능숙하게 복사를 계속하자 복사기가 웅웅거리며 돌아갔고, 피비의 손에서 종잇장이 펄럭거렸다. 내가 피비의 평가를 통과했는지 아닌지는 알 수 없었다. 피비는 머릿속으로 내 생김새를 하나하나 기록하여 따로 보관하는 것 같았다.

"아, 내가 미처 모르ー"

피비가 말허리를 잘랐다. "눈이 오잖아. 그럼 우린 가장 가까운 공공도서관으로 출근하게 되어 있어. 나한텐 그게 여기고."

"아." 나는 작은 소리로 대답했다. "그럼…… 난 이왕 출근한 거, 일이나 해야겠네."

피비가 피식 웃었고 긴장이 약간 사그라들었다. 나는 주섬주섬 장갑을 꼈다.

"좋을 대로."

전반적으로 한산했지만 한낮이 되자 눈 오는 날의 도서관 치고는 사람이 제법 들어왔다. 비가 오나 눈이 오나 실직자들은 대부분 나와서 구직활동을 했다는 증거를 남겨야 한다. 나는 그중 한 청년과 수다를 떨고 있었다. 청년은 초등학교 교사가 되기 위해 실습을 하고 있는데 현재 채용이 보류중이라 한

동안 임시직이라도 찾아야 한다고 했다.

피비는 청년과 아는 사이였다. 이웃 사람이라고 했다. 청년의 말소리는 나직나직했고 얼굴은 피곤해 보였다. 지난주 내내 공부에 매달렸고 곧 시험이 있다고 했다. 피비와 청년이 같이 얘기를 나누다 문이 쾅 열리자 몸을 돌렸다.

전투 모드 혹은 줄행랑 모드로 돌입하는 나 자신이 느껴졌다. 심리학자가 플래시백 증상에 대해 읊는 목소리가 들리는 듯했다. 과도한 각성. 비상구 확인. 근육 긴장……

나보다 머리 하나씩은 더 큰 십대 남자애들이 우르르 도서관에 들어올 때 나는 억지로 어깨를 끌어내렸다. 아이들은 왁자지껄 떠들었고, 그중 제일 큰 아이가 무슨 말인가 하자 요란하게 웃어젖혔다.

"거기 고딩들," 피비가 경고했다. "볼륨 줄여라, 사람들 일하고 있잖아."

아이들 중 한 명이 소리없이 피비 흉내를 내며 빈정거렸지만 나머지는 얌전해졌다. 그러더니 자기들끼리 실실 웃으며 어린이 서가 뒤로 들어갔다. 나는 그애들이 대다수 이용자들과 마찬가지로 궂은 날씨를 피해 들어왔을 거라고 짐작했다. 하루 중 이맘때의 어린이 서가는 사람이 거의 없었고 절반 높이의 책장에 가려져 그 안에서 뭘 하는지 잘 보이지 않았다. 지금도 애들 머리 꼭대기만 보였다.

전에 그 무리 중 한두 명과 살짝 충돌이 있었던 것 같기도 한데 확실치는 않았다. 그동안 도서관 내에서 반사회적 문제행동으로 사건이 몇 번 있었는데, 거의 십대들이 쉬는 시간이나 점심시간에 친구들한테 세를 과시하느라 물의를 일으킨 것이었다. 나는 녀석들을 예의 주시하기로 했다. 일단 지금은 조용했다.

나는 다시 책장 정리 임무로 돌아왔고(로맨스소설의 책등에서 껌을 떼어냈다) 가능한 악재를 미연에 방지해서 뿌듯해하고 있을 때 그 일이 터졌다.

"저기 있다. 저 **호모**. 야! **호모새끼**!"

내 심장이 목구멍으로 튀어올랐다. 순간 나는 책상 아래로 몸을 날려 숨고 싶었고, 이런 충동에 짜증이 일었다. 이렇게 불안증이 도진 적은 없었는데!

"겁쟁이." 머릿속 꼬마 악마들 중 한 놈이 소곤거렸다.

나는 벌떡 일어났다. 피비가 돌아봤지만 남자애들은 컴퓨터 앞의 청년을 향해 성큼성큼 걸어갔다. 청년의 얼굴이 벌게지고 주먹 쥔 손이 부들부들 떨렸다.

"사, 사람을 그런 식으로 부르면 안 되지!" 청년이 더듬거리며 말했다. 이젠 그도 자리에서 일어났다.

나는 녀석들의 접근을 막으려 열람실 한가운데로 나갔고, 심장이 군악대의 북처럼 미친듯이 둥둥거렸다. 피비가 그 젊은 구직자를 말렸고 남자애들은 씩씩대며 내게 살벌한 욕설을 퍼부었다. 그때 녀석들은 인간이라기보다 짐승에 가까웠다. 흉포한 들짐승.

나의 모든 세포가 도망치고 싶어했다. 그 순간 내가 있는 곳은 열람실이 아니었다. 다른 장소, 심리상담사에게 상담치료를 받던 장소였다. 나는 작고 외롭고 고통스러웠으며 겁에 질렸다.

"그만!"

남자애들이 멈칫했다. 열람실이 고요해졌다. 나는 소리를 지르고 있는 사람이 바로 나임을 깨달았다.

"그만해, 안 돼! 도서관에서는 안 돼! 여기서 당장 꺼져! 나가! 경찰을 부를 거야!"

녀석들 중 가장 우람한 체격의 남자애가 상체를 내밀고 제 얼굴을 내 얼굴에 바싹 들이밀었다. 놈은 나보다 최소 30센티미터는 더 컸고, 저렴한 디오도런트 냄새가 풀풀 났다. 놈의 얼굴이 십대 남자애의 얼굴에서 다른 누군가로 계속 바뀌었다. 악몽에서 보던 얼굴, 이불과 사투를 벌이며 비명을 지르게 만들던 그 얼굴.

"그래서 뭐 어쩔 건데?"

"**씨발** 꺼지라고 했다!"

또다시, 나 자신의 목소리가 내뱉는 낯선 이의 말. 나는 도

64

무지 내가 아니었다. 잠깐 정신이 드는 순간 나는 손을 주머니에 넣었다. 두 주먹이 불끈 쥐어진 상태로 나의 줄행랑 본능이 신속히 전투 본능으로 전환되고 있었다. 아 진짜, 저 교활한 면상을 산산조각내고 싶다……

피비가 앞으로 나왔다. "너네들 방금 들었지. 나가. 지금 당장."

놈은 곧장 물러났다. 나는 157센티미터지만 피비는 180센티미터가 넘으니까. 피비는 전직 군인이었고 그게 몸자세에서 드러났다.

놈의 친구가 의자를 집어든 건 바로 그때였다……

나중에, 부들부들 떨리는 손으로 망가진 의자를 살피면서 나는 피비를 힐긋 쳐다봤다.

"경찰은 아직도 감감무소식이네." 내가 말했다. "전화한 게 한 시간 반 전인데."

"안 올 거야." 피비가 떨떠름하게 말했다. "당신은 그만 퇴근하는 게 낫겠어. 경찰은 이런 데 안 와."

나는 초등학교 교사가 되고 싶다던 청년을 건너다봤다. "퇴근할 거면 같이 해야지."

의자는 내가 고쳤지만, 벽에 팬 흠은 아마 절대 보수되지 않을 거다.

내가 그날 얻은 교훈은 다음과 같다. **군중은 예측할 수 없는**

짐승이다. 절대 등을 보이지 말 것. 폭력에는 눈이 달리지 않았고 언제 어디서 들이닥칠지 모른다. 만반의 대비를 할 것.

그래도 도서관에서 일하고 싶은가? 그렇다면 저 교훈을 명심하고 원칙으로 삼으시라. 나는 생고생하며 배웠지만 여러분은 그러지 않기를 바란다.

그 경험에서 얻은 두번째 교훈은 이것이다. **문서화된 기록을 남길 것.** 그렇다, 손이 부들부들 떨리고 오로지 집에 가고 싶은 마음뿐일지라도. (손이 부들부들 떨리고 오로지 집에 가고 싶은 마음뿐이라면 더더욱.)

그날 폐관 후에 한동안 남아서 헤더가 전에 보여준 '폭력 사건 보고서양식'에 맞춰 서류 작업을 했다. 피비는 그래 봤자 소용없다는 뜻으로 툴툴거렸지만 결국 증인으로서 서명하는 데 동의했다.

나는 관리운영규정 백……몇 번인가에 명시된 대로 보고서를 스캔하여 헤더에게 발송하고 도서관 문을 잠근 다음, 시시한 TV 프로와 주전자 하나 가득 든 차와—바라건대—느긋한 밤을 기대하며 집으로 향했다.

이튿날(비번이었다) 헤더에게서 전화가 왔다. 헤더는 사건의 몇몇 세부사항을 확인하고 나서, 내게 자치체에서 지원하는 '갈등 관리' 강좌를 들어보라고 제안했다.

"도움이 될 거예요." 헤더가 말했다. "나도 들었는데 강사가 꽤 괜찮더라고. 다음달에 또 교육생을 모집한다니까."

하루종일 의자가 내 머리를 향해 날아오는 순간을 강박적으로 재생하고 있던 터라, 그 제안이 진심으로 반가웠다. 갈등 관리라는 말은 생전 처음 들어봤지만 딱 나한테 필요한 얘기 같았다.

나는 "등록하겠습니다!"라고 말했다.

그 통화 이후, 속에서 들끓던 공포가 차츰 뭉근히 가라앉았다. 내가 해야 하는 일은 수강 전까지 위험을 피하고 자중하는 것뿐이라고 판단했다. 그때까지 또다른 폭력 상황에 노출되지 않는 한 괜찮지 않을까? 도서관 마법이 내가 물속으로 가라앉지 않고 계속 떠 있게 도와줄 것이다.

클리셰처럼 들릴지 모르지만, '진성' 독자들과 교류하며 조금씩 도서관 공간을 재조직하는 즐거움 덕분에 정말 나는 앞으로 나아갈 수 있었다. 새로 꾸린 북 큐레이션에 반응하거나 재정비된 서가 덕분에 원하던 작가의 책을 찾기 쉬워졌다고 얘기하는 사람들을 보면 굉장히 뿌듯했다.

나는 자부심을 갖고 도서관 이용자들 한 명 한 명과 인사하기 시작했다. 어서 오세요, 쇄신중인 콜뮤어도서관입니다.

∗

갈등 관리 교육을 받기 사흘 전, 나는 다시 도서관 이용자의 공격을 받았다.

매주 콜뮤어도서관은 북버그* 행사를 주최했다. 북버그는 한 시간 동안 진행되는데, 어린이 보조사서인 리사가 영유아와 그 보호자를 대상으로 먼저 함께 노래하는 시간을 가진 후 유아용 도서를 읽어준다. 이 기회에 양육자들은 한자리에 모여 서로 육아의 고충을 털어놓고 아이들과 놀아주는 체계적인 놀이법을 배운다.

뭐, 참가자가 실제로 있다면 최소한 그 정도는 했을 거라는 얘기다.

지난 몇 주 동안 북버그는 리사의 일지에 노래하고 학습하는 시간이라기보다는 밀린 서류 작업과 이메일을 처리하는 데 사용된 시간으로 기록됐다. 참여율에 대해서는 일찌감치 기대를 접었지만, 머릿속 한구석에 신경을 긁는 뭔가가 있었다. 우리 도서관이 있는 곳은 사회적으로도 경제적으로도 궁핍한 지역이고 젊은 한부모 가정이 상당히 많은 편이었다. 하루종일 유아차를 밀고 다니며 바깥을 배회하는 애엄마나 애

---

* Bookbug. 출생 후 만 5세 때까지 모든 영유아에게 책과 놀이도구를 무료로 제공하는 어린이 독서 캠페인.

아빠를 볼 수 있었다. 아닌 게 아니라, 그 사람들은 종종 컴퓨터를 사용하러 도서관에 불쑥불쑥 얼굴을 내밀었다. 그런데 왜 유독 이 무료 서비스만은 아무도 이용하지 않는 걸까?

리사가 공용 컴퓨터 앞에 앉아 스프레드시트를 열어놓고 빈둥거리고 있을 때 그런 생각이 내 머리에서 맴돌았다. 리사는 제법 상냥해 보였고, 학교 선생님처럼 살짝 근엄한 면이 있긴 하지만 정 떨어지는 타입은 확실히 아니었다. 얼마 되진 않지만 적어도 우리가 나눈 짧은 대화들로 미루어 보건대 보육에 대해서는 유능한 전문가였다. 리사도 처음엔 콜뮤어 북버그 행사에 참가자가 없어서 낙담했지만 지금은 그 시간을 다른 용도로 쓰기로 한 것 같았다.

사십대 중반의 리사는 숱 많고 아름다운 검은 머리칼을 어깨까지 길렀고, 북버그 시간이 오면 늘 혹시나 있을지 모르는 어린이들과의 놀이에 대비해 머리를 대충 하나로 틀어올렸다. 리사는 교양 있는 말씨에 조금 새침하고 점잔을 빼긴 해도 가끔 아이들 부모가 왔을 때 내가 커피나 차를 내오겠다고 하면 항상 감사를 표했다.

매주 그 시간 컴퓨터 앞에 앉아 있을 때를 제외하면 나는 거의 리사를 보지 못했지만, 오늘따라 뭔가 이상하다는 느낌을 받았다. 리사가 안절부절못하며 초조해했다.

그날 아침은 평화로웠다. 나는 컴퓨터 사용을 요청하는 사람들의 로그인을 승인해주고 장서 순환비치 프로그램으로 새로 들어온 책들을 정리하여 서가에 꽂았다. 그러고 나서 컴퓨터 앞에 앉은 리사에게 다가가 헛기침을 했다.

"괜찮으세요?"

"응?" 리사가 나를 쳐다보며 말했다. "좀 이따 아이리스가 온다는 거 알고 있어요?"

아이리스. 지역 총책임자. 나는 아이리스를 몇 번 보지 못했다. 보조사서 면접 때 헤더와 함께 면접관으로 들어왔는데 콜뮤어도서관의 직원채용에 헤더보다 훨씬 관심이 없다는 인상을 받았다. 아이리스는 이 지역의 여러 공공도서관을 전부 도맡아 책임지고 있었다.

아이리스*는 어울리지 않는 이름이었다. 이 아이리스는 잿빛이었으니까. 단지 머리카락만 잿빛인 게 아니었다. 아이리스의 모든 게 잿빛이었다. 파리한 피부, 입고 있는 옷, 액세서리, 심지어 목소리마저 왠지 음울한 잿빛이었다. 입안에 모래를 물고 있는 것처럼 버석거리면서도 단조롭고 나직한 목소리는 마치 우물 바닥에서 들려오는 것 같았다. 도서관이 아무리 조용해도 아이리스의 말을 알아들으려면 늘 그쪽으로 고개를 내밀고 귀를 쫑긋해야 했다.

---

* 그리스신화에서 무지개의 여신이자 보라색 또는 노란색 꽃을 피우는 식물의 이름.

영문은 모르겠지만 아이리스는 사람들을 겁먹게 했다. 나는 그게 도무지 이해가 되지 않았다. 지금도 모르겠다.

미간을 찡그린 채 스프레드시트를 노려보는 리사를 내버려두고 내 자리로 가려는데 십대 남자애들 한 무리가 도서관 문을 밀고 몰려들어왔다. 벽에 흠집을 낸 녀석과 함께 왔던 아이들이었는데, 수상하게도 그 녀석만 없었다.

그날 소년들은 상대적으로 얌전했고, 분명 학교를 빼먹고 온 거겠지만 나는 모른 척하기로 했다. 다만 좁고 후미진 어린이 서가 안쪽 아무데나 가방을 놓고 여기저기 흩어져 앉은 놈들에게서 감시의 눈길을 떼지 않았다.

"거기, 학생들," 내가 소리쳤다. "오늘 어린이 프로그램이 있을 수도 있는데, 그럼 자리를 비켜줘야 해."

소년들은 고개를 끄덕이고 어깨를 으쓱했지만 그중 한 명—가장 키가 크고 다갈색 더벅머리에 디자이너 브랜드 옷을 입은 녀석—은 나를 빤히 쳐다봤다. 나는 그 시선을 정면으로 맞받아쳤다. 녀석의 반항적인 표정을 알아봤지만 이곳에서 난 정말 권위를 갖춰야 할 필요가 있었다. 마침내 녀석이 시선을 돌렸다. 소년들은 다시 자기들끼리 잡담하며 수업을 빼먹은 십대 애들이 흔히 할 만한 짓들로 돌아갔다.

내 옆에서 리사는 허리를 꼿꼿이 세우고 앉아 있었고, 만약 저애들이 소란스럽게 돌아다니기 시작하더라도 우리 둘이서 이곳을 별문제 없이 관리할 수 있을 거라고 나는 생각했다. 그 래도, 지난번 교훈의 기억이 새록새록했다. 내가 혼자서 일하지 않더라도, 군중은 예측할 수 없는 짐승이다.

나는 모든 십대를 의심의 눈초리로 보지는 않으려 노력한다. 그애들도 다른 사람들처럼 도서관을 이용할 권리가 있다. 알다시피 십대 시절의 나는 머리를 책에 푹 처박고 살았으니까. 그때 내게 도서관은 천국이었다. 지금도 그렇고. 그러나 불행히도, 내가 이쪽 업계에서 겪은 폭력 사건 중 대부분이 십대 남자애들과 관련이 있었고, 그래서 십대들 옆에서는 좀더 촉각을 바짝 곤두세우는 편이다. 미안, 얘들아.

아이리스는 소리 없이 나타났다. 신기하게도 아이리스는 평소 경첩에서 나는 삐그덕 소리 하나 없이 문을 여는 재주가 있었다. 아이리스가 데스크를 돌아 내 옆으로 걸어왔을 때 나는 하마터면 심장마비에 걸릴 뻔했다. 난 지금도 아이리스가 서가 사이의 먼지로부터 홀연히 실체화된 게 아니라고 백 퍼센트 장담할 수 없다.

"앨리." 아이리스가 내 의자 등받이를 한 손으로 짚으며 버석거리는 쉰 목소리로 말했다.

"안녕하세요." 나는 서름서름하게 대답했다. 이 상호교류에는 뭔가 부정확하고 불안정한 요소가 있었다. 대화의 각 참가자가 입을 열기 전 침묵이 너무 길었다. 아이리스는 너무 조용했고 나는 그 적막을 만회하기 위해 너무 큰 소리로 말했다.

"당신이 작성한 그 관리운영규정 420의 최신 버전을─호호호─가져가려고 들렀을 뿐이에요."

이 문장의 모든 것, 폭력 사건 보고서라는 명칭을 언급하길 거부한 것부터 중간에 작게 숨죽인 이상한 웃음소리까지, 전부 다 신경에 거슬렸다.

최신 버전? 뭐래.

"금방 준비하겠습니다!" 나는 씩씩하게 말했다. 이번에도 너무 큰 소리로. 저 잿빛이 나를 집어삼키기 전에 색깔을 끼얹어 균형을 잡아야 했다.

어린이 서가 쪽에서 소년들의 얘기가 볼륨을 높여갔다. 한 녀석이 낄낄대며 웃었고 다른 녀석이 뭔가를 던졌다. 그게 뭔지는 보지 못했지만 나는 아이리스의 말에 귀를 기울이는 와중에도 녀석들을 지켜보고 있었다.

"헤더가 요청한 대로 5차 수정 버전인가요?" 아이리스가 말을 이었고, 잿빛 시선이 소년들에게 맥없이 떨어졌다.

이제 난 정신이 사나워졌다. 아이들은 서로에게 감자칩 봉지를 있는 힘껏 던지고 놀았다. 한 녀석은 그걸 잡으려다 넘어졌다. 녀석이 뒤에 있는 책장에 부딪히면서 끝에 있는 책 두어 권이 떨어졌다.

"학생들," 나는 딱딱하게 말했다. "그만, 여긴 도서관이에요.

사람들이 일하고 있다고."

나는 아이리스에게 고개를 돌렸고, 아이리스는 지금까지 내내 귀신처럼 속삭이는 목소리로 얘기하는 중이었다.

"죄송합니다. 뭐라고 하셨죠?"

또다시 들리는 요란한 쾅 소리와 소년들의 박장대소 탓에 대화에 집중할 수가 없었다. 나는 벌떡 일어섰다. 제일 키 큰 놈도 일어나서 대결을 반기듯 턱을 내밀었다. 나는 약간 마음이 무거워졌다. 이 아이들을 쫓아내야 하는 일이 진짜로 생기지 않았으면 했다. 상황상 필요한 경우라도 나는 이용자들을 내쫓는 게 싫었다. 나는 술집 입구를 지키는 사람이 아니다.

"—보고서 양식을 가지고," 내가 데스크를 빙 돌아 소년들에게 가는데도 아이리스는 말을 계속했다.

내 가슴은 그 빌어먹을 익숙한 불안으로 갑갑해졌지만 내 두 손은 화평의 제안으로 소년들에게 손바닥을 펼쳐 보였다. 얼굴에는 아주 호의적인 '우리 이성적으로 얘기하자'는 표정을 올렸다. 젠장, 저애들이 도서관에 와서 책을 읽거나 조용히 대화를 했으면 얼마나 좋았을까. 그랬다면 정말 전혀 개의치 않았을 텐데.

"자자, 학생들, 그렇게—"놈들 중 한 명이 터진 과자봉지에서 감자칩을 일부러 유아용 그림책 상자에 쏟고 있는 것을 보고 나는 말을 멈췄다. 속에서 뜨겁고 시뻘건 것이 목구멍으로 올라와 내 뺨에 자리잡았다. 놈이 고개를 돌려 나를 쳐다보며 어디 해볼 테면 해보라는 듯 의기양양하게 히죽거렸다.

저 재수없는 쥐새……

"아, 보니까 바쁜 것 같네요." 아이리스가 데스크 안쪽에서 소리쳤다. 이번엔 목소리가 제대로 들려서 나는 그쪽으로 몸을 돌렸고, 내 두 눈을 믿을 수 없게도, 아이리스가 서류를 챙겨들고 도망가다시피 문을 향해 뛰어가는 모습이 보였다.

"아이리스," 나는 외쳤다. 내 입에서 무슨 말이 나올지 나도 알 수 없었다. 아마도 거기 서라고 말하려 했을 것이다. 그 비겁한 엉덩이를 의자에 딱 붙이고 똑똑히 지켜보라고 말하고 싶었을 것이다.

하지만 뭐라 말하려 했든 상관없었던 것이, 아이리스가 내 말은 들은 척도 하지 않고 말 그대로 도서관에서 줄행랑을 쳤기 때문이다.

리사는 여전히 내 옆쪽 컴퓨터 앞에 앉아 있었다. 있는 대로 푹 꺼져 앉아서 시선을 피했다. 아주 크게 도움이 되는군그래.

소년들이 낄낄대며 웃었다. 이제 다들 일어나 있었다. 한 놈은 내 눈을 똑바로 쳐다보며 선반의 책을 유난히 심통난 고양이가 그러듯 일부러, 그러나 고양이보다 더 뻔뻔하게 바보같이 으스대며 주르륵 떨어뜨렸다.

나는 꽉 쥔 두 주먹을 호주머니에 쑤셔넣었다. 녀석들 모두가 나를 둘러싸고 내려다봤지만 나는 천 개의 태양에 맞먹는 분노로 활활 타올랐다. 놈의 멱살을 잡고 뒤흔들고 싶은 충동을 간신히 억눌렀다.

"여긴 **어린이** 서가야. 너희는 **어린이** 책을 망가뜨리고 있어. 지금 당장 나가줘야겠다."

"안 나가면 어쩔 건데?" 감자칩을 쏟던 놈이 봉지를 비우고는 느릿느릿 끄는 어조로 말했다. 놈은 봉지를 카펫이 깔린 바닥에 던지고 신발 뒤꿈치로 짓밟았다. 나는 놈의 목덜미에 대고 똑같은 짓을 하는 상상을 했다.

"안 나가면 경찰을 부를 거야, 지금 당장." 나는 놈의 시선을 받아쳤다. 진짜로 그럴 작정이었다. 우리는 몇 시간처럼 느껴지는 몇 초 동안 서로를 노려보다가—나의 불안은 격노로 대체되는 중이었다—마침내, 천만다행으로, 놈이 시선을 돌렸다.

"얘들아, 내가 강제력을 행사하지 않게 해줘." 내 목소리가 적개심으로 떨렸다.

왜 리사는 손 하나 까딱 안 하고 있는 거지? 나는 리사에게 전화 수화기를 들라고 은근히 신호를 보내려 했지만 리사는 온 주의를 기울여 모니터만 들여다보고 있었다. 지금까지 쭉 듣고 있었다는 거 다 아는데도. 나는 소년들에게 등을 돌리고 리사를 대놓고 바라보았다. 지금 당장 경찰에 신고하라고 리사에게 말하려는 찰나, 제일 키 큰 애가 지껄이는 소리가 들렸다.

"얘들아, 내가 강제력을 행사하지 않게 해줘." 녀석은 내 말을 조롱하듯 흉내냈고, 이어서 마른 목을 긁는 역겨운 소리가 나더니 뭔가를 퉤 뱉었다.

무언가가 내 뒤통수를 때렸다. 축축하고 묵직한 것. 그것이 내 뒷머리에 맞고 튕겼고, 나는 눈을 동그랗게 뜨고 획 뒤돌았다.

"너 방금 **나한테 침 뱉었나?**"

그 순간 간신히 유지하던 직업정신이 깡그리 날아갔다. 놈의 얼굴에서 실실 쪼개던 웃음이 불안정해졌고, 나는 놈이 자신이 보이지 않는 선을 넘었으며 이젠 되돌릴 수 없음을 깨달았다는 것을 알았다. 내 주먹이 호주머니에서 내보내달라고 요동쳤고 손톱이 손바닥을 파고들었다.

"**지금. 당장. 꺼져.**"

놈의 친구들이 조용해졌다. 내 귀에 내 맥박소리가 들렸다.

"**못 알아들었나? 내가 말을 더듬었나?**" 나 자신의 목소리였지만 죄다 꼬마 악마가 하는 말이었다.

놈의 친구들은 재빨리 소지품을 챙기고 외투를 걸치고 가방을 메고 허둥지둥 나갔고, 내 옆을 지나가며 사과 비슷한 말을 중얼거렸다.

끝으로, 침을 뱉은 놈이 허리를 펴고 백팩을 멨다. 나는 놈을 노려보았다. 놈을 물리적으로 움켜잡지 않기 위해 자제력의 마지막 한 방울까지 쥐어짜내야 했다.

"지금. 당장. 꺼져."

"그러죠." 놈이 마치 제 스스로 나가기로 한 것처럼 허세를 부리며 말했다. "나는 갑니다."

놈이 내 쪽으로 걸음을 옮길 때 시야 끝에서 내 맥박이 실제로 보였다. 나는 그 자리에 버티고 서 있었다. 바로 그때였다. 놈의 어깨가 내 어깨를 세게 쳤다. 나는 온몸에 힘이 들어가 있었지만 놈이 나를 밀친 힘의 세기는 내가 비틀거리다 뒤에 있던 책장에 부딪힐 정도였다. 눈앞이 새하얘질 만큼 뜨거운 분노가 치솟았고 만약 놈이 그대로 내빼지 않았다면 솔직히 내가 무슨 짓을 했을지 모르겠다.

지금도 그 순간을 떠올리면, 그 소년이 도망가지 않았을 경우 사태가 훨씬 나빠졌을 거라는 생각이 든다. 물리적으로 똑같이 되돌려줬으려나? 분명 그랬을 가능성이 높다.

녀석의 뒤에서 문이 쾅 닫혔고, 나는 놈이 내 뒤통수에 뱉은 것을 바닥에서 집어들었다. 몸을 돌려 번들거리는 풍선껌을 리사에게 보여주는데 속에서 구역질이 났다.

"저 자식이 내 머리에 이걸 뱉었어." 나는 도저히 믿기지 않는 마음과 물불 안 가리는 분노 사이에서 갈팡질팡하며 멍하니 말했다.

리사는 모니터에서 고개도 들지 않았다. "메스껍네요. 그것도 보고서에 적어요. 그에 대한 관리운영규정이 있어요."

나는 경찰을 불렀다. 경찰은 코빼기도 내밀지 않았다.

＊

갈등 관리 교육 당일.

나는 팔짱을 끼며 서리 맞아 바삭해진 나뭇잎을 지르밟았다. 시골 어느 대저택의 중앙 현관으로 이어지는 육중한 쌍여닫이문이 열리기를 기다리고 있었다.

이곳은 원래 이 부지에 세워졌던 성의 일부라고 들었으니 분명 아주 장엄하고 인상적이겠지만, 쌀쌀한 가을바람을 맞으며 사십 분 넘게 기다리고 있자니 혹시 나 모르는 새 교육 세미나가 취소된 게 아닌가 하는 생각만 들었다.

근데 나 혼자가 아니었다. 세 명이 더 있었고, 우리 넷은 모두 추위에 떨면서 발을 동동 구르며 성질 급한 말처럼 뜨겁고 하얀 김을 내뿜고 있었다.

돌연 옆문이 열리더니 건장한 대머리 남자가 나타나 못마땅한 어조로 말했다. "늦었잖아요! 얼른 들어와요!" 남자는 명령조를 성의 없는 미소로 눅였고, 통로의 3분의 1을 떡하니 차지하고 버틴 채 우리에게 들어오라고 손짓했다. 우리는 그 옆을 간신히 비집고 지나갔다.

늘 그렇듯 생각이 너무 많은 나는 우리 넷 모두가 여자임에 주목했고, 혹시 남자가 있었더라면 저 사람이 좀더 넉넉하게 비켜줬을까 하는 의구심이 들었다.

안에는 자치체 내 다양한 부서의 유니폼을 입은 다섯 사람이 기다란 식탁 앞에 둘러앉아 있었고, 그 식탁이 컨퍼런스 테이블로 쓰이고 있었다. 아마도 저 사람들은 옆문으로 들어오라는 연락을 사전에 받았을 것이었다.

건장한 남자가 별도로 놓인 테이블 앞에 앉더니 곧장 랩톱에 뭔가 타이핑하기 시작했다. 그제야 나는 이 남자가 우리 지역의 보건안전국 국장임을 알아보았다.

프로젝터 스크린 옆에 스포츠 스타일로 머리를 짧게 깎고 갈색 폴로셔츠를 입은 남자가 서 있었다. 한때는 단단한 근육질 몸매였겠지만 이제는 공짜 세미나 뷔페에서 거하게 먹고 마시는 쪽으로 넘어간 중년 남자였다. 우리가 들어가자 그 남자는 부루퉁한 어조로 우리들 각자에게 1부터 3까지 숫자를 부여했다. 나는 3을 받았다. 그는 우리에게 자신의 숫자를 기억하라고 했다.

테이블에 낯익은 얼굴 하나가 있었다. 키가 크고 항상 노려보는 눈매로 가시 돋친 불만을 드러내는 얼굴. 여자는 다갈색

긴머리를 잔머리 하나 없이 완벽하게 모아 솜씨 좋게 하나로 틀어올렸고, 의자에 정자세로 꼿꼿하게 앉아 있었다. 나를 보더니 피식 웃으며 알은체를 하길래 나는 그것을 옆자리에 앉으라는 초대로 받아들였다.

"그 쪽문을 못 봤나보네?" 여자가 소곤거렸다.

"응." 나는 순순히 대답했고, 여자가 내게 흰색 무지 스티커와 사인펜을 건네며 내 이름과 방금 받은 숫자를 적으라고 했다.

여자는 이미 자기 것을 붙이고 있었다. '피비―1'.

"이거 해본 적 있어?" 피비가 물었다.

"아니, 당신은?"

피비가 고개를 끄덕였고, 그 아니꼬운 미소가 좀더 뚜렷해졌다. "당신 3번이야? 흥미롭군."

이 숫자가 무엇을 의미하냐고 물어보려는데 스포츠머리 남자가 주목하라며 소리쳤다. 남자는 프로젝터 스크린을 가리켰고, 화면에는 '**갈등 관리―이틀 과정**'이라는 제목 위에 여러 기업과 단체의 로고가 떴다.

"여러분, 제목은 무시하세요." 스포츠머리가 말했다. "우리는 하루만 할 거라서 좀 빠르게 진행하려고 합니다. 저는 찰리입니다."

찰리는 현역 때 거친 듯한 군대 계급과 직무를 하나하나 나

열하며 자랑스레 떠벌리더니 다음과 같이 의기양양하게 끝맺었다. "그리고…… 특수부대를 나왔죠."

찰리가 칭찬을 간절히 바라는 레트리버처럼 참석자 한 명 한 명을 둘러볼 때 잠시 침묵이 흘렀다. 우리가 감명을 받아야 하는 타이밍이었던 듯싶다. 빗방울이 유리창을 두드리기 시작했다. 나는 손등을 긁었고, 난감한 강박충동이었다.

"어, 와." 마침내 여자들 중 한 명이 감탄사를 중얼거렸다.

찰리가 헛기침을 하고 다음 슬라이드로 넘어갔다.

"여러분은 모두 직장에서 충돌을 겪거나 목격했기 때문에 이 자리에 왔습니다, 그렇죠?"

피비와 나는 이해의 눈빛을 교환했고, 찰리는 곧장 첫번째 장 '갈등 악화의 시점'으로 넘어갔다.

＊

"물론, 폭력의 시점에 이르면 그때는 경찰을 불러야 합니다." 찰리가 강조했다. 그는 **경찰**이라는 단어에 동그라미를 쳤다. "경찰의 시간을 뺏는다는 걱정은 절대 하지 마세요. 여러분의 안전이 우선입니다. 특히 여성분들께는 두 배로 그렇죠. 여러분이 혼자 있는 여성이라는 점을 경찰에 알리세요. 그럼 더 빨리 올 겁니다."

나는 또 한번 피비와 회의적인 눈빛을 교환했다.

"자, 보디랭귀지에 대해 얘기해보죠. 여러분이 여기 들어왔을 때 제가 여러분 모두에게 제각기 숫자를 부여했고, 그 숫자를 이름표에 써달라고 부탁했지요. 이제 그 숫자에 대해 알아볼 겁니다."

드디어, 3이 뭐가 그렇게 흥미로운지 알게 되겠군, 하고 나는 생각했다.

찰리가 슬라이드를 넘겼다. 숫자 1 주위를 폐쇄적, 거리감, 담벼락, 접근불가 같은 단어들이 둘러싸고 있었다.

"여러분 중에 1번을 받은 분들 계시죠. 1번분들은 2번분들과 다른 종류의 충돌을 경험한다는 것을 알게 될 겁니다. 1번분들은 과거에 '다가가기 어렵다'거나 '폐쇄적이다'라는 평을 들었을 수도 있습니다. 들어보신 적 있죠?"

피비가 맹렬히 고개를 끄덕였다. 이건 척도였나? 나는 뭐 과잉친절의 별종인가? 어떻게 찰리는 내가 그런 줄 아는 걸까? 나는 아까 여기 들어왔을 때부터 내가 했던 모든 행동을 분석했다. 갑자기 추위가 더위로 바뀌면서 얼굴이 화끈거려 외투를 힘겹게 벗었다. 나는 사람들을 향해 묵례를 했었다. 그것 때문인가? 그게 헤픈 친절이었나? 인상을 썼어야 했나? 씩씩거렸어야? 이를 드러냈어야?

"그게 꼭 나쁘다는 말은 아닙니다. 여러분의 역할에 따라 다르죠. 분명한 건, 여러분이 일반 대중을 직접 상대하는 자리에서 일한다면 여러분의 상사는 좀더 다가가기 편한 사람을 선호할 겁니다……"

나는 피비가 세상에 대고 '인사'할 때 항상 보이는, 노려보는 눈매를 떠올렸다.

우리는 전화를 받을 때 쭉 말해야 하는 응대 매뉴얼이 있었다. 좋은 아침입니다/오후입니다/저녁입니다, 모모 도서관 아무개입니다. 무엇을 도와드릴까요?

피비는 매뉴얼대로 응대하지 않았다. 피비의 말투에 따스함이라곤 하나도 없었다. 피비는 으르렁댔고 궁시렁댔다. 그렇다, '접근불가'가 적확한 용어였다.

이제 2번에 대한 슬라이드가 나오는 중이었다. 붉고 커다란 숫자 2가 개방적, 다가가기 쉬움, 상냥함 같은 단어들에 둘러싸여 있었다.

아 젠장, 나는 생각했다. 진짜 뭐가 어떻게 되는지 모르겠다. 1번이 폐쇄적이고 2번이 개방적이라면 3번은 뭐지? 내가 모종의 중력장이라도 만들어낸다는 건가?

찰리가 책상 밑에서 의자를 끌어냈다. 미국 영화에 나오는 여름 캠프의 젊은 교관처럼 거꾸로 돌려놓은 의자에 다리를 벌리고 걸터앉아 카우보이 스타일로 양팔을 등받이에 얹었다. 혹시 기타도 꺼내려나 반쯤 기대하며 쳐다보았다.

"자, 여러분. 2번분들에 대해 얘기해봅시다."

어쭈, 내 머릿속 한구석에서 작은 목소리가 의심 많은 악마답게 말했다. 저 인간은 저게 자연스러워 보인다고 생각하네. 행동 전문가랍시고 저게 성인을 대상으로 강의할 때 좋은 방법이라고 생각한다고. 저 꼴 좀 봐.

나는 공책에 필기를 하며 나 자신을 바쁘게 굴렸다. 숫자 2를 크게 쓰고 슬라이드에 적힌 문장 몇 개를 받아적었다. 귀가 벌겋게 달아오른 것이 느껴졌다. 누군가 속이 빤히 들여다보이는 페르소나를 두르면, 가령 천연덕스럽게 가식적으로 청중의 참여를 구걸하는 저질 코미디언처럼 굴면 나는 늘 이런 식이 된다. 민망함에 온 영혼이 오그라든다.

"2번분들, 안타깝게도 여러분은 괴롭힘을 좀더 쉽게 당하는 편입니다. 여러분은 마음이 따뜻해요. 사람들을 반기죠. 십중팔구 시민을 직접 상대하는 일을 하고 있고, 컨디션이 별로 좋지 않을 때에도 친절하게 대하려고 애씁니다. 그건 훌륭해요! 아무도 훌륭하지 않다고 말하지 않습니다. 다만 안타깝게도, 2번분들은 아마 이 워크숍이 다른 분들에 비해 좀더 필요하실 겁니다."

나는 십대 애들과 엮였던 사건이 기억났고, 그때 의자가 명백히 피비의 머리가 아니라 내 머리를 향했다는 게 생각났다. 그런데 또한 내가 받고 있는 심리치료도 생각났다. 상담을 받을 때마다 매번 그레이엄과 함께 되새기는 주문을 떠올렸다.

그 사건은 내 잘못이 아니다. 내가 트라우마를 불러들인 게 아니다. 나는 좋은 사람이다.

찰리가 계속 떠들어대고 있었지만 머릿속에서 나는 그 조그만 정신보건센터 상담실 안의 끈적한 플라스틱 의자에 앉아 있었다. 그레이엄이 내 손등을 가볍게 두드렸다.

앨리. 앨리, 돌아와요. 당신은 안전해요. 괜찮아요. 당신은 여기 있습니다. 오늘은 목요일이고 당신은 성인이고 안전합니다.

하지만 나는 전혀 안전하지 않다, 안 그런가? 내가 만약 무방비 상태의 커다란 자석처럼 충돌을 끌어당긴다면 안전할 리가 없다. 폭력이 늘 나를 향하는 것도 당연하다. 내 주위 사람들이 그렇게 공격적인 것도 당연하다. 내가 타고나길 이런 성격으로 타고난 거다, 안 그런가? 내 행동이 문제인 거다. 나는 3번이다. 자, 어디 해보라고. 무슨 얼토당토않은 말을 지껄이는지 보자. 피해자 잘못으로 돌리다니. 후진 찰리. 후진 찰리와 후진 번호들.

"3번분들로 말하자면, 음……" 찰리가 일어나서 의자를 돌려놨다. 아마도 2번 사람들과의 허심탄회한 대화 시간이 끝난 거라고 나는 추측했다. 찰리는 몸을 일으키려다 넘어질 뻔했다. 나는 찰리를 싫어했던 것 같다.

"제가 3번을 드린 분은 없을 것 같은데요, 그죠? 그쪽은 거의 괴짜들이죠." 찰리는 수염이 짧게 자란 턱을 어루만지며 킬 킬거렸다. "IT 업계 사람들. 너드. 뭐 정치적으로 올바르진 않 은 말이지만…… 약간 자폐스펙트럼장애가 있는 사람들이라 고 할까요."

그렇다. 저 웃기는 스포츠머리와 술 뱃살과 가짜 선탠과 의 미 없는 자격증들과 윌리엄 라이커 중령*의 재수없는 의자 자 세로 난 그저 있는 그대로 말하는 것뿐이야 하는 태도까지, 나는 애처럼 징징거리는 저 자아비대증 남자가 단연코 싫었다.

"그럼, 1번과 2번에 집중하지요. 요는 이런 겁니다. 2번분들 이 좀더 괴롭힘을 겪게 되는 편이라고 했을 때, 제 말은 여러분 이 더 많은 사람과 교류하는 편이라는 뜻입니다. 1번과 2번이 골고루 있는 어느 공간에 들어갔다고 칩시다. 사람들은 질문 이 있는 경우 의도치 않게 2번에 끌리게 됩니다. 아시겠습니 까? 이건 숫자의 문제예요."

피비가 고개를 주억거렸다. 사실, 여기 모인 사람들 대다수 가 고개를 끄덕이고 있었다. 한 남자는, 역시 도서관에서 일하 는 청년인데, 눈을 반짝반짝 빛내며 앉아 있었다. 마치 자신의 세계관 전체가 뒤집힌 듯 찰리의 말을 온몸으로 흡수하고 있 었다.

---

* TV 시리즈 〈스타트렉: 넥스트 제너레이션〉의 USS 엔터프라이즈호 부함장. 말등에 올라타는 듯한 자세로 의자에 걸터앉는 버릇이 있다.

젠장, 외향인과 내향인과 괴짜. 세상을 간편히 분류하는 얼마나 유용한 카테고리인가. 어쨌든 나는 내 안의 꼬마 악마가 제3자에게 비판의 총구를 돌렸다는 데 안도했다. 우리의 의견일치에 천군만마를 얻은 기분이었다.

또다른, 좀더 차분한 목소리가 속삭였다. 저 사람 말이 옳다는 거 너도 알잖아. 괴짜. 넌 여기 올 자격이 못 돼. 왜 아직도 살아 있는 건데?

나는 얼굴이 화끈거렸다.

"세상 모든 게 그렇듯 이것도 정도의 차이가 있습니다." 찰리가 말을 이었다. "1번에 대해서 좀 얘기해보죠. 1번분들은 과거에 충돌을 겪었을 가능성이 높습니다. 점심을 먹기 전에 마지막으로 짧은 일화 하나만 들려드릴게요."

찰리는 또 의자를 향해 손을 뻗더니, 역시나, 다리를 벌리고 거꾸로 걸터앉았다. 아주 열성적인 캠프 교관님. 셔츠 목깃에 작은 얼룩이 묻어 있었다. 겨자 소스인 듯했다.

"몇 년 전에 저는 이 강의를 하면서 퍼스널 스페이스, 즉 대인관계에 필요한 거리에 관해 얘기를 하고 있었습니다. 나중에 우리도 그 주제를 다룰 겁니다. 그때 한 여성분이 계셨어요. 아리따운 젊은 여자분이었죠. 말소리가 조용조용하고 예의바른 분이었습니다. 정말 아름다웠지요."

그 여자가 얼마나 아름다운지 좀더 말해보시지.

나는 눈을 굴려야 했다. 맙소사, 눈을 굴리지라도 않으면 토할 것 같았다.

"……그래도 그분은 1번이고, 그 이유를 말씀드리죠. 그 여자분은 폐쇄적입니다. 시선을 맞추지 않아요. 강의시간 내내 팔짱을 끼고 있어요. 아주 경계심이 강하죠."

피비가 여기서 조금이라도 더 세게 고개를 끄덕였다간 저 아니꼬운 미소가 떨어져나갔을 거다.

"그래서 우리는 이런 실험을 해봅니다. 제가 그분에게 다가가고, 그분은 제가 너무 가까이 왔다고 느끼면 손을 듭니다. 실험을 시작하자마자 그 여자분은 곧바로 손을 듭니다. 퍼스널 스페이스가 아주 크죠. 경계선이 아주 또렷합니다. 여러분 중에는 남들보다 훨씬 큰 비눗방울 안에 있어야 하는 분들도 계실 테고, 그것도 괜찮습니다. 다만 그분은 그 실험에서 눈물을 터뜨립니다. 느닷없이요. 다들 어리둥절하죠. 저도 어리둥절하고."

나는 공책에 '어리둥절'이라고 적은 다음 밑줄을 두 번 쳤다. 이유는 나도 모른다.

찰리는 극적인 효과를 내려고 말을 잠시 끊었고, 내 귀에 들리는 거라곤 피비가 고개를 끄덕일 때마다 뭔가 딸랑거리는 소리뿐이다.

찰리가 목소리를 더욱 낮춘다. "이게, 우리끼리 하는 얘긴

데, 그 명민한 젊은 여자분이 실험이 끝난 후 제게 다가왔습니다. 저는 그분이 괜찮은지 확인하고 싶었지요. 음, 알고 보니 그분이 학대를 당했더라고요. 성적 학대를…… 어릴 때요."

찰리는 마치 회사에서 가십을 퍼뜨리듯 그 얘기를 했고, 나는 공책에 끄적거리던 것을 멈췄다. 그 울컥거리는 덩어리가 다시 내 목구멍을 꽉 막았다.

"아버지한테요, 아시겠지만. 딱하죠. 정말 딱해요. 그 예쁜 여자분이."

나는 고개를 들 수가 없었다. 찰리가 콕 집어 내게 말하는 것 같았다. 문득, 공책에서 고개를 들면 방안의 사람들이 몽땅 나를 쳐다보고 있을 거라는 끔찍한 상상이 들었다. 그 장면이 너무 불쾌하고 선명해서, 그 생각을 떨쳐내기 위해 잠시 눈을 감아야 했다. 아마도 찰리의 얘기에 가슴이 아픈 것처럼 보였을 것이다.

어쩌면 가슴이 아픈 게 맞을지도.

"자, 1번분들, 여러분 모두에게 어떤 하자가 있다는 얘기가 아니라, 제가 하려는 말은 이겁니다. 여러분이 전형적인 1번일수록 트라우마를 경험했을 가능성이 더 높다는 거죠."

하자.

나는 고개를 들었고, 거지같게도, 찰리는 능글맞은 웃음을 흘리고 있었다. 나를 향해서가 아니라 그냥 제 얘기에 푹 빠져서, 똥간의 돼지처럼 제 목소리의 울림을 만끽하며 희희낙락하는 중이었다. 찰리가 다음 얘기로 넘어가기 전에 사람들을 둘러볼 때 그의 눈이 내 눈과 마주쳤다. 웩! '하자'라는 게 뭔지 내가 보여주지.

"제가 정신과의사는 아닙니다만 학대받은 경험이 있는 사람은 바로 알 수 있어요. 절대 틀리는 법이 없죠. 2번이나 3번에서는 거의 찾아보기 어려워요, 그 문제—성적 학대에 관해선 말입니다."

크고 사나운 웃음소리가 울렸다. 나의 한쪽 눈이 경련하듯 실룩거렸고 나는 주위를 둘러보았다. 방안의 모든 사람이 고개를 돌려 나를 쳐다보면서 나의 끔찍한 상상은 현실이 됐다. 사람들의 뒤엉킨 시선이 왠지 뜨거우면서도 차가웠다.

내 손이 얼른 입을 틀어막았지만 두번째 웃음소리를 누를 만큼 신속하진 않았다.

앨리. 괜찮아요. 앨리, 당신은 안전해요. 이곳으로 돌아와요. 오늘은 목요일입니다. 당신은 성인이고 당신은 안전해요.

"죄송합니다." 나는 웅얼거렸다. "긴장하면 나오는 버릇이라."

재수없는 새끼.

이제 점심시간이라고, 나를 주시한 채 찰리가 선언했다. 아무도 토를 달지 않았다.

*

엄청 커다란 구운 감자를 포크로 쿡쿡 찍고 있는데 피비가 내 옆에 앉았다. 이 낡은 성에 있는 카페는 뜻밖에 괜찮았고, 내가 왜 이 카페에 와볼 생각을 한 번도 안 했을까 의아해하는 동안 피비가 제 샌드위치를 입가로 가져갔다.

"어떻게 생각해?" 피비는 입안 가득 빵을 문 채 우물우물 말했다.

나는 감자를 공략하던 포크를 내려놓았다. 의미 없는 짓이었다. 애초에 입맛이 거의 없었다.

"이 강의에 대해서?" 나는 가방 안으로 손을 뻗으며 물었다.

피비는 샌드위치를 도로 접시에 내려놓으며 고개를 끄덕였다. 그러고는 샌드위치를 사찰하듯 유심히 살폈다. 우리가 처음 만났을 때 나를 톺아보던 눈초리가 아주 강하게 연상되는 시선이었다. 피비의 손가락이 겹겹의 속 재료 사이를 누비며 민첩하고 정확하게 얇게 저민 오이를 골라내기 시작했다.

"괜찮은데." 나는 어련무던하게 말했다.

피비가 동의의 뜻으로 음음 소리를 냈을 때 나는 가방 속에서 찾고 있던 것을 찾아냈다. 알약 한 알을 재빨리 뜯어 입속에 밀어넣고 능숙한 동작으로 콜라와 함께 삼켰다.

가방을 도로 잠그는데 기다란 손가락이 내 팔꿈치를 찔러서 고개를 들었다. 피비는 더이상 샌드위치를 해부하고 있지 않았다. 대신 피비의 관심은 내 가방에 고정되어 있었다. 피비가 내 가방을 가리켰다.

"그건 뭐야?"

"뭐가 뭐야?"

"그 약." 피비가 무슨 말을 하는 건지 이해하는 데 잠깐 시간이 걸렸고, 그동안 피비는 잠자코 있었다. 피비의 말투가 한결 부드러워졌다. "그니까, 나한테 닥치고 꺼지라고 해도 할말 없지만. 그냥 궁금해서. 무슨 약이야?"

벤라팍신 서방정 150mg. 세로토닌-노르에피네프린 재흡수 억제 항우울제. 하루 두 번 복용. 전에는 거대한 300mg짜리 한 알을 먹었는데 부작용이 어마어마했지. 두 번에 나눠 먹으니 그나마 좀 견딜 만하더군. 한 번 복용을 놓치면 이후 열두 시간 동안 눈앞이 안 보이는 편두통으로 응징당해. 추측건대 나를 제정신의 세계에 붙잡아두는 몇 안 되는 것들 중 하나일 거야. 결코 확신은 못하지만.

"이건 어…… 병원 약인데." 내가 말했다.

사실 정확히 어떤 약인지 피비에게 상세히 설명하려고 입을 막 열려다가 자제했다. 앞뒤 없이 툭 던지는 피비의 직설화법에 또다시 허를 찔렸다. 뚫어져라 응시하는 강렬한 눈빛에 나는 두뇌 안쪽을 뒤져서 다른 단어와 무해한 거짓말 한두 개를 찾아냈다.

"진통제야." 마침내 나는 덧붙였다. "두통 때문에."

피비는 마음을 놓은 듯 숨을 내뱉었다. 나는 스스로에게 짜증이 났다. 이번에는 사람들에게 솔직하자고 누누이 다짐하던 차였다. 더이상 만사 무탈하고 아무 일 없다는 듯 연기하지 말자고. 결심이란 게 참 부질없다.

다만…… 이건 정말 피비가 알 바 아니니까. 꺼지라고 말할 용기가 있으면 좋으련만, 실은 피비가 약간 무서웠다. 피비는 키가 크고 날카로웠고, 무심한 즐거움과 강렬한 몰입 사이를 너무 빠르게 왔다갔다해서 내게 어떤 태도가 요구되는지 파악하는 데 꽤나 애를 먹었다. 피비 앞에 있으면 평가를 받는 기분이었다. 불안했다.

"그런 알약들 말인데," 피비가 말을 이었다. "난 그런 거 안 좋아해. 타이레놀만 있으면 되지. 딴 건 다 독이야. 그 왜, 항우울제나 그런 거 말이야. 중독되잖아."

피비는 더이상 나를 바라보고 있지 않았고, 다시 샌드위치에서 오이를 골라내는 작업으로 돌아갔다. 솔직히 나는 머릿속 혼잣말로도 반박하지 못할 만큼 지쳐버렸다. 피비는 그쪽 사람들 중 하나였다. 내가 처음 마주친 사람도 아니고, 분명 마지막으로 마주치는 사람도 아닐 것이다.

우리 어머니도 약 먹는 것을 수치스러워하는 사람이었다. 그런 말들은 한때 어머니에게 아주 쉽게 들을 수 있는 얘기였다. "약에 의존하지 마라. 네 몸은 그런 약을 필요로 하지 않아."

어머니의 암(다행히 완치됐다)과 나의 발작(회복 여부는…… 논쟁의 여지가 있다) 이후로는 바뀌었지만.

아니나다를까 피비에게는 미리 준비된 연설이 있었다. 이후 오 분에 걸쳐 내가 포크로 감자를 깨작거리는 동안 피비는 샌드위치를 만지작거리며 정신과 치료약을 남용하는 사람들과 거대 제약사들의 생산품과 제약회사들이 어떻게 우리를 몽땅 약에 절게 만들어 이윤을 얻는가에 대한 '진짜 통계'를 들려준 것이다. "그 다큐멘터리 못 봤어? 유튜브에 있는데. 약 따윈 필요 없어. 똑같은, 아니 더 좋은 효능을 내는 식물들이 있거든. 대체의학이야말로 앞으로 나아가야 할 길이지."

나는 그 대체의학이란 게 바로 효능이 검증되지 않은 의료 행위를 일컫는 말이라고 대꾸하려다 말았다. 너무 진이 빠진 상태였고, 하도 기운이 없어서 감기에 걸린 게 아닐까 싶었다.

마침내 한바탕 강의를 끝내고 피비가 다시 점심을 먹기 시작했다. 나는 크게 안도의 한숨을 내쉬었고, 기회를 봐서 적당히 핑계를 대고 남은 점심시간을 화장실에서 보내려는 찰나 피비가 또 말을 걸었다.

"근데 당신은 콜뮤어에서 일하는 거야?"

"어? 웅."

"정직원?"

"계약직."

"그럼 헤더를 알겠네."

나는 헤더를 알았다. 그 지저분하게 틀어올린 머리와 검은 펜슬로 진하게 칠한 눈썹과 서류철을 알았다, 빌어먹을 서류철들.

피비는 내가 어떻게 반응할지 흥미롭게 기다리고 있었다. 피비의 작은 눈이 나를 뚫어져라 바라보았다. 나는 머뭇거렸다. 피비가 헤더를 싫어하는 것 같기는 했지만 그래도 괜히 긁어 부스럼 만들고 싶진 않았다. 저 샌드위치처럼 낱낱이 분해되는 일이 있어서는 안 되지 않겠는가.

"뭐…… 괜찮아." 나는 강의에 대한 소감을 말했을 때와 거의 똑같은 톤으로 말했다. "약간…… 걱정이 많긴 하지."

갑자기 피비가 웃음을 터뜨렸다. 전혀 예상치 못했던 일이라 나는 말 그대로 움찔하며 물러났다. 피비가 알아차린 것 같진 않았지만. 다만 피비는 손뼉까지 치며 박장대소해서 주위 테이블에 앉은 사람들의 주목을 끌었다.

"미쳤잖아! 그 여잔 미쳤지, 안 그래? 당신이 그렇게 말해주니 기쁘네!" 피비가 킬킬거렸다.

나는 그 어느 순간에도 '미쳤다'고 말한 적이 없다고 확신했지만, 그때 그 순간에는 저 킬킬거리며 박수치는 여자에게서 벗어나기 위해서라면 무슨 말이든 했을 것이다.

"아, 그 여자 진짜 징글징글해." 피비가 함부로 말을 퍼부어 댔다. "당신한테 온갖 문서에 다 사인하라고 했지? 숫자도 세라고 하고?"

나는 고개를 끄덕였다. 인정하건대, 맞다, '문서에 사인하고 숫자를 세는 것'이 당시 내 업무의 대략 80퍼센트를 차지했다.

"헤더가 이메일도 보내지?"

또다시, 나는 고개를 끄덕였다. 헤더가 내게 이메일을 보낸다는 건 부인할 수 없는 사실이었다. 시도 때도 없이. 그 못 알아볼 수 없는 **몽땅 대문자로 작성된 전달사항**은 더 많은 종류의 숫자를 세고 더 많은 문서에 확인서명을 하라는 요구로 점철되어 있었다.

"난 로스크리도서관에서 일해." 피비가 드디어 앞뒤 설명을 보탰다. "콜뮤어의 협력도서관이지. 둘 다 헤더가 관리하고. 아, 당신은 악몽에 발을 들인 거야!"

피비는 그야말로 생각만 해도 너무 기쁘다는 표정이었다.

내 뺄 기회만 보던 나는 얼른 핑계를 대고 화장실로 뛰었다.

*

우리는 반원형으로 섰다. 테이블과 의자는 모두 한쪽 구석으로 밀었고, 찰리가 기자회견장에 나온 정치인처럼 한가운데 섰다. 그는 강의실 안을 둘러보며 짐짓 근엄하고 자애로운 표정을 지었다.

"좋습니다." 우리가 다음 단계의 지혜 한 조각을 받을 자격이 있다고 판단한 듯 찰리가 입을 열었다. "대인관계에 필요한 비눗방울은 그 크기가 사람마다 전부 다르다는 점을 우리는 알아냈습니다. 여러분 중에는 타인과 좀더 가까이 있어도 비교적 편한 분이 계실 겁니다. 괜찮아요. 지금부터 저는 그날그날에 따라 비눗방울 크기에 영향을 미치는 요소에 대해 얘기하고자 합니다."

비눗방울이라는 단어가 내 안에서 그 뜻을 완전히 잃으며 이질감이 느껴졌다. 먼저 우리는 둘씩 짝을 지어 서로 얼굴을 마주보고 서서 대화하는 연습을 했는데, 나와 피비의 경우엔 얼굴과 가슴이 마주보았다. 대화하는 시늉을 하면서 나는 목을 길게 빼서 피비를 올려다보았고, 그다음에 다시 시도할 때는 둘이 같이 45도 각도로 비틀어 시선을 맞췄다. 여전히 어색하긴 했지만 이번에는 훨씬 자연스럽게 대화가 흘러갔다.

찰리에게 공평하자면, 직접 몸을 움직이며 해보는 연습은 제법 흥미로웠다. 찰리는 갈등의 부채꼴에 대해 설명했다. 각 개인의 전면에는 중심각이 90도인 부채꼴 모양의 영역이 있는데, 여기서는 갈등이 물리적 충돌로 번지기 쉽다. 그것은 대체로 팔이 닿는 거리이며, 얼굴을 마주보고 서 있다는 자각이 중요하다.

찰리의 말이 이치에 닿는다는 점이 거슬렸다. 그가 거들먹거리는 멍청이라기보다 뭐랄까 거들먹거리는…… 흠, 전문가로 보이기 시작했다는 점이 거슬렸다.

억지로 참고 있음에도 불구하고 나의 보디랭귀지가 정확히 그가 예측한 대로 반응하고 있다는 점이 거슬렸다. 나는 찰리가 틀렸기를, 심지어 쓸모없기를 바랐다. 나 자신의 정신건강을 위해 그래야만 했다.

"겉모습은 당신이 얼마나 편안하게 여기느냐에 영향을 미칠 겁니다. 만약 누가 술에 취한 상태로 다가오면, 맨정신인 사람만큼 가까이 오도록 허용하지 않겠지요?"

찰리는 놀라울 정도로 맞는 말만 하고 있었다.

"인사불성인 사람하고는 중간에 책상이라든가 의자라든가 하여간 뭔가를 두지 않고는 단둘이 있을 때 마음이 편할 리가 없죠. 자신의 본능적 감을 믿으세요."

＊

화톳불 주위로 모여드는 원시인처럼 우리는 풍성하게 차려진 홍차와 커피 보온병 주위로 옹기종기 모여들었다. 자치체에서는 차와 비스킷에 대해서만은 진심으로 전력을 다했다. 내가 묽은 홍차를 머그잔에 다시 따르며 세어보니 각기 다른 세 종류의 쇼트브레드가 있었다.

당시 내 기분이 어땠는지는 잘 모르겠다. 앞서 1번과 2번에 대한 찰리의 논평을 가볍게 무시했던 것처럼, 그때까지 찰리가 가르친 모든 것을 무시해버리고 싶었다. 하지만 내가 도서관에서 겪었던 다양한 갈등 시나리오를 머릿속으로 재생해보니 보디랭귀지에 대해서는 찰리의 말이 — 대체로 — 맞았다. 공격을 못하게 방해하는 자세와 갈등의 부채꼴, 목소리의 변화, 목덜미를 긁는 행동에 대해서는 그의 말이 옳았다.

자기회의감에 빠져 있던 나는 덩치 큰 보건안전국장 조지가 내게 티스푼을 건네달라고 했을 때 퍼뜩 정신이 들었다. 지금이야말로 콜뮤어에서 근무한 지난 육 개월 동안 내가 느꼈던 우려를 전달할 수 있는 기회라는 생각이 들었다.

나는 티스푼을 조지에게 건네며 불쑥 말했다. "어, 안녕하세요. 저는 앨리라고 합니다. 아시는지 모르겠지만. 콜뮤어에서 일하고 있어요. 거기서 폭력 사건이 몇 번 있었습니다."

조지는 주변을 살피며 중얼거렸다. "여기서는 말고." 그러더니 다 안다는 표정으로 내게 안쪽 회의실로 들어가자고 몸짓으로 말했다. 나는 그를 따라갔다. 조지가 한숨을 내쉬고 말없이 내게 자리에 앉으라고 권했다. 나는 갑자기 회의에 끌려

들어온 사람이 되어 괜히 말을 붙였다고 후회했다. 남들 다 보는 자리에서 눈치 없이 그 얘기를 꺼냈다고 쪼아대려나?

조지는 피곤해 보였다. 그는 랩톱을 열면서 머리통의 숱이 없는 부분을 긁었다.

나는 차를 후후 불면서 가만히 기다렸다. 조지가 허리를 바로 세웠다.

"제가 당신을 이 교육과정에 넣어달라고 요청했습니다." 조지가 마침내 입을 열었다. 그의 목소리는 밤새 고함이라도 지른 사람처럼 꺼끌꺼끌했다. 흡연자일지도.

"아." 나는 곧이어 덧붙였다. "어, 감사합니다."

잔에서 김이 펄펄 나고 있는 것이 내 눈에도 보이는데 조지는 전혀 움찔하지 않고 그 뜨거운 블랙커피를 한 모금 들이켰다. 프로네, 프로야.

"사실 여기에 당신이 작성한 사건 보고서가 있습니다. 저도 콜뮤어 상황이 한동안 어땠는지 알고 있었다고 말해두지요."

상황이라. 점점 막 나가다 물리적 폭력으로 치달은 사건사고들, 머리를 노리고 던진 의자, 마약 거래(얄궂게도 범죄소설 서가에서), 한 번도 아니고 두 번이나 화장실에서 팔에 주삿바늘을 꽂고 기절한 채로 발견된 남자는 말해 뭐하나. 전부 내가 도서관에서 근무한 지난 육 개월 동안 일어난 일이었다. 육 개월을 '한동안'으로 치는 건가? 아니면 이런 일이 내가 의

심했던 대로 훨씬 더 오래전부터 계속되고 있던 건가?

조지가 화면에서 고개를 들었을 때 내 눈에 그는 더이상 우리의 교육을 위해 물밑에서 열심히 노력한 조직관리 전문가로 보이지 않았다. 그는 단순히 피곤한 게 아니었다. 정서적으로 고갈되어 보였다. 턱에는 오후 다섯시 무렵에 볼 법한 거뭇거뭇한 수염이 돋았고 눈밑에는 다크서클이 몇 겹이었다. 이것은 전장에서 싸우고 있는 남자의 모습이었다.

파이트클럽에 오신 것을 환영합니다, 나는 속으로 말했다.

"우리끼리 하는 얘깁니다만, 나는 이 문제에 좀더 많은 예산을 배정했어요. 어디 가서 말하면 안 돼요, 그냥 당신이 좀더 마음을 놓을 수 있게 알려드리는 겁니다. 콜뮤어도서관 내 반사회적 일탈 행동에 대한 해결책을 찾았습니다."

조지는 마치 내게 놀라운 선물을 줄 거라는 듯 그 사실을 얘기했고, 실제로 나는 오래간만에 희망 비슷한 것을 품었다. 이 양반이 알아들었구나. 이 양반이 귀기울여 듣고서 이제 뭔가 제대로 일이 되려는 모양이구나. 매일 저녁 폐관 후에 옆문을 잠그면서 등뒤를 경계하지 않아도 되겠구나. 매일 저녁 전철역까지 걸어가면서 전화하는 시늉을 하고, 따라오는 사람이 없기를 기도하지 않아도 되겠구나.

아마도, 어쩌면 아마도, 도서관 문이 열릴 때마다 숨죽이지 않아도 되겠구나.

조지가 내 표정을 보더니 싱긋 웃었다. "마음에 들어할 것 같군요. 다시 한번 말해두는데, 아무한테도 얘기하면 안 됩니다, 아시겠죠?"

나는 고개를 끄덕이고 상체를 내밀었다. 예산을 어디에 배정했을까? 경비원? 사서를 한 명 더 보강하나? 저녁에 폐관 업무를 도와줄 사람? 더 밝은 조명? 후추 스프레이?

"우리는 도서관에 CCTV를 설치할 겁니다."

나는 '그리고'가 나오길 기다렸는데…… 그 뒤는 없었다.

"아," 실망감을 내색하지 않으려 했지만 실패했다. 나는 머그잔 뒤에 숨어서 뜨거운 김에 안경알이 뿌옇게 흐려지도록 내버려두었다. "그것 참…… 멋지네요."

전적으로 안 멋진 일이었다.

＊

"자기방어!" 찰리가 도도하게 말했다.

어디서 레이저 포인터도 하나 갖고 왔다. 처음부터 레이저 포인터를 사용하고 있었나? 아니, 어디선가 꺼낸 것이다. 지금 이때까지 못 찾고 있던 걸지도. 아니면 레이저 포인터가 있다는 걸 까먹고 있다가 좀전에야 기억해낸 걸지도. 나는 찰리의 음성을 끄고 레이저 포인터에 관한 생각에 점점 빠져들었다.

"—의 법적 책임, 물론, 정당방위를 말하는 거죠." 찰리가
말을 맺었다.

나는 공책을 넘겨 새 페이지에 정당방위라고 적었다. 그리
고 추가로 물음표를 붙였다.

찰리가 포인터 끝부분을 딸칵 누르자 발표 슬라이드가 다
음 장으로 넘어갔다. 그렇다면 아까까진 슬라이드를 어떻게
넘긴 거지? 조지가 저기 뒤에서 대신 넘겨주고 있었나? 아니
면 프레젠테이션용 리모컨이 따로 있었을지도. 아니면 내내
같은 걸 쓰고 있다가 이제야 그 끝에 레이저가 붙어 있다는 사
실을 기억해냈을까?

"—상해, 그 대부분의 목록이 여기 있습니다."

시커멓게 멍든 피투성이 얼굴이 화면 가득 나타났다. 테이
블에 앉아 있던 우리는 다들 움찔했다. 퉁퉁 부어오른 두 눈.
또 한번 클릭. 사진이 배경으로 흐릿하게 사라지며 목록이 떴
다. 각각의 항목마다 하나씩. 골절. 자상과 열상. 멍. 장단기
손상.

찰리가 목청껏 소리 높여 말하고 있었지만 내 머릿속은 여
전히 저 피투성이 얼굴과 내가 관리운영규정 420에 기록하지
않은 한 사건으로 채워졌다. 피투성이 얼굴이 띄워진 저 슬라
이드를 보기 전까지는 뇌리에서 완전히 지우는 데 그럭저럭

성공했었는데.

✳

비키는 도서관 단골 이용자였다. 가엾은 비키. 똑같은 옷을 며칠씩 혹은 일주일 넘게 입고 다녔다. 겉옷은 늘 닳아 해진 크림색 외투였다.

비키는 우리의 구직자 중 한 명이었다. 매주 평일이면 친구와 함께 도서관에 왔고, 일자리를 알아보기 위해 컴퓨터를 사용했다.

나는 비키에게 좀 약한 구석이 있었다. 비키는 도무지 일이 잘 풀리지 않았다. 노력은 했다, 정말 열심히 했다. 비가 오나 눈이 오나 꾸준히 도서관에 와서 직종을 가리지 않고 구직원서를 넣었다. 하지만 아마 비키 본인도 자신이 면접까지 절대 가지 못하는 이유를 어느 정도는 알고 있었을 것이다. 경력도 없었고, 자격증도 없었다. 그래도 비키는 일을 하고 싶어했다.

비키와 같이 오는 친구의 이름은 스테퍼니였다. 스테퍼니 역시 찢어지게 가난했다. 키가 크고 어깨가 떡 벌어지고 아주 단단한 근육질이었다. 그리고 깊게 울리는 저음과 거대한 손의 소유자였다.

(맨 처음 스테퍼니를 봤을 때 나는 밖에 나가서 바람을 좀

쐬어야 했다. 스테퍼니는 내 꿈에 나오는 인간과 동일한 브랜드의 담배를 피웠다.)

스테퍼니도 매일 똑같은 옷을 입고 다녔다. 하늘색 추리닝. 스테퍼니는 치아가 하나도 없었다. 그래도 말소리는 우렁찼고 몸짓이나 손짓이 요란한 편이었다. 스테퍼니가 소리칠 때마다 비키는 움찔움찔했다. 그리고 스테퍼니는 걸핏하면 소리를 질렀다.

매일 나는 그 두 사람에게 컴퓨터 접속망을 열어주었고, 두 사람은 의무적으로 수행해야 하는 구직활동에 들어갔다.

그런데 그날은 달랐다. 그날도 그들이 평소 오는 시간에 맞춰 도서관 문이 삐그덕 열렸지만 둘이 아니라 한 사람만 들어왔다.

비키가 비틀비틀 걸어들어오는데 얼굴을 머리카락으로 다 가렸다. 크림색 외투는 얼룩이 평소보다 좀더 많았고, 여기저기 찢어져 있었다. 머리는 떡진데다 뭐가 묻었다. 비키의 외투에 묻은 얼룩은 녹처럼 적갈색이었다.

비키가 절룩거리며 데스크로 왔고, 나는 비키의 얼굴을 보았다.

아니, 비키의 얼굴에 남아 있는 것을 보았다.

달리 표현할 방도가 없다. 얼굴이 완전히 망가진 상태였다. 턱 전체가 부어올라서 입이 잘 벌어지지 않았다. 눈 주위도 오렌지만하게 퉁퉁 부어서 눈은 그 사이에 살짝 벌어진 틈에 불과했다. 위아래 입술이 다 터졌고 볼에도 장화 자국 같은 멍이 생겼다.

"커, 컴퓨어여. 부탁해여."

비키는 울고 있었고, 눈물이 분홍색이었다.

나는 벌떡 일어나서 책상 옆으로 돌아 비키에게 다가갔다. 비키가 휘청거려서 내가 팔꿈치를 붙잡아주자 움찔하며 몸을 빼려고 했다. 옹송그리고 허리를 숙이며 간신히 벌린 입으로 힘겹게 숨을 쉬었다. 코도 부러진 게 아닐까 싶었다.

"맙소사, 비키! 무슨 일이에요? 구급차를 부를까요? 경찰이나?"

"으어아녀!" 비키가 소리쳤고 나는 잡았던 팔꿈치를 놓았다.

비키는 고개를 흔들다가 통증 때문에 신음을 흘렸다.

"경찰 안 돼여." 비키가 콜록거렸다. "구급차도 안 돼여."

"알았어요." 나는 비키에게서 떨어지며 말했다. "근데 괜찮아요?"

비키는 한 손으로 갈비뼈를 움켜잡고 다른 손으로는 데스크 옆 기둥을 짚어 몸을 의지하며 부들부들 떨었다. 잠시 후 나는 비키가 흐느끼고 있음을 깨달았다.

"물 한 컵 드릴까요?"

"그, 그냥 커, 컴퓨어만." 비키가 앙다문 잇새로 속삭였다. 턱이 깨진 게 분명했다.

나는 정수기로 달려가면서도 비키를 혼자 놔뒀다가 쓰러지면 어쩌나 걱정했다. 돌아와보니 비키는 더이상 떨고 있지는 않았지만 눈물이 줄줄 흘러나오고 있었다.

"내 치, 친구라고 새, 생각했는데……" 씩씩거리며 말하는 비키는 아래턱을 벌리느라 정말 기념비적인 노력을 하고 있는 게 틀림없었다.

나는 비키 앞으로 책상에 물컵을 내려놓으며 물었다. "누구 말인가요? 이런 짓을 한 사람?"

"어—네." 비키가 골절된 피투성이 손을 컵으로 뻗었다. "무슨 친구가 이래여? 고작 20파운드 갖고. 염병 20파운드 빚졌다고. 지금 내 꼴 좀 봐여."

나도 험한 꼴을 이래저래 보아왔다. 국민의료보험의 정신보건 시스템 언저리에 있다보면 좀 이상하고 무서운 광경을 보지 않을 수가 없다. 그러니까, 나 자신이 어느 정도 그런 상황에 있었다는 말이다. 하지만 이런 건 난생, 생전, 처음 봤다. 만약 영화에서 그 얼굴을 봤다면 특수효과팀이 분장을 너무 오버했다고 생각했을 것이다.

피냄새도 맡을 수 있었다. 이런 식으로 피냄새를 맡은 건 난생처음이었다. 내 목구멍 안쪽에서 쇠비린내와 살덩이의 맛이 느껴졌다.

"비키, 정말 병원에 가야 해요……"

"병원은 안 돼여. 의사도 경찰도 안 돼. 들킬 거야."

"알았어요." 나는 미적거렸다. "그럼 적어도 범죄피해자 지원센터에 전화라도 해봐요, 네? 거기는 철저히 비밀을 보장해요."

비키는 내 제안을 곰곰 생각해보는 듯했고, 나는 그 기회를 놓치지 않고 얼른 메모장에 전화번호를 휘갈겨써주었다.

"필요하면 도서관 전화를 쓰세요." 나는 비키에게 말했다.

비키의 두 손가락이 메모 쪽지를 감싸쥐었다. 눈물에 종이가 약간 분홍색으로 물들었다.

"고마워여." 비키가 말했다.

그날 오후에 비키가 도서관에 다시 왔다. 이번에는 스테퍼니와 함께였다. 스테퍼니가 저지를 수 있는 폭력의 증거를 목격한 후 그 여자를 보니 물리적으로 통증이 느껴졌다. 앞으로 발생할지도 모르는 폭력을 예상하니 실제로 위가 경련을 일으키는 느낌이었다.

"컴퓨터 두 대요." 스테퍼니가 말했다. "하나는 내가 쓸 거고, 하나는 내 친구가 쓸 거예요."

비키는 눈물이 글썽해서 부어오른 미소를 지었다.

＊

찰리가 프로젝터를 챙기며 짐을 싸고 있을 때 내 주머니에서 휴대폰의 진동이 느껴졌다. 나는 쌀쌀한 바깥으로 나왔다.

발신자는 연락처에 없는 번호였지만 휴대폰의 스마트 ID가 전화번호를 확인하고 발신자명을 화면에 띄웠다.

스코틀랜드 경찰.

나는 미간을 찡그리고 전화기를 귀에 갖다댔다.

"여보세요?"

"여보세요? 앨리 모건 씨 맞으십니까? 콜뮤어도서관에서 사서로 근무하시는?"

"네, 그런데요?"

"안녕하세요, 도서관 내 폭력 사건에 관해 진행중인 수사 건으로 연락드렸습니다. 한 청년이 모건 씨에게 침을 뱉었다며 신고하셨지요."

"아! 네."

"모건 씨가 상세 제보해주신 몇몇 목격자에게서 진술을 확보했습니다, 어―" 종잇장을 넘기는 소리가 들렸다. "―어린이 보조사서 리사라는 분을 포함해서요."

내 심장이 벌렁거렸다. 경찰이 그걸 진지하게 접수했던 거야? 드디어! 그것도 이런 타이밍에!

"유감스럽게도 현 단계에서는 체포를 진행하기가 어렵습니다, 모건 씨."

나는 성의 그늘진 부지를 물끄러미 응시했다. 박쥐 한 마리가 내 머리 바로 위쪽 가로등을 자꾸 덮쳤고, 그 소리에 뒷덜미에서 소름이 오스스 돋고 털이 삐쭉 섰다. 어디선가 양이 순하게 매애 울었다.

"모건 씨?"

"왜 어려운지 이유를 여쭤봐도 될까요?"

"안타깝게도 저희가 받은 진술이 모건 씨의 주장과 상충됩니다. 현 단계에서 제가 말씀드릴 수 있는 것은 그것뿐입니다. 목격자들 주장은 그런 종류의 일이 전혀 없었다는군요. 만약 CCTV가 있었다면……" 경찰의 어조는 거의 나만큼이나 답답하다는 투였다. "그게…… 죄송합니다. 저도 정말 잡고 싶어요, 그 악질적 ㅅ…… 죄송합니다."

순간, 나는 진심으로 감동받았다. 그리고 전에도 이 경관과 얘기한 적이 있음을 깨달았다. 젊은 사람이었고, 이 지역에 새로 왔다. 한두 번쯤 도서관에 불쑥 들러 슥 둘러보기도 했었다. 한두 번쯤 사복 차림으로 왔었다.

"저도요." 나는 대답했다. "알려주셔서 감사합니다."

*

'해리'는 정신의학 용어다. 어떤 증후군이나 병명이 아니라 그 자체로 하나의 증상에 가깝다. 해리는 실제 현실과 단절되는 것이다. 정신병과 달리 해리는 환각 또는 상궤를 벗어난 신념을 수반하지 않는다. 대신 환자는 마치 꿈속에서 자기 자신을 보는 것처럼 일종의 거리감을 경험한다. 자기 삶의 관찰자가 되는 것이다. 해리는 트라우마의 흔한 증상이며 지속시간은 단 몇 분일 수도 있고 몇 주일 수도 있다. 이것은 환자가 집중을 요하는 상황, 가령 운전을 하거나 중장비를 다룰 때 특히 위험하다.

해리에 대해서라면 나는 문외한이 아니다.

그 다음달은 일종의 엷은 안개 속에서 흘러갔다. 나는 책상 앞에 앉아서 로봇처럼 일했고, 더이상 사람들의 요청에 응하기 위해 자리를 벗어나지 않았다.

들어온 책을 스캔한다. 나가는 책을 스캔한다. 컴퓨터 로그아웃을 확인한다. 컴퓨터 로그인을 확인한다.

서가는 다시 엉망이 되기 시작했다. 내가 꾸몄던 북 큐레이션 전시대는 계속 그대로였다. 나는 '입고 예정' 도서 목록 업데이트를 그만뒀다.

스테퍼니가 혼자서 나타나기 시작했다. 스테퍼니는 불규

칙하게 돌아가는 나의 근무시간에 대해 사람들에게 묻기 시작했다. 한 번 이상, 개관시간에 나를 기다렸고 폐관시간에 근처에서 얼쩡거렸다. 종종 스테퍼니는 피를 갈망하는 사람처럼 살기등등해 보였다. 내 피를. 나는 저녁때면 도서관을 닫기 전에 구토를 했다. 끝없는 악몽의 나날들이었다.

"이리 좀 와봐요." 스테퍼니가 도서관의 어두운 구석에서 나를 부르곤 했다.

"지금은 안 돼요." 나는 무덤덤하게 대답했다. 더이상 두려움조차 느껴지지 않았다. 나는 어딘가 다른 곳에서 이 가엾고 불운한 사람이 피할 수 없는 사태를 미루는 모습을 가만히 지켜보고 있었다. "이 책들 좀 정리한 후에."

매번 스테퍼니는 그 핑계를 받아들였다.

"그럼, 다음에." 스테퍼니가 대답했다.

우리 둘 다 스테퍼니의 말이 무슨 뜻인지 알았다.

어쨌든 나는 스테퍼니가 비키에게 저지른 일을 아는 사람이었다.

＊

그레이엄이 우려를 표했다. 상담 때마다 거의 아무런 진전이 없었다. 유난히 절망적이었던, 애당초 가망이 없었던 상담

치료시간이 끝난 후 그레이엄은 두 손을 들며 답답함을 토로
했다.

"이건 치료할 수가 없습니다."

나는 부르르 떨며 몽상에서 빠져나왔다. "네?"

"나는 당신의 트라우마를 치료할 수가 없어요, 앨리, 이렇
게 트라우마가 현재진행형이라면. 그냥 계속 나빠지기만 할
겁니다."

"도서관 일을 말하는 거예요?" 내가 물었다.

나는 치료 날에는 더 느리고 둔해졌다. 상담중에 토할까봐
치료 전에는 식사를 하지 않았다. 내 위장이 꾸르륵거렸다.

"네," 그레이엄이 말했다. "도서관 일. 그 폭행 사건. 지금도
계속되는 위험. 현재 전투중인 군인을 치료할 수는 없잖아요.
당신은 거기서 빠져나와야 해요."

완전히 정신을 차린 건 아니었지만 나는 무심결에 고개를
끄덕이고 있었다. "알아요." 내가 하는 말이 들렸다. "나도 그
랬으면 좋겠지만……"

"다른 일을 찾을 수 있을 거예요."

"어쩌면요. 난 정말 도서관을 좋아하는데……"

"다른 일을 찾을 수 있을 거예요. 진짜로."

이튿날, 나는 사직서를 준비했다.

오후 근무가 거의 끝나갈 무렵이었다. 남편이 전화를 했는데 긴장한 듯 말투가 살짝 부자연스러웠다. 남편은 나를 데리러 오는 길이라고 했다.

"미팅 하나만 하면 끝나." 내가 대답했다. "근데 당신 무슨 일 있어?"

내가 나 자신의 안위에 별로 신경쓰지 않는다 하더라도 남편의 안위는 별개의 문제였다. 나는 그를 몹시 사랑했고 그래서 가끔 가슴이 아리기도 했다. 이게 정상인지 모르겠지만.

"아," 남편이 대답했다. "뭐, 별일은 아니고. 어떤 애들하고 마주쳤는데, 걔들이 당신 도서관에 자주 가는 모양이더라고."

담즙이 목구멍 안쪽을 때렸고, 나는 힘들게 도로 삼켰다.

도서관에는 아무도 없었지만 나는 늘 그러듯 기둥 뒤에 몸을 숨겼다.

"무슨 일인데? 당신 괜찮아? 누구였어? 당신 다쳤어? 그 새끼들 내가 다 죽여버릴─"

"아냐, 아냐! 아무 일 없어." 남편은 웃음을 터뜨렸다. "산책하려고 나왔는데 다친 남자애가 보였어. 겁을 잔뜩 먹었는지 나한테 와서 매달리더라니까. 오죽했으면 나한테, 앨리."

남편은 키가 나보다 30센티미터는 너끈히 더 크다. 머리카락도 나보다 길다. 턱수염도 기른다. 전형적인 헤비메탈 밴드 멤버 같다. 몸은 호리호리하지만 다부지고, 옷을 좀 크게 입는 편이라 실제보다 더 근육질로 보인다. 종합하자면, 남편은 상당히 위협적으로 보일 수도 있다. 그가 절대 평화주의자임을 나는 알지만. 우리 두 사람 중 성질 더러운 쪽은 누가 뭐래도 나다.

"동네 형들한테 맞았대. 그래서 내가 집까지 바래다줬지. 공원에서 별로 멀지 않은 곳에 살더군. 그러고 돌아오는 길에 그놈들하고 마주쳤어. 십대 애들이었는데, 그 조그만 어린애를 두들겨패다니! 자기들끼리 아주 뻐기고 으스대더라니까. 하여간 별문제는 없었는데. 놈들이 당신에 대해 물었어. 당신이 도서관에서 일하는 걸 알더라고. 내가 그 남자애를 집에 데려다줬다는 건 모르는 것 같고."

아냐, 나는 생각했다. 아냐, 놈들은 알고 있었어. 그놈들은 당신이 누군지 알아, 왜냐하면 나를 아니까. 나도 놈들이 누군지 정확히 알아.

"걔네 말이 자기네는 스테퍼니의 친구라나 뭐라나. 당신이 알 거라던데. 하여간, 애들이 좀 또라이 같았어. 당신이 일을 그만두는 건 당신 탓이 아냐."

"나 아직…… 어…… 그만둔다는 얘기 못했는데."

"뭐?"

"아이리스가 지금 오는 길이야. 도착하면 얘기하려고. 그러고 나서 퇴근할 거야."

"알았어. 이따 봐."

"조심해."

전화를 끊었을 때 어디서 울부짖는 소리가 들렸다. 내가 정면의 창밖을 내다보자 울부짖음은 괴성이 되었다. 한참이나 이어지는 짐승의 비명 같은 괴성.

세 사람의 형체가 충돌했다. 젊은 커플과 겉옷에 달린 후드를 내려써 얼굴을 감춘, 좀더 나이가 많은 사내. 이미 한바탕 맞붙은 듯했고, 커플이 후드를 쓴 사내를 피해 곧장 커뮤니티 센터 안으로 달려오고 있었다.

도서관 문이 우당탕 열렸고, 내가 밖을 내다봤을 때 그 후드 사내는 어디론가 가버렸다.

커플은 서로 부둥켜안고 비틀비틀 도서관으로 들어왔다. 십대 후반의 어린 커플이었다. 여자애는 새된 비명을 지르고 있었고, 남자애는 조용했지만 떡 벌린 입을 다물지 못했다. 낯빛이 분필처럼 새하얗게 질렸다. 실시간으로 쇼크가 일어나는 중이었다.

여자애가 흐느껴 울었다. "택시를 불러주세요!" 여자애가 비명처럼 외쳤다. "제발! 부탁해요! 택시 좀 불러주세요! 우린 여기서 빠져나가야 해요!"

나는 경찰에 신고하자고 하지 않았다. 다만 수화기를 들고 요청대로 택시를 불렀다. 내 움직임은 로봇처럼 기계적이었지만 두 손이 부들부들 떨렸다.

또 시작이군.

여자애가 남자애의 얼굴을 두 손으로 감쌌다.

"케브, 케브. 나를 봐, 케브. 괜찮아. 그 남자 갔어. 우린 여기서 나갈 거야. 택시를 탈 거야. 그 남자는 갔어."

'케브'란 남자애는 고개를 끄덕이긴 했지만 온전히 정신이 여기 있지는 않았다. 케브는 해리를 겪고 있었다, 꼭 나처럼.

내가 물을 권했지만, 두 사람은 거절했다. 나는 도서관 안에서 택시를 기다리라고 말했다.

여자애가 계속 흐느꼈다. 나는 듣지 않으려 애썼다. 이 동네에서 무언가를 안다는 것은 위험했고, 나는 이제 이 근처에 그리 오래 머물지 않을 것이다.

"그, 그 남자가 너를 죽일 수도 있었어." 케브가 더듬더듬 말했다.

"아냐, 아냐. 케브, 아냐. 그 남자는 너를 노렸어. 내가 겁줘서 쫓았어. 그 남자는 갔어. 난 괜찮아."

나는 눈을 감고 아이리스가 어서 나타나기를 기도했다.

＊

그 어린 커플은 내게 택시까지 같이 가달라고 부탁했다. 그
렇게 내가 밖에 서 있을 때 아이리스가 도착했다.

"왜 밖에 나와 서 있어요?" 아이리스는 흐느끼는 여자애와
충격으로 정신이 멍한 남자애를 모르쇠하며 물었다.

"말하자면 긴데요," 내가 대답했다. "더 이상은 저도 못하겠
습니다."

나는 아이리스에게 사직서를 내밀었고, 이로써 내 도서관
커리어는 끝이 났다.

＊

나는 아이리스와 함께 자리에 앉았다. 도서관 문은 닫았다.
아이리스는 볼펜 뒤꼭지를 책상에 대고 연신 눌러대며 딸깍
딸깍 소리를 냈다. 세상에서 가장 거슬리는 소음.

"단순히 폭력 사건이 잇달아 일어났기 때문만은 아닙니다."
내가 말했다. "이젠 내 가족까지 위협해요. 그들이 내 남편을 건
드렸어요. 내가 경찰과 연락하고 있다는 것도 알고요……"

아이리스는 제딴은 공감하고 있다는 제스처로 고개를 끄덕
이는 것 같았지만, 그 무엇보다 혼란스럽다는 감정이 두드러

졌다.

"음…… 그럼 이러면 어떨까요?" 아이리스는 비음이 섞인 목소리로 웅얼거렸다. "로스크리에 결원이 생겼어요. 한동안 다른 공공도서관으로 전환배치해줄 테니 그쪽에서 근무하는 건 어때요?"

나는 침을 삼켰다. 눈가에 살짝 물방울이 맺히는 바람에 속으로 욕을 했다.

이 빌어먹을 불안.

"자, 잘 모르겠어요. 엇비슷한 곳이라면ㅡ"

아이리스가 고개를 흔들었다. "거긴 2인 근무 체제예요. 그렇게 험한 동네도 아니고. 상시 근무자가 최소 두 명은 항상 있어요. 규모가 더 커요. 행사도 더 많고. 좀더…… 활기차달까."

"천천히 생각해봐도 될까요?"

"내일까지 연락 줘요."

나는 고개를 끄덕였다.

＊

"새 직장은 언제부터 나가요?" 내가 휴대폰 캘린더에 다음 상담 약속을 저장하자 그레이엄이 물었다.

"내일요." 나는 대답했다.

"명심하세요, 거기도 똑같이 나쁘다면 괜히 오래 있을 필요 없어요."

나는 고개를 끄덕였고, 그레이엄이 문간에 기대어 말했다.

"더 나은 곳이 있을 겁니다. 정말로." 그레이엄은 재차 강조했다. "더 안전한 일을 찾을 수 있어요."

나는 그의 말을 믿고 싶었지만 어깨만 으쓱하고 말았다.

"그럼 이 주 후에 봐요." 그레이엄이 말했다.

손을 흔들며 작별인사를 하는데 주머니 속에서 휴대폰이 울렸다. 나는 휴대폰을 꺼내 발신자명을 확인했다.

스코틀랜드 경찰.

"여보세요?"

"모건 씨? 지난주 오후 다섯시경 목격하신 것으로 파악되는 사건에 관한 일로 연락드렸습니다. 십대 커플 때문에 택시 회사에 전화하셨지요?"

3장

도서관이라고
다 똑같은 것은 아니다

10월 일일 이용자(평균): 60	
10월 일일 문의(평균): 10	
10월 일일 인쇄 페이지(평균): 49	
10월 폭력 사건: 0	
어린이 프로그램 참석률: 75%	

내 생애 처음 만난 도서관은 대단치 않은 것이었다. 우리 초등학교에는 각 교실마다 해당 연령대에 읽기 알맞은 책들이 꽂힌 회전식 책장이 한두 개씩 있었고, 그런 원형 책장들이 통

칭 '도서관'이라 불렸다.

'도서관' 이용권은 그날 오후 과제를 다 마친 아이들에게만 주어지는 상이었다. 그 별거 아닌 조그만 진열대를 둘러보는 일, 삐거덕삐거덕 소리가 나는 불안정한 회전대를 돌리면서 까치발로 서서 책을 하나하나 살펴보는 일은 가히 성취라 할 만했다. 책상 앞에 앉아서 책을 펼쳐들고 읽는 것은 똑똑한 학생이자 손 빠른 재간꾼이라는 표시였다.

겸손함에 대한 눈치도 없고 주변 어른들에게 인정받고 싶어 안달난 초등학생에게는 책을 골라서 우쭐거리며 자기 책상으로 돌아오는 의식이 가장 중요했다. 책을 읽는 행위 자체는, 당연히, 부수적인 것에 불과했다.

세상에 나서 처음으로 사랑에 빠진 책을 발견하기 전까진 그랬다는 얘기다.

그 책은, 프랜시스 호지슨 버넷의 닳아 해진 초록색 하드커버판 『비밀의 화원』이었다. 내가 그 책을 손에 넣었을 땐 이미 분명 여러 손을 거쳐 낡을 대로 낡은 모양새였다. 그래도 우리 도서관의 얼마 안 되는 소설책 중 유일한 하드커버였고, 엠보싱 효과를 주고 예쁘게 장식한 표지는 곧장 내 눈을 사로잡았다.

일단 내 손에 들어온 그 책은 매우 근사해 보였다. 어른의 물건 같았다. 그 시점까지 우리의 독서 재료는 대부분 구김이 많이 간 마분지 표지에 보호용 비닐커버를 씌워놓은 종류였던 것이다. 그러나 이 책의 페이지는 라이스페이퍼처럼 얇았고 오랜 세월 끈적끈적한 손가락들에 닿아 얼룩이 묻어 있었다. 서체도 내가 익히 알던 것보다 모나고 각져서, 당시 학생들이 사용할 수 있던 유일한 교내 프린터—BBC 교육용 컴퓨터에 연결된 낡은 도트 매트릭스 프린터—에서 찍혀 나오는 글자들을 연상시켰다.

언어 자체도 내게는 낯설었다. 그때까지 내가 읽은 책들은 대부분 나 자신의 언어, 즉 구어체에 가까운 언어로 되어 있었다. 이 책의 언어는 꽃처럼 화려하고 과장스러웠으며 묘사가 생생하고 드라마틱했다. 그것은 예닐곱 살 나이의 내가 상상했던 왕족이 쓰는 말이었다.

나는 앉은자리에서 그 책을 집어삼켰고, 몇 번 쉬지도 않고 끝까지 다 읽고는 처음으로 돌아가 다시 읽었다.

그 책에는 단순히 기술된 내용 말고도 더 많은 이야기가 있다는 느낌이 막연히 들었다. 작품의 제목과 동일한 그 정원처럼, 아름다운 문장 아래 뭔가 중요한 것이 숨겨져 있음을 감지했고, 지식에 관해서라면 만족할 줄 모르는 탐욕스러운 고집쟁이였던 나는 그 숨겨진 의미를 찾아내고야 말겠다고 결심했다. 그때, 원래 뜻이 아닌 다른 뜻을 암시적으로 나타내는 법에 대한 용어를 배웠다는 게 어렴풋이 기억났다. 선생님은 그것을 은유라고 불렀었다.

그해가 끝나갈 무렵 나는 『비밀의 화원』을 못해도 열두 번쯤 읽었을 것이다. 한번은 선생님이 아이들에게 조용히 책을 읽게 하고 과제물을 검사하다가 문득 고개를 들더니 내게 물었다. "그 책 전에도 읽지 않았니?"

"네, 여섯 번요."

"그래도 안 질려?"

"별로요."

지금까지도 나는 무심결에 그 첫사랑의 희열을 쫓고 있을 때가 종종 있고, 그때 이후로 낱말들이 뜨거운 버터 토스트처럼 따끈하고 정다워질 때까지 읽고 또 읽게 되는 책들을 여럿 만났지만, 내 마음속 특별한 장소에는 언제까지나 메리, 디콘, 콜린 그리고 미셀스웨이트 장원이 있을 것이다.

*

로스크리도서관이 자리하고 있는, 별다른 특징 없는 이 사암 건물은 원래 로스크리의 어린이들을 위한 학교로 그 생을 시작했다. 로스크리는 지역 명물인 방직공장과 탄광을 중심으로 규모는 작아도 꾸준한 성장세를 보였다. 도시가 커지면서 전 연령을 아우르는 학교 모델이 점차 실용성을 잃었고, 결국 지역 당국은 별도의 초등학교와 중등 남학교, 여학교 건립을 승인했다.

이후 건물은 세무서와 직업안내센터와 다양한 텍스타일 상점으로 이용되었고, 심지어 한때는 나이트클럽이기도 했다. 건물은 쪼개지고 더 세분화되고 또 확장됐다가 일부 철거되었다. 겉에서 보면 사암은 거의 남아 있지 않다. 사실 원래 건물 중 남아 있는 부분이 있기나 한지 의심스럽다. 그래도 건물이 서 있는 부지는 여전히 로스크리 지역사회의 심장부에 속해 있다. 주택 건설 붐이 일어 사방으로 확장되면서 마치 암술을 중심으로 꽃잎이 피어나듯 바로 이곳에서부터 도시가 뻗어나간 것이다.

현재 이 건물에는 대형 할인마트와 중고품가게 한두 곳이 들어와 있고, 그 바로 뒤쪽에 도서관이 있다.

이곳에 둥지를 튼 지 삼십 년이 넘었는데도 지역민들은 여전히 지금의 로스크리도서관을 '새 도서관'이라고 부른다. 여러 층인데다 개방형이지만 기묘하게 생긴 공간은 수십 년에 걸쳐 이 구조물에 증축과 철거를 수없이 반복한 결과였다.

근무 첫날, 나는 비밀의 화원—그동안 내게 전혀 알려지지 않은 채 존재하고 있던 아름다운 무언가—을 발견한 것만 같은 기분이었고, 나중에 알고 보니 그곳은 지역 젊은이들 대다수에게도 역시 알려지지 않은 채 몰래 존재하고 있었다.

드높은 천장과 두 외벽을 점령한 거대한 유리창 덕분에 도서관은 햇빛이 가득했고, 해가 막 뜨기 시작한 이른 시간에도 밝았다. 서가는 상대적으로 낮아서 건물 구석구석에 찬란한 햇빛이 닿았고 형형색색의 아름다운 혼돈을 부각시켰다.

어린이 서가는 온갖 형상과 슬로건, 캐릭터와 그림의 향연이었다. 기둥 사이 빨랫줄에 아이들이 그린 그림을 매달고 핫핑크색 집게로 고정했다. 정규 프로그램과 동호회 참여를 독려하기 위해 공들여 만든 귀여운 포스터들에 무지개색 종이 공작 카드가 붙어 있었다. 유아용 책을 정리해둔 재미있는 디자인의 상자들은 아기들이 보호자들과 함께 뒤적거릴 수 있도록 걸음마하는 아기들 키에 딱 맞게 배치됐다.

게다가 아, 저 북 큐레이션 전시대들은 또 어떤가!

도서관 여기저기에 특별히 마련된 전시대는 다양한 주제의 책들로 꾸며졌고 그달의 작가 혹은 그 계절의 주제('독서에 빠진 봄')를 알리는 활기찬 표지판으로 장식됐다.

당시의 나는 자세히 보면 사기가 떨어질 만한 것들, 가령 좌석에 묻은 얼룩이랄지 10월인데도 여전히 봄맞이 주제에 머물러 있는 전시대랄지 하는 것들이 눈에 들어오지 않았다. 만약 내가 신경써서 꼼꼼히 들여다봤다면 포스터도 몇 달 전에 열렸던 행사에 관한 것임을 알아챘을 것이다.

나는 도서관 안쪽의 광활한 데스크에 감탄하느라 바빠서

날짜가 지난 달력도, 공격적 행위에는 '무관용' 원칙으로 대응한다고 경고하며 기둥마다 붙어 있는 안내문도 전혀 눈치채지 못했다. 흑백 프린터밖에 없던 이전 도서관에 워낙 길들여졌던 탓에 게시물들이 컬러라는 사실에만 정신이 팔렸다.

무엇보다 중요한 건 내가 혼자 일하지 않을 거라는 점이었다. 로스크리도서관은 2인 근무 체제였고, 폐소공포증이 들 정도로 고립된 콜뮤어와는 차원이 달랐다.

다만 내가 알지 못했고 훨씬 뒤까지도 내내 몰랐던 것은, 이용자 수가 감소하여 재조정되기 전까지 로스크리는 3인 근무 체제 도서관이었다는 사실이다. 하지만 알았다고 해서 첫날 내가 그곳에서 받은 느낌이 달랐을까? 아마도 아닐 것이다. 콜뮤어의 눅눅한 어둠과 로스크리의 밝음은 너무나 대비가 엄청났다.

피비가 업무 절차를 쭉 알려주는 동안 그 뒤를 따라 도서관 구석구석을 돌아다니며 나는 감탄을 연발했다. 그날은 북버그 교실이 열릴 예정이었다. 어린이 보조사서가 곧 도착하여 어린이 구역에서 행사를 준비할 것이다.

실제로 운영중인 북버그를 보는 건 처음이었다. 콜뮤어에서는 이미 내가 들어오기 한참 전부터 참가율이 0으로 떨어졌다.

막 셔터를 올리고 자동문(회전문 하나, 그 옆으로 휠체어

통행이 가능한 문 하나)을 열자마자 책 꼬물이—소리내어 말한 건 아니지만 혼잣속으로 이렇게 부르게 됐다—들이 한 명 두 명 들어오기 시작했다.

콜뮤어에서도 개관 전부터 고정 이용자가 (많아야) 한두 명쯤 정문에서 대기하고 있을 때가 심심치 않게 있었다. 대부분 구직자들이었고, 도서관 컴퓨터로 구직 사이트에 접속해 최대한 빨리 당일 치 구직활동을 끝내고 남은 하루를 제 마음대로 쓰고 싶어하는 사람들이었다.

북버그는 영국 전역의 도서관에서 운영하는 프로그램 내지 행사다. 탄력적인 구성으로 보통 삼십 분 정도 진행된다. 북버그는 대체로 아이의 첫 도서관 경험이며, 책과 독서와 도서관에 친숙하게 만들어 잠재적 독자를 새로이 확보하는 비법이다.

보통 처음에는 어린이 보조사서나 도서관 직원이 보호자와 젖먹이와 유아를 데리고 다 같이 노래하는 것으로 시작한다. 엄마와 아빠와 기타 보호자가 함께 율동을 하며 다 같이 노래하자고 아이들을 독려한다. 노래를 부른 다음에는 이야기 시간이 있고, 이때 북버그 진행자가 아이들을 모아놓고 그림책을 읽어주면 그동안 부모와 보호자는 자기 아이가 말썽을 부리지 않고 얌전히 앉아 이야기에 귀를 기울이는 한 잠시 쉴 틈을 얻는다.

적어도 이론상으로는 그렇다.

나의 근무 첫날, 우리의 북버그 교실에는 스무 명 남짓한 아이들이 모였고, 비슷한 수의 보호자들도 함께 왔다. 아이들 중 많은 수가 이제 막 기는 법을 터득해서, 도서관을 바닥 차원에서 철저히 점검하는 활동이 노래나 독서는 저리 가라 하게 훨씬 재미있는 것 같았다.

어린이 보조사서 수전은 아이들을 한두 번 다뤄본 사람이 아니었다. 부모와 보호자가 유아차를 주차해둘 곳을 찾는 동안 북버그의 노련한 베테랑으로서 수전은 어린이 구역에서 탈출 가능한 통로마다 '게이트'(책장 사이에 고정시킨 색색깔의 널빤지)를 설치했다.

유아차 바리케이드와 발랄하게 장식된 널빤지 문, 거리낌 없이 돌아다니는 시끌벅적한 아이들 틈에서 도서관은 세상에서 가장 작고 귀여운 교도소 반란을 주동하는 것 같았다.

〈버스를 타요〉는 모두가 즐거워하는 노래임이 입증됐고, 피비와 나는 잠시 구경꾼이 되어 후렴구에 맞춰 아기들이 까르륵거리고 아이들이 깔깔거리는 모습을 지켜보았다. 그러나 이야기 시간이 돌아오자 한군데 집중됐던 주의가 다시 흐트러졌다. 한 꼬마애가 아기를 향해 빈백 쿠션을 던졌다. 전혀 관계 없던 아이가 비명을 지르며 제 누나의 양 갈래로 땋은 머리를 잡아당기기 시작했다. 또다른 아기는 조용한 칭얼거림을 서서히 정식 울음으로 발전시켰다. 한두 살쯤 되어 보이는 한 아이는, 아무래도 유난히 공감력이 좋은 아이인가 싶은데, 우는 아기와 연대하여 바지를 내리더니 길게 울어젖혔다. 빈백 쿠션이 머리 위로 날아다니고 책들이 서가에서 떨어졌다. 혼돈이 지배했다. 가히 장관이었다.

피비와 나는 높고 안전한 데스크 안으로 후퇴했다. 우리는 둘 다 자리에 앉았다. 나보다 30센티미터는 넘게 더 큰 피비는 어린이 구역에서 일어나는 대혼란을 계속 지켜보며 무정부 상태의 일반적 소음을 가르고 유독 날카로운 불협화음이 울려퍼질 때마다 움찔거렸다. 나는 내 컴퓨터 쪽으로 몸을 돌렸으나 데스크 높이 때문에 앉은 채로는 컴퓨터 사용이 거의 불가능함을 깨닫고 일어섰고, 마침 그때 한 무리의 성인들(다행히도 같이 온 아이는 없었다)이 그날의 구직활동에 착수하기 위해 도서관에 입장했다.

그리고 그날의 불평에도 착수했다.

"여기 좀 시끄럽지 않아요?"

"지금 수전의 유아 교실이 눈코 뜰 새 없이 바빠서요."

"나 때는 자고로 도서관이란 조용한 곳이어야 했는데."

맞는 말이다. 내 또래나 그 윗세대는 시시때때로 사서에게 '쉿' 조용히 하라는 지적을 받았던 기억이 있을 가능성이 매우 높다. 나 개인적으로도 동네 도서관에서 만화책을 보다가 너무 크게 웃었다는 이유로 나이 지긋한 여자 관장님한테 한 번 이상 꾸중을 들었고, 내내 그분을 무서워했다.

내가 금방 알게 된 것(그리고 현재 도서관에 정기적으로 다니는 사람들이라면 얘기해줄 수 있는 것)은, 도서관은 꽤 오래전부터 조용히 공부하고 사색하는 공간이 아니었다는 사실이다. 북버그처럼 소란스러움이 최대치로 활개칠 때가 아니더라도, 연설이나 노래나 그 외 다양한 형태의 구두 커뮤니케이션을 필요로 하는 행사가 자주 열렸다.

많은 도서관이 칸막이를 없애고 개방형으로 공간을 리모델링했다. 이것은 두 가지 목적에 부합하는데, 공간에 더 밝고 현대적인 느낌을 주는 동시에 사서들이 더이상 듀이 십진분류법에 집착하는 미노타우로스처럼 서가 사이 미궁을 순찰해야 할 필요가 없게 되면서 직원을 감축할 수 있게 만들었다. 이론적으로는(대다수 여성 사서들의 현실과 달리 키가 167센티미터를 넘기만 한다면) 서 있는 자리에서 도서관 전체를 한눈에 감시할 수 있다.

이 리모델링의 부작용은 소리가 잘 퍼진다는 것이다. 소리를 차단하는 높고 빽빽한 책장들이 없으니 복사기가 바쁘게 돌아가는 소리나 회전문이 쉴새없이 돌아가는 소리까지 도서관 전체로 번져나간다.

이젠 더이상 도서관 내부의 음량을 단속하는 것은 별 실효성이 없다. 솔직히 말해 로큰리드Rock and Read 교실(유치원 아동 대상의 수업으로 음악이 나오는 이야기에 맞춰 무언극을 하고 춤을 춘다) 하나만 열리면 이따금 유리창이 흔들릴 정도의 소음이 발생하니, 이용자들 사이의 일반적인 대화는 걱정할 거리도 못 된다.

모든 도서관이 항상 불쾌한 소음의 소굴이라는 얘기를 하려는 게 아니다. 어린이 교실(그리고 평균보다 소음이 동반되는 성인 수업)을 위한 별도 공간을 넉넉히 갖춘 운좋은 공공도서관도 있다. 학교 도서관, 특히 대학이나 기업 부설 도서관은 사적 대화가 허용되는 구역과 허용되지 않는 금지구역을 따로 두고 있다. 다른 이용자들에게 들리지 않게 의사표현과 토론을 할 수 있는 회의실을 구비하여 대여해주는 도서관도 있다.

모든 공공도서관에는 떠들썩한 이용자 및 활동의 필요성과 정숙을 요하는 경우 사이의 균형을 맞추는 나름의 방법이 있지만, 문제는 궁극적으로 다음 세 가지로 압축된다. 건물의 공간구성, 가용자원, 수익성. 그렇다, 이전의 조용한 도서관에서도 돈은 (문자 그대로) 말을 했다. 결국, 등수를 매기는 대회나 어린이 배움 교실 같은 시끄러운 행사에는 종종 등록이 필요하고, 등록을 하려면 돈이 든다. 조용히 공부하는 것은, 현재는 일단, 무료다.

로스크리도서관의 보조사서들이 떠들썩한 이용자와 조용한 이용자 간의 조화를 도모하는 여러 시도 가운데 하나는 아이를 동반하지 않는 사람들을 포함해 모든 이용자에게 도움이 되도록 어린이 행사의 시간표를 사전에 고지하는 것이다. 이제 대부분의 고정 이용자들은 수요일 오전이 마음 편히 앉아서 그날의 십자말풀이를 하거나 에세이를 작성하기에 최적의 시간대가 아니라는 것을 아는데, 그때가 매주 두 번 열리는 북버그 중 첫번째 시간이기 때문이다.

그 첫번째 북버그 교실이 내게 로스크리에 존재하는 빈부와 계급 격차를 접하게 해준 시간이었다. 다양한 부모와 보호자, 그들이 동반한 아이들, 그리고 영유아를 집밖으로 데리고 나오는 데 필요한 각종 장비의 퍼레이드는 빈부격차가 만들어내는 온갖 차이의 완벽한 예시로 작동했다.

제일 먼저 도서관 문으로 들어온 사람들은 콜리시 엄마들로, 아내들과 애인들wives-and-girlfriends, 통칭 'the WAGs'라 불리는 이들이다. 영국에서는 스포츠 스타, 특히 축구선수의 배우자나 애인에게 사용되는 약간 경멸조의(적어도 비꼬는) 표현이다. 그 단어는 인공 태닝, 가짜 손톱, 디자이너 의상, 값비싼 차 등의 이미지와 결부되고, 약간 여성혐오적이긴 해도 그 어감이 진실과 아주 동떨어진 건 아니다.

콜리시는 로스크리에 인접해 있지만 외부인의 접근이 제한된 부유한 동네다. 람보르기니는 엄격히 즐기는 용도로만 타야 하므로 일상용으로는 마세라티를 타는 부류의 사람들이 살고 있고, 이런 얘기가 로스크리 주민들의 비위를 건드렸다. 그런데 우리 도서관의 북버그 시간대가 우연찮게도 콜리시 주민들 대다수에게 좀더 이용이 편리해서, 콜리시 엄마들은 일주일에 두 번씩 이곳에 행차한다.

그들은 대여섯씩 무리를 지어 향수 구름을 두르고 디자이너 유아차로 밀집 대형을 이루어 도착하고, 떠날 때도 똑같은 식으로 함께 나간다.

그 여자들에게 반감을 품는 건 쉬운 일이다. 일단 그들은 우리의 비교적 가난한 단골 이용자들이 쪼기라도 할까봐 그러는지 자기네끼리만 뭉쳐다닌다. 또 허세와 과시욕이 대단하다. 육아는 일종의 경쟁이고 육아용 아이템은 그 무엇보다 중요하다. 유아차용 모빌 신상품과 디자이너 딸랑이 또는 하이테크 젖병보온기에 대해 끊임없이 자랑하고 참견한다. 매혹적인 고무젖꼭지나 환상적인 색조합의 기저귀 교환 키트보다 더 찬사와 환호를 자아내는 것은 없다.

앞서 말했다시피 그런 여자들에게 반감을 품는 건 쉬운 일이고, 특히 —내 생각엔— 매달 정부에서 지급하는 쥐꼬리만한 보조금에 기대어 아등바등 살아가는 싱글맘이라면 더욱 그럴 것이다. 그래도 콜리시 엄마들이 도서관에 올 때마다 그들에겐 뭔가 마음을 끄는 게 있었다. 그 첫날에는 그게 무엇인지 정확히 짚어낼 수 없었지만, 나는 그들에게서 눈을 떼기가 어려웠다.

궁핍한 부모들에 대해 말하자면, 그 첫번째 북버그 행사에서부터 비교적 두드러지는 사례가 한두 가지 있었다. 그들 또한 우리 도서관의 무료 어린이 교실에서 만나는, 오랜 시간에 걸쳐 가장 많은 비중을 차지하게 된 성인 그룹이었다.

젠체한다는 인상을 주지 않고 명확한 가난의 표지를 설명하기는 쉽지 않지만, 극도의 궁핍은 은폐할 수 없는 단계가 온다는 것이 주지의 사실이다. 이런 부모들은 대개 싱글맘이고, 그중 많은 수가 장애인이거나 만성질병을 앓고 있다. 명백히 학습장애가 있거나 정신건강상 문제가 있는 사람들도 있고, 그 문제가 비전문가의 눈에도 잘 띄는 편이다.

이런 성인들은 혼자 아이를 데려오고, 배차간격이 길고 들쑥날쑥한 대중교통에 기대야 하기 때문에 종종 지각을 한다. 같은 여자가(대부분의 경우 여자다) 이틀 또는 심지어 사흘 내리 똑같은 옷을 입고 오는 모습도 매우 자주 보게 된다. 그들의 유아차는 중고품이고, 디자이너 브랜드는 하나도 없고, 보통 장기간의 사용으로 여기저기 닳고 해졌다.

이건 달리 표현할 길이 없는데, 이들 부모 중 대다수에게서 냄새가 난다. 그러나 실로 무지하거나 냉혹한 사람이 아니라면 매주 빠짐없이 나오는 그들을 보고 순전한 경외감까진 아니더라도 얼마간의 연민을 느끼지 않을 수 없을 것이다. 세상에 어떻게 저 사람들이 만성질병과 빚과 돌봄노동과 노동연금부의 괴롭힘과 파트타임 직장과 또 신만이 아실 여타 일들에 더해 부모로서의 풀타임 역할까지 해낼 수 있는지 솔직히 나로서는 도저히 모르겠다. 뭔가는 포기해야 한다. 그리고 그 첫번째 포기 대상은 대체로 개인위생이다. 나도 그들과 똑같은 상황에 처해 있다면 별다르지 않았을 거라고 생각한다.

근무 첫날 그 두 그룹의 대비는 충격적이었다. 우리 지역 내 빈부격차에 대해 어느 정도는 알고 있었지만 설마 이 정도일 줄은 상상도 못했다. 현재 우리의 경제 및 복지 시스템을 책임지고 있으면서 거드름만 피우는 정치인들을 죄다 여기 북버그 교실에 끌어다놓고 싶다. 질병에 시달리고 굶주린 젊은 여자가 그저 아이에게 비좁고 추운 셋방의 사방 벽면 이외에 다른 무언가를 경험할 수 있게 해주고자 기를 쓰고 아이를 도서관에 데려오는 모습을 보고 난 후에도 '복지 무임승차'니 '계층 이동성'이니 하는 말이 나오는지 보자고.

북버그 교실에 오는 세번째이자 가장 소규모인 성인 그룹은 맞벌이하는 자식들이 일하러 갈 수 있게 손주를 봐주는 조부모들이다. 노부부가 유아차를 보행보조기처럼 같이 밀고 들어오는 장면은 나름 볼만하다. 이들 역시 내게 오직 연민과

탄성을 자아낼 뿐이다. 우쭐대며 내려다보는 것처럼 들리겠지만, 이번에도 솔직히, 자신의 건강 문제도 만만치 않은 노인이 에너지 넘치고 활동적인 유아를 따라다니거나 갓난아기를 돌볼 기운이 어디서 나는지 그저 신기하기만 하다. 그들이 재정적인 필요 때문에 손주를 본다는 것은 알지만, 그래도, 맙소사, 은퇴 후의 시간을 즐겨야 마땅한 시기에 기대할 수 있는 미래가 이런 거라면 대체 우린 어떤 나라에 살고 있는 거지?

다 함께 차분히 부르는 〈다들 또 만나요〉가 북버그의 대미를 장식하자 교실의 긴장감이 풀어지는 기분이었다. 아이들은 계속 옹알거리고 종알거리고 울어대고 악을 쓰기까지 했지만, 이제 슬슬 일어나는 어수선한 기색이 보였다. 부모와 보호자는 유아차를 챙기고 아이들의 앙증맞은 신발끈을 묶고 하나둘 떠나기 시작했다.

도서관에 고요의 축복이 내려왔다. 진정 북버그가 고작 삼십 분이었단 말입니까? 십 년은 늙은 기분이었다.

나는 유아 차단용 임시 게이트를 훌쩍 뛰어넘어 수전을 도와 어린이 구역을 치우고 정리했다. 사방에 흩어진 노래시간의 소품, 빈백 쿠션과 귀엽고 통통한 거미 인형(당연히 〈거미가 줄을 타고 올라갑니다〉 노래에 쓰였다)이 쓰고 버린 물티슈와 팽개친 고무젖꼭지 사이에 널려 있었다.

북버그의 여파로 내 청력이 그 소란스러운 아우성에 얼마나 맞춰져 있었는지 몰랐던 나는 얼마 후에야 나직한 흐느낌을 알아차렸다. 나는 장난감 상자에 빈백을 던져넣다가 멈칫하고 그 소리의 근원을 찾기 위해 주위를 둘러보았다.

바닥에 널브러진 잔해를 피해 조심스레 발을 디디며 키 큰 책장 옆으로 돌자마자 북버그에 참여한 부모 한 사람과 시선이 마주쳤다. 여자는 나를 보자마자 벌떡 일어나더니 눈물과 함께 뺨으로 흘러내리는 마스카라 자국을 허둥지둥 닦아냈다.

나는 여자가 콜리시 엄마들 중 한 명임을 대번에 알아보았다. 옆에서는 손주를 데려온 할머니 한 분이 매니큐어를 빈틈없이 칠한 여자의 손을 주름진 두 손으로 꼭 잡고 위로를 건네는 중이었고, 가까이서 보니 여자는 내가 처음에 짐작했던 것보다 훨씬 어렸다.

눈물을 못 본 척해봤자 될 일이 아니었다. 대신 나는 허리를 숙이고(그러거나 말거나 책장 너머로 다 보이겠지만) 살며시 다가갔다.

아기 두 명은 유아차 안에서 깊이 잠들었고, 엄마와 할머니 앞에 와서야 나는 내 손에 아직도 거미 인형이 들려 있음을 깨달았다. 나는 거미 인형이 두 사람의 기분을 상하게 하기라도 한 듯 얼른 등뒤에 숨겼다.

"안녕하세요," 나는 조그맣게 말했다. "무슨 문제라도 있나요?"

"아무 문제 없어요." 할머니 쪽이 딱딱하게 대꾸했다.

나는 나쁜 의도는 없다는 표시를 하려고 두 손을 앞으로 내밀었지만 결과적으로는…… 거미 인형을 그들에게 불쑥 내민 꼴이 되어버렸다.

"이런…… 죄송합니다. 그냥 뭐 필요하신 건 없나 해서요. 가서 갑 티슈 좀 가져올게요."

티슈를 권하자 엄마와 할머니 모두 좀 누그러진 것 같았고, 자신들의 이름이 각각 소피와 마거릿임을 소곤소곤 알려주었다. 소피는 아기가 생후 몇 주밖에 되지 않았지만 집밖에 나올 기회를 찾아서 아기를 도서관에 데려왔다.

"너무 지쳤어요." 소피가 고백했다. "미쳐버리겠다고요. 남자친구는 맨날 일 핑계로 집에 안 들어오고 나는…… 아시죠."

나는 고개를 끄덕였고 마거릿은 소피의 손을 꾹 힘주어 잡았다.

"외롭지." 마거릿이 말했다. "애들이 어릴 땐 엄마 노릇 하는 게. 나도 애를 낳고선 뭘 어떻게 해야 할지 몰랐던 것 같아. 다른 사람과의 대화가 필요한데 항상 체력은 바닥나고."

소피가 고개를 끄덕였고 나는 그들이 앉을 수 있도록 의자 두 개를 끌고 왔다. 출산과 육아 경험이 없는 내게 그들 얘기에 끼어드는 일은 완전히 능력 밖이었다. 그 순간 내가 할 수

있는 가장 쓸모 있는 일은 의자를 권하고 티슈를 들고 있는 것
이었다.

마거릿이 목청을 가다듬고 제 옆에 있는 아기를 가리켰다.

"얘는 내 손자라우. 육 개월 된 우리 캐머런." 마거릿은 애정
을 담뿍 담아 그 이름을 말했지만 어떤 망설임이 없지는 않
았다.

소피가 티슈를 한 장 더 가져갔을 때 나는 내가 도서관 유니
폼을 입고 있지 않음을 알아차렸고, 그래서 이분들이 내게 마
음을 열지 않았구나 싶었다. 도서관 유니폼에는 굉장한 힘이
있다. 유니폼을 입으면 신뢰와 책임이 주어진다. 유니폼은 안
전의 표시일 뿐만 아니라 입장권이기도 하다.

"손주를 자주 봐주시나요?" 내가 물었다.

마거릿의 목소리가 갈라졌다. "하루종일. 맨날. 딸아이가 일
하는 동안. 난 손주도 사랑하고 우리 딸도 사랑하지만……"

이번엔 내가 마거릿의 손을 꼭 잡아줄 차례였고, 정말 곤혹
스럽게도, 내 눈가에도 눈물이 맺혔다. 우리 세 사람 사이에
기묘하게 친밀한 순간이 흘렀다. 생판 남인 세 여자가 책장으
로 둘러싸인 우리만의 작은 세상 속에서 우리만의 작은 테이
블 앞에 앉아 서로가 서로를 의지한다.

"진짜 힘드시겠어요." 내가 말했다.

"그건 너무 불공평하잖아요." 소피가 말했다. "할머니한테

죄다 떠맡기다니."

"어이쿠, 아냐." 마거릿이 딱 잘라 말했다. 친밀함의 순간은 깨졌다. 나는 슬그머니 손을 물렸다. "아니야." 마거릿이 말을 이었다. "애 맡기는 데 드는 돈이 얼만지 알아? 애는 내가 봐도 상관없어. 상관없지."

마거릿은 고개를 절레절레 저었고, 실은 더이상 우리에게 얘기하는 게 아님이 분명했다. 어딘가 먼 곳을 응시하고 있었다. 잠시 침묵을 지키더니 이내 어깨가 축 처졌다.

"스테이시와 롭이, 우리 딸과 사위가 둘째 낳자는 얘기를 하고 있더라고."

입술을 깨무는 나를 마거릿이 돌아보았다. 갑자기 눈을 크게 뜨더니 탐색의 눈초리를 보냈다. 마거릿의 표정에는 신산함이 어려 있었고, 한동안 남몰래 속앓이를 한 게 분명했다.

"걔네가 둘째를 낳으면 내 인생은 그날로 끝이야." 마거릿이 기어이 내뱉더니 눈물이 그렁그렁해졌다.

소피가 나를 바라보다가 다시 마거릿에게 눈을 돌렸다.

"난 아기 만드는 공장이 된 기분이에요." 소피가 나직이 털어놓았다. "집에 처박혀서 애나 만드는 거죠. 그이는 뻔질나게 나가는데."

나는 말없이 티슈 상자를 책상 한가운데로 밀어주었다. 나는 이런 고백을 바란 적도 없고 뭘 어째야 할지 아무것도 몰랐지만 두 여자 다 일단 속을 털어놓고 나니 기분이 한결 나아진 듯했다. 그들은 서로를 따스하게 보듬었는데, 그 정서를 지금까지도 뭐라고 표현해야 할지 모르겠다. 나는 그들이 겪는 아픔에 불쑥 개입한 침입자가 된 느낌이었지만, 어쩌면 그들에겐 힘겨운 몸부림을 드러내기 위해 필요한 중립적 제3자였을지도 모른다.

"정말 맘고생 많겠어요." 나는 두 사람에게 말했다.

소피가 일어날 채비를 하기 시작했다. "정말 가봐야겠네요, 북버그도 끝났는데—"

"여긴 도서관인걸요." 내가 말했다. "원하는 만큼 있어도 돼요. 티슈도 갖고 계세요. 내키면 책도 읽고."

나는 책장을 손짓으로 가리키고서 어색한 웃음을 터뜨렸고, 소피가 마주 웃었다. 소피가 마거릿을 보며 말했다.

"따님께 말씀하셔야 해요, 아이 봐줄 사람을 고용할 여력이 없다면 둘째를 가지지 말라고요."

"에휴, 난 모르겠어……"

"당연히 그러셔야죠! 삶을 누리셔야죠!"

마거릿은 생각에 잠겨 고개를 끄덕였고, 나는 두 사람에게 어설픈 미소를 지어 보인 후 거미 인형을 손에 들고 돌아섰다. 소피는 도로 자리에 앉았고, 나는 데스크로 돌아왔다.

피비가 고개를 들었다. "어디 갔다 왔어?"

"그냥 정리 좀." 나는 어깨를 으쓱하며 대답했다.

"엉망진창 애새끼들하곤." 피비가 툴툴거렸다. "애 부모들한테 알아서 치우라고 해야 해. 그건 우리 일이 아니잖아."

힘겹게 손주를 들어 유아차에 태우고 애가 잠에서 깨려는 듯 뒤척일 때마다 움찔하는 마거릿, 그 주름진 얼굴에 새겨진 지친 피로감이 떠올랐다. 옹알거리는 아기 외엔 대화할 사람 하나 없이 콜리시의 아름다운 집에 갇힌 소피가 생각났다. 만성통증과 배고픔을 참고 간신히 기저귀를 갈고 젖병을 물리는 가난한 장애인 부모들을 생각했다.

"글쎄," 나는 대답을 흐렸다. "난 상관없는데."

"이야 또 보네!" 누가 씩씩하게 외쳤다. "위경련은 좀 어때요?"

콜린스 부인이 발을 끌며 느린 걸음으로 데스크로 다가오고 있었다. 이분은 로스크리에서도 단골 이용자인 모양이었다.

＊

로스크리에 처음 근무한 날 가장 기억에 남는 것은, 도서관 주차장과 '대로'를 구분하는 키 작은 사암 담장에 걸터앉아 있던 일이다.

글래스고 시내에서 자란 나로서는 도서관 앞 작은 도로를

'대로'라고 부르는 게 대단한 기개로 느껴졌지만 이 동네 사람들은 다 그냥 그렇게 불렀다.

지역 정신보건센터의 손아귀에서 '풀려나는' 조건 중 하나는 한동안 혼자 낯선 곳을 돌아다니지 않는다는 것이었다. 심리치료센터로 이관되어 그레이엄의 상담을 받은 지 꽤 됐는데도 남편은 ─ 나는 남편을 진심으로 사랑한다, 맹세한다 ─ 짜증날 정도로 그 규칙을 철저히 고수하며 자신이 퇴근하는 길에 도서관에 들러 나를 태워갈 테니 꼼짝 말고 기다리라고 엄포를 놓았다.

피비는 오후 다섯시 정각에 주차장에서 자기 차를 뺐고 갸륵하게도 집까지 태워다주겠다고 했지만 내가 거절했다.

차가운 돌담에 기댄 등허리는 점점 감각이 없어졌다. 다리를 대롱거리며 앉아 있는데, 부러진 날개를 땅바닥에 질질 끌며 뒤뚱뒤뚱 주차장을 가로질러 걸어가는 새끼 까마귀가 보였다. 길 건너 폐건물 부지의 방치된 관목숲에서 튀어나온 모양이었다.

동네 사람들 말에 따르면 그 건물은 원래 사설 노인요양원이었는데 여섯 달 전인가 건물주인 외국계 회사('외국계'라는 단어는 보통 치켜올린 눈썹으로 강조됐고, 마치 이렇게 말하는 듯했다 ─ 그런 외국계 회사들이 어떤지 잘 알잖아요)가 파산했다. 그전까지만 해도 그 건물은 제법 번듯했고, 입주 대상으로는 콜리시처럼 좀더 잘사는 곳 사람들을 환영했다. 로스크리 주민들 중 터무니없는 비용을 내고 가족을 그곳에 입주시킬 여력이 있는 사람은 아무도 없었다.

현재 판자로 입구가 막힌 노인요양원은 로스크리 대로에 위치한 또하나의 폐건물이었다.

나는 잠깐 까마귀와 눈이 마주쳤고 그대로 미동도 하지 않았다. 그 가엾은 새는 척 보기에도 영양실조였으며 다친 날개로 고군분투중이었다. 잡식동물인 인간 주제에, 기를 쓰고 살려고 몸부림치는 다친 생물에게는 마음이 약해지는 순 위선자인 나는 항상 가지고 다니는 비상용 과자를 겉옷 호주머니에서 꺼냈다. 약간 바스러진 두툼한 땅콩 비스킷이었다.

그 까마귀는 확실히 인간의 관대함과 쓰레기에 얹혀사는데 익숙한지 어디가 눌린 듯한 꾸륵 소리를 냈고, 그 소리를 듣자 곧장 북버그 아기들이 꿍얼꿍얼 징징대는 불협화음, 본격적인 울음을 예고하는 칭얼거림이 생각났다.

내가 혼자 돌아다니는 것을 금지당한 이유는, 나의 격심한 발작의 특정 증상들이 낯선 환경에 있을 때, 그리고 이동할 때 더욱 악화됐기 때문이다.

일순 내 머릿속 꼬마 악마들에게 적개심이 끓어올랐고 너무너무 분했다. 나는 처음 가본 도서관에서 하루를 온전히 잘 버텼다고! 다 큰 성인이 여기 이렇게 앉아서 초등학생처럼 누가 집에 태워다줄 때까지 기다리는 신세라니, 내가 대체 얼마나 망가졌길래?

내가 비스킷 조각을 까마귀에게 던지자 까마귀는 콩콩 뛰고 질질 끌며 가까이 다가오면서도 꾸륵거림을 멈추지 않았다.

나는 인수합병 협상을 지휘했었다. 업계의 이름난 회사 몇 군데서 유저 인터페이스를 디자인했다. 포트폴리오를 구성하고 상도 여러 번 받았다. 그런데 지금 여기서 나는, 빌어먹을 버스를 타고 혼자 집에 가는 것도 못 미더워 차가운 돌담에 앉아 다리나 대롱거리고 있다.

어쩌다 내가 이토록 무참히 무너져 쓸모없는 인간이 되고만 걸까?

무심결에 나는 비스킷 한 봉지를 몽땅 그 새한테 던져주고 있었다. 나는 살짝 끈적거리는 과자봉지를 호주머니 속에 도로 쑤셔넣고 손가락을 핥았다.

까마귀는 신나게 꾸륵꾸륵 재잘대다가 머리를 돌렸고, 간신히 몇 번 짧게 휘청휘청 날아올라 거의 지면에 가까운 비행으로 관목숲의 은신처로 돌아갔다.

"그래, 맛있게 먹어라." 나는 중얼거렸다. "우리 둘 다 한동안은 바닥에서 뜨지 못하는 신세일 것 같으니."

원칙

11월 일일 이용자(평균): 57
___
11월 일일 문의(평균): 12
___
11월 일일 인쇄 페이지(평균): 52
___
11월 폭력 사건: 0
___
어린이 프로그램 참석률: 77%
___
11월 일일 복사 페이지(평균): 22
___

내 친구들 중에는 달리기를 사랑하는 사람들이 있다. 그들
은 5킬로, 10킬로, 마라톤, 철인 삼종 경기까지 뛴다. 매일 아

침 당신이나 나처럼 정신 멀쩡한 사람이 하루의 첫 커피를 마시기도 전에 새벽같이 일어나 러닝화를 신고 아스팔트를 달린다.

한번은 그렇게 달리기에 미친 친구들에게 물어본 적이 있다. 스산한 가을날 아침에 침대를 박차고 일어나 퍼붓는 비와 안개 속으로 뛰쳐나가게 만드는 게 뭐냐고, 대충 이런저런 원형 코스를 반복해서 돌다가 조금 전보다 더 땀에 젖어 그냥 처음 시작했던 곳으로 돌아올 뿐인데.

그들은 다른 모든 게 그렇듯 그것도 그냥 습관이라고 했다. 어떤 사람(나 같은)들은 중독이라고 부를지도. 그 반복된 일상에 어쩌다 차질이 생겨 아침 뜀박질을 빼먹게 되면, 산책 못한 개처럼 하루종일 좀이 쑤셔 사무실 책상 아래서 무릎을 달달 떨고 시선은 저도 모르게 자꾸 가까운 창문 밖으로 향하게 된다.

즐거움을 위한 책 읽기도 달리기와 비슷하다. 한동안 독서를 안 하다가 책을 집어드는 습관으로 돌아가려면 노력이 이만저만 드는 게 아니라고 느껴질 수도 있다. 실제로 책을 끝까지 붙들고 있는 데 필요한 에너지를 유지하는 게 무리라고, 책이 두껍거나 문장이 유독 만연체라면 특히 그렇게 느껴질 수도 있다.

많은 사람들이 이 단계에서 포기한다. 내가 그랬다. 나도 취미 독서를 몇 년 동안 끊었었는데, 공부하느라 읽는 텍스트만으로도 벅찬데 여기서 뭔가를 더 읽는다니 생각만으로 마조히스트나 할 짓이라는 기분이었다.

내 정신 상태가 좀 말이 아니었다.

요는, 일이나 공부를 위한 독서와 즐거움을 위한 독서를 동일시하는 건 하루종일 근력운동을 했다고 댄스클럽에 안 가겠다는 것과 마찬가지라는 거다. 그렇다, 일부 동일한 근육이 사용되긴 하지만 그 강도와 방향은 전혀 다르다.

운동 습관을 들이는 단 하나의 정답 따윈 없듯, 취미 독서에도 누구에게나 다 맞는 방법은 없다. 다만, 정신적으로 소파 붙박이에서 5킬로 달리기로 몸을 일으키는 방법, 학교를 졸업한 후 쪼그라들었을 책 읽는 순수한 즐거움에 불을 댕기는 나만의 접근법은 있다.

'읽어야 한다'고 생각되는 책이 아니라, 일단 좋아하는 책을 읽을 것.

말 그대로다. 아무리 바빠도 세상 모든 인간에게는 현실에서 중심을 잡기 위해 의지하는 무언가가 있다. 바쁜 어머니가 아이들을 모두 재운 뒤 시청하는 연속극이든, 십대 학생이 학교에서 공부하느라 쌓인 스트레스를 풀기 위해 몰래 시청하는 아동용 영화든, 뭔가는 늘 있게 마련이다.

다시 독서에 취미를 들였으면 하는 마음에 십대 자녀를 도서관에 데려오는 어른들을 종종 보는데, 그건 아무 미술관에나 사람을 끌고 와서 예술을 감상하라고 강요하는 셈이 아닌가 싶다. 전시중인 그림에 정말로 마음이 끌릴 가능성도 있겠지만, 전혀 생각이 없는데 억지로 끌고 와서는 하고 싶지도 않은 걸 하라고 강요한다고 화를 낼 가능성도 그에 못잖게 다분하다.

거기에 한술 더 떠 부모 자신이 어릴 때 보던 책이나 '고전'(여기에 대해 할말은 많지만 하지 않겠다)을 안 그래도 기분이 '언짢으신' 청소년 앞에 수북이 쌓아놓는다, 순전히 그 책들이 본인의 자녀가 반드시 읽어야 하는 도서라고 생각하기 때문에.

숙제로 내주는 것만큼 신속하고 확실하게 취미를 죽이는 방법은 없다.

그런 부모님들께, 청소년 자녀들에게 그리고 당신에게 나는 이렇게 말하고 싶다. 읽어야 한다고 느껴지면 읽지 마시라. 그 길은 지루함과 좌절감으로 이어진다.

당신이 좋아하는 것을 떠올려보라. 알콩달콩한 드라마? 그 드라마 대본집이 로맨스 코너에 있을 수도 있고, 그 작가가 이미 연애소설을 쓰기 시작했을지도 모른다. 우주전쟁 영화? 내가 장담하는데 SF 코너에 깜짝 놀랄 만큼 비슷한 책이 있을 것이다. 먼지 풀풀 나는 옛날 서부극을 좋아한다고? 하하, 걱정

마시라, 좋은 소식 몇 가지 알려드리죠.

너무 바쁜 사람들은 어쩌냐고?

괜찮다. 후딱 읽을 수 있는 쉽고 짧은 책이나 잡지도 좋다. 블로그를 읽든가. 신문을 읽든가. 트윗 몇 개만 읽든가.

초보 러너에게 마라톤을 뛰라고 종용하진 않으면서, 독자들에겐 왜 강요하나?

똑같은 얘기가 어린 독자들에게는 두 배로, 아니 세 배로 적용된다. 당신의 자폐 아이가 남들은 다 열광하는 해리 포터를 좋아하지 않는다면? 그 아이가 특별히 흥미를 갖는 게 뭔데요? 컴퓨터게임 좋아해요? 우리 도서관에 컴퓨터게임에 관한 책 많아요! 그럼요, 마인크래프트 책도 있죠!

교실에 갇혀 있는 것보다 운동을 좋아하는 난독증 아이라면? 난독증에 친화적인 책도 존재합니다! 길이가 짧고 대체로 삽화가 있어요. 당신 딸이 읽기엔 너무 '유치'해 보인다고요? 뭐가 어때서요? 아이가 '기대 연령' 이하의 책을 읽는다고 누가 뭐래요? 아이는 이미 학교에서 충분히 부담을 받고 있을 테니, 책을 끝까지 읽는 데서 오는 만족감을 얻을 수 있도록 페이지가 더 적은 책을 자기 힘으로 읽을 수 있게 해주자고요. 우리 도서관엔 축구든 하키든 하여간 어떤 종목에 대해서든 없는 책이 없어요.

특정 모델의 기차를 엄청 좋아하는 자폐 아동과 수다를 떨고 나서, 나는 특정 국가에서 특정 시기에 생산된 특정 제조사의 기차에 관한 책을 찾아서 주문을 넣었다. 그렇다, 그 아이는 이미 그 기차에 대한 모든 세부요소를 내게 말해줄 수 있겠지만, 그 아이가 도서관에 와서 기차 그림과 사진을 볼 수 있고 심지어 자신이 그런 기차를 왜 그렇게 좋아하는지 어른과 얘기할 수 있다는 걸 안다면? 그 경험은 값으로 따질 수 없다.

중요한 건, 즐거움을 위해 책을 읽을 때 너무 수준 낮거나 너무 유치하거나 너무 단순하거나 짧거나 시시한 책은 없다는 사실이다. 도서관의 그 누구도 당신에게 독후감을 요구하지 않는다. 내 장담하는데, 도서관의 어느 누구도 당신을 평가하지 않는다. 성인이 그림책을 한아름 빌려가면 집에 아이가 있겠거니 추측이야 하겠지만, 궁극적으로 우린 그저 책들이 움직이는 걸 보면 행복하고 누군가 책을 즐긴다는 생각만 하면 기쁘다.

근데 최근에 그림책을 읽어본 적 있습니까? 단연코, 당신이 기억하는 것보다 훨씬 훌륭하답니다. 가족과의 사별이나 성정체성 같은 주제를 깊이 고심하며 파고든 멋진 어린이책과 청소년소설 몇 권도 개인적으로 추천할 수 있는데, 내 보기엔 일반 성인소설 작가들보다 그 문제를 훨씬 잘 다루고 있어요.

책 읽기를 좋아하고 싶다면, 좋아하는 책을 읽으세요.

이게 바로 내가 어느 여자애한테 대여해줄 뱀파이어 로맨스소설의 바코드를 스캔하고 있을 때 새파랗게 질린 얼굴로 『오만과 편견』을 움켜쥐고 있던 그애 어머니에게 열심히 설명하려 했던 내용이다. 여자애는 도서관에 들어온 후, 아니 엄마 손에 떠밀려 들어와 '고전' 서가로 밀어붙여진 후 처음으로 웃고 있었다.

그애 어머니가 책장에서 제인 오스틴과 브론테 자매의 책을 골라 뽑고 있을 때 그애와 나는 좋아하는 밴드에 대해 심도 깊은 대화를 나누고 있었다.

여자애의 이름은 올리비아였고, 뱀파이어와 늑대인간을 좋아하며, 죽은 연인에 대한 노래를 즐겨 듣고, 평범한 여자애, 뭐 그러니까 올리비아처럼 생기고 올리비아처럼 입고 다니는 유한한 수명의 인간 여자애와 사랑에 빠지는 음울하고 상념에 잠긴 초인적 존재를 연기한 남자배우들한테 푹 빠져 있었다.

그래서 나는 올리비아에게 로맨스판타지를 몇 권 소개했다. (이런 책들엔 보통 '수인과의 티타임'이라든가 '북부의 대공녀' '늑대의 정염' 같은 제목이 붙어 있다. 멀리서도 책등을 보고 한눈에 알아볼 수 있다.) 네가 제일 좋아하는 TV 드라마는 대부분 원작소설이 있다고, 전체 시리즈를 한 번에 주문해줄 수도 있다고 얘기하자 올리비아는 그야말로 신나서 눈을 반짝반짝 빛냈다.

"대출하는 사람이 많은가요…… 저런 종류의 책을?" 아이 어머니가 시커먼 표지의 페이퍼백들을 경멸의 눈초리로 쳐다보며 물었다.

"그럼요, 꽤 있죠. 보통 이 책들은 십대 후반이 타깃인데 우리가 알려주기 전까진 여기 이런 책이 있다는 걸 잘 모르더라고요."

올리비아가 물었다. "그럼 이거 다 빌리는 데 얼마예요?"

이번엔 어머니가 웃음을 터뜨릴 차례였다. "여긴 도서관이잖니!"

올리비아는 검은색 손톱을 물어뜯었다. "그래서……?"

"그래서," 내가 끼어들었다. "무료입니다. 회원증만 있으면 도서 대출은 항상 무료예요."

아이의 눈이 휘둥그레졌다. "잠깐, 전부 다? 여기 있는 게 전부 다 공짜예요? 어떤 책이든?"

"넵." 나는 반납기일표에 반납 날짜를 찍으며 확인해주었다. "전부 다 공짜입니다."

"올리비아," 아이 어머니가 나무라듯 말했다. "어렸을 때 다 들었으면서! 너 여기 맨날 왔었잖아!"

올리비아는 얼굴이 빨개져서 어깨를 으쓱했고, 반듯이 자른 앞머리가 이마에서 팔랑거렸다. "까먹었어."

"자, 그러니까 친구들한테 말해주렴," 내가 말했다. "여기서 다들 공짜로 책을 빌릴 수 있다고."

*

도서관의 규칙적 일과에 익숙해지기까진 그리 오래 걸리지 않았다. 모든 도서관은 자기만의 리듬이 있다. 주간 계획, 일간 패턴. 도서관은 신뢰할 수 있는 공적 영역이다. 도서관 이용자들에게는 예측 가능성이 필요하다. 구직원서를 내기 위해 매주 평일마다 특정 사이트에 접속해야 하는 구직자들부터, 매주 다양한 행사와 교실에 아이들을 데려오는 부모들과, 다 읽은 책 더미를 안 읽은 신착도서 더미와 교환하러 매주 수요일 똑같은 시간에 버스를 타고 오는 연금생활자까지. 도서관은 정말이지 지역사회의 맥동하는 심장이다.

로스크리도서관에서는 어린이 프로그램이 한 주의 흐름을 지배했다. 수전이 진행하는 여러 교실이 도서관 이용자 수를 높이는 견인차 역할을 했다. 북버그, 재잘재잘 책 읽기, 코딩수업, 레고클럽, 방과후 숙제 모임이 모든 연령대의 아이들을 끌어모았고, 종종 아이들의 보호자까지 데려왔다. 아장아장 걷는 유아들에게 책을 읽어주다가 고등학생들에게 코딩을 가르치다가 또 어린이 서가에서 초등학생과 그 부모들을 대상으로 테디베어 소풍을 준비하는 수전의 놀라운 전환 능력에 나는 감탄을 연발했다.

어린이를 위한 교실이 자주 열리고 또 참여율이 높다는 사실은, 금세 확연해졌듯, 그저 조용한 삶을 원하는 피비에겐 분노를 유발하는 한 쌍의 원천이었다. 피비는 북버그 시간 내내 투덜거렸고, 학교 단위의 도서관 탐방을 속으로 저주했으며, 영유아들과 보호자들이 다음 교실에 참여하러 들어오기 시작하면 두통이 있다는 핑계로 주차장에 나가서 '산책'을 했다.

나로 말할 것 같으면, 직원용 출입구의 문이 열리고 찬바람이 들어오면 어린이 프로그램 시간이구나 생각하게 되었다. 내가 과일주스 팩을 나눠주고 유아 차단용 게이트를 뚫고 나와 헤매는 아이를 인도하고 수강료와 다음 프로그램 예약을 받으러 분주히 돌아다니는 동안 피비는 문간에서 어정거리곤 했다. 나는 일을 싫어하지 않았다. 오히려 해야 할 업무라든가 사람들과 교류할 거리가 잔뜩 있다는 건 즐거움이었다, 특히 콜뮤어의 맥빠지고 외로운 근무에 비하면.

로스크리는 컴퓨터 좌석이 비교적 많은 편이었다. 디지털 자료실은 어린이 서가 다음으로 이곳에서 가장 바쁜 곳이었다. 이 또한 피비에게는 못마땅함의 또다른 원천이었다. (어쨌든 도서관의 주요 업무는 책을 빌려주는 것 아닌가? 적어도 피비의 의견에 따르면 그랬다.)

나는 컴퓨터 제공과 인터넷 접속에 대해 좀더 실용적인 관점에서 접근했다. 피비가 하는 식으로 아니꼬운 미소(항상 비아냥거리며 히죽거린다)를 지으며 '나는 사무 보조가 아니다'라는 요지의 말을 중얼거리기보다는, 정기적으로 컴퓨터 좌석 사이를 누비고 다니며 혹시라도 도움이 필요한 사람은 없는지 살폈다. 상대적으로 컴퓨터를 좀더 잘 다루는 업종에 있었으므로 정보기술 이용의 복잡성 때문에 어려움을 겪는 사람들에게 내가 좀 쓸모가 있지 않을까 생각했다.

돌이켜보면, 나의 순진함에 그저 헛웃음만 나온다.

잘난 척하는 말로 들리지 않았으면 하는데, 그저 단순히 사실을 말하자면, 대민 업무를 해보기 전까지는 사람들이 어디까지 컴맹일 수 있는지 전혀 짐작도 못할 것이다. 도서관 직원들(그리고 다른 IT 종사자들도 마찬가지라고 확신한다)이라면 모두 동의하는, 공공도서관 업무의 또하나의 원칙은 이것이다.

절대, 무슨 일이 있어도, 사람들의 IT 친화 수준을 넘겨짚지 말 것. 당신이 지금 도와주려는 사람이 키보드를 본 적이 있을 거라고 넘겨짚지 말 것. 그 어떤 것도 넘겨짚으면 안 된다.

대신, 메모를 하세요. 사람들이 똑같은 질문을 계속할 테니까 메모를 해두세요. 가끔은 이 중대한 첫번째 원칙을 잊어버리기도 하니까 메모를 해둡시다. 메모를 손닿는 곳에 가까이 두고 시시때때로 참조하세요. 다음은 내가 로스크리에서 일한 처음 몇 주 동안 실제로 작성한 메모들이다.

인터넷은 어디 있어요? 이용자는 웹브라우저 아이콘을 찾고 있음. (해결, 1분.)

왜 내 이메일 비밀번호를 넣으래요? 이용자는 본인 기기에 비밀번호를 자동저장해두었음. 공용 컴퓨터는 보안 문제로 비밀번호를 저장하지 않는다고 열심히 설명. 비밀번호 재설정을 열심히 도와줌. (미해결, 45분.)

화면이 왜 까매요? 이용자가 5분 이상 마우스를 움직이지 않았음. (해결, 1분 미만.)

인터넷이 이상하게 보여요. 이용자는 휴대폰의 웹브라우저에 익숙해져 있었음. 이에 대해 열심히 설명했으나 실패. (미해결, 15분.)

나는 왼손잡이인데요. 마우스를 반대편으로 옮겨도 된다고 열심히 설명. 시범을 보임. (해결, 5분.)

내 이메일이 깨졌어요. 웹브라우저에서 보이는 이메일은 휴대폰 앱에서 보이는 것과 다름. (해결, 5분.)

인터넷을 잃어버렸어요. 첫번째 질문을 했던 이용자. 웹브라우저 아이콘을 손가락으로 가리킴. (해결, 1분.)

번호 누르는 건 어디 있어요? 이용자는 컴퓨터가 팩스라고 생각했음. (미해결, 25분.)

내 거 다 어디 갔어요? 이용자가 무심코 웹브라우저에서 새 창을 열어버림. 한참 설명함. (해결, 25분.)

편지를 써야 해요. 이용자는 마이크로소프트 워드를 이용해 편지를 쓰고 싶어함. (해결, 10분.)

편지가 필요해요. 아들한테 편지를 보내야 해요. 이용자는 자신의 이메일에 접근하고 싶어함. 비밀번호를 모름. (미해결, 30분.)

구글은 어디 있어요? 이용자가 구글 URL(Google.com)을 기억하지 못함. (해결, 3분.)

돈은 어디에 넣어요? 용지는 어디로 나와요? 이용자는 컴퓨터 좌석을 달라고 했으나 실은 복사기가 필요했던 것. 컴퓨터나 복사기에 돈을 넣지 말아달라고 부탁함. (해결, 45분.)

저 요청들이 우스꽝스럽게 보이긴 해도(오랫동안 나도 그보다 더하면 더했지 못하지 않은 컴맹이었으므로 비판하려는 게 아니다), 도서관을 이용하는 사람들이 어떤 부류인지, 그리고 컴퓨터를 잘 몰라서 종종 받게 되는 불이익은 얼마나 엄청난 것인지 시사하는 바가 크다.

가난한 북버그 엄마들의 경우도 그렇고, 컴퓨터를 쓸 때 나나 다른 도서관 직원에게 도움을 요청하는 사람들은 사회에서 가장 취약한 계층에 속한다. 그들은 거의 가난하고 나이가 많거나 또는 장애가 있다. 애매모호하고 말도 안 되는 것 같은 요청은 그들이 멍청하거나 일부러 어깃장을 놓는 게 아니라 익숙하지 않기 때문이다.

여기서 중요한 원칙이 또 하나 적용된다. **언제까지나 인내할 것. 누가 어떤 일을 겪고 있는지 당신은 절대 알지 못한다.**

*

클로이는 내가 로스크리에서 처음 알게 된 단골 이용자였다. 클로이는 거의 매일 도서관에 왔고, 로스크리 대로 끄트머리에 위치한 젊은 장애인들에게 지원되는 주거시설에서부터 걸어왔다.

일일이 자세히 물어보지는 않았지만, 클로이에게는 다양한 학습장애가 있었다. 다른 장애 청소년 및 보호자 무리와 함께 오는 날도 있었고, 혼자서 오는 날도 있었다. 분명 열여덟 아홉 언저리일 텐데 날이 맑으나 궂으나 늘 똑같은 빨간 외투를 입고 다녔다.

첫 만남은, 피비와 함께 오전 근무를 하고 있는데 클로이가 데스크로 다가왔을 때였다. 클로이가 대기줄을 지나쳐 걸어와(줄 서서 기다리던 사람들은 클로이의 그런 모습에 익숙한 것 같았고, 몇 명은 인사를 건네기도 했다) 내 앞에서 두 손으로 책상을 짚었다.

"괜찮으세요?" 내가 물었다.

클로이는 불안해하는 것 같았다. 틀림없이 피비의 주의를 끌고 싶어 안달이었다.

"무슨 일이세요?" 나는 계속 물었다. 학습장애가 있는 사람을 대하는 건 처음이라 솔직히 내가 뭘 잘못해서 이 사람이 불안해하는 건 아닌지 걱정됐다.

"피비!" 클로이가 고함을 질렀다.

나는 움찔했다. 당시 나는 갑작스러운 소음에 대처하는 데 아주 곤란을 겪고 있었다. 상담치료를 하면서 쭉 다뤄온 문제였지만 그때 내 반응은 너무 굴욕적이어서 귓불이 다 화끈거렸다.

나는 피비를 돌아보았다.

"어…… 이분이 당신에게―"

내 말이 다 끝나기도 전에 클로이는 피비에게 일련의 단어와 숫자를 줄줄 쏟아냈다.

"범죄, 이백이십삼. SF, 사십칠. 로맨스, 구십팔……"

이윽고 나는 클로이가 우리 도서관의 각 분야별 도서 보유량을 읊고 있음을 깨달았다. 나는 감탄하며 쳐다봤다.

"그걸 다 셌어요?" 나는 얼떨결에 물었다.

클로이가 고개를 끄덕였다.

"고마워요, 클로이." 피비가 심드렁하게 말했고, 이 말이 클로이에게는 이제 그만 가도 된다는 신호인 듯했다.

클로이가 잠시 내 앞에서 꾸물거리며 맴돌았다.

"내가 분명 고마워요, 클로이라고 했는데." 피비가 다시 말했다. "잘 가요."

클로이가 고개를 끄덕이며 책상에서 떨어졌다. 그러나 입술을 깨물고 멈칫거리는 모양이 꼭 뭔가 더 하고 싶은 말이 있는 듯했다. 나는 언제 그 많은 책을 다 세었냐고, 왜 세었냐고, 어떻게 그 각각의 숫자를 다 기억하냐고 물어보고 싶었지만 그냥 어색하게 손을 흔들고 말았고, 대기줄의 다음 사람과 인사했다.

그 첫 만남 이후로 몇 년 동안 나는 전국의, 심지어 전 세계의 도서관 직원들에게 물어보았다. 수많은 공공도서관에 그곳만의 클로이가 있는 것 같았다. 책을 세는 것을 즐기거나 그 행위에서 마음의 위안을 얻는 사람들. 감각의 측면에 호소하는 바가 있는 게 아닐까 하는 생각이 들었다. 도서관은 정확한 숫자와 데이터에 강한 체계적인 공간이니까.

서가에 원래대로 책을 채워넣고 깔끔히 정리하는 작업은 확실히 주의집중을 요하는 일이다. 책등 라벨을 골똘히 들여다보며 조심스럽게 발을 옮기다보면 어느새 시간이 훌쩍 지난다. 그러므로 왜 그렇게 많은 사람들이 물건 세는 일을 즐기는지 이해할 수 있을 것 같다.

클로이의 불안과 흥분이 못내 마음에 걸렸지만 그 이유는 잘 알 수가 없었다.

데스크 앞에 줄 서 있던 사람들의 볼일을 모두 처리하자마자 피비가 심술궂은 표정으로 나를 돌아보았다.

"드디어 클로이를 만났군."

"자주 그러나?" 내가 물었다.

피비는 실소를 머금었다. "날이면 날마다 그 염병이지. 중간에 누가 방해하면 처음부터 다시 할걸. 성가셔 죽겠다니까. 활짝 웃으면서 '고마워요'라고 말해줘야 한다고, 안 그럼 온종일 그러고 있을 거야."

그때 피비가 클로이에게 활짝 웃었는지는 내 기억에 없었고 클로이에 대해 그런 식으로 말하는 게 마음에 들지 않았지만 내가 뭘 알겠는가? 고함소리는 다른 이용자들에게 방해가 될 테고, 특히 자꾸 새치기를 한다면 문제가 생길 수도 있겠구나 생각할 뿐이었다.

그래도 고정 이용자들은 거의 다 클로이를 아는 듯했고, 클로이가 해를 끼치거나 하지도 않는 것 같았다. 그 정보를 다 기억하다니 솔직히 놀라운 암기력이었다.

클로이가 피비 대신 나에게 그 숫자들을 스스럼없이 얘기해줄 만큼 친해지기까지는 몇 주가 걸렸고, 그동안 클로이는 때로는 다른 사람들과 함께, 때로는 혼자 도서관에 왔다. 피비의 조언에 유의하여 나는 언제나 함박웃음을 지으며 호들갑스럽게 고마움을 표시했지만(돌이켜보니 지나치게 시혜적인 태도였다) 그런다고 클로이의 불안감이 가시지는 않는 것 같았다.

어느 날 나는, 무엇보다 호기심에, 종이와 펜을 들고 클로이가 불러주는 각 분야와 권수를 재빨리 받아적었다. 까놓고 말해 그 많은 도서의 권수를 클로이처럼 정확히 기억한다는 게 가능해 보이지가 않아서 내가 직접 확인해보고 싶었다. 나는 시간이 빌 때면 클로이가 센 숫자를 생각해보는 버릇까지 생겼다. 어떤 날에는 도서관을 한 바퀴 돌면서 말없이 서가마다 손가락질을 하는 클로이를 보기도 했다.

내가 펜을 들고 숫자를 종이에 적으니 클로이는 기분이 한결 밝아 보였다. 그 불안불안한 꼼지락거림을 그쳤다. 클로이는 그 어느 때보다 자신감에 차서 그날의 셈을 전달했다.

나는 받아적기를 마치고 클로이를 쳐다보았다. 클로이는 종이 위의 내 손을 응시하고 있었다.

"어. 고마워요, 클로이."

"천만에요."

클로이는 주저 없이 뒤로 돌아 동료에게 돌아갔다. 안경을 쓴 키 큰 남자애가 클로이에게 엄지를 척 들어 보였다.

나는 받아적은 메모를 힐긋 본 다음, 멀어지는 클로이와 그 동료의 뒷모습을 바라보았다.

그동안 내내 숫자를 읊어주면서 클로이가 원한 게 바로 이거였을까? 우리더러 받아적으라고 여태껏 그렇게 말해줬던 걸까? 지금까지 클로이의 말투는 늘 너무 다급해 보였다. 어쩌면 클로이는 그 숫자들을 다 기억하는 자신의 암기력을 우리가 따라가지 못할 것을 알고 있었고, 자신이 알려준 내용이 우리 선에서 유실되지 않으리란 것을 알 필요가 있다고 느꼈을지도 모른다.

그날 오후 늦게, 나는 SF 도서의 숫자를 셌다. 우리의 SF 분야는 규모가 작고 열람과 대출도 별로 없는 편이었다.

클로이의 숫자가 맞았다.

그때 이후로 나는 클로이가 원하던 것이, 거의 다는 아닐지라도 적지 않은 수의 도서관 이용자들이 바라는 것과 다르지 않음을 깨달았다. 누가 자신의 얘기를 귀기울여 듣고 있음을 아는 것.

나는 아마도 클로이가 왜 우리 도서관의 장서 수를 전부 세어야 한다는 강박을 느끼는지 절대 이해할 수 없을 테고, 알아야 할 필요도 없다. 중요한 건 내가 그 셈에 감사를 표하고 그 정보를 인계받았음을 클로이한테 알려주는 것이다.

이제 나는 클로이가 헤아린 수치를 적기 위해 표를 인쇄하는데, 그 표는 우리 도서관에서 어느 장르와 분야가 더 번잡하고 더 한산한지 추적하는 데 제법 유용하다. 나는 그 표를 데스크 뒤쪽 벽에 테이프로 붙여놓고 클로이가 올 때마다 한 줄씩 추가한다.

＊

"혹시 제가 도와드릴 일이 있을까요?" 나는 혼자 창가에 앉아 있는 멋진 옷차림의 여인에게 물었다.

그날따라 도서관이 유난히 조용했다. 어린이 행사도 프로그램도 없었고, 심지어 디지털자료실도 비어 있었다. 아마 날씨 때문이었을 것이다.

바깥은 여기저기 물웅덩이가 햇살에 반짝였다.

나는 오십대 초반으로 보이는 여인을 좀전부터 지켜보고 있었다. 여인은 책을 둘러보지도 않았고, 바로 앞에 있는 신문도 거들떠보지 않았다. 태도라든가 표정이 뭔가 맥빠지고 풀죽어 보였다.

"바쁘세요?" 여인이 작게 물었다. 입가가 바르르 떨렸다.

나는 빈 도서관을 한번 둘러보고 킥킥 웃었다. "오늘은 한가하네요."

"그럼…… 잠시 옆에 앉아 있어줄래요?"

나는 깜짝 놀라 여인을 힐긋 보았다.

"어, 네. 그럼요, 물론이죠."

피비는 데스크에서 신문을 읽는 중이었으므로, 나는 의자를 끌어다놓고 여인과 자리를 함께했다.

"별일 없으시죠?" 내가 물었다.

콜리시 엄마 소피에게서 느꼈던 것과 똑같은 무언의 좌절감이 이 자그마한 여인에게서도 감지됐다. 여인은 가냘픈 손가락으로 고풍스러운 손수건을 꽉 움켜쥐었고, 기다란 선홍색 손톱이 손수건의 가장자리를 물었다.

"미안해요," 여인이 말했다. "집에서 나올 수밖에 없었거든. 집이 너무 조용해서……"

여인은 말꼬리를 흐리며 스스로를 질책하듯 손수건을 흔들었다. 그리고 눈가를 닦았다.

나는 의자를 좀더 가까이 당겨 앉으며 덜 뻣뻣해 보이려 애썼다. 이럴 땐 내 자세와 태도가 몹시 의식된다. 모쪼록 이해심 많고 허물없는 사람으로 보이고 싶었다. 나는 테이블에 팔꿈치를 괴었다가 어정쩡하게 도로 내렸다.

여인은 잔잔한 쓴웃음을 지었다.

"오, 들어봐요. 분명 바보 같은 아줌마라고 생각하겠죠. 남편은 회사에 갔고, 아들 둘 모두 대학에 들어가서 집을 떠났어요. 그 고요함과 한가함을 즐겨야 맞는데!"

나는 참았던 숨을 내쉬었다. 가족을 여읜 사연을 예상했다가 여인의 설명에 그만 긴장이 풀려버린 것이다.

"우리 엄마도 똑같은 얘기를 했어요." 내가 말했다. "오빠와 제가 독립했을 때요. 심지어 우리 방을 어떻게 활용할지 계획도 미리 다 세워놨는데, 그렇게 보고 싶어질 줄 몰랐다며 당황하시더라고요."

여인이 미소를 지었다.

"정말 그러셨을 거예요." 여인이 살갑게 말했다. "앨리, 맞죠?"

여인이 내 이름표를 가리켰고 나는 고개를 끄덕였다.

"제니퍼예요." 여인은 손수건을 쥐고 있지 않은 쪽 손을 내게 내밀었다.

우리는 악수를 했다.

"아드님들은 대학에서 무슨 공부를 하나요?" 내가 물었다.

나와 제니퍼는 그대로 이십여 분쯤 이야기를 나누며 서로를 알아갔다. 제니퍼의 남편은 현역 약사다. 제니퍼는 법무법인에서 사무장으로 근무하다 아이들이 고등학교에 들어갈 무렵에는 파트타임으로 일하게 됐다. 아이들이 다 자라 둥지를 떠난 지금은 특별히 하는 일 없이 지낸다. 둘째가 떠난 지 일주일밖에 안 됐는데 벌써 집안의 고요함에 질렸다. 제니퍼의 얘기를 들어보니 전에는 조직적 혼돈의 도가니였던 듯했다.

"내가 그 많은 빨래를 다 했다니까요!" 제니퍼가 웃음을 터뜨렸다. "아들 둘이 있으면 빨래가 끝나지를 않아!"

나는 킥킥거렸다. "그러게요."

"축구복에 교복에 암튼. 진짜 지겨웠는데…… 내가 이런 소리 하다니 믿기지가 않지만…… 그때가 그리워요."

"변화가 크죠."

제니퍼가 고개를 끄덕였다.

"그럼 이젠 여유시간에 뭘 하실 계획이에요?" 내가 물었다.

제니퍼는 손에 쥔 손수건을 내려다보았다. "휴, 나도 모르겠어요. 생각을 별로 안 해봤네. 바쁘게 살아야지 싶긴 한데."

"잠시만요." 나는 테이블에서 일어나 데스크로 갔다.

데스크에서 피비는 아주 열심히 일하는 중이었고, 그 일이란 지역 일간지의 스도쿠 문제를 푸는 작업이었다. 내가 진열대에 놓인 리플릿 중 하나를 집어들어도 피비는 누가 오거나 말거나 거들떠보지 않았고, 나는 제니퍼가 앉아 있는 창가로 다시 갔다.

나는 테이블에 리플릿을 턱 내려놓고 다시 의자를 끌어다 앉았다. 제니퍼는 내가 돌아와서 놀란 눈치였다. 내가 빠져나갈 핑계를 찾고 있는 줄 알았나보다.

"여기에 우리 도서관의 성인 대상 모임과 프로그램이 다 나와 있어요." 내가 말했다. "아주 많은 건 아니지만 지역 평생학습원 강좌 목록도 있고요."

나는 리플릿 뒤쪽을 가리켰다.

"뭘 듣고 싶은지에 따라 다르겠지만 일부 무료 강좌도 있어요. 여기 이 북클럽이 꽤 괜찮아요. 현재는 범죄와 스릴러 위주예요, 그쪽에 관심이 있으시다면."

제니퍼가 리플릿을 들고 앞뒤로 살펴보았다.

"이거 들으려면 도서관 회원이어야 하나요?" 제니퍼가 물었다.

나는 고개를 흔들었다. "대부분은 아니어도 되지만, 신분증만 있으면 회원 등록도 금방 할 수 있어요."

"이거 내가 갖고 가도 되나요?"

"그럼요! 지금 그 목록이 그렇게 대단치는 않지만, 우리 도서관은 항상 새로운 동호회와 모임을 환영한답니다."

제니퍼는 리플릿을 접어 가방 안에 잘 갈무리했다. 그리고 빙그레 미소 지었다.

나는 상체를 내밀고 말했다. "저기, 저도 그 맘 알아요. 제가 오래 아팠어서 남편이 일하러 나간 동안 내내 집에 처박혀 있었거든요. 그런 종류의 적막함은 정말 겪을 게 못 돼요. 몇 주 동안 사람이라곤 남편밖에 못 보고 살았어요. 그저 사람 얼굴이 보고 싶어서 슈퍼마켓에 가게 된다니까요."

제니퍼가 한 손을 내 어깨에 얹었고, 나는 이 여인에게 샘솟는 애정을 느꼈다. 어떤 면에서는 우리 엄마 같기도 하고, 다른 면에서는 나 같기도 했다. 제니퍼가 아들들을 매우 사랑하고 걱정도 많이 한다는 건 분명했다. 그런 만큼, 사실 자기 자신을 위해 시간을 쓴 지가 하도 오래되어 이젠 방법을 다 까먹은 것이다. 나는 공감할 수 있었다.

"옆에 있어줘서 고마워요." 제니퍼가 말했다.

"언제든지 괜찮아요." 나는 대답했다. "음…… 도서관이 지금처럼 한가할 때라면. 만약 대기줄을 세워놓고 자리를 비우면 잘릴 테니까요."

내가 일어섰다.

"우리 도서관의 어린이 프로그램 시간표를 슬쩍 보시면 행사가 없는 때가 며칠 보이실 거예요. 그런 날이 수다떨기에 제일 좋은 날이에요. 신문을 읽으러 잠깐 들르는 사람들 몇 명밖에 없거든요. 은퇴하신 분들, 학생들, 아이를 학교에 데려다주고 오는 엄마들. 괜찮은 분들이죠. 어린이 교실이 있는 날은 추천드리지 않겠습니다. 엄청 소란스럽거든요."

"고마워요, 앨리."

도서관에는 생애 전환기에 있는 사람들을 끌어당기는 무언가가 있다. 그것은 익숙함 내지 친근함이 아닐까 싶다. 어딘가의 공공도서관에 생전 처음 가본다 하더라도, 그곳의 기본적인 사항은 익히 다 예상할 수 있으니까. 고정불변이 주는 편안함이 분명 있다, 더군다나 그게 공짜라면.

나는 곧 로스크리도서관이 주민들에게 주는 위안을 과소평가하지 않게 되었다. 도서관에서 일하다보면 쉽게 당연한 것으로 간과하게 되지만, 클로이나 제니퍼 같은 이들에겐 진정 삶의 동아줄이 될 수도 있는 것이다.

*

매주 평일 테일러 씨는 통증 때문에 허리를 깊이 구부리고 도서관에 들어오곤 했다. 여러 가지로 건강이 좋지 않았지만 특히 지독한 관절염으로 고생했다. 아주 추운 날에는 거의 몸을 반으로 접은 채 데스크로 다가오는 모습이 꼭 카펫을 점검하는 것 같기도 하고 낮은 서까래 아래를 웅크리고 통과하는 것 같기도 했다. 도서관 회원증을 책상 너머로 내미는 것조차 어마어마하게 힘들어했지만, 그럼에도 테일러 씨는 월요일부터 금요일까지 하루도 빠짐없이 정확히 열시 삼십분에 도서관에 나왔다.

원래 테일러 씨는 건설현장에서 일했고, 그다음에는 수습생들에게 금속가공을 가르쳤다. 몇십 년 동안 그 일을 계속

했고, 시간을 쪼개서 지역의 직업 교육원과 다양한 일터에서 가르치다가 일련의 합병증으로 더이상 가공 도구와 기계를 들지도 조작하지도 못하게 되자 나이 예순에 일터를 떠나야 했다.

실업수당 자격을 얻기 위해 테일러 씨는 매일 침대 밖으로 몸을 끌고 나와 옷을 갈아입고(그는 항상 셔츠와 타이와 그 외 모든 것을 흠잡을 데 없이 갖춰 입었다) 버스를 타고 도서관에 와서 통증에 움찔하며 회원증을 책상 너머로 내밀고 정중하게 컴퓨터 좌석을 요구하는 것이다.

일단 컴퓨터 앞에 앉으면 테일러 씨는 온라인 계정에 접속하여 유니버설 크레디트* 잔고를 확인한다. 이어서 계정에 연결된 일지를 열어 '구직 코치'에게서 온 메시지를 확인하는데, 익명이나 다름없는 그 코치는 아마도 천 킬로미터는 떨어진 곳에 있을 것이다. 코치란 자들은 테일러 씨가 현재까지 한 구직활동 진도가 자기네 기대에 부응하는지 아닌지 알려주고, 웹사이트 몇 개를 알려주며 더 시도해보라고 조언하고, 이력서 업데이트처럼 다른 부과할 일이 있는지 없는지 말해준다.

그다음에 테일러 씨는 고된 검색의 길을 묵묵히 걷기 시작한다. 검색을 하는 데에만 테일러 씨의 오전 전부와 오후 일부

* 영국 노동연금부에서 구직자 및 저소득층에게 제공하는 통합복지수당.

까지 소요된다. 그는 코치가 권한 웹사이트에 가서 자기 분야의 일자리를 검색하고, 노동연금부에서 그 주에 정한 임의의 활동 횟수만큼 구직원서를 하나하나 공들여 타이핑한다. 면접까지 가지도 못할 것을 알면서, 간다 하더라도 온갖 질병 때문에 곧장 떨어질 것임을 잘 알면서도 정성스럽게 구직활동을 한다.

테일러 씨가 아파서 일을 못한다는 것은 누구나 아는데 노동연금부만 모르는 것 같다.

그래도 그것이 보조금을 받기 위해 그에게 요구되는 의식이었고, 그 돈으로 집세를 내고 식료품을 사고 난방(신경써서 틀면 가까스로 한 달은 버틸 수 있다)을 유지할 것이다.

이 적잖이 모욕적인 의식을 마치고 나면, 테일러 씨는 로그아웃을 하고 잠시 옷매무새를 가다듬고 떠날 채비를 한 다음 끙 소리와 함께 의자에서 일어나 머나먼 버스정류장까지 발걸음을 비틀비틀 내디딘다. 가끔은, 달이 끝나갈 무렵에는, 버스요금을 아끼려고 집까지 쭉 비틀비틀 걸어간다.

한번은 내가 테일러 씨에게 컴퓨터 좌석을 배정하고 인터넷 접속 권한을 설정하고 있는데 대뜸 피비가—트레이드마크인 눈치 없이 잽싸게 끼어들기로—왜 장애수당을 신청하지 않느냐고 그에게 대놓고 물었다.

그때처럼 테일러 씨가 당황하는 모습은 본 적이 없다. 테일러 씨는 숨을 헐떡이며 쌕쌕거리더니 책상을 잡고 겨우 몸을 지탱했다. 나는 피비 때문에 테일러 씨가 유명을 달리할까봐 진심으로 걱정됐다. 가엾은 노인은 몸을 추스르더니 고개를 절레절레 저었다.

"신청했습니다. 두어 번."

피비가 더 따져물으려는 듯 입을 열 때 내가 얼른 끼어들었다. "6번 컴퓨터를 쓰세요, 테일러 씨."

테일러 씨가 감사를 표하듯 나를 힐긋 쳐다보고는 디지털 자료실로 비틀비틀 걸어갔다. 그가 멀어져가는 사이 피비는 팔짱을 끼고 나를 돌아보았다.

"신청을 했는데 왜 못 타는 건데?" 피비가 불만 가득한 어조로 말했다.

나는 나 자신이 그 장애수당을 받기 위한 심사과정을 겪어봤다고 말해줄 수도 있었다. 내 인생에서 가장 굴욕적인 경험이었다고 말해줄 수도 있었다. 나의 질병 때문에 내가 할 수 없다고 여겨지는 일들(혼자 돌아다닐 수 없음, 칼이 있는 곳에 혼자 두면 안 됨, 자해 위험성 높음, 약물치료만으로 호전되지 않음 — 제8항 C조 '약물치료와 상담치료' 참조)을 상세히 설명하는 실로 어마어마한 분량의 서류를 작성하여 제출한 후에, 어딘가로 호출되어 누군가의 조사를 받았다고 피비에게 말해줄 수도 있었다. 그게 누군지 이름도 모른다. 그냥 심사위원이었다.

심사위원이 미리 양해를 구했음에도 불구하고, 그 사람이 내 눈을 똑바로 쳐다보며 이렇게 물어보는데 나는 불시의 습격을 받은 느낌이었다고 피비에게 말해줄 수도 있었다. "그럼, 이 질문을 드려야 해서요…… 지금 현재 당신의 자살을 억제하는 요소는 뭐죠?"

실로 우여곡절 끝에 한동안 자립 지원금을 받긴 했는데, 그야말로 쥐꼬리만큼이어서 그 장애판정 받으려다 날아간 내 건강이 아까웠다고, 피비에게 말해줄 수도 있었다.

그로부터 고작 육 개월 후에 노동연금부에서 '정기 재심사'를 받으러 오라는 통보를 보냈고, 그런 수급자격 심사를 두 번 받았다간 아예 돌아버려 정신병원에 강제구금되거나 더 심각한 상황이 발생하겠다는 데 의견을 같이한 남편이 그 통지서를 파쇄기에 넣어 갈아버렸다고, 피비에게 말해줄 수도 있었다.

그러나 나는, 테일러 씨가 디지털자료실로 가다 말고 잠시 기둥에 기대어 쉬면서 "저도 모릅니다"라고 대답하는 모습을 지켜보았을 뿐이다.

나의 생각 기차는 '우울증의 서부역'으로 노선을 변경하겠다고 위협하는 중이었고(그곳에서 아주 열성적인 두 꼬마 악마가 기꺼이 내 여행에 동참할 준비를 하고 기다리고 있었다), 그래서 헤더가 소란스럽게 도착하여 나를 깊어가는 상념에서 구해줘서 고마웠다.

헤더는 콜뮤어의 일선 관리자인 동시에 로스크리의 현직 팀장이었다. 늘 그러듯 파일과 서류철과 짤랑거리는 열쇠꾸러미와 비닐봉지를 안고 들고 부산스럽게 나타났고, 그중 많은 것을 관리사무실로 이동하는 도중에 바닥에 떨어뜨렸다.

나는 첫번째 서류철을 집어서 헤더에게 건네줄 때까지(답례로 숨가쁜 "아, 감사"를 받았다) 달라진 분위기를 눈치채지 못했다. 고개를 들다가 피비가 내 쪽을 빤히 쳐다보고 있는 것이 언뜻 눈에 들어왔는데, 뜨거운 맥주를 한 잔 쭉 들이켠 듯한 얼굴이었다. 표정 자체만으로도 충분히 선득했지만, 늘상 띠고 있던 아니꼬운 웃음기마저 싹 거둬들여 더욱 섬찟했다. 피비는 눈 한 번 깜빡거리지 않았고, 일절 굽힘 없이 당당하게 째려보며 그걸 숨기려는 노력도 전혀 하지 않았다.

피비의 공공연한 혐오가 나를 향한 것인지 헤더를 향한 것인지 아니면 우리 둘 다를 향한 것인지 알 수 없었다. 그사이 내내 헤더가 내게 말을 하고 있었고, 내가 그 사실을 깨닫기까지는 몇 분이 걸렸다.

"―폐관 절차에 관한 교육은 여기 있고, 금전등록기에 대한 업무처리양식은 여기 있어요. 콜뮤어하고 대동소이한데―"

피비는 여전히 노려보고 있었다. 노려보다가 들켰을 때 최소한 눈을 깜박이는 시늉조차 하지 않는 성인은 생전 처음 봤다.

내 두피에서 땀방울이 송송 솟는 것이 느껴졌다. 나는 얼굴을 긁고 싶어졌다, 아니 어떻게든 가리고 싶었다. 어쩔하게 돌아 버린 한순간, 저 시선을 막으려고 두 손으로 링 바인더 표지를 잡아 피비의 얼굴에 대고 꽉 눌러버리는 내 모습이 보였다. 피비의 눈에서 한 쌍의 레이저광선이 뿜어져나와 플라스틱 커버에 구멍을 내는 장면이 보이는 듯했다.

"—아, 파트타임 근무자인 에밀리와 클레어도 만나보게 될 거예요. 그 사람들한테 줄 서류 작업이 있는데. 당신이 하기에는…… 아녜요, 문서양식은 내가 그 사람들한테 주죠. 아무튼, 피비!"

피비가 태양처럼 이글거리는 시선을 곧바로 헤더에게 돌렸다. 지글지글 살 타는 냄새가 나지나 않을까 싶었다.

"왜요?" 피비가 못마땅한 어조로 말했다. 나는 내심 움츠러들었고, 고개를 푹 숙인 채 헤더가 떨군 잔해들을 집어드는 일에 계속 전념했다.

헤더가 엉덩이로 사무실 문을 밀어 열었다.

"북 큐레이션 업데이트하는 거 검토해봤어요? 그것 좀 해줄래요?"

피비가 애매하게 끙 소리를 냈다. 헤더가 사무실 안으로 사라졌고, 책상 위에 가방을 내려놓는 소리가 요란하게 났다.

헤더가 시야에서 사라지자마자 피비의 눈초리에서 살벌함

이 누그러들었지만, 그래도 나는 데스크로 돌아가면서 살 떨리는 공포를 어느 정도 체감했다. 내가 직원용 컴퓨터 앞 내 자리에 앉는데 피비는 흥분한 곰처럼 이를 갈고 혀를 차고 숨을 씩씩거렸다.

나는 내 컴퓨터 화면만 주시했다. 이미 오늘 치 호들갑과 성질과 짜증은 질리게 겪었다. 내 안의 냉정한 일부는 피비가 어른답게 직접 말로 내 관심을 요청할 때까지 무시하고 싶어 했다.

피비가 과장되게 한숨을 내쉬었다. 나는 눈을 감고, 숨을 한 번 들이마시고, 피비 쪽으로 고개를 돌렸다.

"괜찮아?" 나는 억지로 명랑한 말투를 꾸며냈다.

피비는 일 분을 꽉 채워 동화 속 늑대처럼 씩씩거리더니 언제 그랬냐는 듯 아니꼬운 미소를 머금었다. "그러니까 당신은 헤더와 만난 적이 있구나."

"응. 콜뮤어에서 헤더한테 일을 배웠다고 했잖아, 기억 안 나?"

"흐음." 피비는 자리에서 일어나 책상 옆에 기대어 섰다.

나는 잠시 머뭇거리다, 좀더 뭔가 얘기하길 바라는 눈치길래 이렇게 덧붙였다. "어…… 헤더가 내 면접관이었어."

"뭐," 피비의 미소가 진해졌다. "북 큐레이션은 내 소관이야. 그걸 바꾸든 말든 내 맘이고, 저 여자가 하라고 했다고 해서 하

180

진 않을 거야."

모든 게 맞아떨어지기 시작했다. 철 지난 포스터, 한물간 북 큐레이션 주제, 엉망진창인 책장. 어린이 서가는 총천연색 즐거움의 공간이지만 여기는, 도서관의 이곳 성인용 서가는 헤더와 피비의 전쟁터이자 허장성세 신경증과 수동공격적 게으름의 격전장이었다.

그리고 나는 그 한가운데로 뚝 떨어진 것이었다.

5장

로스크리도서관 전투

12월 일일 이용자(평균): 62

12월 일일 문의(평균): 19

12월 일일 인쇄 페이지(평균): 61

12월 폭력 사건: 0

어린이 프로그램 참석률: 69%

12월 일일 복사 페이지(평균): 31

12월 시계 건전지 무상 지원(총계): 18

12월 반려견 배변봉투 무상 지원(박스, 총계): 2

에밀리를 보자 마치 옛친구를 다시 만난 기분이었다.

나는 정해진 출근시간보다 훨씬 일찍 나오는 편이었다. 도서관의 리듬에 맞추다보니 자연스럽게 그렇게 됐다. 보통 개관 한 시간 전에 도착한다. 오는 길에 커피 한 잔을 사들고 와서, 커피를 홀짝이며 간밤에 내려앉은 그늘을 몰아내고 고요를 쫓아내고 커튼을 열고 진열대의 먼지를 털어낸다. 이 건물은 밤이 지나는 동안 숨이 막힐 정도로 답답해지는 습성이 있어서, 커피 컵에서 피어오르는 뜨거운 김이 세이지 잎을 태운 연기라고 생각하면 그나마 마음이 놓였다. 세계 각지에서 병든 영혼을 물리치는 정화의식에 사용하는 세이지 연기 말이다.

그런데 오늘은 나의 아침 의례가 이제 막 시작되려는 찰나에 같이 근무하게 될 동료가 도착했다. 직원용 출입문의 묵직한 철컥 소리에 이어 얼음장 같은 겨울바람이 들어왔다. 그 소리에 내 심장이 약간 덜컥 내려앉았다.

나는 피비와 잘 지내보려고 노력했다. 사람 미치게 하는 조롱 가득한 미소와 무례하고 적대적인 질문과 고약한 성질머리까지 예의상 무던히 넘어가려 애썼다. 결과적으로, 나는 피비와 그 어떤 종류의 친밀감을 구축하는 데에도 실패했을 뿐아니라 피비가 보이면 복통이 생기는 지경에 이르렀다. 그 안하무인이 역겨웠다. 일종의 냉기가 밀려드는데, 피비가 뼈마디가 굵은 손가락으로 내 얼굴을 찌르며 오늘은 무슨 약을 먹었는지, 왜 먹었는지 알아야겠다고 캐물을 때마다 또는 내가 주변을 정리하고 돌아다니면 마치 일부러 자기를 불쾌하게 만들고 있다는 듯 잇새로 씩씩거릴 때마다 나는 속에서 일어나는 천불을 가라앉히기 위해 냉기를 뱃속으로 꾹꾹 밀어넣어야 했다.

나와 상극인 피비가 아침 일찍부터 출현해서 나의 신성한 개관 준비와 청소 시간에 난입한다고 생각하니 등골이 오싹했다.

"안녕하세요? 누구 계신가요?"

에밀리는 나와 마찬가지로 아무것도 모른 채 전장 한가운데로 떠밀린 파트타임 계약직이었다. 나보다 고작 두어 살 어린데 말씨가 예쁘고 말도 잘해서 진정 상쾌한 공기를 불어넣는 숨결의 소유자였다. 예전 할리우드 신예 같은 분위기로, 커다란 푸른 눈을 숱 많은 검정 속눈썹이 둘러쌌다. 검은 머리는 세련되게 갈라서 오드리 헵번이 연상되는 스타일로 고정했다. 훈련받은 무용수처럼 움직임도 우아했다.

내 손을 잡고 가볍게 악수하는 에밀리는 새로운 동료를 만나서 더할 나위 없이 기뻐하는 것 같았다. 이것이 에밀리가 살면서 마주치는 모든 것에 접근하는 방식임을 나는 곧 알게 된다. 동그랗게 뜬 눈으로, 호기심과 낙관에 가득차서. 솔직히 나는 낙관이 두려웠다.

금세 우리는 각자 자신이 키우는 반려동물의 이름을 서로에게 알려주었다(에밀리의 반려견은 플라워라는 이름의 유기견 출신 노견이며 분명 아주 깊은 사랑을 받고 있었고, 내겐 나의 뱀들과 종종 감독님이라고 부르는 고양이들이 있었다). 에밀리는 동물을 굉장히 사랑했고, 쉬는 날에는 지역 동물구조단체와 보호소에서 자원봉사를 했다. 천생 목사관 아이였다. 나는 에밀리의 열의를 존경했다, 비록 그게 나 자신의 불안정성을 감작였지만.

또한 에밀리는 예술가이기도 했다. 이 정보는 내가 열심히 캐낸 것이다. 에밀리는 화가일 뿐 아니라 시집을 출간한 시인이었다. 또다시 나는 갖은 감언이설로 꼬드겨 그 성취가 어느 정도인지 알아냈는데, 보통은 누가 이렇게까지 재능을 타고난데다가 그것도 모자라 겸손하기까지 하면 유치하게 싫어지고 말련만, 에밀리는 도무지 싫어할 수가 없었다. 만난 지 한두 시간도 안 되어 나는 에밀리의 짓궂은(그리고 실로 추잡한) 유머감각에 눈물이 나도록 웃었다.

어떤 사람들은 마음에 들어오기까지 시간이 걸린다. 어떤 사람들은 불꽃 튀는 재능과 야한 농담과 공통의 관심사로 내 삶에 훌쩍 들어온다. 에밀리는 두말할 나위 없이 후자였다.

그날의 근무는 그 어느 때보다 순식간에 지나갔다. 이용자 수는 적은 편이었지만 우리는 서로를 바쁘게 굴렸고 신나게 웃어댔다.

다음날 아침쯤 되니 우리는 개관 준비를 하면서 벌써 서로를 별명으로 불렀다. 개관은 매끄럽게 진행됐고, 이제 할일은 단골 이용자들이 오기를 기다리는 것뿐이었다. 우리는 자리에 앉아 회전문이 돌아가는 것을 지켜보았다. 그날의 첫 이용자가 데스크로 다가올 때 나는 저도 모르게 미소 짓고 있었다.

치토는 디지털자료실 단골이었다. 그는 다른 많은 사람들과 마찬가지로 강제부과된 구직활동을 하러 왔고, 다른 많은 사람들과 마찬가지로 장애수당을 받아야 했다. 치토는 마르고 왜소한 남자로 삼십대 후반에서 오십대 초반까지 어느 나이로도 볼 수 있었다. 숱이 줄어가는 기름진 회색 머리칼은 늘 뒤로 당겨 포니테일로 묶고 다녔고, 최근까지는 똑같이 기름지고 텁수룩한 수염이 얼굴을 뒤덮고 있었다.

수염이 없어지니 치토의 나쁜 영양 상태가 한눈에 드러났다. 굶주림이 뭔지 아는, 그것도 오랫동안 알고 지낸 사람의 앙상하게 얽은 얼굴이었다. 나는 그 특유의 생김새를 알게 되었다—움푹 팬 뺨, 턱 주위로 늘어진 살. 마약을 하는 것 같진 않았지만(나는 중독자 특유의 생김새도 알게 되었다) 분명 좋은 상태는 아니었다.

치토가 도서관에 오면 보통 그의 냄새도 따라왔다. 치토가 입구에서 발로 밟아 끄는 궐련초와 지저분한 옷가지 및 묵은

186

땀내의 톡 쏘는 악취가 결합된 냄새였다.

회원증을 내미는 그의 손은 늘 부들부들 떨렸고, 시선은 이리저리 도망다녔고, 입가에 경련이 일었다.

치토는 중얼거리는 사람이었다. 말을 입안에서 뭉갤 뿐 아니라, 의도치 않게 끝없이 웅얼거리며 그의 모든 생각, 행동, 의향을 실시간으로 세상에 생중계했다.

"—좀더 사야 하고 컴퓨터를 써야 해. 컴퓨터 좌석 부탁합니다." 치토가 떨리는 손가락으로 회원증 카드를 내밀며 말했다. "빌어먹을 구직활동을 하고 난 다음에 가게에 갔다가 버스를 타는 거야. 일자리 먼저 알아보고—"

정신적으로 어려움을 겪는 컴퓨터 이용자가 치토 하나는 아니건만, 나는 그의 겉모습에도 불구하고 유독 치토가 짠했다. 나는 늘 그가 무슨 생각을 하는지 알 수 있었다. 그가 바깥 세상에 내놓으려는 의도가 있는 말(즉, 그가 컨트롤할 수 있는 발화)은 전부 머뭇머뭇 정중했고 약간 사과조까지 띠었다. 그의 끊임없는 중얼거림에 깜짝 놀라거나 겁을 먹는 사람도 있었지만, 그를 충분히 오래 보아온 나로서는 상스러운 중얼거림이라도 무심결에 튀어나오는 것이며 명백히 치토 자신의 불안의 반영이라는 것을 알았다. 그의 꼬마 악마들은 크게 소리내어 말하는 방법을 알아낸 모양이었다.

한두 번쯤 북버그 엄마들이 치토에 대해 나에게 민원을 넣었다. 보통 피비는 치토 쪽을 향해 "입 다물어!"라고 소리를 지름으로써 이 특정 상황을 '해결'해왔다. 그러면 대체로 어김없이 실황 방송의 집요함(그리고 저속함)이 증폭되는 결과로 이어졌고, 그 방송은 그가 작정하고 입 밖에 내는 사과에 의해 중간중간 끊겼다.

나는 도서관은 우리 사회의 좀더 취약한 사람들을 포함해 모두에게 열린 공간이라는 사실을 상기시키며 엄마들의 근심을 가볍게 무마하는 편이었다. 치토는 무해했다.

왜 다들 그를 본명이 아닌 치토라고 부르는지는 알 수 없었다. 지금까지도 모른다.

치토는 내가 도서관에서 일하며 만든 또다른 원칙의 한 본보기였다. **말하는 방식이 다르다고 틀린 말을 하는 것은 아니다.**

틈새를 메우고 차이를 줄이는 것이 사서의 일이다. 우리는 정보 접근권을 가진 사람들과 그렇지 않은 사람들 사이의 간극을 메운다. 우리는 필수 서비스를 무료로 사용할 수 있게 제공하여 부자와 빈자의 차이를 줄인다. 마찬가지로, 의사소통에 간극이 있다면 그것을 메울 방법을 찾는 것이 중요하다.

의사소통의 간극을 메우는 일은, 이해하기 쉽게 종이에 정보를 적어놓는 것처럼 간편한 방법으로 해결될 수도 있다. 여기에는 모두가 똑같은 수준의 문해력을 갖춘 것은 아니라는 사실을 염두에 두는 것도 포함된다. 예 또는 아니오로 답을 끌어낼 수 있도록 일정 수준의 수어를 익히는 것도—나나 다른 많은 사서들처럼—그 방법 중 하나다.

모든 의사소통의 간극이 장애나 언어의 차이에서 발생하지는 않는데, 여기서 내가 깨달은 중요한 요소가 하나 있다. 바로 욕설이다.

어떤 사람들은 태평스럽게 욕을 한다. 욕을 하는 줄도 모르고 무심코 욕을 한다. 우리의 단골 이용자 중 많은 수가 문장에 구두점을 찍듯 말 중간중간에 욕설을 끼워넣는다. 그냥 그것이 그들의 의사소통 방식의 일부이며, 그래서 나는 일상 대화의 한 부분으로 쓰이는 욕설과 모욕을 의도한 욕설을 구분하는 게 중요하다고 생각한다.

누가 욕설을 입에 담는다고 해서 꼭 나에게 욕을 하고 있는 것은 아니다. 이건 진짜 할 수만 있다면 창공을 가로질러 커다랗게 하늘에 적어놓고 싶다.

도서관에서 일을 할 때는 나의 교양 수준이 다른 모든 이들과 똑같지는 않다는 점을 받아들여야 한다. 나의 기준이 내가 상대하는 이들의 기준일 필요는 없다.

로스크리에는 '욕을 입에 물고 사는' 단골 이용자들이 아주 많다. 어떤 직원들은, 특히 중산층이 주로 이용하는 도서관에서 일하던 사람들은 험한 욕이나 성기를 뜻하는 비속어를 어깨너머로 듣게 되면 충격을 받거나 불쾌해질 수도 있다. 새로

온 직원이 나한테 와서 어떤 단골 이용자가 컴퓨터 좌석을 달라면서 자꾸 욕을 하는 바람에 요청을 거부했다고 털어놓는 상황도 몇 번 있었다.

솔직히, 모든 형태의 19금 언어에 매번 똑같이 불쾌해하는 것은 다소 고지식하기도 하고 전적으로 비생산적이다. 욕을 달고 사는 사람은 십중팔구 자신이 상스러운 언어를 사용했다는 사실조차 인지하지 못한다. 그 말이 입에서 나오는 순간 사과를 하는 사람도 있고, 대다수의 경우엔 그 말이나 사용된 단어가 때와 장소에 맞지 않는 것 같다고 조용히 알려주기만 하면 된다. 그렇게 하거나 주변에 아이가 있음을 상기시키는 것만으로 충분히 사과를 받을 수 있다. 가르치려 들 것도 없고 거만하게 타이를 것도 없다. 합리적으로 얘기하면 대부분 친절하게 반응할 것이다.

나는 남의 언어 사용에 일일이 충격받을 시간이 없고, 도서관을 가장 필요로 하는 사람들도 그건 마찬가지다.

물론 비방하려는 말이나 비하 또는 겁박을 의도한 언어의 경우는 전혀 다른 문제다. 이에 대해서는 도서관 일의 다음 원칙으로 얘기하고 싶은데, 주로 이교도나 마법 숭배자나 그 외 인터넷상의 마법 관련 영역에서 상당히 오랫동안 회자되어온 슬로건에서 따왔다. **피해는 주지 말되 모욕은 참지 말 것.**

문장 자체로 자명하지 않은가.

치토가 비칠비칠 디지털자료실로 들어가버리자, 에밀리가 데스크 뒤편 벽에 삐뚜름하게 붙어 있는 포스터의 네 귀퉁이 중 한 곳을 떼어내기 시작했다. 포스터에는 이렇게 쓰여 있었다. **2010 크리스마스 무언극 공연 티켓: 매당 5파운드.**

"있지," 에밀리가 말했다. "난 이런 게 정말 싫어. 봐봐, 이게 도대체 언제 적 거야!"

나도 손을 뻗어 반대편 귀퉁이의 테이프를 뜯었다.

"우리가 자기 포스터를 훼손했다는 걸 알면 피비가 난리칠 텐데." 내가 말했다.

에밀리가 웃음을 터뜨리며 결국엔 종이를 잡더니 한 번의 신속한 동작으로 단번에 뜯어냈다.

"여긴 한번 갈아엎고 다시 꾸몄으면 좋겠다, 그치?" 에밀리가 말했다.

"누가 아니래." 나는 주위를 둘러보았다. 맙소사, 시효가 지난 게시물이 많아도 너무 많았다! 난 그게 첫날부터 거슬렸지만, 피비가 이 자리에 뭘 붙이고 뭘 붙이지 말지에 대해 엄청 깐깐하게 굴며 자신의 게시물을 애지중지했다. 피비는 낡아 바스러지는 포스터에 내가 가까이 다가가기만 해도 씩씩대며 잔소리를 했다.

문득 다 큰 성인 여자 두 명이 또라이 같은 동료가 무서워 벌벌 떨며 살고 있다는 뼈아픈 자각이 들었다. 물론 피비가 공공부문에 오래 몸담긴 했고—뭐 한 사십 년쯤 있었어?—그래, 어디로 튈지 모르고 솔직히 제법 살벌하긴 하지만, 그래서 뭐어쩌라고? 여긴 놀이터가 아니다. 우린 어린애들이 아니다. 미친 여왕이 쾅쾅 발 구르기를 좋아한다는 이유만으로 우리가 왜 굽실거려야 하는데?

나는 다른 포스터를 잡아당겨 시원하게 반으로 쫙 찢었다.

"피비가 어쩌겠어, 헤더한테 불평이라도 하려나?" 내가 말했다.

"내 말이." 에밀리가 플라스틱 자로 남은 테이프를 긁어내며 말했다.

"뭐 어쨌든," 나는 또다른 포스터를 공처럼 구겨 재활용 휴지통에 던지며 말했다. "자기가 없을 때 일어난 일인데 피비가 우리 둘 중 누구한테 항의해야 할지 무슨 수로 알겠어?"

"저기……" 에밀리가 자를 내려놓으며 말했다. "난 처음 여기 취직했을 때 내가 그런 일들을 하게 될 줄 알았거든. 북 큐레이션 공간에 내놓을 책을 고르고, 금지도서 재발견 주간을 홍보하는 포스터를 만들고, 뭐 그런 일들."

"하면 되잖아?" 내가 제안했다. "그냥 우리가 하면 어때? 당신이 아무 말 안 하면 나도 입다물고 있을게. 그냥 어깨 한번 으쓱하고 우리도 와보니까 이렇게 되어 있더라고 하면 되지.”

우리 할머니는 늘 허락보다 용서가 더 구하기 쉽다고 말씀하셨다. 할머니가 나한테 그 얘기를 했을 때 부모님은 질색했지만.

에밀리가 싱글벙글하며 내게 앙증맞고 귀여운 손을 내밀었다. 나는 그 손을 맞잡고 흔들었다.

“대찬성!”

“조약이 체결되었노라!” 에밀리가 선언했다. “도서관을 변모케 하리라!”

“실례합니다, 선생님들!” 누가 디지털자료실에서 불렀다. “내 이메일이 이상하게 보이는데 왜죠?”

＊

그렇게 우리의 게릴라전이 시작되었다. 성인용 서가는 헤더와 피비의 공식 전장이었지만, 에밀리와 나는 조용히 최전방에서 우리만의 소규모 작전을 수행했다. 에밀리가 근무한 후 도서관에 와보면 스코틀랜드 출신 작가들에 대한 새로운 북 큐레이션 전시물이 배너와 타탄체크 리본과 로버트 번스의 시구로 완성되어 있었다.

한편 나는, 추천도서를 사서에게 물어보라고 독려하거나

유명 작가들과 비슷한 비교적 덜 알려진 작가들을 알려주는 게시물을 몰래 프린트해서 붙였다.

피비는 곧장 출격했다.

"이거 누가 이랬어?" 피비가 새 전시물을 가리키며 따져물었고, 나는 어깨를 으쓱하는 것으로 대답을 대신했다.

나중에 나는 피비가 '바람 좀 쐬러' 나갈 때를 노렸다가 큰 활자책 북 큐레이션 구성을 바꿔놓곤 했고, 피비가 주차장을 한 바퀴 도는 동안 특집 작가 도서전을 꾸며놓기도 했다.

피비와 같은 조로 근무하는 동안 헤더가 도서관에 나와 있어도 나의 게릴라전에는 아무런 영향이 없었다. 헤더는 하루 종일 그 비좁고 냄새나는 관리사무실에 기꺼이 앉아 있길 좋아하며 이따금 화장실에 갈 때만 모습을 드러낸다는 점이 차차 명백해졌다. 우리 자리까지 친히 왕림할 때에도 본인의 신경증 탓에 워낙 정신이 산란해서 트럭이 건물을 관통해도 알아차리지 못했을 것이다.

나는 내 개인 문구를 가져와서 사용했는데, 알고 보니 에밀리는 어린이 프로그램용으로 구비해둔 미술공예 재료를 조용히 빌려 쓰고―다시 채워두고―있었다. 그래서 나도 똑같이 하기 시작했다.

얼마 지나지 않아 우리는 그달에 새로 입고될 도서의 작가를 알리는 표지판을 예쁘게 설치하기 시작했다. 우리가 제일 좋아하는 책에는 유사한 느낌의 작가들을 소개하고 그들 저서에 대한 짧은 서평을 실은 책갈피를 미리 만들어 끼워두었다.

그동안 내내 피비는 썩은 표정이었고, 담배를 피우러 나가는 횟수가 잦아졌다. 그리고 무엇보다 중요한 건, 도서 대출률(업계 용어로는 '장서 회전율')이 높아졌다.

헤더와 함께 근무할 때마다 내 귀에는 헤더가 피비의 전화를 받거나 전 직원에게 보내는 이메일을 미친듯이 타이핑하는 소리가 들렸고, 그 이메일의 내용은 이런 식이었다.

받는 사람: 로스크리 전 직원

보내는 사람: 로스크리 팀장 계정

제목: **비공인 게시물 부착의 건**

최근 시의회 로고가 인쇄된 공식 용지를 사용하지 않은 신규 게시물이 부착되고 있습니다. 전 직원은 도서관에서 발행되는 모든 공식 문건에는 반드시 지역 당국의 로고가 명시되어야 함을 유념하여주시기 바라며, 표지판 및 포스터도 이에 포함됩니다.

이에 덧붙여, 북 큐레이션 전시대는 반드시 건전해야 하고, 시의회 도서관 공식 업무지침에서 규정한 도서 전시 표준안에 부합해야 하며, 자세한 사항은 모두 시의회 인트라넷에서 확인할

수 있습니다.

헤더

한 글자 한 글자가 괴성을 내지르는 크고 굵은 서체의 이메일을 받을 때면 유치하고 반항적인 흥분감이 한바탕 나를 휩쓸곤 했다. 에밀리와 나는 도서관에 사람이 없을 때마다 헤더의 이메일을 함께 큰 소리로 읽었다. 특히 나는 패트릭 스튜어트가 연기한 리어왕 말투를 아주 그럴싸하게 흉내내어 신나게 이메일을 낭송했다.

그러나 그런 식으로 사람이 없는 날은 극히 드물었다.

우리 도서관의 변화를 눈치챈 사람은 헤더와 피비만이 아니었다. 이용자들도 새로운 북 큐레이션 전시대와 내가 그들에게 보내는 은밀한 메시지와 안내문에 대해 하나둘 말을 얹기 시작했다. 머지않아 점심시간에 책을 읽으려고 도서관까지 터벅터벅 걸어오는 십대 그룹이 생겨났다—보통의 요즘 도서관에서는 실로 듣도 보도 못한 현상이었다.

어린이 보조사서인 수전도 금방 알아차렸다. 우리는 비밀 채팅방을 만들어 이런저런 아이디어를 주고받으며 상세히 논의했고, 팁과 자료를 교환했다. 헤더가 이메일로 내려보내는 규정들을 하나하나 우회할 수 있는 방법을 찾아냈다. 나는 날이 갈수록 터무니없어지는 헤더의 기준에 우리의 모든 게시물이 부합하도록 시의회 로고를 아예 스티커로 출력해서 붙였다.

원칙적으로 맞기만 하면 되는 거 아닌가.

로스크리의 이용자 수는 계속 올라갔다.

어느 날 헤더가 자기 방에서 나오더니 근심 걱정 가득한 상기된 얼굴로 이 지역에 사는 범죄소설 작가가 우리 도서관을 독자와의 만남 장소로 이용할 수 있는지 문의해왔다고 알렸다.

피비와 나는 동시에 입을 열었고, 피비의 불만스러운 "왜?"와 나의 "와!"가 충돌했다.

"흠, 난 추가근무 안 해요." 피비가 못마땅하다는 듯 투덜거렸다.

"추가근무수당을 줄 여력도 없고," 헤더가 입을 열기 시작한 순간 내가 말허리를 끊었다.

"제가 할게요. 전 상관없어요."

헤더도 피비도 이의를 제기하지 못했고, 나는 작가와의 만남을 도서관 일정표에 넣으며 속으로 쾌재를 불렀다.

✳

작가 사인회 행사 기획에 에밀리 또한 자원할 거라는 사실은 이미 계산에 들어 있었다. 우리는 다음번 같은 근무조 때 홍보 아이디어를 내고 포스터를 제작하는 데 많은 시간을 쏟았다. 도서관의 공식 채널을 통하지 않고 지역 언론사에 행사 관련 정보를 슬쩍 흘리는 후방 작전에 돌입하려는 찰나, 에밀리가 자기 모니터를 들여다보고 멈칫하더니 이맛살을 찌푸렸다.

"무슨 문제 있어?" 내가 물었다.

"이거 봤어?"

에밀리가 화면을 내 쪽으로 돌리고 도서관의 받은 편지함에 **긴급**이라고 표시된 이메일을 가리켰다.

받는 사람: 로스크리도서관

보내는 사람: 로스크리 총책임자 계정

제목: 인사 변동 공지

전 직원 여러분께

지역 총책임자 아이리스 윌슨이 최근 사직함에 따라 제가 로스크리 지역 전체 공공도서관의 총책임자 자리를 임시로 맡게 되었음을 알립니다.

다소 급작스러운 인사 변동에 양해를 바라며, 이후 몇 주에 걸쳐 지역의 모든 도서관을 방문하여 관련된 직원 모두와 대화의 시간을 갖도록 하겠습니다.

"헐." 나는 덤덤하게 말했다.

"그치." 에밀리가 대답했다. 본인의 의견을 내보이기 전에 내 반응을 재보고 있음이 분명했다.

"갑작스러운 사직이네." 나는 미적지근하게 답했다. "이건 좀…… 뜻밖인데."

에밀리가 고개를 끄덕이고 주위를 둘러보았다. 아직 이른 시각이었다. 우리의 얘기가 들릴 만한 위치에 있는 이용자는 극소수였다. 그러거나 말거나 에밀리는 내게 가까이 오라고 신호를 보냈다.

"당신 콜뮤어에 있었지, 그치?" 에밀리가 속삭였다.

나는 아주 작은 말소리를 간신히 알아듣고 고개를 끄덕였다. "응."

"그럼, 음…… 상황을 잘 알겠네. 그 폭력 사건들."

내 머리 바로 위 벽에 찍힌 자국과 그 자국을 낸 의자가 떠올랐다. 나는 작게 쓴웃음을 뱉었다. "그런 사건이 잔뜩 있고, 항상 그렇다는 것 말이지? 응, 그래서 내가 여기로 온 거지."

에밀리가 고개를 끄덕거렸다. "그럼 폭력 사건 보고서가 지역 총책임자에게 곧장 올라간다는 것도 알지?"

"어…… 그래?"

"응. 헤더한테 갔다가 곧장 아이리스한테 올라가. 새로운 조치를 취하든 출입금지를 시키든 하여간 그게 아이리스의 업무야."

"아이리스는 아무 일도 안 했어. 그냥 나한테 다 맡기고 손을 놨지."

"맞아."

한 여자가 데스크로 다가오자 에밀리가 벌떡 일어났다. 책 몇 권이 오가고 숙련된 솜씨로 휘리릭 날짜 고무인이 찍힌 다음 여자는 나갔다. 내가 아이리스에 대한 정보를 가까스로 끼워맞췄을 때 에밀리가 다시 자리에 앉았다.

"그럼," 내가 물었다. "아이리스는 그 폭력 사건들을 제대로 처리하지 않아서 잘린 거란 말이야?"

에밀리는 어깨를 한 번 들썩였다. "확실히는 잘 몰라. 거기가 얼마나 형편없는지 얘기가 나돌았다는 것만 알지. 정말 무서웠겠다! 그놈들이 진짜 집까지 쫓아왔어?"

나는 머리를 긁적이고 순순히 고개를 끄덕였다. "나는, 어…… 응. 그 일로 문제가 좀 있었어. 그 폭력배 패거리에 경찰이 좀더 관심을 갖기 시작한 것 같았고."

에밀리가 다시 말을 하려 할 때 루이스 씨가 데스크로 왔고, 언제나처럼 숱 많은 눈썹을 찌푸린 채였다. 루이스 씨는 끙 소리를 내며 책들을 내려놨고, 어느 정도 경험이 쌓인 나는 그

끙 소리가 '이 책들은 반납하는 겁니다'라는 뜻이란 걸 알아듣게 되었다. 루이스 씨가 "거기 내려놓은 책들은 대출하는 겁니다"라고 명확히 밝히는 대신에 쓰는 좀더 긴 끙끙거림도 있다.

"정말 그래서 잘린 건지 궁금하네." 노인이 나가자 에밀리가 생각에 잠겨 말했다.

꼴좋다, 그 비겁자, 라고 큰 소리로 말할 뻔했지만, 대신 나는 이메일에 있는 서명을 가리켰다.

"이 린다 채프먼이라는 사람 알아?"

에밀리는 고개를 저었다.

나는 어깨를 으쓱하고 나의 멋진 A3 포스터를 집어들었다. 번쩍번쩍 빛나는 유광지에 화려하게 컬러로 프린트해서 인쇄 자원 절약에 관한 헤더의 또다른 잔소리 이메일이 기다려지는 포스터였다.

"그 새 총책임자가 범죄소설을 좋아할지 궁금한걸."

＊

이 동네에 사는 대범한 범죄소설가 잭 머리에게 내가 애초에 어떤 모습을 기대했는지는 잘 모르겠다. 그의 작품은 대체로 글래스고 지역에서 실제로 일어났던 조직폭력단 범죄를 바탕으로 허구를 가미한 소설이었다. 그의 아버지가 로스크리로 이사하기 전에 그 사건에 연루됐고, 여기서 자식들을 키우면서 그 세계와 결별하고 좀더 점잖은 삶을 살고 있는 것 같다는 소문이 있었다.

사인회에 도착한 저자는 나보다 몇 센티미터쯤 작았고, 그 말은 곧 내가 만나본 사람들 가운데 가장 키가 작은 남자 중한 명이라는 얘기였다. 비바람에 삭은 얼굴이 꼭 책을 쓰는 틈틈이 바다나 황무지에 나가 일해서 생계를 유지한 것 같았다. 나이는 분명 오십대 후반이었고 글래스고 사투리가 매우 심했다.

그의 대머리에는 옅은 갈색 피부에 뚜렷이 대비되는 흉터 두세 개가 그어져 있었고, 폭력에 대한 그의 관심이 어느 시점에는 학구적인 것 이상이 아니었을까 의심케 했다―그의 책을 한두 권 읽어서 선입관이 작용했을 가능성이 농후하지만. 어쨌든 그의 외양은 오랜 세월 고된 육체노동으로 손에 못이 박인 흉터투성이 남자의 모습이었다.

작가를 만나기 위해 기다리는 독자들이 제법 부끄럽지 않은 길이의 줄을 형성했을 때, 한 손에 자신의 소설책이 가득 든 쇼핑백과 그날 치 신문을 들고 다른 손에는 동네 모퉁이 슈퍼에서 산 식재료 봉투를 움켜쥔 잭 머리가 나타났다.

작가가 방금 슈퍼에서 사온 탈지유를 내밀며 우리 탕비실 냉장고에 넣어달라고 요청했을 때는 정말 내 속이 간질간질해졌다. 아마도 나는 괴짜 예술가 타입을 상상했던 모양이다. 하지만 잭 머리는, 우리 도서관에 잠깐 들러 컴퓨터에서 얼른 이메일만 확인하고 가거나 실화 기반 범죄소설 분야만 슥 훑어보고 가는 여느 남자들과 다를 바 없이 현실적이었다.

작가가 그렇게 겸허하고 너그러워 오히려 다행이었던 것이, 그날이 하필 우리 도서관의 IT 서버가 사망하시기로 작정한 날이었기 때문이다. 그날 아침 형식적으로 서버룸을 점검하다가 그 문제를 발견했는데, 알고 보니 에어컨이 고장나서 기계가 과열됐던 것으로 밝혀졌다.

실질적인 면에서 그것이 뜻하는 바는 우리가 비단 인터넷에 접속할 수 없을 뿐만 아니라 전체 도서 관리 시스템을 사용할 수 없다는 것이었고, 그날 나는 도서관 일에 대해 또하나의 깨달음을 얻었다. **하드웨어와 소프트웨어는 고장나게 마련이다.**

불행히도 단 한 번의 서버 정지 사태도 겪어본 적 없는 기술 의존적 밀레니얼 세대인 나는 도서 대출 및 반납을 수작업으로 관리하기 위한 특강을 받아야 했다. 다시 말해, 빅 레드 북의 사용법을 속성으로 익혀야 했다는 뜻이다.

빅 레드 북은—유사시에—장서 이동 내역을 기록하는 장부이다. 이 장부에 대출 및 반납 도서의 제목, 저자, ISBN, 청구기호를 전부 일일이 손으로 기입해야 한다. 그리고 개별 건

마다 책을 대출하거나 반납하는 이용자의 회원번호 열 자리도 적어넣어야 한다.

이 노동집약적 수작업 절차에 대해 불평하면 베테랑 사서들은 눈을 흘길 것이다. 디지털 시스템 이전의 인덱스카드와 여타 유사한 서류 절차를 많이들 기억하겠지만, 바코드 스캔과 자동 입력 등 지금 우리 도서관 사서들이 표준으로 여기는 여러 사치품 없이 저 엄청나게 큰 빌어먹을 장부에 매여 있으면 진짜 솔직히 대여 업무와 신착도서 관리 외엔 거의 아무것도 할 수가 없으니, 나는 그저 그 시절 그분들께 심심한 연민을 표할 뿐이다.

게다가 저놈의 서버는 이보다 더 나쁜 날을 고를 수 없었다. 에밀리와 내가 참을성 없는 성난 회원들의 긴 줄에 대응하고 도서관 IT 서비스 담당자와 전화를 걸고 받느라 이리 뛰고 저리 뛰는 동안 가엾은 잭 머리는 혼자서 자신의 사인 부스를 차려야 했다. IT 서비스는 외주 계약 업체가 원격으로 관리했는데, 그 팀은 우리를 입학 첫날 어리둥절한 꼬마들 대하듯 거들먹거리는 나이든 영국 남자들로만 이루어진 것 같았다.

"사투리가 너무 심해서 못 알아듣겠다고요. 윗선의 누구 딴사람 바꿔줄 수 없습니까?" 이 얘기를 적어도 한 번 이상 들었다.

"아뇨, 이봐요, 서버가 과열돼서 재부팅이 안 된다고요. 이

건 원격으로 못 고쳐요. 이쪽으로 사람을 보내달라고요."

"뭐라고요?"

"서버가 죽었다고요. 기술자를 보내요."

"네? 뭐라고요? 영어로 말씀하신 것 맞습니까? 못 알아듣겠어요."

"고칠. 줄. 아는. 사람을. 이쪽으로. 보내라고." 결국 나는 딱딱거렸다.

에밀리가 우리의 참을성 많은 훌륭한 작가님께 홍차를 드리러 지나가다 내 전화통화를 듣고 사레들릴 뻔했고, 우리의 작가님은 내가 IT '지원팀'과 씨름하는 걸 구경하는 게 작품 플롯상의 여러 중요 포인트와 살인 사건에 대해 토론하러 온 독자들과 만나는 것보다 더 흥미로우면 흥미로웠지 덜하진 않은 모양이었다.

"두 분 진짜 애 많이 쓰시네!" 마지막 팬이 떠난 후 잭 머리가 사인본을 손에 들고 큰 소리로 말했다. "나 때는 도서관에 컴퓨터가 아예 없었는데. 가장 비슷한 거라고 해봤자 복사기였지."

도서관에 온 사람들이 성질을 내거나 인터넷 좀 어떻게 해보라고 닦달할 때마다 잭 머리는 "어린 아가씨들을 괴롭히면 안 되죠"라고 점잖게 나무라며 인터넷이 발명되기 전에도 우린 다들 잘해오지 않았냐고 길게 열변을 토하곤 했다. 내가 지금도 수동식 타자기로 책 쓴다는 거 모르셨습니까? 옛날에 그걸로 충분했다면 지금도 충분한 거죠.

결국 우리는 어떻게든 그럭저럭 해냈다. IT 기술자는 코빼기도 보이지 않았지만 에밀리의 부단한 낙관주의와 잭 머리의 유쾌한 첨언 덕분에 그 모든 일이 견뎌내기 훨씬 수월했다. 막판에 가서는, 금방 스캔될 줄 알고 책을 들고 데스크로 다가오는 이용자들이 우리가 오 분씩 걸려 한 권 한 권 들여다보며 고생스럽게 빅 레드 북에 정보를 기입하고 있으면 어떻게 반응할지 우리끼리 내기를 하는 여유도 부렸다.

＊

에밀리와 함께하는 근무시간은 피비와 있을 때보다 훨씬 빠르게 지나가서 나는 어이없을 정도로 금방 다시 아니꼬운 미소의 사마귀와 마주하게 되는 것이었다.

내가 치토의 회원증("염병할 구직일지 염병 고맙습니다, 선생님!")을 스캔하고 있는데 평소답지 않게 얌전하던 피비가 그날 아침 처음으로 말을 걸었다.

"헤더하고 얘기해봤어?"

나는 치토의 회원증을 돌려주고 손을 흔들며 디지털자료실로 보낸 다음 자리에 앉아 피비 쪽으로 고개를 돌렸다.

"헤더? 아니, 최근엔 얘기한 적 없는데." 내가 대답했다.

히죽거리는 미소가 진해졌다. "친구가 잘려서 완전 뒤숭숭하던데."

나는 주위를 둘러보았다. 피비는 이용자들이 있어도 말소리를 낮추는 법이 절대 없었다. 솔직히 피비가 그럴 생각을 해본 적이 있기나 한지 모르겠다. 피비는 확실히 제 목소리를 듣는 것을 좋아했고, 그 툴툴거리는 각각의 음절을 마치 우리 미천한 인간들에게 뿌려주는 축복인 양 베풀었다.

"아이리스 말이야?"

피비가 고개를 끄덕였다. 성숙한 직장인답게 보이고 싶었지만, 호기심이 동했다. 아이리스의 사임과 에밀리가 해준 얘기를 머릿속에서 열심히 굴리던 중이었다. 정말 내가 어느 정도 원인을 제공했을까? 죄책감을 느껴야 할까? 아님 화를 내야 할까? 아이리스가 명백히 자신의 팀원을 안전하게 보호해야 할 의무를 등한시한 건 맞지만, 사직의 이유가 그게 다였을까? 어쨌든 나는 두세 다리 건넌 얘기밖에 듣지 못했다.

"아이리스가 헤더하고 친해?" 나는 슬쩍 찔러보았다.

피비가 허리를 펴더니 너무 급작스럽게 웃음을 터뜨려 나는 움찔했다. 처음엔 웃는 거라고 생각도 못 했다. 말이 안 되지만 순간 나는 정말 피비가 개처럼 짖기 시작했다고 생각했다. 그래도 하나도 놀랍지 않았을 것이다.

사람들이 우리를 쳐다보기 시작했다. 나는 높낮이 조절장치를 눌러 높은 데스크에 가려 보이지 않게 의자를 낮췄다.

가쁜 숨을 고른 피비가 헤더의 사무실을 턱짓으로 가리켰다. "저거랑," 피비가 느릿느릿 말했다. "아이리스랑 절친이야. 아주 오래된 친구지. 하는 짓이 똑같아."

피비가 내게 바싹 다가왔고 나는 의자를 내린 것을 곧장 후회했다. 피비는 앉아서도 나를 굽어보았다. "어제 하루종일 울더라."

고소해하는 비아냥거림이 내 머리 위에서 맴돌자 불편한 마음은 극에 달했고, 나는 본능적으로 벌떡 일어나 뒤로 물러섰다.

"저런…… 안됐네." 나는 그냥 이렇게 대꾸했다.

피비는 코웃음을 치며 뼈마디 굵은 손을 내저어 연민을 표하려는 나의 미약한 시도를 일축했다.

그때 프리스틀리 씨가 도착해서 내 주의를 빼앗았다.

벤 프리스틀리 씨(설마, 농담이라고 해줘)[*]는 로스크리를 포함한 이 일대 지역의 시의회 의원이었다. 그는 매달 둘째주 화요일에 도서관에서 지역구 유권자들과 간담회 시간을 가졌다. 적어도 포토샵 에어브러시로 몰라보게 수정된 그의 정면

---

[*] 프리스틀리(Priestly)라는 성은 성직자, 목회자를 뜻하는 priest에서 유래했다.

얼굴이 떡하니 나온 저 번들거리는 포스터에 의하면 그랬다.

사실 그는 일정에 있는 간담회 중 절반도 참석할까 말까 했고, 참석하더라도 예외 없이 반드시 한 시간가량 지각했다. 자욱하게 풍기는 그의 독한 애프터셰이브 향은 콧구멍을 단번에 건너뛰어 미각을 학살할 것 같았고, 에나멜 구두는 도서관 조명 아래서 번쩍번쩍 빛났다. 보통 여자 비서(내 나이 또래였다)가 따라오는데, 끊임없이 허둥거리는 헤더의 행동거지가 연상될 만큼 엇비슷하게 서류철 더미를 껴안고 다녔다.

프리스틀리는 잘난 체를 내뿜는 정도가 아니라 그걸로 근처 상수관을 오염시켰다. 다림질한 핀스트라이프 정장하며 가랑이부터 쑥 내밀고 으스대며 걷는 남자의 걸음걸이, 비서를 밥먹듯이 해고한다는 버릇까지, 프리스틀리는 그림으로 그린 듯한 잘나가는 정치인의 전형이었다.

이 시점에서 나는 프리스틀리가 지역 시의회 의원이라는 점을 강조해야 할 필요성을 느낀다. 스코틀랜드 하원의원이 아니다. 영국 국회의원이 아니다. 그는 로스크리 지방의 시의회 의원(들 중 한 명)이었다.

언제나 그러듯 프리스틀리는 인사 한마디 없이 데스크를 지나쳐 유유히 걸어갔다. 나는 그가 지나갈 때 열렬히 손을 흔들어서 딱 한 번 가벼운 묵례를 얻어낸 적이 있는데 그 일로 피비의 노여움을 샀다.

프리스틀리는 자질구레한 지시사항을 비서에게 일임하길 좋아했고, 비서는 우리 책상에 서류철 무더기를 내려놓고 곧장 피비와 한 달에 두 번씩 치르는 의례적인 절차에 들어갔다.

"차는요?"

"커피. 두 잔. 우유 넣지 말고. 비스킷 있으면 주시고요."

"물은요?"

"주세요."

프리스틀리에게는 다른 누구도 행사하지 못하는 힘이 있었는데, 그 권능이 백 퍼센트 발현되는 것을 보고 싶어도 행차가 너무 드물었다. 그는 사나운 사마귀를 굽실거리는 학생으로 바꿔놓을 수 있었다. 피비가 그의 뒤를 졸졸 쫓아다니며 커피와 비스킷을 갖다주고, 다른 누구에게도 들려준 적 없는 목소리로 혜실거리며 설탕과 펜과 메모판을 대령하는 모습은 가히 장관이었다.

그 남자의 힘에 신기하게 영향을 받는 직원은 피비 한 명이 아니었다. 그는 또하나의 불가능한 위업을 달성했다. 헤더를 관리사무실에서 나오게 해서 일을 시킨 것이다. 헤더 역시 프리스틀리에게는 눈을 반짝반짝 빛내며 알랑거렸다. 마치 그 앞에서는 모든 여자가 1950년대식 젊은 비서 역할을 연기해야 한다는 듯.

그런 두 여자를 보는 것은, 그들의 결점에도 불구하고 어쨌든 그때까진 표면상 현대적이고 비교적 페미니스트로 보였던 그들이 그런 순종적인 페르소나로 변신한 것은 나를 당황시키기에 부족함이 없었다. 나를 정신적으로 고문하는 그 엄청난 가식이 도저히 이해가 안 되어 기어이 나는 용기를 짜내서 피비에게 물어봤다.

"그런데, 어…… 저 시의원하곤 무슨 일 있어?"

"프리스틀리 의원님?" 피비가 되물었다.

"응. 이 근방에서 유명인사야? 간담회에는 아무도 참석하지 않는 것 같던데."

피비가 너무 급하게 "쉬잇" 하며 조용히 하라고 다그쳐서 나는 물리적으로 움찔했다. 피비가 짧고 격렬한 손짓으로 가까이 오라고 불렀다.

"저 사람을 당신 상관의 상관의 상관의 상관의 상관이라고 생각해." 피비는 '상관'이라는 낱말을 일일이 손가락으로 꼽으면서 말했다. "시의회가 예산을 관리하잖아, 그치? 그니까, 저 사람이 도서관 예산을 담당하는 거야. 하여간 거의 다 좌지우지해. 저 사람이 도서관장 오스카 코츠의 상관이거든."

그럼 그렇지. 저 사람이 여기 주인인 양 행세하는 것도 놀랄 일이 아니었다. 이론적으로 그는 이곳의 주인이었다.

"그렇군."

"그러니까 프리스틀리 의원님이 뭘 해달라면 냉큼 해줘야

해, 알았지?" 피비가 나직이 윽박질렀다. "저 사람이 우리에게 계속 호의를 가지면 연말쯤에는 새 컴퓨터가 몇 대 생길지도 몰라."

나는 디지털자료실을 힐긋 건너다보았다. 저 PC들은 내가 몇 년간 본 적도 없는 버전의 윈도우로 돌아가고 있었다. 서버도 툭하면 과열됐고 보조 전원장치도 고장나기 일쑤였다. 어휴, 키보드와 모니터도 교체가 시급했다. 얼마나 많은 사람들이 함부로 다뤘는지는 신만이 아시겠지.

나는 피비가 도서관의 장비 상태나 예산에 신경을 쓴다는 사실 자체가 정말 뜻밖이었다. 평소 피비가 도서관 이용자 수에 대해서나 시민들 앞에서 전문직다운 모습과 서비스를 유지하는 데 얼마나 무심해 보였는지를 감안하면 말이다. 어쨌든 우리의 IT 관련 업무 중 아주 많은 부분이 현재 시스템의 노후를 극복하려는 혹은 살살 달래가며 써보려는 작업 위주로 돌아가고 있었으니, 컴퓨터 업그레이드는 우리에게도 이득이라는 생각이 들었다.

"알았어." 내가 말했다. "예산권을 쥔 사람. 친절히 대할 것."

유권자 간담회는—참석자가 아무도 없는데 그렇게 불러도 되는 건지—오후 늦게까지 진행될 예정이었고, 보통 우리는 아래층 보존서고에 자리를 마련하여 테이블 하나와 의자여러 개를 준비해두곤 했다. 간담회에 참여하고자 하는 지역 주민이 오면 전화로 먼저 아래층에 통보한 후 주민을 간담회장으로 내려보내야 했다. 아래층에는 실제 회의가 열리던 시절에 설치해둔 내선전화가 아직 있었다.

언제나처럼 프리스틀리는 간담회가 공식적으로 끝나기 두시간 전에 자리에서 일어났고, 퇴장을 알리는 일은 비서에게 일임한 채 유유자적하게 우리 앞을 지나쳤다.

"좋은 하루 보내십시오!" 피비가 도서관을 나서는 프리스틀리에게 큰 소리로 인사했지만 돌아오는 반응은 없었다.

내가 도서관의 디지털 캘린더에 다음 간담회 일정을 표시하고 있을 때 테일러 씨가 디지털자료실의 자기 자리에서 나와 데스크로 다가왔다.

"일 다 보셨어요?" 나는 키보드를 두드리며 테일러 씨에게 물었다. 프리스틀리의 비서는 아직 내 옆에서 얼쩡대고 있었다.

테일러 씨는 숨을 헐떡이며 잠시 데스크에 몸을 기댔다. 나는 모니터에서 고개를 들었다.

"저…… 사람이…… 그 시의원입니까?" 테일러 씨가 가쁜 숨 사이사이로 물었다.

"프리스틀리 씨요? 네."

"저 사람…… 돌아옵니까?"

나는 이미 대답을 알고 있었지만 비서를 쳐다보았고, 비서는 정문을 힐긋 본 후 다시 나를 보더니 서류 몇 장을 뒤적거렸다.

"아뇨, 어, 오늘은 일찍 가셨어요…… 댁에 사정이 좀 생기셔서." 비서가 답했다.

테일러 씨는 미간을 찡그리며 뜻이 불분명한 소리를 냈다.

"그럼 전화번호를 알려주겠습니까?"

"프리스틀리 의원님은 이메일로 연락 주시거나 아니면 다음 간담회 때 참석해주시는 편을 선호할 거예요, 문의사항이 있으시면—" 비서의 말을 테일러 씨가 중간에 잘랐다.

"광부복지회관에 대한 얘기입니다."

로스크리의 탄광이 호황을 누리며 풀가동되던 시절, 수많은 광부가 한 푼 두 푼 기부한 돈으로 로스크리 광부복지회관이 지어졌다. 그 소박하고 아담한 건물은 수십 년간 노동자들의 모임 장소로 기능했다. 이 동네의 많은 이들, 특히 노인들은 교육과 사교의 장으로 도서관 못지않게 복지회관에도 크게 의존해왔다. 지역 내 자원봉사 돌보미 그룹은 비공식 모임이 있을 때, 또는 나이가 많거나 장애 때문에 거동이 불편한 회원들을 대상으로 친목행사를 열 때 복지회관을 이용했다.

광부복지회관은 도서관의 확장판이나 다름없었고, 도서관 이용시간이 끝난 후 늦게까지 문을 열 뿐 아니라 일요일에도 열려 있었다. 도서관에서 도보 이 분 거리라 그곳에서 자원봉사를 하는 사람들은 곧 개강할 여러 교실과 모임의 홍보용 포스터와 전단지를 들고 종종 우리 도서관에 왔다.

나는 지역 일간지에서 바로 그 주에 복지회관 건물이 사용 금지 처분을 받았다는 기사를 읽었는데, 얄궂게도 시내 그쪽 부분 지하에서 옛날에 했던 채굴 작업 때문에 지반이 침하된 탓이었다. 내가 마지막으로 봤을 때 그 건물에는 접근을 막는 차단선이 둘러쳐져 있었고, 로스크리 대로변에 널빤지로 막힌 흉물이 또하나 늘어난 셈이었다. 그것은 더욱 번영했던 시절은 아닐지 몰라도 더욱 유동인구가 많았던 시절의 유적이었다.

테일러 씨는 우리 도서관 이용자 중 그나마 정보기술에 능한 사람 중 한 명이었지만, 지역 시의원에게 이메일을 가뿐히 날릴 만한 실력의 소유자는 아니었다. 악전고투 끝에 이메일을 보내는 데 성공했다 하더라도, 받은 편지함에서 그 답장을 어떻게 확인하는지 기억해내는 것도 그에게는 힘에 부치는 일일 것이다.

그날 프리스틀리를 처음 만나고 나는 그 남자에 대한 적개심을 적잖이 불태우던 중이었다.

비서가 얘기하는 동안 나는 얼른 시의회 웹사이트를 검색하여 '로스크리 및 일대 지역' 시의원 벤 프리스틀리의 의원실 전화번호를 포스트잇에 잽싸게 적었다.

"여기요." 내가 말했다. "여기 그분 전화번호예요."

*

내가 린다를 어떤 사람으로 상상했는지 몰라도, 이런 이미지는 아니었다. 처음 린다가 도서관에 걸어들어왔을 때 난 그냥 단골 이용자인 줄로만 알았다. 운동을 좋아하는 사람으로 보였고, 금발을 하나로 묶어 단단히 틀어올리고 체육교사라 해도 무방할 법한 터틀넥 셔츠를 입었다. 조직 내 린다의 지위를 알려주는 아이템은 티끌 한 점 없는 핀스트라이프 정장 재킷과 목에 걸고 있는 명찰뿐이었는데, 난 그것도 언뜻 보고는 경기용 호루라기인 줄 알았다.

린다는 키가 크고—피비의 키에는 못 미치지만 거의 버금가게 컸다—당당한 체구였다. 그 정장 재킷 속에는 상당히 많은 우람한 근육이 있을 것이었다. 팽팽하게 늘어난 터틀넥의 모양과 각도가 그것을 확인해주었다. 햇빛을 아주 많이 쬔 피부였지만 분명 사십대 후반이었다. 린다는 못생기지 않았다, 전혀 그렇지 않았다. 빅토리아여왕 시대였다면 '잘생겼다'고 일컬어질 법한 부류의 여자였다. 구릿빛 피부에 잘 관리된 모습은 좀처럼 나이들어 보이지 않았다. 린다가 골프장 코스에서 기록을 깨는 장면, 또는 테니스코트에서 상대를 격파하는 장면이 쉽게 머릿속에 그려졌다.

린다는 범죄 현장을 조사하는 경찰관처럼 관내를 눈여겨본

다음, 속을 알 수 없는 표정으로 데스크 안쪽의 우리 두 사람에게 시선을 고정했다. 그리고 가만히 검지를 들어 피비를 가리키며 걸걸한 목소리로 "앉아"라고 지시했다. '요'나 '세요' 따윈 없었다.

나는 피비가 반항 내지 짜증 내지 하여간 뭔가 보일 거라고 예상했는데, 드디어 임자를 만난 모양이었다. 피비는 군말 없이 그대로 자리에 털썩 주저앉아 그 막대기처럼 긴 다리를 꼬았다.

바로 그때 린다 뒤에서 회전문을 통과해 허겁지겁 들어오는 헤더가 보였다. 그 가엾은 여자는 린다의 거대한 체구에 묻혀 왜소해 보였고, 발걸음 속도를 맞추느라 뛰어온 듯했다. 언제나 그렇듯 적정선을 훌쩍 넘긴 분량의 서류 뭉치를 들고 있었다.

"아, 앨리! 잘됐네!" 헤더가 봉투 여러 장을 고쳐 쥐면서 린다의 궤적 밖으로 나오더니 숨을 몰아쉬며 말했다. "린다, 이쪽은 음…… 뭐, 아시죠. 앨리예요. 이제 이름과 얼굴이 매칭되지요, 호호……"

린다의 다갈색 눈이 내 눈길과 만났고, 그 눈동자 속에서 뭔가 반짝 빛났다. 린다의 입꼬리가 살짝 올라갔고—간신히 알아볼 수 있는 미소였다—고개를 끄덕였다.

"앨리, 당신부터 시작하지." 린다가 선포했다. 어조는 다소 누그러졌지만 그래도 계속 너무 크게 말해서 가까이 있던 도서관 이용자 몇몇이 고개를 돌려 무슨 일인가 쳐다봤다. 나는 학교 축구팀에 선발된 듯한 기분이었다.

"자재실을 쓰실 거죠?" 헤더가 조심스럽게 물었다.

'자재실'이라 함은 지하에 있는 창고를 말하는 것이었다. 춥고 어둡고 보나마나 눅눅할 텐데, 그곳에는 왕년의 크리스마스 장식과 일반 서가에는 둘 수 없는 오래된 참고도서를 포함해 온갖 물품이 보관되어 있었다.

"아니," 린다가 다시 돌아온 걸걸하고 무뚝뚝한 어조로 대꾸했다. "당신 사무실을 쓸 거야. 당신은 여기서 기다리지."

헤더가 뭔가 말을 하려고 입을 열었지만, 아무 말도 나오지 않았다.

내가 로스크리에서 일하는 동안 헤더의 사무실에 들어간 횟수는 한 손에 꼽을 수 있을 정도였다. 헤더의 방은 신성불가침의 영역이었다. 헤더 본인이 있을 때를 제외하면 늘 잠겨 있었다. 알전구 하나가 기분 나쁜 노란 색조를 드리웠고 책상 밑의 히터는 불에 그슬린 고양이털 냄새와 유사하다고 표현할 수밖에 없는 냄새를 발산했다. 창턱에 있는 화분은 오래전에 시들어 죽어버렸다.

헤더가 피비 옆에서 얼빠진 듯 멍하니 바라보는 사이 린다는 헤더의 손에서 갈색 봉투를 뽑아들고 사무실 문을 가리키며 내게 따라오라고 지시했다. 피비는 이번에도 뜨거운 맥주를 들이켠 듯한 그 썩은 표정을 짓고 있었다.

나는 웃지 않으려고 콧등을 긁었다. 몇 마디 하지도 않고 저 둘의 심기를 화끈하게 건드린 린다에게 묘한 존경심이 들었다. 그렇게 좌중을 장악하는 힘을 상상해보라!

린다는 우리 뒤에서 관리사무실 문을 닫았고, 그 자체가 엄청난 위업이었다. 이 방은 창고용 벽장을 개조한 곳으로 두 사람은 말할 것도 없고 한 사람을 수용하기도 벅찼다.

린다는 그 건장한 체구를 억지로 구겨 비틀어 내 옆을 지나 처량맞게 작은 책상 앞에 서서 내게 맞은편의 조그만 스툴에 앉으라고 손짓했다. 내가 스툴에 걸터앉는 동안 린다는 노련하게 헤더의 사무실 의자에 신중히 제 몸을 앉히는 수순에 들어갔는데, 의자가 신음소리를 내며 한 뼘쯤 내려앉았고, 그렇게 많이 내려가는 건 난생처음 봤다.

과연 의자가 버텨낼지 우리 둘 다 기다리는—그러나 기다리고 있음을 의식하지 않으려고 분투했다—긴장되는 순간 잠시 침묵이 흘렀다.

의자는 버텨냈다.

"앨리 모건." 마침내 린다가 봉투에서 서류를 꺼내며 말했고, 이제야 겉봉에 내 이름이 쓰여 있는 게 보였다.

단둘이 되자 린다의 태도가 백팔십도 달라졌다. 서류를 책상 위에 툭 던지더니 편안히 의자에 등을 기댔고(아주 살짝 삐 걱거렸다) 손을 들어 각진 턱을 쓰다듬었다. 방안을 힐긋 둘 러보더니 양볼을 부풀렸다.

"여기도 좋은 시절 다 지났지, 안 그래?"

나는 면담 비슷한 것을 예상했었다. 솔직히 아이리스의 사 직과 관련해 일종의 심문을 받을 거라고 반쯤 생각했다.

"이 사무실 말인가요?" 나는 린다의 시선을 쫓았다.

린다는 한숨을 내쉬고 한번 더 자세를 바로 하더니 거의 나 른한 분위기로 책상 위의 서류를 세워 탁탁 내리쳐 끝을 가지 런히 맞췄다.

"이 도서관. 전체 도서관 말이야. 안타까운 일이지, 정말."

린다는 서류를 도로 책상 위에 툭 내려놨다. 콜뮤어 때의 폭 력 사건 보고서였다. 나는 내 손글씨를 알아보았다.

"좀…… 시대에 뒤떨어졌지요." 내가 슬쩍 던졌다.

린다가 고개를 끄덕였다. "당신이 그런 위험한 상황에 처 해 있었다니 유감이야. 그동안 내가 말을 아껴야 했어서." 린 다는 다음 말을 잇기 전에 문 쪽을 힐끔 쳐다봤다. "사실 이 도 서관은 4인 근무 체제였어. 한동안은 5인 체제였고. 공간도 더 넓고 장서도 더 많았지. 그 자재실은 원래 어린이 열람실이었 어. 알고 있었는지 모르겠지만."

나는 고개를 흔들었다. 린다가 상체를 앞으로 내밀고 목소리를 더욱 낮췄다.

"까놓고 말해서 여긴 폐관 위기야, 앨리. 콜뮤어도 마찬가지고. 북부의 다른 공공도서관 몇 곳과 함께. 난 여기가 아주 훌륭한 소규모 도서관이라고 생각해, 진짜로, 하지만…… 숫자가 훌륭하지 않아."

"이용자 수 말씀이신가요?"

"맞아, 바로 그거야. 현재는 어린이 프로그램이 여길 유지하는 유일한 이유지만 그조차도……" 린다가 잠시 말을 끊었다. "난 이런 얘기 하나도 안 한 거다, 알지? 사실 나도 몰라야 하는 얘기거든. 요는, 아이리스한테 이곳을 너무 오래 맡겨서 방치했고 아무도 굳이 들여다보려고 하지 않았다는 거지. 우린 행사가 필요해. 전시가 필요하고. 장서 회전율과 활기가 필요해…… 사람들이 저 문턱을 넘어오도록 만들어야 해."

나는 에밀리와 맺은 조약을 떠올렸다. 무단으로 포스터 제작 캠페인을 하고 게릴라처럼 불쑥불쑥 전시를 벌이면서 느꼈던 웃기고 유치한 스릴을 떠올렸다.

"제가 할 수 있어요." 내가 말했다.

린다는 어리둥절한 얼굴이었다. "흐음?"

"제가 사람들을 끌어들일 수 있다고요. 저와 에밀리가. 같이 그동안 애썼거든요. 갖가지 행사 아이디어도 있고……"

좀더 이것저것 말하려는 찰나 린다가 웃고 있는 것을 보고 나는 허를 찔린 기분이었다. 린다의 눈이 순간 반짝 빛났다가 이내 중립적이고 사무적인 표정으로 되돌아갔다.

"바로 그렇게 얘기해주길 바랐어." 린다가 밝혔다. "그럼 이렇게 하자. 당신의 아이디어를 나한테 이메일로 보내줘. 당신과 에밀리는 하던 대로 계속해. 그리고 여담인데, 그동안 두 사람이 한 일을 아무도 눈치채지 못했을 거라고 생각하진 말아줘." 린다가 흐뭇하다는 듯 말했다. "서류 작업이라든가 그 외 잡다한 요식행위는 내가 처리하지. 행사에 지원할 예산은 없지만 공짜로 긁어다 쓸 수 있는 건 마음대로 갖다 써, 필요한 게 있다면 뭐든 내가 도울게."

"실은," 나는 주저했다. "저희가 하는 일에…… 음…… 반발이 좀 있는데요."

"헤더."

나는 고개를 끄덕였다.

"그리고 피비."

"네."

린다는 다시 느긋이 의자에 몸을 맡겼다.

"그 둘은 나한테 맡겨둬."

죽음과 근무표

1월 일일 이용자(평균): 77

1월 일일 문의(평균): 28

1월 일일 인쇄 페이지(평균): 82

1월 폭력 사건: 2

어린이 프로그램 참석률: 75%

1월 일일 복사 페이지(평균): 49

1월 시계 건전지 무상 지원(총계): 34

1월 반려견 배변봉투 무상 지원(박스, 총계): 4

1월 훼손/분실 도서(총계): 13

1월 생리용품 무상 지원(박스, 총계): 32

체크리스트 미작성일: 3(직원 교체, 점검표 분실)

"직장에서 울었다는 그 일에 대해 얘기해봐요." 그레이엄이 말했다. "지금 하는 일을 즐기고 있는 줄 알았는데."

난처해진 내가 발을 이리저리 끌자 국민의료보험 표준규격의 파란 플라스틱 의자가 삐걱거렸다. 엉덩이 밑으로 모여드는 땀이 느껴졌다. 심리상담실의 비좁은 방은 항상 답답해서 숨이 막힌다.

분명 스튜디오 조명 때문일 거야, 나는 혼잣속으로 중얼거렸다.

"아뇨, 아니 그러니까…… 맞아요, 그래요. 즐기고 있어요. 생각했던 것보다 더. 그곳이 잘되기를 바라는데……" 나는 말끝을 흐렸다.

그레이엄이 내게 잠시 시간을 주었다가 가볍게 채근했다. "그런데……?"

할로겐 조명이 웅웅거린다. 내가 여기 앉아 있는 동안 내내 웅웅거렸고, 시시각각 더욱 시끄럽고 집요하게 느껴진다. 나는 신발 한 짝을 벗어 저 망할 것을 향해 던지고 싶은, 미칠 것 같은 충동에 시달린다.

"사람들 때문에요." 내가 말했다. "그 어느 때보다 사람들이 많이 오는데 정말 절망적이거든요. 이런 건 생전 처음 봤어요."

"그래서 속상해요?"

나는 고개를 끄덕였다. "네, 속상해요. 사람들이 너무 가난한 게…… 좀더…… 시스템의 문제라서요. 시스템이 개떡같아서. 사람들이 개떡같은 취급을 받아요. 그래서 죄책감이 들어요."

"왜요?"

"나도 모르겠어요…… 제 말은…… 예를 들어도 될까요?"

"말씀하세요."

에밀리와 내가 처음 '홍차가 있는 아침'을 기획했을 땐 그런 높은 참가율을 예상하지 못했다. 우린 그냥 사람들이 다른 사람들과 어울리려고 도서관을 많이 찾으니까 그걸 아예 공식 일정으로 만들어보면 어떨까 했다. 그게 잘되면 좀더 키워서 지역 봉사활동 모임 같은 것도 조직해볼 수 있지 않을까. 이미 동네 요양원에 얘기해서 뜨개질과 크로셰 모임에 노인 몇 분이 참여하시기로 하기도 했고.

린다도 찬성했다. 다만 공식 채널을 통해서는 그 어떤 자금 지원도 받을 수 없을 거라고 못박기는 했었다. 그런데 그날 아예 자선행사를 같이 열어버리자는 생각이 퍼뜩 떠올랐다. 우리는 지역 자선단체에 모금함을 불쑥 내밀었고, 근처 업장들에 티백이나 커피, 혹시 가능하면 비스킷도 좀 기부해달라고 부탁했다.

사람들의 반응은 정신을 차릴 수 없을 정도로 뜨거웠다. 다음날 도서관에 나와보니 동네 슈퍼마켓에서 진짜 어마어마하게 배달이 왔다. 케이크, 비스킷, 샌드위치, 티백을 몇 판씩 보내줬다. 주민들도 이 아이디어에 동참해서 인스턴트커피를 몇 병씩 가져오고 심지어 집에서 큰 우유병을 통째로 들고 오기도 했다.

그날 아침 회전문을 열자마자 에밀리와 나는 우리가 큰일을 냈음을 깨달았다.

지역 주민들 덕에 자신감을 얻은 것은 그때가 처음이었는데, 우리가 도서관 정문을 열고 나와보니 바깥에 벌써 대기줄이 있었다. 쌀쌀한 아침에 대비해 둘둘 감싸고 나온 사람들이 저마다 케이크와 티타월과 머그잔을 들고 있었다.

그날 아침 온 로스크리 사람들이 다 온 것 같았고, 에밀리와 나는 하던 일을 멈추고 직원실을 들락날락하며 커피포트와 찻주전자를 다시 채우고 창고에서 낡은 의자를 올려다놓고 모금함의 돈을 세어 도서관 금고에 넣느라 정신없이 뛰어다녔다.

결국 그날 방문자 수는 백을 훌쩍 넘겼다. 현재 일일 이용자 수 평균이 칠십 명 언저리인 도서관치고는 정말 나쁘지 않왔다.

그 와중에 몇몇 낯익은 얼굴이 홈메이드 케이크를 자르고 서로서로 냅킨을 나눠주며 빙그레 미소를 지어 보였다. 로스크리 근무 첫날 내가 열심히 위로와 공감을 보냈던 콜리시 엄마 소피도 아기와 함께 그 자리에 있었다. 곧 마거릿도 손주 캐머런을 데리고 왔고, 다른 비공식 아기 돌보미 어르신들도 왔다. 우리의 단골 이용자들도 대거 참석했다.

"이거―이거 공짜입니까?" 내가 비스킷 한 접시를 권하자 치토가 물었다.

"자선행사인걸요, 돈은 필요 없어요, 모두 공짜예요."

그의 눈이 번쩍 떠졌다. "고맙습니다, 선생님! 졸라 배고팠는데."

오후가 되자 분주함도 잦아들어 에밀리와 나는 한 사람이 데스크를 지키는 동안 다른 사람은 탕비실에서 머그잔을 설거지할 수 있게 되었다.

에밀리가 설거지 당번일 때 그 남자애들이 들어왔다. '남자애들'이라고 했지만 아마 이십대 초반이었을 거다. 정기적으로 구직활동을 하러 오는 청년 두 명이었다. 나는 그들의 얼굴을 알아보았다.

가난이 숨길 수 없이 제 모습을 드러내고 있었다.

이 어린 청년들은 처음부터 낙담의 연속이었다. 보건복지

시스템에서 이쪽저쪽으로 떠넘겨지고, 위탁양육 시스템에서 떨어져나오자마자 각자의 장애인 어머니를 홀로 돌봐야 하는 처지에 몰렸다. 이따금 이런저런 일을 하지만 언제나 결국엔 도서관으로, 형벌과 같은 유니버설 크레디트 지원과정으로 되돌아왔다.

쇠스랑처럼 깡말라서는, 서로 귓속말을 하며 두 청년은 입구에서 서성거렸다.

마침내 둘 중 한 명이 데스크로 다가왔다.

"찻값은 얼마나 하나요, 선생님?" 청년이 물었다.

"다 무료예요." 내가 말했다. "자선행사인데 이제 마무리하려고요. 마음대로 가져가세요."

청년들은 자기들끼리 걸려 넘어질 뻔했다. 그들은 내게 연신 감사를 표했다. 정말 케이크를 누가 가져갔냐고 아무도 뭐라 그러지 않는 게 확실하냐고 거듭 물었다.

나는 만약 그들이 남기면 쓰레기통으로 들어갈 거라고, 그러니까 가져가는 게 나을 거라고 말해주었다.

"고맙습니다, 선생님, 감사합니다. 한 조각 갖고 가서 엄마한테 드려도 될까요? 엄마가 마데이라 케이크를 좋아하거든요. 집밖에 나오실 수가 없어서."

"더 좋은 생각이 있어요." 나는 데스크 안쪽에 쟁여둔 아직 손도 대지 않은 케이크를 꺼냈다. "여기 홀케이크요. 이게 더 오래갈 거예요. 이것도 여기 놔두면 어차피 쓰레기통행이니까."

마데이라 케이크를 청년에게 건네주며 고개를 들었는데, 청년은 울고 있었다. 움푹 팬 뺨 위로 눈물이 줄줄 흘러내렸다.

내 남동생과 참 많이 닮았다는 생각이 들었다. 만약 내 동생이 몇 년 동안 제대로 먹지 못했다면 이럴 거다.

이 가여운 아이들이 배를 곯고 있구나, 나는 깨달았다. 두 청년 모두 고약한 인생을 살면서 평생 배불리 먹어본 적이 없을지도 몰랐다. 그들의 안쓰러운 장애인 엄마 역시 냉골 셋방에 처박혀 굶고 있을 것이다.

나는 주위를 힐긋 돌아보았다. 도서관에 남아 있는 사람은 거의 없었다. 그리고 우리 도서관에는 CCTV가 없었다.

알 게 뭐람.

"여기 테이크아웃 컵 있어요. 홍차와 커피도 갖고 가요." 나는 더이상 권하는 게 아니라 숫제 지시를 했다. "거기 케이크도 더 집어요. 어머니가 쇼트브레드도 좋아하세요?"

나는 마데이라 케이크와 함께 비스킷도 한 박스 챙기고, 아직 안 뜯은 컵케이크 세트도 같이 쌌다.

"아이고 선생님, 이렇게 다 가져가면 안 되지 않나요……"

"덕분에 내가 살았네요," 내가 말했다. "안 가져가면 이걸 다 내가 치우든지 버리든지 해야 하는데."

두 청년이 나가면서 나를 한 번씩 꼬옥 안아주었다. 몸에 맞지도 않는 헐렁한 운동복을 걸친 따스한 해골 한 쌍을 껴안는 느낌이었다.

그때 에밀리가 돌아왔다. 나는 양해를 구하고 직원용 화장실로 가서 울었다.

고작 여섯 달 전에 내 손으로 모든 것을 끝내려는 내가 있었다…… 왜? 직장을 잃어서? 상태가 안 좋아서? 대학을 중퇴해서? 그런데 지금 저 청년들은 제대로 된 집도 없고 제대로 된 직장도 없고 먹을 것도 없다. 굶어죽을 지경인 두 청년은 케이크를 권유받자 제일 먼저 집에서 꼼짝 못하는 엄마에게 한 조각을 갖다줄 궁리부터 했다.

제 의지로 우울증을 택하는 사람은 없지만, 맙소사, 스스로 저런 삶을 택하는 사람도 없다. 케이크 몇 조각에 눈물을 흘리고 마는 두 청년이라니.

*

"내 인생이 그렇게까지 나쁜 것 같진 않아서 죄책감이 든다?" 그레이엄이 넌지시 말했다.

"네, 좀." 나는 콧잔등을 긁었고, 불안할 때 나오는 버릇이었다. "내 말은…… 아뇨. 나는 상태가 안 좋았어요. 지금도 안 좋죠. 아직 회복중이고, 그니까 자살충동하고 비교하면 안 되겠죠."

나는 그레이엄을 쳐다보았다. "솔직히, 졸라 화가 나요."

그레이엄이 두 눈을 깜박거렸다. 보통 나는 상담중에 욕을 하지 않는다.

"그런 상황에 처한 사람들이 너무 많다는 게 화가 나고, 내가 그들에게 아무것도 해줄 수 없다는 게 화가 나요."

"뭔가 해주긴 한 것 같은데요."

나는 멈칫했다. "이번 한 번은. 한 번 돕기는 했죠. 하지만 우린 그런 사람들을 항상 도와야 해요! 그러라고 도서관이 있는 거잖아요! 사람들은 이런저런 도움을 얻기 위해 도서관에 와요. 도서관에서는 돈을 쓸 필요가 없으니까. 실업수당을 타는데 도움을 얻기 위해, 정보를 얻기 위해 가는 곳이 도서관인데, 헤더나 피비 같은 사람들이 방해를 하면 모든 게 똥망진창이 된다고요! 게다가 프리스틀리 같은 시의원도 있고……"

"그 사람이 어떤데요?"

테일러 씨의 민원 이후로 광부복지회관의 운명에 관심을 가지는 도서관 이용자들이 늘어났다. 그때까지 나는 한줌의 동네 사람들 혹은 자선단체 한두 곳에서만 가끔 그 복지회관을 이용하는 줄 알았다. 그러나 로스크리 사람들에게 그 건물이 가지는 의미를 내가 단단히 과소평가하고 있었음이 곧 명확해졌다.

자칭 '로스크리 광부복지회관 후원회' 회원이라는 사람들이 도서관을 찾아오기 시작했다. 그들은 테일러 씨에게서 프리스틀리 의원의 연락처를 알려준 사람이 바로 나라는 얘기를 듣고(시의회 웹사이트에 가면 어느 공직자 전화번호든 쉽게 알 수 있는데) 두셋씩 짝지어 와서 나한테 그 시의원에 대해 캐물었다.

"그 사람은 어떻게 생겼어요? 이 건에 관해 우리가 찾아가야 하는 사람이 그 사람입니까?"

나는 프리스틀리의 정면 얼굴이 나와 있는 포스터를 가리켰고, 거기에는 간담회 시간이 한눈에 보이도록 적혀 있었다.

"그러니까 여기란 말이죠, 그쵸? 간담회가 열리는 장소가?"

나는 고개를 끄덕였다.

대여섯 번 정도 후원회 사람들이 찾아오고 나서 나는 헤더한테 끌려갔다. 헤더는 나를 관리사무실로 욱여넣고 이메일을 보여줬다.

받는 사람: 로스크리 팀장 계정

보내는 사람: 로스크리 총책임자 계정

제목: FW: 벤 프리스틀리 시의원에게 문의하는 방법에 관한 건

관계자 여러분께

최근 의원실로 민원이 폭증한 관계로 프리스틀리 시의원이 더이상 전화통화로 주민 고충사항을 논의할 수 없게 되었음을 알려드립니다.

로스크리도서관 직원 중 한 명 이상이 프리스틀리 시의원에게 전화로 문의할 것을 유권자분들께 권고했음을 알게 된바, 다시 한번 말씀드리지만 주민 고충사항과 관련된 모든 민원은 올바른 창구인 이메일로 보내주시거나 프리스틀리 시의원의 지역구 유권자 간담회에서 전달해주시기 바랍니다. 간담회 날짜 및 시간 등 자세한 사항은 첨부한 포스터에 명기되어 있습니다.

프리스틀리 시의원은 종종 의원실에 부재하므로 전화 민원의 경우 시의적절하게 전달되지 못할 우려가 있사오니, 지역 현안에 관하여 조언을 얻고자 하는 유권자분들께 상기 내용을 전달해주십사 직원들에게 공지하여주시기 바랍니다.

벤 프리스틀리 시의원을 대신하여 패멀라 보이드 드림

"이거 당신이죠?" 헤더가 다짜고짜 물었다. "프리스틀리 의원님의 사무실 전화번호를 사람들한테 알려줬어요?"

나는 두 눈을 껌벅거렸다.

"그건 시의회 웹사이트에 나와 있는데요." 나는 슬쩍 얼버무렸다.

헤더는 미간을 찌푸린 채 잠시 나를 노려보았다. 헤더의 시선 바로 안쪽에서 당혹스러운 분노가 부글거리는 것이 느껴졌다. 끝내 헤더는 이렇게 말했다. "이 이메일을 인쇄해서 전 직원들에게 사인을 받아야겠어요. 당신을 포함해서."

솔직히 나는 해야 할 일을 했는데 이렇게 질책을 받으니 여간 짜증나는 게 아니었지만, 헤더가 인정을 하든 안 하든 프리스틀리가 도서관을 인질로 잡고 있음을 모르지는 않았다.

"네." 나는 간결히 답했다. "그 외에 또 하실 말씀이 있나요?"

헤더는 여전히 찌푸린 얼굴로 고개를 가로저었다.

내가 나가려고 몸을 돌리자 헤더가 내 이름을 불렀다.

"앨리," 헤더는 급하게 불러 세우더니 목소리를 낮췄다. "그 사람 조심해요, 알았죠? 그…… 프리스틀리 의원님에 대해서는 신중히 처신해요."

이전 삶에서 익히 알고 지내던 그 표정이 우리 사이에 스쳤다. IT 업계에서 일하던 시절에 나는 그 표정을 알게 됐고, 종종 그 표정과 더불어 '대나무숲 네트워크'의 숨죽인 말들이 오갔다. 대나무숲 네트워크 덕분에 남초 업계의 테스토스테론 바다 한가운데서 극소수의 여성들은 가라앉지 않을 수 있었다. 대나무숲 네트워크는 잔인한 포악성이나 슬금슬금 더듬는 손, 또는 여성들을 향한 특정 태도로 암암리에 평판을 쌓아가는 남자들에 대한 안전장치이자 경고 시스템이었다.

"네, 그럴게요." 내가 말했다.

진심이었다.

✳

"그 남자는 그 일을 오랫동안 해왔는데 완전 쓰레기예요. 주민들이 기를 쓰고 아등바등 사는 동안 저 혼자 돈을 쫙 빨아들였죠. 세상을 바꿀 힘을 갖고 있으면서 그냥 나 몰라라 하는 거예요. 그게 화가 나요."

그레이엄이 고개를 끄덕였다. "그럼, 그 화를 어떻게 할 생각이에요?"

"어떻게 할 거냐면…… 사람들을 도울 거예요. 내가 할 수 있는 일을 할 거고, 할 수 있다면 도서관을 지킬 거예요. 도서관이 얼마나 중요한지 사람들에게 깨닫게 해줄 거예요."

✳

글을 읽지 못하는 사람들을 알아차리려면 요령이 필요하다. 도서관에서 일하기 전까지 나는 현대사회에서 읽고 쓰는 법을 배우지 못한 사람은 아주 극소수일 거라고 짐작했었다. 그런 사람들은 척 보면 알 수 있을 테고 굉장히 눈에 띌 거라고 생각했었다. 어쨌든 오늘날의 커뮤니케이션은 주로 텍스트에 기반하고, 특히 그 어느 때보다 디지털 커뮤니케이션에 의존하고 있지 않은가?

그런데 사실 문맹인은 어디에나 있다. 그들은 우리의 친구이고 가족이고 동료다. 그들 중 대다수는 읽고 쓰지 못해도 아닌 척 통할 수 있는 다양한 비결과 기술을 개발했다. 그 방법을 알면 알수록 평생 문맹임을 숨기고 살아온 그들에 대한 존경심이 더욱 커진다.

문맹인들이 뒤집어쓰는 오명은 어마어마하다. 따라서 그들이 문맹임을 숨기기 위해 가진 능력을 총동원하는 것이 놀랄 일은 아니며, 때로는 부모와 자식과 배우자한테까지 숨긴다.

가장 흔한 기법은 글을 마주하게 되면 약한 시력을 탓하는 것이다. 이것은 보통 "돋보기안경을 깜박 잊고 안 가져왔다"는 변명과 짝을 이룬다.

세상에는 존재하지 않는 돋보기안경이 참 숱하게 많다.

어느 정도까지만 읽을 줄 아는 사람들은 복잡한 문장이나 많은 양의 텍스트를 대하면 불안해진다. 그럴 때 흔히 하는 또 다른 변명은 "바빠죽겠는데 언제 그걸 다 읽어"라는 핑계다.

도서관에 오는 문맹인들에 대해 얘기하면 종종 회의론에 부딪힌다. 글을 읽지 못하는 사람들이 뭐하러 도서관에 오는가? 그 사람들이 어떻게 이 사회에서 제대로 살아가는가?

첫번째 질문에 대한 답은 비교적 간단하다. 그들은 읽고 쓸 줄 아는 사람들이 도서관에 오는 것과 똑같은 이유로 도서관을 찾는다. 단 한 가지 예외는, 책을 보러 오는 건 아니라는 점이다.

지난 몇 년에 걸쳐 정부의 직업안내센터에서는 우리 도서관에 점점 더 많은 문맹인을 보내면서 정부 보조금, 특히 유니버설 크레디트 신청과정을 우리가 도와줄 거라고 호언장담했다. 하지만 안타깝게도 내가 도서관 이용자의 유니버설 크레디트 계정을 들여다보는 것 자체가 불법이었다. 그들의 개인정보에 접근하거나 내용을 묻는 것은 절대 안 될 일이었다.

지난주만 해도 직업안내센터에서 보냈다며 도서관에 온 커플이 있었다. 삼십대쯤이었는데 상대적으로 눈에 띄지 않는 편이었지만 분명 가난했고 평생에 걸쳐 굶주림을 겪어온 티가 역력했다.

여자 쪽인 클레어가 기어들어가는 소리로 나를 옆으로 불러내 도움을 청했다. 둘 다 도서관 회원이었고 클레어는 제법 자주 컴퓨터를 이용하러 왔지만, 배우자 쪽은 이제부터는 반드시 온라인으로 구직일지를 작성해야 한다는 지시를 들은 터였다. 그런데 문제는, 이 남자가 읽고 쓰는 법을 한 번도 배운 적이 없다는 사실이었다.

남자의 사정은 도서관의 문맹 이용자들 태반이 그렇듯 전형적인 사연이었다. 불안정한 집안에서 태어나 어린 시절 내내 트라우마를 겪었다. 학습장애도 약간 있을 것으로 의심되는데, 이런저런 요인들이 겹쳐 고군분투 속에 학교생활을 하다 결국 에라 모르겠다 손을 놔버린 것이었다. 불안정한 양육 시스템과 여러 위탁가정을 전전하는 사이 아무도 그가 학교를 그만두었다는 사실을 파악하지 못했다. 갈라진 틈 사이로 빠져버린 것이다.

그래도 일은 구하려 들면 구해졌다. 남자는 어릴 때 클레어를 만났고 끝내 자신의 비밀을 털어놓았다. 그후로 남자가 일을 계속하기 위해 필요한 읽기와 쓰기는 클레어가 도맡아 대신했다.

안타까운 것은, 서류 작업을 못하는 사람에게 맡길 수 있는 일자리는 한정되어 있고, 남자는 또다시 구직활동에 나서게 생겼다는 사실이다.

알고 보니 클레어의 읽기 쓰기 실력도 썩 훌륭한 편은 못 되었다. 클레어는 소리나는 대로 철자를 썼고, 걸핏하면 단어 대신 이모지를 쓰는 경향이 있었다. 구직원서의 경우 당연히 이모지와 틀린 맞춤법으로 점철된 이력서를 통과시키는 고용주가 있을 리 없다.

내가 받은 알량한 개인정보보호 교육에 의하면, 나는 그들이 유니버설 크레디트 웹사이트에 접속하는 것까지만 돕고 거기서부터는 알아서 하라고 놔둬야 했다. 나에게 오기 전에 그들이 받은 도움은 확실히 그게 다였다. 보조금은 이미 끊긴 데다 여러 차례 편지와 이메일에 제때 답신을 하지 못해 제재를 받고 있었다.

두 사람은 더이상 버틸 수 없는 절망적인 상태였고, 그래서 필사적이 되어 처음 보는 도서관 직원에게 비밀을 다 밝히고 말았다. 그들이 나를 고른 이유는 그나마 내가 말을 붙이기 쉬워 보였기 때문인 것 같지만, 모르면 몰라도 땡전 한푼 없는 사람들에겐 뭘 고르는 것조차 사치였을 것이다.

이런 상황에 맞닥뜨릴 때마다 내가 제일 먼저 하는 일은 일단 도서관에 누가 있는지 주의깊게 살피는 것이다. 오늘 내가 누구와 근무하지? 그 사람이 절망에 빠진 이들에게 마음이 열려 있는가? 내가 누군가를 도우려고 규정을 약간 우회할 때 기꺼이 눈감아줄 것인가? 그다음으로는, 어째서 도서관 보조 사서가 처음 보는 사람의 노동연금부 관련 시시콜콜한 일에 그렇게 깊숙이 개입하는지 캐묻기 좋아하는 사람이나 목소리 크고 입이 싼 호사가로부터 멀찍이 떨어진 호젓한 곳에 컴퓨터가 비었는지 확인하는 일이다.

이번 경우엔 도서관에 사람이 거의 없어서 우리가 디지털 자료실을 독차지할 수 있었다. 나는 에밀리에게 우리끼리 통하는 '윗사람이 오는지 좀 봐줘' 신호를 보낸 후 두 사람을 디지털자료실로 데려갔다.

그 남자는, 대런이라고 하자, 꼬질꼬질한 포스트잇을 손에 꼭 쥐고 있었다. 나는 그것이 지역 직업안내센터에서 써준 것임을 알아보았고, 보통 유니버설 크레디트 계정에 접속할 때 쓰는 암호와 중요 정보가 적혀 있는 쪽지였다. (그 나쁜 인간들은 제대로 된 문서나 심지어 인쇄용지에조차 인색하다. 그들이 내준 망할 것들은 항상 손으로 휘갈겨쓴 쪽지여서 쉽게 낡아 찢어진다.)

나는 로그인 절차 내내 그들 옆에 붙어서 도와주었다. 클레어가 네 번의 시도 끝에 배우자의 이름 철자를 똑바로 넣었다. 클레어가 당황해서 허둥거리기 시작하자 나는 의자를 끌어다 놓고 옆에 나란히 앉았다.

"괜찮아요. 나도 키보드 칠 때 누가 옆에서 보고 있으면 늘 허둥거리는걸요." 내가 말했다. "암호를 불러드릴까요?"

옆에서 도와주는 것과 잘난 척 가르치려 드는 것은 한끗 차이이고, 사람마다 받아들이는 게 다 다르다. 클레어는 일단 내가 옆에 앉자 고마워하는 것 같았다. 내가 얼쩡거리며 위에서 내려다보는 게 오히려 마뜩잖았던 것 같다.

"앞으로 질문 몇 개가 나올 거예요." 나는 그들에게 설명했다. 직업안내센터에서 다 설명해줬어야 하는 내용이지만, 그 기관에는 더이상 어떠한 기대도 하지 않기로 했다. "출생지가 어디냐 뭐 그런 종류의 질문요. 그다음에 일지를 여는 법을 알려드릴게요."

나는 족히 이십 분을 그들에게 쏟았다. 다행히 그 정도 시간은 에밀리 혼자 데스크를 봐도 될 만큼 도서관이 한가했다. 나까지 거들어야 할 일은 거의 없었다.

모니터 화면에서 어디에 무슨 내용이 뜨는지 기억할 수 있도록 나는 그들과 한참 얘기했다. 나는 용지 한 장을 가져와 유니버설 크레디트 웹페이지의 인터페이스를 그림으로 그렸다. 중요 메뉴는 형광펜으로 표시했다. 로그인 위치에는 동그라미를 쳤다.

웹사이트(특히 정부기관 사이트) 레이아웃이 변경될 때마다 우리 도서관에는 이런 식으로 일대일 레슨을 요청하는 사람이 넘쳐난다. 그게 우리 업무도 아니고 그런 일을 한다고 이런저런 윗사람들에게 질책을 받은 적이 한두 번이 아니었지만, 더 나은 시스템이 자리를 잡을 때까지는 솔직히 다른 선택지가 있는지 모르겠다. 클레어와 대런 같은 사람들을 그냥 쫓아버리는 편이 누군가에게는 훨씬 쉬운 일이겠지만, 그러면 그들 커플은 십중팔구 일이 그릇되어 노숙자가 되거나 더 나쁜 상황에 내몰릴 것이다. 난 그저 그걸 빤히 바라보고 말 용기가 없는 거다.

끝으로 나는 그 포스트잇 쪽지를 빌려달라고 해서 거기 적힌 모든 정보를 말끔히 타이핑했다. 그리고 가능한 가장 선명한 서체로 크게 프린트했다. 에밀리와 나는 이것을 '커닝 페이퍼' 프린트라고 부른다. 인쇄비를 청구하지는 않는다. 이걸로도 질책을 듣긴 했다.

클레어가 눈물을 글썽이기 시작해서 나는 그만 물러나야 했다. 공짜 케이크에 엉엉 울던 그 청년들이 다시 생각날 수밖에 없었다. 클레어는 나를 꼬옥 안아주었다.

＊

도서관 업무를 하다보면 본인의 정신건강을 위해 알아두어야 할 중요한 원칙이 하나 있다. **화가 날 때는 화를 낼 것. 그 화도 다 쓸데가 있다.**

프리스틀리는 간담회에 나타나지 않았다.

물론 놀랄 일은 아니다. 불참이라면 그는 이미 전적을 쌓을 만큼 쌓았다. 이번에 그의 문제는, 도서관이 광부복지회관 후원회 회원들로 북적였다는 점이다. 회원들은 티셔츠도 맞춰 입고 왔다. 리플릿도 있었다. 심지어 탄원서도 들고 왔다.

자신을 모이라라고 소개한, 살짝 은빛이 도는 솔직히 굉장한 황동색 곱슬머리의 중년 여인은 자신이 광부복지회관 후원회 회장이며, 지금 도서관을 돌며 북버그 부모들과 약간 어

242

리둥절한 디지털자료실 이용자들에게 나눠주고 있는 탄원서를 기획한 사람이라고 밝혔다.

모이라가 리플릿 한 장을 데스크에 탁 내려놓으며 다년간의 줄담배를 통해서만 만들어지는 종류의 목소리로 이렇게 말했을 때, 나는 대번에 그 양반이 좋아졌다. "자, 우리 시의원 선생은 어디 계시나? 우릴 피해 숨은 거 아냐?"

걸걸한 목소리와 퉁명스러운 겉모습에도 불구하고 모이라에게는 엄마 같은 따스함이 있었다. 내가 프리스틀리 의원님은 한 시간 전에 도착하기로 예정되어 있었으나 안타깝게도 그의 의원실 전화번호(빌어먹을 이메일은 물론이고)로는 연락이 닿지 않는다고 설명한 후, 우리는 한참 수다를 떨었다.

모이라의 아버지는 로스크리 광부복지회관을 설립하는 데 한몫 거든 사람이었다. 모이라는 십대 때부터 그곳의 청소와 음료 서빙, 광부들이나 동네 주민 누구든 참여할 수 있는 교육 강좌를 기획하는 일을 자청해서 맡았다. 또한 복지회관에 주방을 설치하는 일에 도움을 아끼지 않았으며 얼마 후에는 평일에 주방을 운영할 자원봉사팀도 조직했다.

그곳에서는 오가다 누구나 들러 일정 소액만 내면 음료를 마시거나 끼니를 때우거나 이야기를 나눌 수 있었다.

몸이 두 개라도 모자랄 판 같은데 어디서 그럴 시간이 나는지, 모이라는 남성취미조합과 연계하여 광부복지회관을 비

공식 '취미공간'으로 사용하자고 제안했고, 남자들이 모여 목
공과 건축, 원예를 즐기고, 더욱 중요하게는, 세상의 잣대나
평가에 연연하지 않고 어울릴 수 있는 공간으로 만들었다. 그
아담한 건물이 얼마나 분주하고 활력 넘치는 곳이 되었는지,
그간의 얘기를 듣고 나는 감동하고 말았다.

"그야 힘들긴 했지," 모이라는 인정했다. "근데 지반 침하라
니. 그건 치명타야. 주방 설비도 얼마 전에 싹 개비했는데. 치
토는 날이면 날마다 와서 점심 먹고 갔다고."

탄원서를 힐끔 보니 벌써 몇 페이지가 넘게 사람들의 서명
이 이어져 있었다.

"그럼 이제 어떻게 할 계획이세요?" 내가 물었다.

모이라가 내 쪽으로 클립보드를 밀었다.

"로스크리에 빈 건물이라면 쌔고 쌨어. 어디 새로 둥지 틀
곳만 있으면 돼. 일단 공간이 생기면 돈이야 모으면 되니까.
이게 다 시의회 때문에 생긴 일이잖아. 그놈들이 우리한테 기
반을 제공해야지."

나는 프리스틀리를 떠올렸다. 얼마나 거만하고 안하무인
이길래 지역 유권자들을 이렇게 호구 취급할까? 분위기를 보
아하니 아예 간담회에 나타나지 않을 모양이었다.

"이리 주세요. 저도 사인할게요. 몇 장 복사해서 여기에도
놔둘게요."

"그럼 좋지. 고마워요, 아가씨."

프리스틀리 의원실의 연락처가 다시 한번 사람들 사이에 돌았음에도 불구하고, 그는 그날 코빼기도 보이지 않았다. 나는 전화 거는 걸 말리려는 시도조차 하지 않았다. 이메일을 통하거나 간담회에 참석해 얘기하도록 안내하라는 지시를 들었다고 알리는 시늉만 했는데, 후자가 무의미해 보인다는 사실을 감안하면 그마저도 거듭 강조할 의욕이 전혀 나지 않았다.

나는 의원님을 만나려고 기다리는 지역 유권자분들이 아주 많이 와 계시니 시간 되실 때 가급적 빨리 이번달 간담회 참석 여부를 전화로 알려주십사 하는 요지의 이메일을 후다닥 써서 프리스틀리 의원실 앞으로 휙 보냈다.

그날 오후에 지역 일간지 〈로스크리 포스트〉의 기자라는 남자에게서 전화를 한 통 받았다.

"프리스틀리 의원이 오늘 지역 유권자 간담회에 나오지 않았다는 게 사실입니까?"

내가 대답하려고 입을 여는 순간 헤더의 경고가 귓가에 울렸다. 프리스틀리 의원님에 대해서는 신중히 처신해요.

"저는…… 정말 말씀드리기 곤란합니다." 나는 대답했다.

"알겠습니다. 그럼 누구든 그 건에 관해 얘기할 수 있는 분의 연락처를 알 수 있을까요?"

"어……" 나는 말을 끊었다. 에이, 젠장. "시의회 웹사이트에 가보시면 전체 시의원실 전화번호가 나와 있어요. 원하시면 이메일 주소는 드릴 수 있습니다."

"네, 부탁드릴게요. 아, 말이 난 김에, 혹시 로스크리 광부복지회관 후원회라는 단체에 대해 아십니까?"

나는 다시 주저했다. 조심해, 앨리.

"정말 말씀드리기 곤란하지만 음…… 잠깐 저희 도서관에 들르시면 후원회 전단지와 탄원서를 보실 수 있고요, 거기 연락처도 나와 있을 거예요, 제가 알기론. 제가 말씀드릴 수 있는 건 그게 다예요."

"오늘 저희가 거기 들르면 뵐 수 있을까요?"

"어…… 네."

"시간 내주셔서 감사합니다."

기자에게 벤 프리스틀리의 이메일 주소를 큰 소리로 읊어주면서, 혹시 이거 내가 감당하기 버거운 충돌에 휘말리는 건 아닌가 하는 생각이 들었다. 그래도, 광부복지회관에 대해 존경을 담아 얘기하던 모이라의 태도가 떠올랐다. 회관 폐쇄에 항의의 목소리를 낸 이들은 모이라와 로스크리 광부복지회관 후원회뿐만이 아니었다. 우리의 많은 단골 이용자들이 복지회관이 없어졌다며 안타까움을 표했다. 회관이 문을 닫은 이후 도서관에까지 발길을 끊은 사람도 있었다.

좋든 싫든 광부복지회관과 도서관은 로스크리를 살아 숨쉬

게 하는 두 핵심축이었다. 한쪽이 사라지면 다른 쪽도 고통받게 되고, 지역공동체에도 악영향을 끼칠 거라는 사실이 내 보기엔 자명했다.

그날 오후에 신문기자가 도서관에 왔는지는 알 수 없다. 왔더라도 나한테 개인적으로 말을 걸지는 않았다. 많은 사람들이 광부복지회관 후원회의 탄원서를 자세히 읽어보고 서명도 했다. 몇 사람은 전단지도 가져갔고, 회관에 심적으로 의지했던 친구들과 가족들에게 알리겠노라 다짐하는 사람도 있었다.

그 주 후반〈로스크리 포스트〉에 '우리 광부복지회관을 살립시다'라는 제목의 기사가 나왔다. 1면은 현재 진행중인 시의회 내부 지출내역 감사에 할애됐고 복지회관 쪽은 그냥 작은 기사였지만, 모이라가 폐쇄된 복지회관 건물 앞에 단호한 얼굴로 서 있는 사진과 함께 탄원서의 온라인 참여 링크도 실렸다.

*

나는 방송이나 언론에서 자살경향성에서 회복됐다는 묘사를 보면 항상 기가 차서 비웃었다. 고통을 끝내는 유일한 방법은 삶을 끝내는 것뿐이라고 믿던 사람이 어떻게 그냥…… 더

이상 믿지 않게 될 수가 있지?

'자살충동'은 꼬마 악마 여럿이서 합작품으로 빚어낸 기괴한 짐승이지만, 무의식중에 자신의 죽음을 적극적으로 계획하고 있는 제 모습에서 가장 매력적인 것은 자살충동과 더불어 내려앉는 고요함이다. 내 경험으로는, 나를 내내 짓누르며 고운 가루가 되도록 갈아버리겠다고 위협하던 책임과 낭패와 수치와 공포의 흥분되고 과열된 아우성에 누가 '음소거' 버튼을 눌러준 것 같았다. 그저 단순히 존재하지 않아도 된다는, 그중 어느 것도 겪을 필요가 없다는 깨달음을 얻었을 때는 마치 물밑에 잠겨 있다가 숨을 마시러 떠오른 것 같았다.

물론, 그런 느낌 또한 착각이다.

한 인간이 할 수 있는 일은 그저 이랬다저랬다 왔다갔다, 자살하고 싶어졌다가 또 아니었다가, 발버둥치며 싸우다가 그냥 놔버렸다가 또다시 싸우는 것밖에 없다.

지금의 내가 깨달은 것은, 대부분의 자살 시도는 죽고자 하는 적극적 선택이 아니라 그저 단순히 고요를 갈구하려 뻗은 손, 우리 중 아주 많은 이들이 품고 다니는 혼란과 트라우마 ─ 우리 안의 꼬마 악마들 ─ 로부터 (보다 영구적으로) 벗어나려는 한 걸음이라는 것이다.

자살을 시도했다 살아남게 되면, 내가 그랬듯, 혹은 죽음이 내가 선택해야 할 올바른 일인 것만 같은 기분에 한번 빠졌다

나오기만 해도, 모든 게 달라진다. 그 기분은 언제까지고 나를 따라다니고, 결정적으로 일단 한번 그 문이 열린 이상 격동과 혼란이 다시 나를 압도하며 위협할 때마다 그것을 선택지 중 하나로 보지 않기란 정말 쉽지 않을 수 있다.

지금도 삶이 나를 겹겹이 짓누르기 시작할 때마다 — 트라 우마가 재현되고 또다시 상실과 스트레스와 장애를 겪는다 — 나도 모르게 어깨 너머로 그 문을 힐끔거린다는 것을 허심 탄회하게 인정한다. 그런 힐끔거림에 나는 굉장한 수치심을 느끼곤 했다. 스스로를 이기적이라고, 비이성적이라고, 터무 니없다고 비웃으며 책망했다.

만약 그런 기분을 느낀 적이 있다면, 스스로를 그 문 앞에서 구해내는 것은 전혀 수치스러운 일이 아님을 잘 알 것이다. 대 신 나는 그 음울한 위안을 옛친구 대하듯 보듬었다. 지금의 나 는 내가 그 문턱을 넘어가지 않아서 형언할 수 없을 만큼 기쁘 고, 그래서 현재 상황이 아무리 끔찍해 보이더라도 내일이든 모레든 내가 그 기쁨을 다시 경험할 가능성이 매우 높다는 사 실을 안다. 나는 내 안의 꼬마 악마와 악령과 문 들에게 까딱 고갯짓을 해 보이며 아는 척을 한다. 그들이 내 정신 상태가 어 디로 향하는지 경고해준 데 고마움을 표하고, 내가 다시 옛 버 릇에 빠져들지 않기 위해 필요한 조치를 취한다.

그것들과 함께 오래 살아온 후에야 나는 내가 뒤쪽을 흘끔

거리는 일을 결코 그만두지 못할 것임을 알게 되었고, 조금쯤
은 그에 대해 고맙게 생각한다.

다른 이들에게서 그 모습을 알아볼 수 있게 되었으니까.

1월의 어느 날 오후, 데스크에 앉아 있는 내게 한 젊은 여자
가 다가왔다. 처음에는 단순히 컴퓨터 좌석을 원하는 것 같았
다. 그다음엔 주거며 기타 시의회 지원에 대해 얘기하고 싶어
하는 듯했다.

여자의 말투는 로봇처럼 단조롭고 느리고 나직했다. 떨리
는 손가락을 마주 움켜쥐고 있었다.

나는 여자에게 컴퓨터 자리까지 같이 가서 설정을 도와줄
까 물었다. 그때 처음으로 여자가 내 눈을 똑바로 바라보았다.
하늘에서 떨어지는 사람과 눈이 마주친 느낌이었다. 여자는
멀리 떨어진 곳에서 빠르게 추락하고 있었는데 그러면서도
어떻게든 이 자리에 있었다.

여자가 고개를 끄덕였다.

컴퓨터 앞에 같이 제대로 앉기도 전에 여자가 말을 꺼냈다.
더이상 살고 싶지 않다고.

대체로 도서관 직원은 정신보건 응급처치 교육을 받지는
않는다. 일부 지방자치단체에서 도입하긴 했지만 교육 비용
이 워낙 높은 편이고 교육 내용 자체가 기업 등 단체 고객에 좀
더 맞게 구성되어 있다. 옆자리 동료를 잘 돌봐라, 탕비실에

멍하니 있는 사람을 눈여겨봐라 등등. 다 좋고 훌륭한데 일선에 있는 우리 같은 사람들한테는 딱히 도움이 되지 않는다.

이렇게 일반 시민을 상대하는 우리에게 공공기관의 도움은 거의 전무하다시피 하다. 각자 알아서 남는 시간에 공부하여 정신보건 관련 활동을 하거나 자선단체의 자원봉사자가 되는 수밖에 없다. 공식적으로 받을 수 있는 무료 교육은 극히 적은 실정이다.

도서관 이용자가 처음으로 자살하고 싶다며 털어놨을 때 나 역시 낙하산 없이 추락하는 기분이었음을 고백해야겠다.

그래도 나는 그 젊은 여성과 나란히 앉았다. 나는 신중히 말을 골랐다. 그리고 무엇보다 귀기울여 들었다. 내가 그와 같은 처지였을 때 무엇보다 절실했던 건 누군가 내 말을 듣고 나를 봐주고 살피고 있다는 사실을 아는 것이었다. 내가 그래도 사람이고, 그래도 진짜 살아 숨쉬는 인간이고, 존재할 가치가 있음을 간절히 알고 싶었다.

여자는, 우리 도서관의 많은 이용자들과 마찬가지로 열일곱이 되는 순간 부모에게서, 알코올의존증에다 폭력을 휘두르는 부모에게서 내던져져 그야말로 재정적 곤란의 한복판에 놓였다. 여자는 수백수천 곳에 구직원서를 냈다. 이력서를 프린트하고 직업안내센터에서 권하는 모든 강좌(요즘은 별로 많지도 않다)를 들었다. 노동연금부에서 주문한 모든 요구사항을 따르려 애썼지만 행정상 착오로 두어 번 일자리를 놓쳤다. 공문이 여자의 부모 집으로 보내진 것이다. 여자는 제재를 받았고, 먹을 것도 거의 떨어져 근근이 살고 있었다.

너무 익숙한 패턴이라 그 우여곡절 중 상당 부분을 거의 예측할 수 있을 정도였다. 일을 해서 생계를 꾸려가리라 마음먹고 씩씩하게 출발했건만, 이 년 동안 단 한 번의 면접 기회도 얻지 못한 채 손에 쥔 현금으로 어찌어찌해보려다 엉망이 되고, 착취하는 고용주와 사기꾼들에게 속고, 이제는 어찌할 바를 모르게 되었다. 누군들 안 그럴까?

내게 해답은 없었다. 지금도 모르겠다. 대신 나는 여자가 말을 마칠 때까지 기다렸고, 나도 똑같은 처지였으며 적어도 정신적으로는 그랬다고 숨김없이 얘기했다. 내가 지금 이 순간 살아 있는 이유는 오로지 절실한 순간에 운좋게 도움을 얻을 수 있어서였다고, 그런 희망을 품을 수 있게 된 이유는 오로지, 지금 당신이 한 것처럼, 도와달라고 손을 뻗었기 때문이라고 털어놓았다.

여자는 무심결에 그 첫발을 내딛고 있었다.

나는 내가 할 수 있는 일을 했다. 여자를 도와서 전화로 긴급 자금 대출을 신청하도록 하고, 지역 보건소에 등록해 응급예약을 잡도록 했다. 보건소에 요청하면 받을 수 있는 지원 종류에 대한 안내문을 인쇄해주었다. 사마리탄즈* 전화번호를 알려주고, 당신에게 진짜로 필요한 것은 긴급 보호지만 그 사이에 다른 지원이라도 얻을 수 있도록 도와주겠다고 했다.

가르치려 들거나 생색내지 않는 게 중요했다. 금방 상황이 나아질 거라고 약속하지도 않았다. 내게 도움이 됐을 만한 것들을 알려주는 것뿐이라고 얘기했다.

솔직히 내가 한 일들이 여자에게 도움이 됐는지는 알 수 없다. 다만 얘기를 끝마칠 때쯤 여자는 혼란이 조금 진정된 듯 보였다. 계획이 생긴 것 같았고, 그 계획에는 본인이 포함된 미래가 담겨 있었다.

위기 상황에서 마지막 기항지가 된다는 것의 문제가 바로 이거다. 우리 도서관 직원들이 안전망일 수도 있고, 적어도 최악의 상황에 있는 이들에게 마지막 성모송일 수도 있는데, 일단 우리가 할 수 있는 일을 하고 나면 과연 제대로 한 건지 나중에 확인해볼 방도가 전혀 없다. 경과나 예후를 알아보기 위해 의사나 심리학자는 다시 찾을지언정, 일단 궁지에서 벗어난 후에 누가 다시 도서관을 찾아올 생각을 하겠는가?

그 젊은 여자 이후로도 저마다 가장 암울한 시기에 내게 다가온 사람이 여럿 있었다. 나는 최선을 다해 관련 자료도 찾아보고 혼자 공부도 했지만, 그들을 돕는 일은 절대 쉬워지지 않

* 영국의 자살예방 민간구호단체.

는다.

자살경향성을 경험하고 나서 예상치 못한 또하나의 부산물은 죽음에 대한 묘한 친근감이다. 벼랑 아주 가까이 갔다 와보니, 죽음을 생각할 때 더이상 움츠러들지 않게 된다. 죽고 싶다는 얘기가 아니라(나는 결코 죽고 싶지 않으니까) 죽어가는 사람들이나 곧 죽을지도 모르는 사람들에게 일종의 친밀함을 느낀다는 얘기다.

많은 과학자가 트라우마는 대물림된다고 하는데, 만약 그게 사실이라면, 우리 집안— 한쪽은 제정러시아의 유대인 대학살과 2차세계대전의 집단학살에서 도망쳐나온 유대계 혈통이고, 다른 쪽은 종교박해와 기아에서 살아남은 아일랜드계 켈트족과 구교도 혈통이다—은 내가 감히 헤아릴 수 있는 것보다 더 깊고 진한, 몇 세대에 걸친 트라우마를 내게 물려준 셈이었다.

도서관에서 만난 어떤 사람이 말기암 환자라는 사실을 알았을 때, 나 자신의 반응이 내게는 의외였다. 아주 건강해 보이는— 본인을 제외한 바깥세상 사람들에게는— 나이 지긋한 남자가 서류 몇 장을 복사하기 위해 도서관에 잠깐 들렀을 때였다.

내가 복사기에 서류를 넣고 있자니 노인은 자신이 지금 주변을 정리하는 중이라고 설명했다. 그 서류들은 아내가 유산을 최대한 많이 받을 수 있도록 보장하는 데 필요한 법률 문서였다.

병원에서 시한부 삼 개월이라고 들었단다. 폐암 말기라고, 노인이 말했다. 노인은 이런 얘기를 그냥 지나가다 생각났다는 듯, 마치 날씨 얘기하듯 대수롭지 않게 흘렸다.

나는 웃음이 터졌다. 억눌러야 하는 기묘한 종류의 웃음이었다. 즐겁고 유쾌한 웃음이 아니라, 그 순간까지 내 안에 존재하는지도 몰랐던 어둡고 불안한 구석에서 배태된 무언가였다.

나는 그 소리를 간신히 기침으로 덮었다.

노인의 처지는 하나도 웃기지 않았다. 나는 재미있다는 느낌을 받지 않았다. 노인과 그가 사랑하는 이들에 대한 뼛속 깊은 안타까움과 애통함밖에 느끼지 않았다. 그럼에도…… 내 안에는 그 상황의 잔인한 부조리에 웃고 싶어하는 구석이 있었다.

남자는 자신이 죽어가고 있음을 깨닫는다. 남자는 도서관에 들어가 복사를 요청한다. 장당 15펜스를 내고 자신의 의료 기록과 법률 기록을 복사하고, 그 모든 서류는 그가 사망할 것임을 명시한다. 남자는 도서관 직원에게 그런 상황을 설명하며 어깨를 으쓱한다. 그게 삶이죠 C'est la vie.

아니 이 경우에는, 그게 죽음이다 C'est la mort.

이전의 나라면, 그런 상황에서 적잖이 난처해하거나 거북해하지 않았을까 싶다. 어쨌든, 남은 시간이 얼마 없는 사람에게 무슨 말을 하겠는가? 그런 얘기에는 어떻게 반응하는 거지?

하지만 스스로 벼랑 끝까지 몇 번 가봤던 시간들이 이제는 그 노인에 대한 일종의 동질감을 내 안에 불어넣었다. 자살 시도는 논외로 치더라도, 몇 번 죽을 고비를 넘기고 나니—닫혔어야 하는 승강기 통로가 열린 적도 있고, 갑자기 아나필락시스 쇼크가 온 적도 있다—내가 이 지구상에 너무 오래 머문 게 아닌가 하는 자각이 문득문득 든다.

나는 지금도 죽을 때가 되면 몇 달 전에 미리 경고를 받는 편이 나을까 아니 그건 또 아닌가 고민한다.

복사를 마치자 노인은 내게 모자챙을 살짝 기울여 보이며 거스름돈은 가지라고 말했다.

"어차피 나한테는 필요 없을 테니."

난데없이 그 웃음이 또 불쑥 터져나오겠다고 을러댔다.

남자가 복사요금을 지불한다. 거스름돈은 받지 않고 그냥 나간다. 그걸 무덤까지 가져가지는 못하니.

나는 습관적으로 그에게 손을 흔들며 인사했다. "다음에 또 뵈어요."

"아마 못 보지 싶은데." 노인이 대답했다.

노인이 시야에서 사라지자마자 나는 눈물이 핑 돌 때까지 웃었다. 곧이어 눈물이 마를 때까지 울었다.

이제는 죽음과 필멸을 마주할 때마다 그런 괴상한 반응이 순간적으로 튀어나온다. 그리고 나는 그 반응을 억누르는 데 점점 능숙해졌다. 그냥 나의 특이한 정신이상을 증명하는 또 하나의 사항이겠거니 한다.

가끔은 그 시한부 노인이 삼 개월을 다 누리고 가셨을까 궁금하다. 평안한 날들이었기를 기원한다.

＊

이용자 수가 계속 올라가면서 헤더가 보내는 이메일의 빈도와 피비의 부루퉁한 태도 또한 날로 늘어갔다.

헤더와 피비 모두, 한 번 이상, 에밀리와 내가 기획한 가욋일에 동참할 것을 단박에 거절했다. 그쪽이 우리도 오히려 편했지만, 그 얘긴 곧 우리가 같은 근무조에 배정되는 드문 일정에 맞추어 일을 도모해야 하는 한계가 있다는 뜻이었다. 우리는 정규직 시간표를 피해 배치되는 편이었기 때문에 시간이 흐를수록 그 한계가 우리의 사전 기획력에 장애가 되었다.

린다가 로스크리에 오는 일도 점점 잦아졌다. 휴게시간이 끝나고 돌아오면 사무실에서 고성이 들리는 일도 심심치 않았다. 피비는 새로운 관리 스타일을 잘 받아들이지 못했고, 일반 시민들을 포함해 모든 이들에게 그 사실을 알려야 직성이 풀렸다.

나는 이왕 헤더와 피비가 린다를 향한 공동의 적대감을 형성한 김에 둘 사이의 긴장이 완화되길 바랐지만 오히려 악화일로를 걷는 것 같았다. 린다가 직원 관리에 좀더 직접적으로 관여하면서 박탈감을 느낀 헤더는 막연한 규정을 훨씬 엄격히 적용하려 들었다. 걸핏하면 시의회 업무지침 가이드의 세부항목 아래 부가사항을 언급하며 자신을 합리화했지만 그 의도는 명백했다. 자신이 여전히 책임자라는 사실을 우리에게 주지시키려는 것이었다.

로스크리도서관 내 상황도 틀어졌다. 북 큐레이션 전시대가 '미스터리하게' 파손되거나 통째로 사라지곤 했다. 게시물들이 뜯기고, 허용 가능한 행위를 **몽땅 굵은 고딕체로** 적은 경고문으로 대체되는 일이 자주 생겼다. 그런 경고문들은 항상 공인 시의회 로고가 새겨진 전용지에 인쇄되었다.

서명을 받은 광부복지회관 탄원서가 모이라가 챙기러 오기 전에 미스터리하게 '사라졌다'.

피비가 담배를 피우느라 자리를 비웠을 때 공교롭게도 린다가 도착했고, 이후 헤더가 피비에게 자리를 비운 시간만큼 초과근무를 하라고 요구했을 때 도서관의 내분은 절정에 달했다. 요구는 논쟁이 되었고, 전장은 사무실 안으로 이동됐다.

오 분 후 피비가 사무실을 박차고 나오더니 이어서 건물도 박차고 나가버렸다.

우리는 피비가 장기 병가에 들어갔다는 통보를 받았다.

일주일 후, 헤더가 피비의 전례를 따랐다.

린다는 에밀리와 나를 최대한 같은 근무조에 배정해주었다. 우리는 더이상 몇 주에 한 번 같이 일하는 이상한 근무표에 얽매이지 않게 되었다.

린다가 폭넓게 엄호해주는 동안 우리는 도서관 운영에 관한 한 무제한의 자유를 누리게 되었다. 린다는 손닿는 한 우리를 직접 관리했고, 우리는 매주 린다에게 대면으로 혹은 전화를 통해 보고하기로 했으며, 그 외에는 일절 간섭받지 않았다. 린다는 도서관을 전적으로 우리에게 맡겼고, 우리가 책임지고 도서관을 운영하기로 한 데 대해 감사를 표했다.

*

도서관을 운영하는 것은 많은 책벌레들의 꿈이며, 내가 만약 희망찬 꿈에 부풀어 들뜨지 않았다고 한다면 거짓말이 될 것이다. 에밀리와 나는 근무시간뿐 아니라 비번일 때도 거의 일할 때 못잖게 시간을 써가며 도서관 운영에 대해 논의했다.

우리끼리 맡게 되자 이제는 공식 휴무일 빼고는 매일 모임과 교실과 행사를 계획했다. 전 세계 도서관에서 영감을 얻어, 온타리오의 한 도서관에서 기획한 푸드뱅크라든가, 잉글랜드의 어느 도서관에서 열린 '책과 함께하는 블라인드 데이트'라든가, 간단한 공예 교실이라든가, 로스크리도서관에 도입할 수 있는 각종 북 큐레이션과 프로그램에 관한 기사 링크를 서로 주고받았다.

고된 일이었고, 특히나 이젠 우리 앞에 끝이 안 보이는 듯한 서류 산사태까지 밀려와 있었다. 우리는 관리운영규정 문서를 업데이트하고, 배송물을 정리하고, 장서와 물품 재고를 조사하고, 도서관에 들어오는 모든 현금을 절차에 맞게 처리했다.

그러다보니 팀장 고유 업무 중 많은 부분이 잘못 이행되거나 전혀 이행되지 않고 있었음이 드러났다. 헤더의 메일함을 열어보지는 못했지만, 분명 기한 내 처리되지 못한 서류 작업에 대한 상부의 채근으로 터져나가고 있을 게 틀림없었다. 내내 결재되지 못한 청구서, 한 번도 작성된 적 없는 문구용품 주문서, 한 번도 제출된 적 없는 보고서와 한 번도 열어보지 않은 통계자료.

내가 헤더에게 가졌던 일말의 존경심도 점점 졸아들어 어렴풋한 동정심만 겨우 남았다. 도서관의 안쪽 밑단을 재조직하고 전체적으로 파헤치면서 헤더가 실제로 얼마나 역량 미달이었는지 깨닫기 시작했다. 이렇게 많은 업무에서 이렇게 한참 뒤처져 있었으니 헤더가 항상 숨가쁘고 정신없어 보인 것도 놀랄 일이 아니었다.

그렇다고 우리가 헤더의 역할을 전부 대신해냈다는 얘기는 아니다. 사실 우린 관련 교육을 받은 적도 없고 도서관 운영에 필요한 업무 전반을 수행할 권한도 없었다. 우리는 우리가 할 수 있는 선까지 업무를 처리하고 나머지는 모두 린다에게 넘겼다. 린다는 자신이 커버하겠다고 약속했다.

시간이 흐를수록 당혹스러운 감각은 커져만 갔다. 나 때문이 아니라 도서관 때문이었다. 로스크리도서관이 정규직 공무원들에게 발목을 잡힌 상태였음이 명확해지고, 도서관 이용자들과 지역사회가 그동안 얼마나 경시되고 홀대받았는지 똑똑히 알게 되자 분노가 치밀었다. 헤더와 피비는 업무 면에서든 혁신 면에서든 통과되는 게 거의 없는 병목이었다. 그 둘 모두가 비켜나면서, 나는 지금까지 몇 년 동안 켜켜이 쌓인 오류를 수정하고, 간과한 채 묵힌 피해를 만회하는 데 좀더 많은 시간을 쏟았다.

지역 주민들이 데스크에 다가오면, 특히 직원 구성이 바뀐 것 같다고 한마디하면, 나는 그들에게 다짜고짜 사과하고픈 충동이 솟았다. (내 눈에는) 명백히 쓰레기 같은 관행투성이인데다 대민 서비스는 진짜 형편없는 이런 도서관을 사람들이 포기하지 않았다는 것은, 공동체의 회복탄력성과 때로는 관대한 본성에 대해 아주 많은 것을 말해주었다.

그럼에도 정년이 보장된 직원들이 전적으로 무능한 탓에 (말이야 바른 말이지, 순전한 무능—지금은 확신한다—을 동정하고 변명하려는 노력은 포기한 지 오래다) 로스크리가 지난 몇 년간 놓친 이용자들이 얼마나 많을까 궁금하지 않을 수 없었다.

도서관의 이용자 수가 급증했다.

바로 그때 새로운 난제가 출현했다.

예산 뒷받침이 바닥이라 함은, 우리에게 더 많은 예산과—결정적으로—더 많은 직원을 허락해줄 숫자를 찍으려면 가야 할 길이 아주 멀다는 뜻이었다.

데스크 앞 대기줄이 길어지기 시작했다. 컴퓨터 좌석은 늘 붐볐다. 그래서 우리는 한 시간이라는 이용시간 제한을 둘 수밖에 없었다.

프린터와 가구와 기타 설비는 좀더 정기적인 정비와 보수가 필요했지만, 전과 똑같이 쥐꼬리만한 예산에 의존하는 형편이었기 때문에 종종 위험할 정도로 망가지기 전까지는 덜커덩거리는 상태로 계속 쓸 수밖에 없었다.

그리고 무엇보다, 에밀리와 나는 우리 도서관에 허용되는 최대 노동시간을 꽉꽉 채워서 일하고 있었다. 추가 근무시간이 이렇게 길어지면 우리에게 정규직 전환 자격이 생기고, 우리의 계약에 다방면으로 영향을 미치게 된다. (즉 늘어난 노동권, 고용보장과 명절 보너스, 아이고야! 그건 당연히 우리의 예산을 잡아먹을 테고 전체적으로 더 궁색해지고 말걸.) 그래서 다른 도서관에서 대체 인력을 보내줄 때마다 우리 둘 중 한 명만 자리를 지키도록 린다가 묘기에 가깝게 근무표를 짜면서 근무 패턴이 아주 요상해져버렸다.

더 많은 지원을 보내주겠다는 보장을 받기는 했지만, 터놓고 말하자면, 나는 밀려드는 일을 즐겁게 만끽했다. 혼자 생각에 빠질 시간이 없었고, 여러 증상과 꼬마 악마들과 한밤중의 공포로 시름할 여유가 없었다. 왜냐하면 사람들이 나를 필요로 했으니까.

나는 오랫동안 누군가가 나를 필요로 한다는 느낌을 받지 못했다.

아쉬움이 있다면, 수요가 폭증하는 바람에 우리의 좀더 취약한 이용자들에게 더이상 일대일로 주의를 기울일 수 없는 지경에 이르렀다는 것이었다.

푸드뱅크 이용에 대해 조언을 구하러 오는 사람들을 위로할 시간이 없었다. 하루에 두세 명쯤 그런 사람들이 있었다. 데스크로 쭈뼛쭈뼛 다가와 거의 들리지 않는 목소리로 용건을 말하는 그들의 소심한 모습에 나도 모르게 짜증을 내고 있었다. 그들 뒤로 줄이 늘어나면서 불편한 기색이 역력한 그들에게 딱딱해지는 내 태도가 스스로도 느껴졌다.

나는 피비처럼 되고 싶지 않았다.

어느 화요일 저녁, 데스크로 밀려들던 흐름이 똑똑 떨어지는 물방울 정도로 느려졌을 즈음(보통 도서관에서 가장 조용한 시간대가 화요일 저녁이다), 나는 에밀리에게 비공식 '긴급 회동'을 요청했다.

"나 오늘 푸드뱅크 이용자한테 딱딱 쏘아붙였어." 나는 고백했다.

"우리가 대신 꾸러미를 들어줬던 그 사람?"

나는 고개를 끄덕였다. "차까지 짐을 들어줬는데 상자를 낚아채는 거야. 그 바람에 등허리가 삐끗했어…… 그래도. 사실 그 사람 잘못은 아니지."

에밀리가 한숨을 내쉬고 마른세수를 했다. 그리고 여전히 북적이는 디지털자료실을 흘깃 건너다보았다.

"스트레스 때문이야." 에밀리가 말했다. "난 어떤 애한테 소리를 질렀다니까. 절대 소리 높이지 않던 내가."

하품을 참으며 나는 고개를 끄덕여 맞장구쳤다.

"화장실 전구가 또 나갔어." 내가 말했다. "세 개째야."

시의회에서는 '긴급 상황'일 때만 수리를 받게 되어 있다고 딱 잘라 말했다. 좀더 구체적으로 말해달라고 했더니, 한 구역에 셋 혹은 그 이상의 전구가 나간 경우 긴급에 해당한다는 유용한 정보를 알려주었다.

나는 내 힘으로 직접 물건을 고치는 버릇을 들였다. 린다가 공구상자를 구매했다. 나는 책상 몇 개를 재조립했고 표지판을 접착제로 붙였다. 의자 몇 개를 천갈이할 때는 수전이 거들어주기도 했다.

어느 특별히 기념할 만한 오후에는 어린이 독서 테이블의 다리 네 개를 나사로 박았고, 어찌된 일인지 책장 뒤판에서 떨어진 두툼한 목재를 목공용 본드로 붙였다. (꼭 커다란 동물이 한입 물어뜯은 듯한 모양새였다. 지금까지도 그게 어떻게 떨어진 건지 모르겠다.)

시간이 부족했고, 일손이 부족했고, 여유 자원이 없음은 말할 나위도 없었다.

치토가 도착하며 우리는 각자의 상념에서 빠져나왔고, 치토는 떨리는 손으로 데스크에 회원증을 탁 내려놓았다.

"무슨 일 있어요?" 내가 물었다.

치토의 중얼거림은 그 어느 때보다 소란스럽고 두서가 없었다. 치토는 나와 눈을 마주치지 못했고, 흥분한 듯 팔다리를 불안하게 파닥거렸다. 내가 그를 잘 몰랐다면 모종의 발작을 일으킨 게 아닌가 생각했을 것이다.

"시간 좀 더 얻을 수 있을까요? 한 시간?" 치토가 생방송의 홍수 와중에 더듬거리며 간신히 말했다.

"그럼요." 나는 대답하고 그의 카드를 스캔했다.

그는 계속 어깨 너머로 입구 쪽을 흘끔거렸다. 거리는 휑했다.

"오늘 밖이 꽤 춥네요." 나는 능력껏 가장 따스한 미소를 지어 보였다.

"네. 네. 고맙습니다, 선생님."

내가 치토를 도와주는 동안 에밀리는 도서관의 유선전화를 받았는데, 치토가 비칠비칠 멀어지자마자 내 어깨를 톡톡 두드렸다.

"린다인데. 목소리가 심각해."

7장

나의 전투

2월 일일 이용자(평균): 86

2월 일일 문의(평균): 38

2월 일일 인쇄 페이지(평균): 90

2월 폭력 사건: 1

어린이 프로그램 참석률: 77%

2월 일일 복사 페이지(평균): 56

2월 시계 건전지 무상 지원(총계): 40

2월 반려견 배변봉투 무상 지원(박스, 총계): 5

2월 훼손/분실 도서(총계): 17

2월 생리용품 무상 지원(박스, 총계): 28

체크리스트 미작성일: 2(원인 미상)

2월 도서 신청 완료: 107

2월 음식물쓰레기 봉투 무상 지원(박스, 총계): 3

"죄송하지만 다시 말씀해주실래요?"

"한참 윗선에서 내려온 지시야, 앨리. 나로서는 손을 쓸 수가 없어. 직원 두 명이 고충처리위원회에 신고를 넣었고, 그래서 고용계약서가 재검토에 들어갔어. 엄밀히 말해서 당신은 여전히 콜뮤어에 고용된 상태거든. 아이리스가 아예 변경하지 않은데다, 리사가 불만을 제기해서—"

"잠시만요. 리사, 콜뮤어의 그 어린이 보조사서요? 그 사람이 왜요?"

린다가 서류를 뒤적이는 소리가 들렸다. "음, 그 사람이 제기한 고충사항이 한두 가지가 아닌 것 같네. 전부 다 내 윗선으로 올렸고. 뭐더라…… 경찰 조사에 시달렸다고. 아, 그 폭력 사건과 관련된 일일 거야—"

린다의 어조가 워낙 사무적이어서, 손을 가볍게 내저으며 폭력이라는 용어를 말하는 모습이 눈앞에 그려질 정도였다. 린다가 아이리스의 업무를 인계받은 지 얼마 되지 않았을 때 내게 현재 수사중인 사건에 대해 물은 적이 있었다. 나는 리사가 경찰에 상반되는 진술을 해서 더이상 수사가 진척되지 않는다고 얘기했고, 그걸로 끝이었다.

하지만 이제 와서. 지금 리사가 그 밖에 또 무슨 말을 했는지, 왜 그랬는지 궁금해졌다. 대체 나한테 무슨 원수를 진 걸까? 왜 아직까지 나한테 불만을 품고 있을까?

"네에." 나는 느릿느릿 대답했다.

"컴퓨터 사건에 대해서도 불만을 신고했는데."

"뭐에 대해서라고요?"

"파일에 관해서. 몰랐어? 컴퓨터 최신 업그레이드 이후 당신이 리사의 파일을 깡그리 지웠다는데. 보복 차원에서."

춥고 어두운 거리를 물끄러미 응시하는데 시야가 흐릿해졌다. 린다는 리사가 나에 대해 제기한 불만사항을 쭉 읽어내렸다—말도 안 되는, 논리가 안 맞는 얘기였고, 그중 일부는 애초에 물리적으로 불가능한 일이었다.

"왜 나는 여태 그런 얘기를 하나도 못 들은 거죠?" 마침내 내가 물었다.

침묵.

"염병할 대체 무슨 상황이냐고요."

에밀리가 고개를 홱 돌려 나를 쳐다봤고, 나는 주위를 둘러보았다. 근처에 듣는 사람은 없었다. 나는 입 모양으로 에밀리에게 사과했다, 여전히 피가 끓고 있었지만.

"나도 정보가 다 있는 건 아니야." 린다가 결국 실토했다.
"이 건에 대해선 나도 당신과 마찬가지로 깜깜이야. 리사는 문
제를 훨씬 더 위로 올렸어."

"내가 자기 하드를 언제 감쪽같이 다 지웠대요? 내가 자기
차에 뭔 짓을 했다는 때는 또 언제고요?"

린다가 몇몇 날짜를 쭉 댔다.

"좋아요." 가슴속에서 분노가 서서히 형체를 입었다. "로스
크리의 제 근무표를 이메일로 보내드리죠. 거의 모든 해당 날
짜의 근무표에 제 이름이 있는 게 보일 거예요. 노조 담당자의
입회 없이는 더이상 그 문제에 대해 논의하지 않겠습니다."

이건 내 목소리가 아니었다. 다른 사람의 목소리였다. 이런
식으로 말하는 목소리는 발병하기 한참 전에, 항우울제와 안
정제와 병원과 심리상담사가 내 인생에 끼어들기 한참 전에
나 들어봤다.

예전의 나, 아카이빙 책임자이자 현역 디자이너로 일하던
시절의 나였고, 그 예전의 내가 분노로 활활 타오르고 있었다.

"알았어……" 린다가 말문을 열었다.

"그렇다면 이것도 알아두세요. 저는 지금 일하는 중이고,
대단히 바쁘며, 지금 제가 있는 곳은 공공장소입니다. 나중에
틈이 나면 제가 다시 전화드리죠. 만일 여의치 않으면 내일 애

기하겠습니다. 이만 끊습니다."

수화기가 철커덕 제자리에 들어갔다.

에밀리가 주저주저하며 물었다.

"괜찮아……?"

"다시 해야겠어," 입을 열자 고함에 가까운 소리가 나왔다. 나는 목청을 가다듬고 다시 말을 꺼냈다. "린다에게 다시 전화해야겠어. 관리사무실에서. 지금 당장."

에밀리가 고개를 끄덕였고 내게 사무실 열쇠를 건넸다.

나는 헐크 스타일로 소화기를 들고 방 건너편을 향해 소화 용액을 발사하는, 거의 만화 같은 이미지를 떠올렸다. 그러나 실제로는 골방에 들어가서 팔꿈치 안쪽에 대고 내 어휘력이 허락하는 한 온갖 비속어를 고래고래 질러댔고, 그 모든 상황의 어이없음에 결국 웃어버리고 말았다.

그럭저럭 후련해져서, 차가운 초연함의 물결이 나를 덮쳐올 때 딱 맞춰 수화기를 집어들었다.

＊

모든 인간은 살면서 한 번쯤은 일종의 해리를 겪는다. 문제는 그 경험이 여러 번 반복되거나 점점 더 긴 시간 지속될 때, 혹은 부적절한 상황에 일어나서 일상을 방해할 때 생긴다.

나는 해리에 생소한 편이 아니었고, 지금도 여전히 아니다. 그것이 내가 가진 정신장애의 특징이다. 또한 생존기술이기도 하다.

외상후스트레스장애PTSD의 전형적인 설명은 전투중 부상당한 병사가 제대를 했는데도 머릿속에서 전투가 맹렬히 계속되고 있다는 것인데, 외상후스트레스장애를 겪는 퇴역 군인과 전직 군인이 많긴 하지만 그 묘사는 이 간교한 짐승의 가장 흔한 버전과는 거리가 멀다.

쉽게 말해서, 인간은 현실이 너무 버거워지면 현실에서 분리된다. 문제는 그게 스위치를 딸칵 켜고 끄는 것처럼 간단하지 않다는 것이다. 트라우마를 겪는 와중에도 기억은 여전히 기록된다. 다만 아무렇게나 되는대로 저장될 뿐이다. 냄새는 여기, 소리는 저기, 전부 제멋대로 흩어진다.

그러다가 나중에, 트라우마의 생존자가 전혀 예상치 못할 때, 트라우마 기억의 단편 중 하나가 되살아나고—가령 퀴퀴한 담배 연기 냄새라든가 예기치 못한 자동차 경적 소리라든가 특정 벽지의 특정 파란색이라든가—느닷없이 그 트라우마의 또다른 단편이 전면으로 튀어나온다. 보통은 감정이다.

그때 트라우마의 즉각적 충격을 회피하려고 한번 몸이 해리를 이용하기 시작하면, 해리는 습관이 된다.

스트레스가 심해진다? 해리. 화가 난다? 해리. 갑작스러운 소음? 해리.

기억은 부서지고 곧장 서바이벌 모드로 진입한다. 시간의 흐름을 잃어버린다.

그날 내가 전화로 린다에게 뭐라고 했는지는 잘 기억나지 않는다. 사무실의 냄새와 모니터 가장자리에 붙어 있던 끝이 말린 포스트잇의 빛바랜 분홍색은 정확히 기억한다. 주황색 가로등이 책상 위로 길게 빛자락을 내리던 모양과 공기 중의 먼지 티끌이 그 빛자락을 통과하며 나타났다 사라졌다 하던 장면을 기억한다.

내가 보낸 이메일은 아직 갖고 있는데, 순전히 그게 지금까지 나의 '보낸 편지함'에 남아 있기 때문이다. 그때 근무표를 비롯해 리사가 제기한 혐의와 관련해 나의 결백을 증명하는 데 필요한 다른 모든 증거를 첨부했던 것을 기억한다.

린다에게 이메일을 보냈다고 냉담하게 고지했던 것과, 조사가 있을 거라는 린다의 대답을 기억한다.

내가 전화를 끊으려 했을 때 린다가 나를 제지했던 것도 기억한다.

"저기, 미안한데 그게 다가 아니야. 전에도 말했다시피 고충을 신고한 사람이 리사 하나가 아니거든. 당신은 아직 콜뮤어에 계약된 상태라고 얘기했던 거 기억나?"

"그런데요?" 나는 로봇처럼 말했다. 나 자신 — 나의 자아

—이 과잉보상의 영역으로 미끄러져들어갔다가 다시 반대편으로 슬쩍 나가는 게 느껴졌다.

"당신이 원 소속으로 복귀해야 한다는 통지를 받았어."

"왜죠?"

"왜냐하면 상황이 변했으니까."

바로 그거였다. 상황이 변했다.

저녁때 버스정류장까지 누가 따라오고 있다는 느낌, 후드를 둘러쓴 사람들 중 누가 우연히 나와 같은 길을 가는 사람이고 누가 스테퍼니의 '친구들'일까 고민하던 느낌이 떠올랐다. 티셔츠에 피가 묻어 있던 파리한 얼굴의 청년이 떠올랐다. 경찰에 연이어 전화를 하고 또 전화를 받던 일도.

"복귀하지 않겠습니다." 나는 대답했다.

"이렇게 말하게 되어 유감스럽지만 그러면 계약이 종료될 텐데."

"그렇겠죠."

헤더의 경고가 또다시 내 상념의 최전방으로 흘러들었다. 프리스틀리 의원님에 대해서는 신중히 처신해요.

이게 그의 보복일까? 아니겠지. 그 남자가 예산과 관련해 영향력을 행사할 수 있을지는 몰라도 이렇게 에둘러 손에 피한 방울 안 묻히고 나를 자를 정도는 아닐 것이다, 안 그런가?

안 그럴까?

그후 근무시간을 어떻게 보냈는지 기억나지 않는다. 내가 에밀리에게 거의 도움이 되지 않았을 거라고 짐작할 뿐이다. 아마 굉장히 경우 없고 무례했을 것이다.

내 보기에 에밀리는 대체로 품격 있게 대응했다. 그 전화통화가 이후 어떤 상황을 야기했는지 에밀리에게 얘기하지는 않았지만, 이튿날 내가 도서관에 나오지 않았을 때 대충 상황을 파악했을 거라고 생각한다.

그리하여 나의 도서관 커리어는 두번째 파국을 맞았다.

*

꼬마 악마들이 돌아왔고, 전보다 훨씬 시끄럽게 떠들어댔다.

옛친구처럼 익숙한 구직 사이트를 위아래로 스크롤하는데 머릿속에서 웃음소리가 울려퍼졌다. 다시 여기로, 출발점으로 되돌아왔다. 아무도 나를 필요로 하지 않는 곳으로.

달라질 수 있을 줄 알았니 미련하기는. 커리어를 기대하다니 미련하기는. 내 안에 이런 게 있다는 걸, 사람들에게 격심한 혐오감을 일으키는 이 비정상성을 까먹다니 미련하기는. 리사는 이것을 감지했다. 어쩌면 나를 공격한 그 십대 남자애들도 감지했을 것이다.

미련한 것, 미련한 것, 미련한 것.

시야가 부옇게 흐려졌다. 도서관 근무시간에 디지털자료실 앞을 수없이 지나며 지금의 나처럼 구직 루틴을 반복하는 불운한 사람들을 허다히 보아왔는데.

선택, 지원, 불합격.

내가 마지막으로 일한 바로 그 주까지 조금이나마 자신감이 붙은 듯했던 치토가 생각났다. 케이크와 차에 흐느껴 울던 그 앙상하게 마른 청년들이 생각났다.

아냐. 미련하지 않아.

바닥이란 것에 대해 말해보자면, 한번 그곳에 갔다 오면 다시는 거기까지 내려가지 않으려고 안간힘을 짜내 무슨 짓이든 하게 된다. 또한 추락을 인정하는 법을 알게 되고, 종종 인정하는 것 자체만으로도 가라앉지 않고 떠 있을 수 있게 된다. 헤엄치는 법을 배우고 나면 본능적으로 선헤엄을 친다.

나는 랩톱을 덮었다.

두 번 다시 넋 놓고 그 구덩이로 떨어지지 않을 것이다. 그 모든 것을 보아왔는데 절대 그럴 수 없지. 아득바득 살아가는 싱글맘들과 굶주림에 시달리는 청년들과 장애를 가진 구직자들이 아침마다 몸을 일으킬 수 있다면, 스스로를 채찍질하여 실업이라는 지옥을 뚫고 지날 수 있다면, 그렇다면 나도 할 수 있었다.

휴대폰이 부르르 떨었다.

린다의 번호였다.

의식적으로 마음먹기도 전에 손이 먼저 전화를 받았다.

"앨리?"

나는 목 쉰 거위 소리를 냈다가 목청을 가다듬고 다시 말했다. "말씀하세요."

"앨리, 일이 이렇게 되어 내가 무척 유감스럽게 생각한다는 걸 전하고 싶었어."

그거였어? 사과하려고? 나는 피곤한 눈을 비볐다.

린다는 나의 침묵을 계속 얘기하라는 신호로 받아들인 것 같았다.

"그리고 리사가 즉각 정직 처분을 받았다는 걸 알려주려고. 이건 우리끼리 하는 얘기지만, 일단 조사가 마무리되면 십중 팔구 해고될 거야."

"어……"

미련하지 않아. 비정상이 아니야. 부당한 처우였어. 골탕먹은 거야.

프리스틀리에 대한 나의 추측이 아주 그렇게 빗나간 것은 아니었음을, 누군가 나를 잡으려 하고 있다는 내 느낌이 완전히 피해망상은 아니었음을 깨달았다.

"계약상의 문제는 내가 당장 어떻게 할 수 없지만," 린다가 말을 이었다. "제로아워 계약*을 제안할 수는 있어. 단기지만 계속 연장해도 돼. 당신을 원직에 복귀시키려고 애썼는데, 정말 노력했는데……"

"그럼…… 프리랜서 같은 건가요?"

"응. 꼭 로스크리에서 일하라는 것도 아니야. 하여간 당신이 계약을 수락한다면 말이지, 개인적으로 수락해줬으면 정말 좋겠어. 다른 공공도서관에서 근무해달라는 요청이 갈 수도 있겠지만, 당신 하고 싶은 대로 해. 근무지 결정권은 전적으로 앨리 당신한테 있어. 주로 대체 업무를 하게 될 거야."

나는 에밀리와 맺은 조약이 생각났다.

"이 제안에 관심이 없다면, 그것도 백 퍼센트 이해해." 린다가 계속 말했다. "사실, 헤더가 돌아온다고 해도 로스크리에는 큰 변동이 있을 거야. 자리가 좀더 날 텐데, 피비를 대체할 인력도 이제서야 찾았어."

"피비가 나갔어요?"

"피비는…… 전근됐어. 애덤이 대신 들어갈 거야. 애덤은 정말 굉장해, 앨리. 마음에 들걸. 세심하게 신경쓰고 배려하는 사람이거든. 난 정말 당신들 셋이 로스크리를 확 바꿀 수 있을 거라는 느낌이 들어. 두 사람이 벌써 아주 많이 바꿔놓기도 했고……"

나는 랩톱을 바라보며 이미 누덕누덕한 이력서에 도서관에

---

* zero-hour contract. 고용인이 최소근무시간을 보장할 의무가 없는 시간제 근로계약의 일종.

서의 짧은 이력을 추가하는 내 모습을 그려보았다. 작가와의 만남이나 홍차가 있는 아침이나 자선행사를 두 번 다시 계획하지 못한다는 생각을 해보았다. 콜린스 부인과 결장 건강에 대해 두 번 다시 담소를 나누지 못하고 북버그에서 두 번 다시 함께 노래하지 못한다는 생각을 해보았다.

"단기 계약이야." 린다가 덧붙였다. "월 단위로 갱신되는. 그러니까 언제든 그만둬도 돼. 하기 싫은 근무는 마음대로 빼도 되고."

"알았어요." 내가 말했다. "계약서에 제 이름 넣어주세요."

전화기 너머에서 길게 안도의 한숨이 들렸다.

"고마워, 앨리. 진심으로. 우리 로스크리에는 당신이 필요해."

미련하지 않아. 나를 필요로 하고 있어.

"언제부터 출근할까요?" 내가 물었다.

"내일 아침부터. 사실, 예전 근무 그대로 들어가줄 수 있다면 정말 좋겠고. 혹시 거기 펜과 종이가 있다면, 지금 여기 처리해야 할 일 목록이 당신 팔 길이만큼 있거든."

거의 일주일 만에 처음으로 나는 웃음을 터뜨렸다.

"불러주세요, 그럼."

*

애덤은 베테랑 사서였다. 현재 오십대인 그는 전체 도서관 시스템에서 거치지 않은 자리가 없었다. 아카이빙, 도서 배송, 장서 관리, 데스크, 문헌정보 서비스…… 대체 인력이 필요한 자리가 있다면 어디든 그가 맡았다.

무엇보다, 애덤은 재미있고 영리하고 서비스에 진심이었다.

"드디어 왔군요!" 애덤과 같이 근무하게 된 첫날 내가 도서관에 도착했을 때 그가 소리쳤다. "린다한테 얘기 다 들었어요."

나는 한 시간 조금 안 되게 일찍 출근했기 때문에 건물에 아무도 없을 줄 알았다. 웬걸, 불이 다 켜져 있고 셔터도 올라갔고 책장도 말끔히 정리되어 있었다. 애덤은 날짜가 지난 신문과 잡지를 바꿔놨고 심지어 금전등록기까지 세팅을 마쳤다.

"애덤, 맞죠?" 나는 그와 악수하며 물었다. "일찍 나오셨네요."

"홍차를 미리 뱃속에 넣어둬야 해서, 안 그럼 난 아무짝에도 쓸모없는 폐인이거든요." 애덤이 쾌활하게 대꾸하면서 진짜 어마어마한 크기의 텀블러를 들어 보였다. "아니 근데, 웬 꼬마새가 귀띔해주길 여기서 모종의 조약이 체결되어 바쁘게 돌아가고 있다던데요. 도서관 구하기라던가. 그리고 그 일로 감사인사를 받아야 할 사람이 당신이라던데."

훨씬 작은 내 커피잔을 데스크에 내려놓으며 나는 얼굴이 빨개지는 것을 느꼈다.

"음," 나는 대답했다. "저뿐만은 아니죠."

애덤이 볼펜으로 모니터를 톡톡 두드렸다. 이용자 수가 기입된 스프레드시트가 화면에 띄워져 있었다.

"괜찮아 보이는데, 우린 훨씬 더 잘할 수 있을 것 같아요. 어때요?"

나는 어깨를 들썩여 코트를 벗으며 싱긋 웃었다. "제 말이 그거죠."

＊

"듣자하니 콜뮤어에서 여기로 전근했다고요." 그날의 첫 컴퓨터 이용자를 자리로 보내고 오전 일과인 서류 작성과 장서 순환비치 작업에 들어가면서 애덤이 말했다.

나는 움찔했다. "네. 거길 잘 아세요?"

애덤이 웃음을 터뜨렸다. "그럼요, 거기서 거의 징역살이를 했는데, 내가 뭘 또 그리 잘못했는지. 그 옛날 80년대에. 완전 쓰레기장이었죠."

나는 코웃음을 치고 모니터에 고개를 푹 박았다. 얘기가 들릴 만한 거리에 이용자는 없었지만 그럼에도 귀가 화끈거렸다.

"네, 뭐…… 가장 근사한 곳은 아니었죠." 나는 최선의 외교 술을 발휘해 어정쩡하게 말했다.

"거기서 있었던 일화를 몇 가지 들려줄까요." 애덤이 한쪽 눈을 찡긋하며 말했다. "나도 직접 몇 번 맞닥뜨린 적이 있어 서."

내가 들고 있던 바코드 스캐너에서 삐 소리가 났고, 나는 처리 완료한 책을 외부 반출용 이동함에 떨궜다.

"거긴 원래 1인 근무 체제였나요?" 내가 물었다.

애덤이 헛기침을 하며 목청을 가다듬었다. "처음엔 아니었어요. 크고 멋진 곳이었죠. 알다시피, 스포츠센터와 수영장이 들어오기 전까진. 하여간 그딴 건 헛짓거리였다니까. 그게 분명…… 어디 보자, 90년대 초반이었나? 그땐 체육시설이 대세였으니."

나는 책 무더기에서 또 한 권을 꺼내 자료이동양식에 서지정보를 휘갈겨적었다. 로맨스소설은 크기가 작아서 운반이 간편하고 한 번에 많게는 열여섯 권씩 빌려가서 금방 읽어치우기 때문에 정기적으로 순환비치됐다. 이런 식으로 우리는 매달 새 도서를 사지 않고도 비교적 신간을 비치해둘 수 있었다.

"거긴 두 개 층이 있잖아요? 위층에 문헌정보실이 있고 문헌정보 서비스 사서가 따로 있었지요. 나는 아래층 데스크를 보면서 문학과 어린이 서가를 맡았어요. 나하고 루스랑."

"루스 블랙? 그 자그마한 할머니?" 귀가 전혀 안 들리던 루스, 단골 '진성' 독자 리스트와 그들의 취향을 정리해줘서 그들이 좋아할 만한 책을 내가 미리 주문할 수 있도록 도와줬던 루스가 생각나서 나는 물었다.

애덤이 킥킥거렸다. "그땐 그렇게 늙지 않았는데, 하여간 맞아요, 그 왜소한 여자분. 귀여운 분이죠. 첫 강도가 들고 얼마 안 돼서 전근했어요."

나는 스캐너를 손에 든 채 멈칫하고 애덤을 돌아보았다. 그는 내 반응에 껄껄 웃어젖혔다.

"맞아요, 거긴 심심할 틈이 없는 곳이었죠, 콜뮤어도서관." 애덤이 킥킥거렸다. "나 때는 매클레인 형제가 말썽이었어요. 그 미친놈들. 형인 제이미가 평일 대낮에 도서관을 털기로 한 거예요! 그 멍청이가. 척척 걸어들어오더니 가엾은 루스한테 금전등록기에 있는 돈을 몽땅 내놓으라고 해서 고작 몇 파운드를 주머니에 넣고 유유히 나갔어요. 그때 나는 외부 배송을 나갔었고, 돌아와보니 그 안쓰러운 조그만 여자가 사시나무처럼 떨고 있더라고요."

"오 세상에," 나는 작게 말했다. "어떻게 됐어요? 루스는 별일 없었고요?"

애덤이 홍차를 홀짝였다. "루스요? 그럼요, 아주 씩씩한 여자인걸. 그냥 일주일 휴가 갔다 와서 단독 근무는 하지 않는 걸로 했죠."

"그 강도는 어떻게 됐나요…… 어…… 제이미?"

"감옥 갔어요." 애덤이 대답했다. "그 건하고 또 몇 가지 일을 저질러서. 매클레인 집안은 모르는 사람이 없었어요. 그 깡패들. 제이미는 범행을 시인하고 감옥에서 몇 달 살고 나와서 그걸로 끝이었죠. 웃기는 건, 루스가 휴가 갔을 때 제이미 동생 라이언도 똑같은 짓을 벌였다니까요!"

"설마!"

애덤이 킥킥거리며 작업을 끝낸 책을 이동함에 넣었다.

"그러게요," 애덤이 계속했다. "머리가 엄청 좋은 놈들은 아니라서, 매클레인 형제가. 출근하러 나와보니까 놈이 도서관 정문을 깎아내고 있더라고요—건물 안쪽 한가운데 있는 그 커다란 쌍여닫이 나무문 알죠? 그게 정문이었어요. 놈이 칼로 그걸 쪼고 있었죠. 도장 부분에 커다랗게 긁힌 자국을 몇 개 냈는데, 아무리 봐도 글자를 새기는 것 같진 않고. 그 멍청한 녀석은 제 이름 철자도 잘 모를걸요……"

나 자신이 콜뮤어에서 횡액을 당한 장본인이 아니었다면 애덤의 농담이 심하다고 생각했을지도 모른다. 솔직히 그날 그가 얘기한 게 사실인지 아닌지 나는 모른다. 80년대에는 정말 강도 사건이 의외로 꾸준히 있었다는 얘기를 나중에 다른 사람들에게서 들었다. 다른 도서관 팀장도 90년대에는 콜뮤어도서관 앞에 경찰차가 거의 상시대기하고 있었고 범죄가 비일비재했다는 얘기를 한번 슬쩍 흘린 적이 있었다. 폐관시간까지 경찰이 하루종일 사람들을 파출소로 실어날랐다고 했다.

"그래서 어떻게 했어요?" 내가 물었다.

"녀석한테 지금 뭐하는 중이냐고 물었죠. 문이 닫혀 있을 줄 몰랐나봐요. 금전등록기에 들어 있는 돈을 원한다길래, 그럼 일단 내가 저 빌어먹을 문의 자물쇠를 열 테니까 기다리라고 했죠."

"기다리던가요?" 내가 물었다.

"그럼요. 내가 문을 열고 개관 준비를 하는 동안 바보처럼 얌전히 서 있더라고요. 나도 느긋하게 내 할일을 했고. 한 바퀴 돌면서 불을 다 켜고 오니까 녀석도 훔쳐갈 돈이 없다는 사실을 이해한 것 같더라고요. 그때쯤엔 이미 넋 놓고 그냥 내 뒤를 졸졸 따라다니고 있었죠."

애덤이 강도가 되고 싶었던 시무룩한 꼬마를 뒤에 달고 천하태평으로 도서관을 이리저리 거니는 장면이 떠올라서 나는 웃고 말았다.

"경찰에 신고했어요?"

"아뇨. 그때 곧장은 안 했어요. 일단 녀석을 자리에 앉혀놓고 차를 한 잔 줬지요. 그쯤 되니 어리둥절해해요. 녀석의 형이 가엾은 루스한테 준 충격만 아니었다면 애가 좀 안쓰러웠을지도. 우리는 같이 앉아서 잡담을 했어요. 문짝은 왜 긁고 있었냐고 물었죠. 그때는 이미 돈에 관한 건 싹 다 까먹은 눈치였고.

그냥 어깨를 으쓱하더니 저도 잘 모르겠대요. 형 일로 화가 났다나. 요는, 녀석이 머리가 나빠서 여러 개의 점을 연결해서 추론할 줄 몰랐던 것 같아요. 녀석이 보기에 감옥 가는 건 자기 집에 평범하게 일어나는 일이에요. 엄마도, 아빠도, 때가 되면 다들 한 번씩 감옥에 갔다 오니까."

"제 형을 경찰에 신고했다고 보복하려 했던 건가요?"

애덤은 상자에 책을 또 한 권 넣으며 어깨를 으쓱했다. "뭐 그렇게까지 멀리 내다봤을 것 같진 않아요, 솔직히 말하면. 우리 가족은 어차피 다 죽거나 감옥에 갈 텐데, 그럼 그냥 하고 싶은 대로 하고 살래, 라는 심보? 도서관에서 일하는 우리 같은 사람들은 그들에게 그저 시스템의 일부분에 불과하죠. 그들은 우리와 같지 않아요. 우리처럼 반응하지 않거든요.

가령 그 녀석—라이언—이 콜뮤어의 그 낡고 지저분한 아파트 단지에서 누군가를 위협했다고 쳐요. 알다시피, 거긴 진짜 험한 곳이죠. 라이언이 누구한테 칼을 들이댔다 칩시다. 뭐, 그럼 상대방도 곧장 칼을 꺼내드는 거예요. 그 시절 그 동네에서는 그랬어요. 경찰이 올 때까지 기다리지도 않아요. 니가 날 쳤어, 그럼 나도 널 친다, 그런 식이죠."

니가 날 쳤어, 나도 널 친다. 그 말에, 얼굴이 붓고 코뼈가 부러져 온통 피투성이로 울먹이던 비키의 모습이 머릿속에 떠올랐다. 근처에서 서성이던 스테퍼니, 그 위협적인 존재감, 언제든 나를 후려칠 것 같던 분위기, 내가 자기를 피할 때마다 다음을 기약하는 듯한 모습이 기억났다.

콜뮤어에는 아직도 그 옛날 '눈에는 눈, 이에는 이' 방식으로 살아가는 이들이 있는 것 같았다. 내가 그토록 절박하게 그곳을 벗어나고 싶어했던 것도 무리는 아니었다.

"어떤 여자가 있었는데," 내가 말을 꺼냈다. "난 그 여자를 도와주려고 했어요. 엉망으로 두들겨맞은 모습으로 도서관에 들어왔길래 경찰을 불러주겠다고 했죠."

"근데 전혀 선의로 받아들여주지 않았죠?"

나는 고개를 끄덕였다. "네, 그 여자의 친구는 더욱 나쁘게 해석했고요. 여자를 때린 가해자가 그 친구였거든요."

애덤이 고개를 주억거렸다. "미친 거죠, 저도 알아요. 그냥 그렇게 짐승처럼 사는 사람들이 있어요."

나는 말문이 막혔고, 비키의 부러진 손가락이 내가 범죄피해자 지원센터 전화번호를 적어 건네준 쪽지를 꼭 감싸쥐던 장면을 떠올렸다.

"그건 잘 모르겠네요." 나는 하던 일에서 몸을 돌려 애덤을 바라보았다. "그냥 틀에 박힌 생활에 그대로 갇혀버린 것 아닐까요. 쳇바퀴 속에 갇힌 거죠. 지원과 도움을 받게 되면……"

애덤은 여전히 다정한 말투로 내 말허리를 잘랐다. "도움을 받을 줄 모르는 사람들도 있어요. 앨리, 당신은 좋은 사람이지만 고생을 해보면 그 사실을 깨칠걸요. 어떤 사람들은 더 좋은 환경을 누릴 기회가 아무리 많아도 그 기회를 제공하는 손을 물어뜯어요. 매클레인 형제도 과거에 여러 번 도움을 받았지만 결국 봐요. 두 녀석 다 교도소에 갔잖아. 지금 걔네들도 다 애 낳고 사는데, 그 자식들도 걸핏하면 경찰서를 들락날락해요. 어떤 사람들은 그냥 글러먹은 거예요."

나는 입을 꾹 다물었다. 내가 순진했던 걸까? 그럴지도. 하지만 나는 어느 가계 혈통 전체가 날 때부터 문제가 있다고는 믿고 싶지 않았다.

"어쩌면…… 하지만 어쩌면 그게 적절한 도움이 아니었을지도 모르잖아요. 아까 말씀처럼 그 사람들은 우리를 그저 시스템의 부속으로 보니까. 만약 그들이 공무원들하고 좀더 잘 알고 지내거나, 도서관이나 그 비슷한 곳에서 일하는 친구가 생기면 우리가 자기네와 맞서 싸우는 게 아니라는 걸 알게 될지도요. 그 사람들은 자기네를 도우려는 우리를 보고 무슨 함정이 아닐까 생각했을 수도 있어요."

애덤이 한숨을 내쉬며 인정했다. "그럴 수도 있죠."

"그 사람들에게 필요한 건 그 낡은 아파트나 빈민가나 하여간 비슷한 출신의 다른 사람들한테서 자신의 삶도 달라질 수 있다는 가능성을 보는 일일지도 몰라요. 모르긴 해도…… 도서관에서 늙고 자그마한 부인에게 칼을 치켜드는 사람들은 그렇다 쳐도 그들의 자식들은…… 뭐 어떻게라도."

하고 싶은 말은 차고 넘쳤지만 내 얘기가 어린애처럼 순진하게 들린다는 것을 뼈저리게 자각하고 있었다. 내 말솜씨가 원래도 썩 훌륭한 편은 아니었지만, 발병 이후로는 복잡한 생각을 말로 정리해 표현하는 것이 훨씬 힘들어졌다.

사실을 말하자면, 애덤이 어떤 사람들과 가족들을 싸잡아 '멍청하다'거나 '짐승'이라고 지칭할 때 바깥세상의 파시스트나 우생학자가 하던 주장과 너무 똑같은 종류의 강변으로 들려서 선득 반감이 일었다. 유전자나 혈통 때문에 열등하다는 사고방식은 그때나 지금이나 내게는 부당하게 느껴진다.

그 첫번째 토론 이후 오랫동안 애덤과 나는 여러 번에 걸쳐 그 주제에 관해 토론을 벌였다(아주 열띤 논쟁도 몇 번 있었다). 애덤은 나쁜 사람이 아니라 그저 폭력을 숱하게 보아와서 지친 사람이었다. 그리고 그가 서서히 알게 된 것은, 나 역시 살면서 무수한 폭력을 보아온 사람이라는 사실이었다.

나는 어렸을 때부터 영국의 정신보건 시스템을 들락날락거렸다. 내가 겪은 트라우마는 지금까지도 담당 임상심리학자하고만 상의할 수 있다. 나는 콜뮤어도서관에서 겪은 것과 유사한 수준의 결핍을 나름 오래 보아왔고, 콜뮤어에서 근무하던 당시에는 발병 후 약간 멍한 상태이긴 했어도 겉보기와 달리 온실 속 공주님은 아니었다.

도서관에서 일하면서 나는 여러모로 깨우침을 얻었고, 그중 하나는, 그렇다, 어떤 사람들은 도움을 받아들이지 못한다는 것이다. 내 도움을. 어쩌면 그 어떤 사람의 도움도. 그런 사람들은 보통 도움받기를 원치 않는다.

그래도 나는, 폭력의 경험 탓에 인간적 고통에 무감각해지느니 차라리 순진한 바보가 되겠다. 도움을 줄 수 있는데도 주지 않으니 유치해지겠다.

아마도 가장 실천하기 어려운 원칙이 여기서 등장한다. **절대 공감력을 잃지 말고, 분노를 그 자리에 놔두고 오는 법을 배울 것.**

이것은 확실히 내가 가장 많이 깼던 원칙이다.

나는 단지 오늘의 내 업무를 할 뿐인데 어떤 이가 굶느냐 굶지 않느냐, 취직하느냐 마느냐, 뭔가를 이해하느냐 그 정보를 모른 채 계속 허우적대느냐 하는 차이가 날 때, 그 업무의 중요성에 쉽게 무감해지고 만다. 물론 그렇게 아주 큰 차이를 만들어내는 날은 거의 없다. 대체로 나는 데스크 앞에 있는 얼굴일 뿐이거나 책장에 책을 꽂는 한 쌍의 손일 뿐이며, 그래서 나의 말과 행동이 다른 이의 존재에 중심축 역할을 하는 드문 순간을 까딱하다간 놓쳐버린다.

내 직업에 환상이 있는 것은 아니다. 내가 하는 일의 거의 대부분은 도서관 이용자들에게 별 의미가 없다. 그래도 몇몇 드문 날이면 나는 내가 치료사나 카운슬러 혹은 선생님의 역할을 하고 있음을 퍼뜩 깨닫게 된다. 그런 역할을 할 자격이 있는 척하려는 건 절대 아니지만, 그 소소하지만 중요한 순간들이 닥쳤을 때 나는 항상 지나치다 싶게 노력할 것이다. 설사 그 사람이 내게 손을 내미는 것이 딴사람 눈에는 영 부질없어 보이더라도 말이다.

굉장히 무서우면서도, 진짜 솔직히 터놓고 말한다면, 신날 때도 없지 않다. 동시에 분노를 못 이길 때도 있고, 또 완전 우울할 때도 있다.

그러므로 혹여나 도서관에서 일하게 된다면 명심하기를. 도서관 문 앞에 그 분노를 내려놓고 퇴근할 것, 그리고 차이를 만들어낼 수 있는 기회를 그냥 멍하니 흘려보내지 말 것.

✳

그날 저녁 애덤이 집까지 태워다주겠다고 제안했다. 남편은 그날 늦게까지 야근이었으므로 나는 그 제안을 받아들였다.

주차장에서 나올 때 한쪽 날개가 뒤틀린 까마귀가 잔디밭을 통통 뛰어 건너는 모습이 눈에 띄었다. 마치 내 시선을 감지하기라도 한 듯, 까마귀는 한 번 두 번 깡충깡충 뛰더니 이내 공중으로 날아올라 미끄러지듯 아스팔트를 건너갔다.

비행이라고 하기엔 애매했지만 추락도 아니었다.

"그럼 한동안 헤더하고 같이 일했겠네요, 그쵸?" 애덤이 물었다.

나는 차창에서 고개를 돌려 애덤을 바라보았다. 표정을 읽을 수는 없었지만 한쪽 입꼬리가 씰룩거렸다.

"네, 여기 로스크리와 콜뮤어에서 헤더와 일했어요." 내가 말했다.

"헤더는 여전히 사람들 눈을 피하는 것 같던데." 애덤이 전방을 주시한 채 말했다. 히죽히죽 웃고 있었다.

"사무실 안에 숨어서요? 거기서 나오는 걸 거의 못 보긴 하죠. 헤더랑 일한 적 있어요?" 내가 물었다.

"한 번인가 두 번." 애덤이 대답했다. "오래됐으니까, 다들 한 번씩은 같이 일해봤지요. 헤더는 늘 겁이 많아서 자기 그림자를 보고도 흠칫 놀라는 사람이었어요. 헤더가 콜뮤어에 팀장으로 부임했을 때 처음 만났는데. 그전에 헤더는 1인 근무 체제 도서관에서만 근무했을걸요. 솔직히 말해서 헤더가 로스크리를 맡고 있다길래 깜짝 놀랐어요."

"왜요?" 내가 물었다.

애덤이 나를 흘긋 보고는 다시 시선을 도로로 향했다.

"헤더는 사람들을 무서워하거든요." 애덤이 말했다. "눈치 못 챘어요? 로스크리가 더 붐비게 되면 헤더는 사무실에 들어가서 바리케이드를 치고 아예 안 나올걸."

나는 근무 첫날 보았던 헤더의 모습을 머릿속으로 그렸다. 허둥거리고, 너무 많은 짐을 들고, 숨을 헐떡거리던.

"참 안됐네요." 내가 말했다.

"뭐가요?"

"우리 도서관은 더 붐비게 될 테니까요." 내가 대답했다. "일단 우리가 이용자 수를 올려놓으면."

애덤이 웃음을 터뜨렸다.

＊

나는 우리집 소파에 털썩 쓰러졌다. 근무시간은 목이 부러질 것 같은 아찔한 속도로 정신없이 지나갔다. 애덤의 수다와 기록적인 수의 이용자에다가 애덤과 에밀리와 내가 휙휙 주고받는 이메일까지, 나는 하루종일 긴장한 채 바쁘게 일했다. 그래도 일이 너무 좋았다.

우리는 좀더 자주 홍차가 있는 아침을 열고, 뜨개질클럽, 크로셰클럽, 성인 그림 교실, 어린이 미술 교실, 레고클럽, 작가와의 만남, 가드닝과 채집부터 우리 동네 역사에 이르기까지 각종 주제에 관한 지역 전문가의 강의, 지역 요양원과 함께하는 프로그램, 그리고 진짜 신의 한 수인 자선 제빵대회 등을 기획했다.

무엇보다 신나는 일은, 애덤이 지역 내 여러 공공도서관에서 산전수전 다 겪은 사람이라 우리를 다양한 사람들과 엮어주고 린다조차 그런 게 있는 줄도 몰랐던 지원금까지 뚫어준 것이었다. 애덤은 내게 로컬 슈퍼마켓들의 자선 책임자 명단과 연락처를 몽땅 보내줬다. 다들 매달 지역 자선행사에 기부할 물품 예산을 책정해두고 있다고 애덤은 장담했다.

나는 집에 와서도 그날의 업무를 머리에서 털어내지 못했다. 그날 저녁 나는 무심코 휴대폰에서 업무 이메일을 쭉 훑어보고 있었다, 보통은 근무시간에 확인하거나 쉬는 날에 봤는데.

"아직도 손에서 일을 못 놓고 있는 거야?" 남편이 자기 휴대폰을 보면서 한마디했다.

"응, 근데 당신도 그러고 있잖아." 나는 발끈 대꾸했다.

남편이 어깨를 으쓱했다. "이러라고 월급 받는 거니까."

나는 눈을 한번 부라리고 다시 내 휴대폰을 보았다.

"오늘 또 정문이 고장났어." 내가 말했다.

"도서관 정문?"

"응. 회전문. 내가 안내판을 세워놨는데도 사람들이 자꾸 거기로 들어와."

"안내문을 녹음해서 틀어놨어야지."

나는 킥킥 웃었다. 한번 더 이메일을 들여다보고 나서 앱을 껐다. 그래도 도서관 생각을 안 하려야 안 할 수가 없었다. 우리가 기획한 각종 프로그램과 행사로 머리가 핑핑 바쁘게 돌아갔다. 고정 이용자들을 떠올리며 그들이 이번 제빵대회에 어떻게 반응할지 생각해보았다.

미소가 절로 나왔다. 이런 낙관적인 기분이 얼마 만인지 기억도 나지 않았다. 나는 그 기분을 유지하고 싶었고, 어떤 식으로든 기록하고 싶었다.

나는 트위터 앱을 열고 내 익명 계정에 로그인했다. 십 년 전부터 사용하던 계정이었다. 몇몇 친구들이 내 계정을 알기는 하지만 대개의 경우 배출을 위한 장소였고, 특히 정신건강 문제에 대해선 대나무숲 같은 곳이었다. 험난했던 시기에 간절히 갈구했던 지지와 격려를 그 조그만 파랑새 앱에서 발견하곤 했다.

나는 타이핑하기 시작했다.

내가 도서관에서 일하면서 사람들에 대해 알게 된 것들

시작은 일종의 넋두리였다. 꼬마 악마들의 소란스러운 첫

등장 이전의 삶에서 프로덕트 디자이너였던 나는 사람들을 관찰하는 버릇을 도무지 끊어버리지 못했다.

사람들이 어떤 제품을 디자이너가 의도하지 않은 방식으로 이용한다면, 그게 그 제품의 일반적인 사용법이 된다는 교수님 말씀이 생각났다. 도서관 일은 사회의 다양한 단면을 오랜 시간 관찰하는 활동과 비슷했다.

1. 20세 미만은 거의 디지털시계만 보고 자라서 아날로그시계를 읽지 못하는 사람들이 엄청나게 많다.
2. 대부분의 사람들은 'library'의 철자를 모른다. 그리고 우리 이메일 주소에는 그 단어가 들어 있다. 이것은 여러 문제를 야기한다.

나는 혼자 빙그레 웃었다.

3. 의외로, 도서관에서 책 대출이 어떤 식으로 이루어지는지 제대로 알지 못하는 젊은이들이 제법 많다. 그들은 책을 빌리려면 돈을 내야 한다고 생각한다! 애들한테 도서관 이용법 좀 가르치라고!

나는 올리비아가 떠올랐고, 좋은 의도를 지닌 부모 손에 이

끌려 마지못해 도서관에 왔지만 열에 다섯은 입이 댓 발 나와 있던 십대 아이들도 떠올랐다. 그애들에게 책을 빌리는 데 돈이 들지 않는다고 알려주면 반드시 불신의 순간이 있었다.

밀레니얼 세대는(나를 포함해) 뭐든 다 돈을 내는 게 당연하다고 생각하며 자라온 것 같다.

4. 많은 경우 범죄물과 스릴러물은 기본적으로 똑같다. 그래서 우리는 실제로 같은 책을 두 서가에 각각 비치하느라 두 배로 갖고 있다.
5. 이미 읽었다는 뜻으로 자기만 알아볼 수 있게 별표라든가 어떤 표시를 책에 몰래 남겨놓는 사람들이 있다. 제발 그러지 마세요! 여러분이 이미 빌린 책을 또 빌리면 시스템에서 알려드릴 겁니다! 그냥 문의하세요.

나중에 알았는데 미국 도서관은 개인정보보호를 위해 법적으로 대출 이력을 삭제하도록 되어 있다고 한다. 그 이유에 충분히 공감하면서도, 이전에 내가 뭘 빌렸는지에 대한 기록이 없다면 아주 난감해질 것이다.

몰래 남긴 표시는 큰활자책에서 가장 흔히 볼 수 있다. 나는 시간이 나면 연식이 좀 된 책들을 휘리릭 넘겨보며 특정 이용자가 '읽음' 표시로 그려놓은 온갖 종류의 도해를 찾아보는데,

그 재미가 꽤 쏠쏠하다.

먼 미래에 고문서학자들이 이 밑줄친 쪽 번호라든가 뒤표지에 적힌 이니셜 모음이라든가 심지어 노라 로버츠 소설의 열세번째 페이지에 아주 작게 남겨진 별점평가에 숨겨진 의미를 해독하고자 논문을 쓸 거라고 상상하면 즐겁다.

6. 자동문이 고장나도 사람들은 눈높이에 붙여놓은 안내문을 읽지 않고 일단 발부터 문안에 들이밀고 본다.

7. 도서관은 맹인과 농인에게 하늘이 내려준 선물이며, 오디오북을 차치하더라도 그렇다. 서류를 작성하거나 길을 묻는 등 도움이 필요할 때 도서관에 오면 된다.

우리 도서관 단골 이용자 중에 베니 부인이라는 작고 귀여운 맹인 할머니가 계신다. 베니 부인에게는 로지라는 이름의 안내견이 있다. 지금 이 순간까지도 애덤은 그 개가 베니 부인이 어느 오디오북을 대출했는지 다 알고 있다고 굳게 믿는다. 개인적으로 나는 베니 부인이 서가에서 시디 케이스를 집어들 때 로지가 무작위로 짖는다고 확신하는 편이지만, 애덤의 환상을 그 자리에서 깨뜨리고 싶지는 않다.

이따금 베니 부인은 지난 몇 주 동안 받은 우편물을 모아서 들고 오기도 한다. 도서관이 한산해지면 우리 중 한 명이 부인

옆에 앉아서 중요한 우편물과 쓸데없는 것들을 분류하는 작업을 거든다. 그러면 부인은 중요한 것들을 손녀에게 갖고 가고, 손녀가 고지서요금을 내는 일 등을 처리한다. 손녀는 도서관 직원들이 우편물 분류를 도와준다는 사실을 모르고, 우리 윗선의 관리자들도 모른다. 엄밀히 말해 우리가 해야 할 일은 아니지만 이것은 공공서비스의 빈틈 중 하나이고, 그 틈을 메워달라고 도서관 직원에게 도움을 청하는 사람들이 점점 늘어나는 추세이다.

도서관 유니폼을 입을 때마다 나는 베니 부인이나 그와 같은 처지의 수백 명이 떠오른다. 그들은 우리를 공무원으로 인식하며 우리가 최선을 다해 도와줄 거라고 완벽히 신뢰한다. 이런 식으로 표현하면 재수없게 들릴지 모르지만, 나는 그 책임을 가볍게 여기지 않으려 노력한다.

8. 어르신들 중에는 **어마무시한** 속도로 책을 해치우는 분들이 계신다. 그분들을 경외할지어다.

우리의 '진성' 독자들 중 일부는 하루에 책 두세 권쯤은 거뜬히 읽어버린다. 난 그들이 사진 같은 기억력을 갖고 있는 게 아닐까 짐작만 할 뿐이다. 그런 초인들을 처음 봤을 때 나는 그들이 책을 대강 훑어본 후 안 읽고 반납하는 줄 알았다. 그분이 책의 끝부분에 나오는 반전에 대해 논하고 어떤 것들은 텔레비전 시리즈의 전개와 다르다고 얘기하는 모습을 보기 전까지는 그랬다는 얘기다.

그런 분들에게는 오직 존경심만 들 뿐이다. 언젠가는 나도 그분들 독서 페이스의 3분의 1만이라도 따라갈 수 있다면 좋겠다.

9. 어떤 사람들은 컴퓨터를 몹시 두려워해서, 질문을 했을 때 우리가 책 대신 컴퓨터에서 찾아보라고 하면 화를 낸다.

옛날 옛적에 도서관은 질문에 대한 답을 주는 공간이었다. 그 목적에 특화된 문헌정보 데스크가 따로 있었고, 문헌정보 사서들은 다음과 같은 식으로 일했다.

도서관 이용자들이 질문이 있으면 전화를 하거나 데스크에 직접 오고, 개인 연락처도 함께 남긴다. 질문과 연락처는 카드에 기재되어 문의함에 놓인다. 이용자들은 문의사항이 어떻게 처리됐는지 나중에 와서 확인한다. 그동안, 문헌정보 사서는 듀이 십진분류법에 기초한 방대한 지식을 이용해 엄청난 양의 논픽션 참고문헌 아카이브를 헤쳐 문의사항에 대한 정답 혹은 그에 필적하는 답을 찾아낸다. 그다음에 질문자에게 연락하여 그 답을 제공한다.

아니면 관련 참고문헌의 정확한 위치를 알아내 그 책들을 이용자에게 넘겨주고 이용자 본인이 직접 찾아볼 수 있도록 보조한다. 사서의 전체 커리어가 질문에 대한 답을 가장 빠르고 가장 효율적으로 찾아내는 데 맞춰져 구축되던 시절이었다.

지금 현재 우리 도서관 보조사서들은 검색의 일인자를 보유하고 있으며, 그분의 이름은 구글이다. 이것은 종종 우리의 어르신 질문자들을 당혹스럽게 만들고 아주 가끔은 분노를 유발한다.

구글이 우리가 활용할 수 있는 유일한 자료 출처는 아니다. 좀더 세부적인 특정 문의사항의 경우에는 지역 역사 기록물과 교육용 데이터베이스, 가계 족보까지 들여다볼 수 있다…… 우리가 쓸 수 있는 모든 자료원을 일일이 다 나열할 수는 없는데, 그도 그럴 것이 나는 아직도 정기적으로 새로운 정보원을 발굴하기 때문이다.

10. 평생 단 한 번도 전화를 써본 적 없는 사람들이 있다. 특히 할머니들. 늘 남편이 대신 전화를 해줬다.

11. 노동연금부는 누구한테나 더럽게 굴지만 특히 취약계층을 쥐 잡듯이 잡는다. 반면에, 추운 날씨에 난방할 여유가 없어 고생하는 사람들에게 먹을 것이나 전화통화, 하다못해 차 한 잔으로라도 도움을 제공한 적이 없는 도서관

직원을 나는 여태까지 단 한 번도 만나지 못했다.

12. 직업안내센터는 수시로 거짓말을 하고, 있지도 않은 서비스를 도서관에서 받을 수 있을 거라고 자꾸 둘러댄다. 우리는 직업안내센터에서 제공해야 마땅한 도움을 대신 어떻게든 주기 위해 정말 최선을 다하고 있다.

나는 클레어 같은 사람들을 떠올린다. 자신도 간신히 읽고 쓰는 처지인데 친구가 구직원서를 쓸 때 열심히 도와줘야 하고, 심지어 유니버설 크레디트 입출금 내역서도 읽어줘야 한다. 일이 이런 식으로 굴러가서는 안 된다. 그런 사람들을 위한 규정이 있어야 한다. 그렇게 어려운 일도 아니고, 그로써 그들은 수모와 좌절의 세계를 겪지 않아도 된다.

13. 이제 대부분의 은행은 사람들이 당연히 이메일(주소)을 갖고 있을 거라고 가정한다. 사실 어떤 사람들은 이메일이 없어서 자신의 존재를 입증하는 데 어려움을 겪는다.

노숙인의 형편은 영화에서, 특히 미국 영화에서 그려지는 묘사와는 비슷한 구석이 거의 없다. 거리에서 한뎃잠을 자는 사람들도 실로 엄청나게 많지만, '숨겨진 노숙인'의 숫자는 더욱 어마어마하다. 일정한 주거지나 연락할 방법이 없는 사람들 말이다.

간단히 말해서 이렇다. 대부분의 회사와 조직은 당신에게 연락할 방법이 있다고 상정한다. 그러나 은행 계좌라든가 우편물을 수령할 주소, 이메일, 인터넷 쇼핑 등 당신이나 내가 당연하게 여기는 것들이 가난한 사람들과 노숙인들에게는 접근 불가능한 것일 수도 있다.

정보보호를 위한 이중인증은 사회의 특정 분야에 극빈층의 접근을 어렵게 만드는 또다른 중대한 문제다. 이메일 공급자들은 대부분 계정 보안을 위해 추가 연락처를 묻는다. 정보기술에 대한 지식이 좀더 있는 사람들은 어떻게든 우회하는 방법을 알아볼 수 있겠지만, 그저 유니버설 크레디트 신청 현황을 확인하려는 것뿐인 평균적인 도서관 이용자들에겐 보안이 좀 약해도 더 빠른 방법이 장땡이다.

휴대폰 번호 입력이라는 문제를 해결하기 위해 빈곤층과 노숙인들은 보통 전화번호를 '공유'해서 쓴다. 휴대폰을 가진 친구나 가족의 번호를 같이 쓰는 것이다. 그들은 회원 가입을 목적으로 전화번호를 빌리는데, 다시 그 계정에 로그인하려면 그 휴대폰으로 또 인증을 해야 한다는 사실을 알지 못한다.

또 한편으로는 휴대폰을 도둑맞거나 단순히 통신요금을 내지 못해 번호를 자주 바꾸는 사람들이 있다. 그들도 은행이나 이메일 공급자가 보내는 인증 문자나 전화를 받지 못해서 계정에 대한 접근 권한을 잃는다.

14. 도서관 사람들은 좋은 사람들이다. 우리는 열정이 있기
    때문에 이 일을 한다. 그럴 수밖에 없다.

인력의 중심축이 전문사서에서 보조사서로 이동한다는 것
은 평균적인 도서관 직원 임금이 전보다 훨씬 낮아졌음을 의
미한다. 솔직히 관리직으로 갈 게 아니라면 또는 진짜 억세게
운이 좋은 게 아니라면 이 직무는 안정적인 커리어가 아니다.
그래서 가장 의욕적인 직원들만 끝까지 버티는 것이고, 그러
한 와중에도, 도서관 내 가능한 모든 일자리는 고용 안정성을
조금이나마 추구하려는 시간제 임시계약직 노동자들의 각축
장이 된다.

이직률이 극단적으로 높다는 건 굳이 말할 필요도 없다.

15. 도서관은 더이상 조용하지 않다. 이제 도서관은 지역사
    회의 중심이다. 조용한 스터디 공간이 있을 수도 있지만
    대부분의 도서관은 이런저런 활동으로 부산스럽다. 어린
    이 교실, 치매 어르신을 위한 노래 교실과 기억력 강화 모
    임, 공예 강좌, 시끄러운 사무기기. 그러니 고요함은 기대
    하지 마시라.

샐리는 매주 똑같은 시간에 도서관에 온다. 근처 요양원에서 비슷한 연배의 노인들과 함께 온다. 치매가 제법 진행된 샐리는 매주 똑같은 의자에 앉는다. 그 의자에 앉지 못하면 샐리가 불안해하므로 나는 매주 화요일 아침이면 그 의자에 '예약석'이라는 안내문을 올려둔다.

샐리는 말을 하지 않는다. 전에는 끙끙거리기도 하고 가끔 소리를 지르기도 했는데 이제는 거의 소리를 내지 않는다. 샐리가 무슨 생각을 하는지 나는 전혀 알 수 없지만 도서관에 오는 것을 즐기는 것 같기는 하다. 우리 윗선들이 다른 도서관에 나가 있을 때면 애덤과 에밀리와 나는 로스크리 요양원 모임에 차와 커피를 내어드린다.

샐리는 아무도 보고 있지 않다고 생각하면 각설탕을 슬쩍 호주머니에 챙기고 좋아한다.

작년에 에밀리와 나는 뜨개질클럽을 결성하기로 했다. 우리 둘 다 뜨개질은 할 줄 몰랐지만 재료와 공간을 마련하면 자연스레 모임이 꼴을 갖추겠지 싶었다. 아쉽게도 재료비에 대한 결재가 나지 않아서 나는 대바늘과 털실을 기부해달라는 조그만 알림판을 세웠다. 첫주 만에 필요한 재료가 전부 채워졌는데, 그 직후 헤더가 위험평가와 기부물품에 대한 시의회 규정을 몇 가지 인용하면서 알림판을 치웠기 때문에 다행이었다.

처음엔 참석자가 거의 없었다. 소수라도 핵심이 되는 고정 참석자들 없이는 모임을 지속하기 어려웠다. 그때 에밀리가 로스크리 요양원에 이메일을 보내자는 아이디어를 냈고, 요양원측에서는 아주 기뻐하며 뜨개질 시간에 입주자 몇 명을 데려오기로 했다.

처음 샐리가 모임에 나왔을 때, 나는 샐리가 평소처럼 말없이 가만히 앉아 있을 줄 알았다. 그러나 샐리는 털실을 발견하고 곧장 대바늘로 손을 뻗었고, 우린 모두 깜짝 놀랐다.

"엄마한테 양말 뜨는 법을 배웠는데."

이 발언은 너무 뜻밖이라 요양원에서 노인들을 모시고 온 간호사들마저 할말을 잃고 빤히 바라보았다.

샐리의 목소리는 푹 잠겨 꺽꺽거렸고, 오래 사용하지 않아 변질된 것 같았다.

"엄마가 멋진 초록색 털실을 사줬어."

우리가 지켜보는 가운데 샐리는 능숙하게 털실을 풀어 작업에 들어가더니 주름진 손으로 대바늘을 재바르게 놀렸다.

"다 만들면 엄마가 이 양말 나 가지랬어."

이상을 끝으로, 나는 샐리가 소리내어 말하는 모습을 보지 못했다. 샐리는 여전히 뜨개질 모임에 나와서 여전히 초록색 양말을 뜨지만(다행히도 우리에겐 초록색 털실이 넉넉했다)

이후로는 침묵을 지킨다. 샐리는 내가 안 보는 것 같으면 여전히 각설탕을 호주머니에 슬쩍 넣는다.

16. 도서관은 돈이 없어도 눈치 안 보고 공공에 개방된 건물에서 시간을 보낼 수 있는 유일한 장소이다. 비 오는 날 부모들은 공짜로 아이들을 신나게 놀리기 위해 도서관에 온다. 가난한 사람들은 따뜻하게 앉아 있을 공간을 찾아서 도서관에 온다. 도서관은 천국이다.

로스크리는 항상 제일 먼저 눈이 내리는 곳이다. 이곳에는 이곳 특유의 미기후가 있는 것 같다. 기상 캐스터가 뭐라 하든 로스크리에서는 늘 색다른 경험을 한다.

폭설 때문에 처음 도서관에 갇혔을 때, 나는 미리 대비를 해 놔서 천만다행이었다. 회전문이 서서히 회전을 멈추고 계속 높이가 올라가는 눈더미 속으로 셔터가 들어가길 거부할 때부터 일찌감치 사물함에 깡통 수프와 컵라면을 얼마간 비축해놨었다.

솔직히 말하자면 도서관을 나 혼자 독차지하는 것은 어렸을 때부터 품어온 꿈이었다.

나는 손이 가는 대로 아무 책이나 뽑아들고 처음 몇 페이지를 읽다가 다시 꽂아넣기를 반복하며 한 시간쯤 보냈다. 읽을

게 이렇게 많은데 어떻게 결정을 내릴 수 있겠는가? 사실 그
전에는 늘 장르와 분량과 우선순위에 따라 분류된 '읽어야 할
책' 목록이 있었다.

누가 창문을 두드렸다.

고개를 드니 부들부들 떨고 있는 젊은 여자가 보였다. 디지
털자료실 고정 이용자였고, 내가 푸드뱅크와 위기지원금 신
청을 도와준 적 있는 사람이었다. 여자는 추리닝 바지에 얇은
여름 재킷을 걸쳤고, 얼굴이 너무 창백해서 저녁 불빛 아래서
는 잿빛으로 보였다.

우리는 폐관 후에는 아무도 도서관에 들이지 말라는 주의
를 들어왔다.

그러거나 말거나 나는 낑낑대며 옆문을 열었고, 안간힘을
써서 쌓인 눈을 옆으로 밀어냈다.

"죄, 죄송해요…… 버스가 끊겨서……"

나는 안으로 들어오라고 몸짓했다.

"버스가 다 그렇죠." 나는 주전자에 물을 채우며 말했다.
"남편이 몇 시간 후에 퇴근할 거예요. 남편 차는 눈길에서도
잘 다니거든요. 스노타이어라서. 집은 따뜻해요?"

여자는 고개를 끄덕였다. "조그만 전기난로가 있어요. 켜고
싶지는 않지만……"

"전기요금이 어마어마하게 나오죠, 맞아요."

나는 여자에게 홍차를 건넸다. 뜨거운 김이 여자의 피부에 약간이나마 혈색을 되찾아주는 듯했다.

"이따 집까지 태워드릴까요?"

난방설비가 부실한 집에 사는 도서관 이용자에게 차 한 잔 타준 것이 그때가 마지막은 아니었다.

결국 눈이 그치고 버스가 다시 다니기 시작했지만, 나는 아직도 추위로 새하얗게 얼어버린 그 여자가 생각난다. 그 집에 정말로 난로가 있었기를 바란다.

17. 어떤 사람들은 평생 두세 작가의 책만 읽는데도 매달 읽을 책에 모자람이 전혀 없다. (참조: 대니엘 스틸, 제임스 패터슨, 클라이브 커슬러 등등.)

18. 도서관을 살리고 죽이고는 데스크 직원에게 달렸다. 아낌없이 예산을 지원하고 세상 모든 책과 기술을 손에 쥐여줘도 직원이 열과 성을 다하지 않으면 이용자는 오지 않는다. 하지만 아무리 열과 성을 다한들 신통치 못할 때도 있으니, 참으로 답답한 노릇이다.

19. 우리의 예산은 이용자 수에 의해 결정된다. 카페처럼 예쁘고 화려한 설비를 갖춘 민간시설에 젊은이 그룹을 빼앗겼다고 우는 직원을 본 적도 있다.

20. 도서관 직원들이 자발적으로 각종 프로그램과 행사와 강

좌와 소모임을 기획해도, 지역 시의회에서 소셜 미디어를 이해하지 못해서 혹은 등록비를 부과하고 싶어서 결국 헛고생이 되기도 한다. 도서관 직원들이 얼마나 많은 무보수 노동을 하는지는 아무리 강조해도 지나치지 않다.

바로 그날 나는 화이트보드용 마커를 두어 상자 샀다. 폐기된 낡은 회의용 화이트보드를 알림판으로 써서 사람들을 도서관에 불러들이려는 생각이었다. 바깥 기둥에 붙여놓고 그날의 행사를 적어놓는 것이다. 그런데 아쉽게도 하룻밤 밖에 놔뒀더니 보드판이 산산조각나버렸다. 그래도 여벌이 하나 더 있고, 이번 것은 좀더 튼튼한 화이트보드다.

21. 도서관 설비와 기기는 거의 다 직원들이 사비를 털어 유지하고 있기 때문에 돌아가는 것이다. 코팅기를 새로 살 여력이 없을 때는 관리자들이 사줬다. 어린이 교실에 쓸 색칠도구도 관리자가 사온다. 우리들 각자 집에서 문구류를 가져올 때도 있다. 심지어 전구도 사비로 구입한다.

22. 작가들은 돈을 안 주는 소규모 도서관에 오는 것을 꺼린다. 서점에서는 보통 돈을 준다.

23. '섹시한 사서' 운운하는 수사어구는 실제로 **엄청나게** 해

롭고, 포르노와 현실의 차이를 구분할 줄 모르는 남자들이 저지르는 무수한 성폭력 사건의 원인이 되었다.

24. 할머니들이 도서관을 먹여 살린다. 책 읽는 할머니들이 최고다. 정확히 어느 페이지에 가장 소름끼치는 살인 현장이 묘사되어 있는지 말해줄 수 있는 할머니들이야말로 최고시다.

25. 도서관 직원들은 **항상** 책에 대한 당신의 생각을 알고 싶어한다. 우리는 사람들에게 어떤 책을 추천해야 할지 알고 싶어요!

26. 원래는 도서관 이용자들을 편애하면 안 되지만, 가장 좋아하는 이용자들이 있기는 하다. 서로의 독서 취향을 놀리거나 또는 서로 책을 돌려본 다음에 그 주제에 관해 토론하는 도서관 커플이 나는 너무 좋다. 특별한 관심사를 가진 자폐 아이들도 사랑한다. 네가 관심 있어하는 그 특정 기차에 관한 책을 너에게 갖다주기 위해서라면 난 뜨거운 석탄 위를 기는 것도 마다하지 않을 거란다, 꼬마야. 네가 그 기차에 관해 하나하나 자세히 말해주면 나는 열심히 들을 거야. 다음에 네가 올 때까지 까먹지 않도록 노력할게.

27. 내게 제일 멋진 순간을 딱 하나 고르라면, 한 도서관 이용자가 청소년 서가를 졸업하고 일반 서가로 올라간 다음

불현듯 온 도서관이 그 앞에 열리는 순간이다! 뭐든 읽을 수 있어! 손바닥만한 청소년 서가는 이제 안녕! 저 모든 고전들! SF! 공포! 그들은 종종 압도당한다.

28. 그리고 마지막으로, 너무 길게 타임라인을 도배했고 오탈자도 점점 쌓이는 관계로, 이건 기억하자. 도서관 직원은 수많은 어려움을 극복할 수 있지만, 만약 당신이 우리에게서 카페인을 빼앗는다면 부디 당신에게 '책의 신'의 가호가 있기를 바란다. 그다음에 무슨 일이 벌어질지 알고 싶지 않을걸.

그날 저녁 남편과 나는 같이 영화를 한 편 봤다. 지난 몇 주간의 불확실성과 스트레스를 푸는 괜찮은 방법이었다. 그사이 내 휴대폰에서는 트위터 알림창이 터져나갔다.

8장

입소문을 타다

3월 일일 이용자(평균): 94

3월 일일 문의(평균): 40

3월 일일 인쇄 페이지(평균): 99

3월 폭력 사건: 3

어린이 프로그램 참석률: 77%

3월 일일 복사 페이지(평균): 66

3월 시계 건전지 무상 지원(총계): 38

3월 반려견 배변봉투 무상 지원(박스, 총계): 6

3월 훼손/분실 도서(총계): 24

3월 생리용품 무상 지원(박스, 총계): 31

체크리스트 미작성일: 7(원인 미상—이건 문제 있어. 통계 수치는 반드시 '매일' 기록되어야 해—린다)

3월 도서 신청 완료: 145

3월 음식물쓰레기 봉투 무상 지원(박스, 총계): 5

도서 기부(박스, 총계): 1

성인 프로그램 참석률: 60%

1,000+ 알림.

나는 휴대폰을 뚫어져라 노려봤다. 틀림없는 조그만 파랑새 아이콘이었지만 알림창에 뭔가 문제가 있는 게 분명했다.

오전 여섯시였는데, 친구들에게서 문자 두 개가 왔고 페이스북 메시지가 한바탕 휘몰아쳤으며 나의 트위터 정신건강지원 모임의 텔레그램 메시지가 우당탕 쏟아져들어왔다.

'세상에 저 숫자 좀 봐!'

'스티븐 프라이가 널 팔로우했어!'

'너 뉴스에 나왔어.'

'닐 게이먼이 널 리트윗했어!'

나는 트위터 앱을 켜고 멍하니 바라보았다.

내가 줄줄이 쏟아낸 타래의 첫 트윗이 하룻밤 새 칠천 개가 넘는 '마음에 들어요'를 받았다. 타래의 맨 마지막 트윗은 만오천 개가 넘었다.

만오천 명의 사람들이 도서관에 관한 내 타래를 보았고, 그걸 하나하나 다 읽었고, 동의의 표시로 저 빨갛고 조그만 '하트' 표시를 눌렀다.

만. 오천.

"괜찮아?" 도저히 믿기지 않는 눈으로 휴대폰을 멍하니 바라보는 내게 남편이 물었다. "당신 괴상하게 꺽꺽 소리를 냈어."

나는 말없이 내 휴대폰을 남편에게 들어 보였다. 남편은 눈을 가늘게 뜨고 보았다.

"안경이 없……" 남편이 중얼거렸다.

"아무래도…… 내 트위터 타래가 입소문을 탔나 봐."

"그게 무슨 말이야?"

"무슨 말이냐면…… 만오천 명이 내 트윗을 좋아했어."

남편은 그의 표현에 따르자면 '트위터 사람'이 아니다. 계정은 있다. 팔로워가 세 명인가 그렇다.

그 트윗을 포스팅하기 전에 내 팔로워는 천 명 아래였다. 이날 아침에는 만천 명이 넘었다. 내가 보고 있는 동안에도 팔로워 숫자가 계속 올라갔다.

"여기 숫자 좀 봐." 내가 말했다. "계속 올라가고 있어."

"실시간으로 올라간다고? 저 사람들이 다 지금 이 순간 당신을 팔로우하고 있다고?" 남편이 물었다.

"응."

"끝내준다!"

"내 말이!"

　　　　　　　　　　＊

　나는 비밀을 잘 숨기는 편이 못 된다. 발병 전까지는 일과 사생활을 철저히 분리하는 편이었지만.

　발병은 나의 사생활을 짓밟아 뭉갰고, 일과 삶의 균형, 커리어, 존엄성은 물론이고 사람들 앞에서 다시 멀쩡한 사람으로 '통할' 거라는 희망까지 싹 말소해버렸다.

　점진적으로 그렇게 된 게 아니었다. 적어도 막판에 가서는 아니었다. 나는 회사에서 머리가 아파오기 시작했다. 그것이 편두통으로, 이어서 불면증으로 진행됐다.

　나는 그 모든 것을 독한 진통제와 에스프레소 샷으로 다스렸다.

　뒤이어 환각이 시작됐다.

　어릴 때 환각을 겪으면, 특히 내가 겪은 정도의 환각이라면, '상상력이 풍부한' 아이로 취급된다. 환각 때문에 밤에 잠을 못 잔다면 '소아 야경증'으로 취급된다. 그리고 본인도 그런 정도로 취급하면서 환각은 점차 사라진다. 그런 유치한 경험에서 벗어날 나이가 되어서 그런 거라고 생각한다. 그러나 이미 경험한 트라우마를 억누르면 그것이 존재하는 줄도 모르는 상태에 이르듯, 실제로는 환각을 억누르고 있는 상태인 것이다.

그러다보면 가끔 이상한 게 튀어나온다. 특정 상표의 담배 냄새를 맡으면 울음이 터진다. 그래도 호르몬 탓으로 돌린다. 길가에 죽은 토끼가 한 무더기 쌓여 있는 게 보여도 피곤함 탓으로 돌릴 것이다.

몇십 년이 지난 후 직장 동료의 얼굴이 흐물흐물해지더니 낯설지만 전혀 모르지는 않는 얼굴로 재편됐을 때, 나는 진통제와 에스프레소가 더이상 답이 아님을 알았다.

대학 시절에도 경고 신호는 있었다. 저 강사가 나를(강의실에 있는 백여 명의 학생들 중에서 나만) 콕 찍어 지적하고 책상을 훌쩍 뛰어넘어와 내 목을 조르려고 한다는 망상이 커지는 바람에 강의 중간에 나와야 했던 날, 나중에 돌이켜보니 그건 일종의 전조 증상이었다.

어느 평안한 저녁에 남편과 같이 있다가 별안간 눈물을 터뜨렸을 때도 이상했다. 우리집 거실 문간에 치과용 드릴을 든 남자가 있다고 확신해서 순간 겁에 질린 것이었다.

나의 복합성 트라우마는 나중에 알고 봤더니 교정전문 치과의사에게 학대당한 경험과 관련이 있었고, 그 치과의사는 이후 면허가 박탈됐다. 그 특정 담배는 어린 시절의 또다른 학대범이 즐겨 피우던 상표였다.

하지만 그날 내가 나의 공적인 대인관계에서 드러나지 않도록 막고 있던 것은 그런 증상이 아니었다. 적어도 나의 복합성 PTSD 증상은 아니었다.

내가 막고 있던 것은 강박증이었다.

미련하게도 나는 휴대폰을 계속 호주머니에 넣고 다녔다. 트위터 푸시 알림을 껐는데도 그 망할 것이 하루종일 진동을 울려댔다.

점심 무렵에는 팔로워가 만삼천 명이 넘었다. 몇몇 언론사에서 그 타래를 눈여겨보면서 또다시 한바탕 리트윗이 됐고, 거기서부터 일이 어마어마하게 커져 내가 상상할 수 있는 범위를 훌쩍 넘겨버렸다.

"좋은 소식이라도 있어요?" 내가 휴대폰을 치우자 애덤이 물었다.

"네?"

"배시시 웃고 있잖아요. 무슨 좋은 소식 들었어요?"

"아!" 나는 머뭇거렸다. "네. 그냥…… 집안에 좀."

"잘됐에요." 애덤이 입안 가득 소시지롤을 문 채 말했다. "잘됐에, 난 근무 날만 되면 좋은 소식이 듣고 싶더라."

애덤은 다시 신문 읽기로 돌아갔다 — 오늘자 〈로스크리 포스트〉. 오늘의 1면 헤드라인: 광부복지회관 후원회, 시의회 건물 앞에서 시위.

＊

도서관 일처럼 두 발로 땅을 단단히 딛고 서서 싫어도 현실을 똑바로 바라보게 하는 직업은 극소수다.

점심시간이 끝나고 돌아오자마자 나는 비에 흠뻑 젖은 몰골로 유아차에 아기 책을 잔뜩 싣고 와서 반납하려는 지친 애엄마를 응대했다. 내가 책을 한 권 한 권 스캔하여 도서 관리 소프트웨어에 입력하는 와중에도 애엄마는 유아차에 달린 각종 가방과 주머니에서 책을 계속 꺼내봤다.

정말이지 부모들은 유아차에 온갖 물건을 적재할 방법을 어찌 그리 잘 찾아내는지, 순전히 그 짐의 분량만으로도 항상 감탄을 금할 수 없다.

애엄마가 하드커버판(『유아를 위한 요리책』이었던 것 같다) 하나를 내게 건넸을 때, 책 표지에 묻은 조그만 진흙 얼룩이 보였다.

애엄마의 눈길이 내 시선을 따라왔다.

"어머, 미안해요."

나는 머리를 흔들었다. "신경쓰지 마세요." 살다보면 이런 일도 있다. 진흙이 묻을 수도 있다. 바람이 세게 부는 궂은 날이었고, 아마도 여기까지 오는 길에 크고 작은 진흙탕을 피해 유아차를 밀고 와야 했을 것이다.

얼룩을 닦으려고 티슈 한 장을 뽑았을 때 그 냄새를 맡았다. 처음엔 살짝 긴가민가했는데 금세 훅 끼쳤다. 카레에 든 방울양배추를 일주일쯤 삭히면 이런 냄새가 날 것 같았다.

나는 이미 티슈로 얼룩을 문지르는 중이었고, 그것이 손에 닿았을 때 그대로 동작을 정지했다.

진흙이 아니었다.

"이건, 어…… 흙인가요?" 나는 속으로 제발 그러기를 빌며 애엄마에게 물었다.

"내가 빌릴 때부터 원래 그렇게 되어 있었어요." 애엄마가 쏘아붙이더니 황급히 여기저기 주머니와 가방 칸의 지퍼를 잠갔고, 그중엔 기저귀 가방으로 보이는 것도 있었다.

애엄마가 그 자리에서 도망쳤을 때 나는 내 손가락에 묻은 의심할 나위 없는 아기 똥을 무심코 빤히 쳐다보고 있었다.

이 원칙은 당연하게 보일지 몰라도 도서관에서 일하면서 살아남고 싶다면 반드시 명심하는 게 좋다. **손을 씻을 것. 규칙적으로 손을 씻을 것.** 책과 어린이는 완벽한 감염병 매개체다. 너무 깊게 생각할 필요는 없다. 그냥 손을 자주 씻으면 된다.

"별일 없죠?" 애덤이 내 어깨 너머로 물었다.

"어…… 항균 스프레이가 필요한데요." 나는 똥칠된 데스크를 물끄러미 내려다보았다. "물티슈하고. 살균소독제도. 가서 가져올게요."

반납 데스크에서 인간의 대변을 깨끗이 닦아내면서 나는 트위터에서 새로 얻은 이놈의 인기가 일시적인 것일까 궁금해졌다. 일이 주 후에는 새 팔로워들 중 몇 명이나 남아 있을까? 앞으로도 유명인들의 지지가 계속될까 아니면 사십팔 시간짜리 요행일까?

그리고 나의 새로운 근로계약에서 비롯된 업무전망 문제도 있었다. 나는 기본적으로 제로아워 계약직이었다. 물론 앞으로 두어 달은 충분히 계속할 만한 근무시간이 주어지겠지만, 그뒤엔 어떻게 될까? 일 좀 달라고 구걸하며 협력도서관 이곳저곳을 돌아다녀야 하나? 일을 얻을 수나 있을까?

불확실성으로 버무려진 격동과 혼란은, 내가 호주머니 속 휴대폰으로 공유하기로 맘먹은 짧은 문장을 기꺼이 들으려는 만삼천 명(그리고 계속 불어나는)의 열성 청자가 있다는 자각이 퍼뜩 들면서 중단되기도 했다. 이 얼마나 희한한 아이러니인가, 한순간 직장을 유지할 수 있을지 걱정하다가, 다음 순간 그 심경을 솔직히 토로하는 게 콘텐츠가 되겠다는 생각이 들다니.

나는 짬짬이 몰래 직원용 화장실에 들어가 휴대폰을 얼른 훑어봤다. 도저히 안 그럴 수가 없었다. 쪽지함에 다이렉트 메시지가 수도 없이 쌓였다. 전 세계 사서들이 내게 연대와 공감의 쪽지를 보낸 것이었다. 나는 로스크리도서관 전투가 전 세계 도서관에서 일어나고 있는 현실의 축소판이었음을 깨닫게 되었다. 즉, 도서관 서비스에 대해 진정으로 고심하고 이용자를 깊이 배려하는 사람들은 경영 및 관리 측면에서 점점 힘을 더해가는 자본주의적 소비문화와 끊임없이 충돌하고 있었다.

퇴근 후 집에 와서도, 쏟아져들어오는 쪽지를 제때 다 읽고 답할 수가 없었다. 거듭 반복되는 똑같은 얘기들이었다. 도서관 직원이 그들도 자기네 서비스의 미래가 걱정된다고 말하고 싶어서 연락해온다. 그들 역시 이용자들이 걱정되는데, 이용자들은 대체로 그 사회의 취약계층에 속한 사람들이다. 그들 목소리는 상대적으로 점점 들리지 않고, 자꾸 줄어드는 예산으로 뭔가를 만들어내라는 압력만 커질대로 커져 이미 서비스에 무지막지한 영향을 미치고 있고, 소규모 도서관들은 축소되거니 아에 폐관되고, 직원들은 잘리거나 취약계층 이용자들에게 필요한 도움을 제공하지 못하고 있다.

에밀리나 애덤이나 나 같은 사람들, 직장으로서뿐 아니라 도서관의 본질에 마음 쓰는 사람들이 있다는 것을 아는 데서 오는 어떤 위안이 있었다. 안전한 공간, 지식을 나누는 공간, 그리고 무엇보다, 사회를 위한 훌륭한 균형장치.

내 수첩에는 중요 체크 항목과 두서없는 문장이 마구 뒤섞여 있었다. 그 모든 것들에 의미가 있음을 나는 알았다. 얼굴도 모르는 우린 모두 함께 공유하는 이상이 있었고, 나의 바보같은 시시한 타래에 달린 댓글로 보건대, 우리에겐 든든한 지원군이 있었다.

사람들은 진심으로 도서관을 사랑한다는 것을, 나는 알게 되었다. 도서관을 이용하는 사람들, 그리고 어릴 때 도서관을 드나들었던 사람들은 말 그대로 마법을 본다. 그 옛날 내가 봤던 것처럼. 지금 내가 보는 것처럼.

우리는 도서관을 구해야 했다.

그날 저녁, 나는 일종의 격문 내지 신념에 찬 성명의 도입부 비슷한 글을 일필휘지로 써내려갔다.

현 초자본주의 사회에서는 낯모르는 타인이든 친구든 하여간 남을 돕는 데 내 시간을 할애하는 것이 바보짓 또는 허튼짓으로 여겨진다는 느낌을 받는다.

최근 점점 더 많은 사람이 친절함을 나약함 또는 우둔함과 혼동하는 것 같다. 이것은 곧 사람들이 도움을 청하는 것을 두려워한다는 뜻이다. 직장에서 사람을 대하면서 인간적 정이 끼어들여지가 없다. 일처리가 매뉴얼대로 되지 않으면 생산성 낭비로 취급된다.

시간제로 고용되는 직원을 탓하는 게 아니다. 젠장, 기계적으로 일하는 도서관 직원을 탓하는 게 아니란 말이다. 우린 모두 목표 성과에 매여 있고, 한 번에 한 사람씩 대면하여 시간을 쓰게 할 유인책이 없다.

모든 게 숫자로 귀결된다 ─ 그러나 조금 더 긴 소통과 응대가 힘겨운 삶을 살아가는 누군가의 삶의 질에 가져다줄 차이를 생각해보라! 우리 중 그토록 많은 사람이 정신건강에 문제가 있는 것도 놀랍지 않다. 우리가 이토록 버거워하는 것도 놀랍지 않다.

모두를 짓누르는 재정적 압박이 가중되는 이 시점에서, 어떻게 우리가 건강과 행복까지 희생해가며 인간적 교류의 의지를 꺾고 있는지 한 번쯤 돌아볼 필요가 있다. 우린 모두 시간에 쪼들리는 것이다.

우리는 배려와 돌봄을 더욱 장려해야 한다! 그게 세상에서 가장 중요한 일이다! 말 그대로 사람들을 계속 살아가게 하는 것이다! 간병인과 간호사는 더 많은 월급을 받아야 한다. 젠장, 그들에게 정치인과 CEO와 축구선수보다 더 많이 주란 말이다. 처음부터 다시 시작하자. 욕구의 위계를 토대로.

누가 우리를 계속 살아가게 하는가? 누가 우리를 먹이는가? 누가 우리에게 지붕과 안전을 제공하는가? 그것부터 가치를 매겨

보자. 수익과 이윤은 그 목록의 훨씬 더 아래쪽에 위치해야 한다.

도서관은 공짜가 아닙니다. 여러분은 이미 세금으로 그 비용을 지불했어요. 도서관은 수익성을 따지지 말아야 합니다. 여러분이 이미 도서관에 돈을 냈으니까요!

당시 이 모든 것은 내게 아주 자명해 보였고, 아마도 그것이 내 사고방식의 급격한 변화를 알리는 신호탄이었을 것이다. 나는 오랫동안 내 머릿속 꼬마 악마들의 존재를 내 탓으로 여기며 살아왔다. 그러나 우리는 자신만의 비눗방울에 갇혀 맥락과 동떨어진 채 둥둥 떠다니는 두뇌 같은 게 아니다.

돌아보면, 나의 발병은 피할 수 없는 것이었다. 나는 내 욕구의 위계를 모른 척했다. 나도 똑같이 생산성의 가치를 인간성보다 높이 매기는 함정에 빠졌었다. 나를 으스러뜨렸던 사고방식이 이제는 사회복지에 필수적인 서비스를 으스러뜨리겠다고 위협하고 있다.

도서관을 비롯해 공동체를 위한 공간이 없는 사회는 병이 든다.

이것이, 이튿날 저녁 심리치료시간에 EMDR*에 들어가기 전에 내가 그레이엄에게 털어놓은 얘기다.

---

* 고통스러운 기억에 둔감해지고 적응할 수 있도록 돕는 트라우마 치료법 중 하나.

그레이엄은 다행히도 나 못잖게 설레고 흥분한 것 같았다 (혹은 적어도 그 시늉이 아주 그럴듯했다). 그는 종종 끼어들어 나의 열정과 고양된 기분에 대해 언급하고, 심지어 요즘 내가 보이던 심각한 증상도 없어졌다고 치켜세웠다.

우리는 EMDR 요법에 필요한 적절한 준비를 마치고 치료에 들어갔다.

대화 치료법이라고 하면 사람들은 흔히 프로이트식 정신분석 대화법 같은 것을 떠올린다. 한쪽 참가자(환자)가 의자나 소파에 눕다시피 앉아서 나르시시스트 같은 태도로 어머니와의 관계에 대해 장황하게 늘어놓는 장면을 상상한다.

치료시간 내내 수많은 대화와 자기성찰이 이루어지는 형태의 대화요법도 분명 있기는 있지만, 그런 종류는 대체로 카운슬링의 형태를 취하거나 더 어려운 치료의 서두에 해당한다.

EMDR 치료를 받아본 적 있는 사람들은 모두 입을 모아 이렇게 말할 것이다. 더럽게 힘들어.

Eye Movement Desensitization & Reprocessing(안구운동 민감소실 재처리 요법)의 약어인 이 기법은 심리치료법에 익숙지 않은 사람들에게는 기묘하게 혹은 뉴에이지 신비주의처럼 보일 수도 있지만, 사실 이 기법은 이런저런 형태로 수십 년간 활발히 이용되었다. EMDR 요법에서는 환자가 통제된 환경에서 트라우마를 재현하는 동안 눈으로는 좌우로 왔다갔다

하는 점을 쫓도록 양측성 자극을 도입한다.

처음 설명을 들었을 때 나는 최면술사가 쓰는 진자와 명령조의 말투를 상상했다. "당신은 지금 몹시 졸립니다."

그레이엄은 진자를 사용하지 않는다. 라이트박스를 쓴다. LED를 한 줄로 나란히 심은 간단한 장치인데, 치료시간마다 나는 깜박이지 않으려 애쓰며 눈으로 그 빛을 열심히 쫓아다닌다. 양손에 버저를 하나씩 들고 할 때도 있다. 라이트박스의 LED 불빛이 좌우 각 지점에 올 때마다 그쪽의 버저가 부르르 강한 진동을 울린다.

그렇다, 감각이 묘하고, 그렇다, 그러고 있는 모습은 더욱 기묘한데, 아니, 정확히 그게 어떻게 효과를 내는지는 모른다.

내가 아는 건 매주 혹은 격주로 최대 두 시간까지 내가 그 조그만 빛을 눈으로 쫓으며 앉아 있곤 한다는 사실이다. 우리는 보통 이런 식으로 자극을 주며 시작한다. 이번주에 뭔가 플래시백을 촉발한 게 있었습니까? 그게 뭐였죠? 자 이제 그 의식 속으로 들어가봅니다. 패닉을 느끼되 압도되진 말아요……

몇 분 후 그레이엄이 라이트박스를 끄면 나는 완전 재현에 들어가지 않은 한 이론적으로 '방으로 돌아온다'. 경계선 위를 걷는 것은 극히 어려운데, 그것을 좀더 쉽게 하고자 여러 차례 안정화 기법을 연습하는 시간을 갖는다.

그다음에 기억을 분석한다. 그 느낌들이 얼마나 강렬했나요? 완전 재현이었나요 아니면 영화를 보는 것에 가까웠나요?

가령 매일 같은 길을 걸어서 출근한다고 해보자. 그 길에 옥외 광고판이 하나 있고, 당신은 거기 적힌 문구를 본다. 더 자주 그 길로 다닐수록 당신은 그 광고판 앞을 더 자주 지나치고, 점점 익숙해지다가 결국 그 광고판은 단순히 출근길의 배경 잡음 중 하나에 지나지 않게 된다.

그것이 트라우마 기억(혹은 나처럼 복합성 PTSD의 경우에는 여러 기억들)을 재경험하고 반복하는 치료법의 바탕이 되는 기본 가설이다. 안구운동은 이론적으로 플래시백에 너무 깊이 들어가지 않도록 방해한다. 적어도 내가 들은 바로는 그렇다고 한다. 이미 말했다시피 그 작동원리는 내 이해의 범위를 훌쩍 넘어선다.

EMDR에 대해 알아두어야 하는 사항은 다음과 같은 두 가지다. 첫째, 효과가 있다. 놀랍도록 효과가 좋다. 그레이엄과 EMDR을 하기 전까진 솔직히 공황발작을 경험하지 않고 집 밖을 나돌아다닐 수 있을 거라곤 생각지도 못했다. 깨어 있으면 플래시백이 나를 괴롭혔고, 그러다 간신히 잠이 들면 가위에 눌리고 야경증을 겪었다. 수면부족은 환각을 유발했다. 크고 작은 소음이 들릴 때마다 나는 깜짝 놀라 펄쩍 뛰었다. 나는 한 발은 과거에 걸친 채 현재의 지푸라기만 겨우 붙잡고 세상에 존재했다.

지금은? 나는 일을 한다. 글을 쓴다. 캠페인을 벌인다. 입소문을 탔던 나의 트위터 타래에 대해 라디오에서 얘기한다.

EMDR에 대해 알아야 할 두번째 사실은, 그게 사람 진을 다 빼놓는다는 것이다. 매 치료시간은 그게 삼십 분짜리든 두 시간짜리 마라톤이든 금방 휙 지나가버리는 것 같은데 그건 내가 의식의 여러 층위를 미끄러지듯 오가기 때문이다. 아닌 게 아니라, 환자는 그 시간에 우라지게 많은 일을 하고 있는 것이다. 나는, 그리고 나만이 그 의식 속으로 빠져들었다가 무사히 빠져나올 수 있는 유일한 사람이다. 나는—그리고 나만이—나의 감정적 정신적 상태에 몇 번이고 숫자로 등급을 매기고 말로 묘사할 수 있는 유일한 사람이다.

치료를 마치면 대체로 나는 엄청나게 허기져서 쓰러지기 일보직전이 된다. 남편과 나는 치료시간이 끝나면 종종 근처에서 외식을 했다. 아무데나 뷔페식 식당에 들어가서 나보다 두 배쯤 크고 활동적인 남자가 '좀 많이' 먹었다고 할 만한 분량의 식사를 해치웠고, 그런 내 모습을 남편은 가만히 지켜보곤 했다.

특히 이번 시간 막판에는 말 한 마리를 먹어치울 수도 있을 듯한 상태여서, 치료를 끝내면서 그레이엄이 무슨 말을 하는지 이해하는 데 잠깐 시간이 걸렸다.

"그냥 궁금해서요." 그레이엄이 다시 말했다. "우리가 상담치료를 처음 시작했을 때 정체성에 대해 잠시 얘기하면서 당신이 일을 할 수 없게 된 뒤로 정체성에 얼마나 큰 타격을 받았는지 얘기했었잖아요."

나는 여전히 약간 초점이 맞지 않는 눈으로 천천히 고개를 끄덕였다.

"사람들을 돕는 일이, 특히 도서관이라는 맥락에서, 당신의 정체성의 일부가 되었을까요?"

나는 트위터 쪽지함에 있는 메시지들을 떠올렸고, 내 타래의 인기를 알아차린 몇몇 언론사 웹사이트에서 이미 나를 '익명의 도서관 직원'이라고 부르고 있음을 떠올렸다. 생각만으로도 약간 설렜다.

"네, 그런 것 같아요."

*

"대회죠." 애덤이 싱글벙글 웃으며 말했다. "아주 큰 대회."

애덤과 수전과 나는 직원 탕비실에 모여 있었다. 수전이 종이를 들어 번쩍이는 근사한 포스터를 선보였다.

"제빵대회!" 수전이 선언했다. "어린이도 어른도 모두 참가하는! 바로 여기서!"

포스터에는 '위대한 로스크리 제빵대회'라고 나와 있고, 잠정적으로 두 달 후의 어느 날짜가 적혀 있었다. 여름 휴가철에 딱 맞춰서.

"세 부문으로 나뉘어 진행됩니다." 애덤이 포스터를 가리키며 설명했다. "어린이, 청소년, 성인. 참가는 무료. 누구나 심사위원이 될 수 있어요! 배지를 사면 투표권을 주고, 가장 마음에 드는 케이크에 익명으로 투표하는 겁니다. 상품은 내가 모아올게요. 수익금은 모두 기부하는 걸로! 지역사회에 적절한 명분을 내걸어보죠. 어떻게 생각해요?"

"홍보를 엄청나게 해야겠다고 생각해요." 나는 히죽 웃으며 대답했다. "에밀리는 뭐래요?"

"이건 에밀리 아이디어였어요." 수전이 포스터를 돌돌 말면서 말했다. "힘껏 밀어붙이면 진짜 크게 한판 벌일 수 있을 것 같아요. 린다도 낀대요."

"저도 넣어주세요." 내가 말했다.

"완벽하군."

수전이 포스터를 치우고 애덤이 수프를 먹성 좋게 입안에 밀어넣을 때, 나는 과도하게 자극된 두뇌가 허락하는 한 트위터 쪽지함에 밀려든 다이렉트 메시지에 되도록 많이 답장을 보내는 나의 점심시간 의례를 시작했다.

쪽지 하나가 내 눈길을 사로잡았다.

안녕하세요 @grumpwitch 님, 저는 BBC 라디오4의 <PM>* 작

가입니다. 저희 프로그램에 grumpwitch님을 모시고 그 트위터 타래와 도서관 전반에 대해 얘기를 나누고 싶은데요, 쪽지로 전화번호를 알려주시면 구체적으로 상의드릴게요!

먹던 샌드위치가 목에 걸릴 뻔했다. 나는 기침을 하고 목을 가다듬었다.

나는 보낸 사람의 개인 페이지로 들어가서 계정 프로필을 재차 확인했다. 이름 옆에 파란색 체크 표시가 있었고, 그 말은 곧 이 여자가 비교적 공인이며, 트위터에서도 신원을 공식적으로 확인했다는 뜻이었다.

장난이 아니었다.

우리는 전화번호와 이메일 주소를 교환했고, 나는 오늘 근무가 끝나는 대로 전화하겠다고 약속했다. 곧이어 정신없이 엄마와 남편에게 문자를 보내 지금까지 있었던 일을 자세히 알렸다.

이 모든 대화가, 침묵 속에서, 바로 맞은편에 앉은 동료가 치킨 수프를 후루룩 떠먹는 동안 이루어졌다. 내 휴대폰이 미친듯이 진동했다.

지이잉. 지이잉.

'어머나세상에맙소사!!! 언제 나온대?' 엄마가 물었다.

---

* 영국 BBC의 초저녁 시간대 장수 시사프로그램으로, 저널리스트 에번 데이비스가 진행한다.

'내일, 아마도.' 내가 답했다. '내일 나 쉬는 날이어서 스튜디오에 갈 수 있거든.'

'어머나!' 뒤이어 엄마가 평소 문자를 보낼 때 구두점 대신 쓰기 좋아하는 이모지 몇 개가 줄줄이 붙었다. 이번에는 파티 폭죽과 풍선, 그리고 특이하게도 히죽거리는 고양이였다.

지이잉. 지이잉.

'에번 데이비스 사인 받아줘.' 남편이 잠시 후 답했다.

'그 사람은 런던에 있어.'

'그럼…… 방송국 사람들한테 하나 보내달라고 요청해봐.'

'말은 해볼게.'

"거기 키친타월 좀 줄래요?" 애덤이 식탁 저쪽에서 소리쳤다.

"네? 아. 네. 여기요."

지이잉. 지이잉.

"오늘 인기 좋은데요." 애덤이 한마디 했다.

나는 배시시 웃었다. "그러게요. 장난 아니네. 시끄럽게 해서 죄송해요."

＊

나는 BBC 퍼시픽 퀘이 빌딩 ― 클라이드 강변에서 영원히 바람 채찍을 맞는 거대한 유리 덩어리 ― 에 무려 두 시간 일찍 도착했다.

근처 카페에서 커피나 한 잔 마실 생각이었지만 뱃속이 꿀렁거려서 텀블러에서 물 몇 모금을 소심하게 홀짝이는 것 말고는 먹히지가 않았다. 카페는 포기하고 강이 내다보이는 벤치에 걸터앉아(강에서 불어닥치는 돌풍 때문에 찬란한 햇살에도 불구하고 얼어죽을 듯 추웠다) 휴대폰을 만지작거렸다.

트위터로 내게 연락한 뛰어난 말솜씨의 상냥한 런던 여인과 나는 두어 번 전화통화를 했고 그 사람이 내게 문자로 BBC 건물의 보안에 관해 자세한 설명을 보내줬지만, 여전히 나는 이 모든 게 교묘하게 꾸며진 사기의 일종이 아닐까 싶은 기분을 떨쳐내지 못했다.

나는 거의 평생 동안 어떤 형태로든 라디오4를 들으며 살았다. 나는 그 프로들이 어딘가 아득히 먼 마법의 장소에서 왕실 억양을 구사하는 사람들만 모여, 잘나가는 정치인이나 유명인사 또는 학계에 보존된 지난 시대의 인물로 트위드 정장을 입고 파이프 담배를 피우며 한 말 또 하는 바스러질 듯한 노교수를 초대손님으로 모셔와 제작되는 거라고 상상했었다.

런던 본사에 비하면 BBC의 스코틀랜드 지부는 늘 좀더 어리고 제멋대로인 동생처럼 느껴졌다. 건물 자체도 '공공기관' 느낌이 덜한 대신 좀더 '트렌디한 스타트업 공간' 같았고, 안에 발을 들이고 보니 더욱 그랬다.

내 이름이 적힌 방문증(스펠링이 세 군데 틀렸다)을 받아 들고 나서 몰래 사진을 찍어 엄마에게 보냈다. 엄마는 하루종 일 문자 메시지를 마구 연발했고, 그건 나도 마찬가지였다. 내 가 에번 데이비스와 얘기하게 될 거라고 확인해주자 엄마는 미소와 하트 뿅뿅과 흔드는 손 이모지를 보냈고, 나는 그것을 긍정적인 반응으로 해석했다.

당신이 라디오 녹음실에 가본 적이 없다면(그때까진 나도 가볼 일이 있을 거라곤 상상도 못했다), 기본적으로 그곳은 방음시설이 아주 잘 갖춰지고 마이크가 있는 청소도구함이라 고 말해두련다. 공기가 꽉꽉 들어차 있어서 꼭 솜뭉치 상자 속 에 앉아 있는 기분이다. 순수한 고요가 얼마나 당황스러운지 는 직접 경험하기 전까지 깨닫지 못한다.

심지어 머릿속 꼬마 악마들마저, 평소엔 끊임없이 떠들어 대는 그놈들마저 조용했다.

과거 회사생활을 하던 시절, 나는 컨퍼런스 콜로 우리 부서 의 비용 증가를 해명하는 프레젠테이션을 진행한 적이 있었 다. 몇 주 동안 발표 자료를 준비하고 예행연습을 하며 다듬은 끝에 나는 나름 내 연설이 완벽하다고 자부했다. 드디어 회의 에 들어가기 일 분 전, 입안이 바짝 마르는 느낌이 들었다. 오 분이 흐르자 목소리가 완전히 맛이 갔다. 결국 발표 도중에 양 해를 구하고 가장 가까운 정수기로 달려가야 했다. 그때 기억을 떠올리면 아직도 뱃속이 부글거리고 얼굴이 기분 나쁘게 따끔거린다.

지금, 녹음실 안에서, 그때와 비슷하게 입이 말라가는 게 느껴졌다. 나는 입술을 핥았고, 보안요원이 나간 것을 확인한 다음 몰래 가방에서 텀블러를 꺼냈다. 음향을 시험하던 엔지니어는 내가 물을 벌컥벌컥 들이켜는 소리를 분명 낱낱이 들었겠지만, 감사하게도 그에 대해 일언반구도 꺼내지 않았다. 그동안 내내 장비 사용법을 자세히 설명했을 뿐이다(내 목소리를 들으려면 버튼을 눌러라, 소리를 끄려면 불이 들어오지 않은 상태로 놔둬라, 헤드폰은 계속 쓰고 있어라, '방송중' 불이 꺼지기 전까지는 자리를 뜨지 마라).

에번 데이비스가 처음 내게 말을 걸었을 때 나는 아찔한 유체이탈의 순간을 경험했고, 그때 내 머릿속엔 내가 미친 게 틀림없어, 라디오에 나오는 사람이 나한테 말을 걸고 있어, 라는 생각뿐이었다. 그날 어떤 신이 당번이었든 그 인터뷰가 사전녹음이라는 사실에 그저 감사할 뿐이었는데, 나의 불안과 긴장이 몇백 킬로미터 떨어진 런던에서도 분명 들렸을 것이기 때문이다.

어쨌거나 데이비스는 완벽한 프로페셔널이었고, 상대를 안심시키고 기운을 북돋는 데 탁월한 능력자였다. 인터뷰 자체는 친구와 수다를 떠는 것처럼 느껴졌고, 몇 분 지나지도 않은 것 같은데 끝나버렸다.

도서관에서 일하면서 생긴 모든 신나고 멋진 일들 가운데 내 인생 톱 5에 드는 사건은, 에번 데이비스가 내 트위터 닉네임을 설명하는 것("그럼프grump는 성질이 더럽다는 거고, 위치witch는…… 말 그대로 위치, 마녀죠. 성질 더러운. 마녀.")을 듣는 일이었음을 인정해야겠다. 그 기억은 무덤까지 갖고 갈 거다.

물론 그 방송의 결과로 내 트위터 계정은 또 한번 엄청난 팔로워 급증 사태를 겪었지만, 세상 모든 리트윗과 팔로워보다 내게 더 뜻깊었던 건 할머니에게서 받은 전화 한 통이었다.

"네 할아버지가 살아서 이걸 들었어야 하는데 말이다, 앨리. 퍼클렘트*했을 텐데. 널 정말 자랑스러워했을 거야."

우리 할아버지는 진지한 얼굴로 농담을 하는 짓궂고 익살맞은 사람으로, 칭찬에 인색하고 손주들에 대한 기대치가 높았다. 나는 할아버지를 무척 좋아했다. 할아버지는 내게 보여주려고 과학과 문학과 기술 잡지에서 기사를 오려 클리어파일에 모아두곤 하셨다. 할아버지는 내게 처음으로 테리 프래쳇**의 책을 사주신 분이다. 우리는 번갈아가며 그 시리즈를 돌려 읽었고, 이어서 해리 포터를 독파하고, 그 밖에 마법과

---

* verklempt. 감정이 북받쳐 목이 멘다는 뜻의 이디시어.
** 코믹판타지 시리즈 '디스크월드'로 유명한 영국의 베스트셀러 작가.

몬스터를 다룬 수많은 소설을 함께 읽어치웠다. 할아버지와 부모님은 어릴 때부터 도서관 마법을 향한 나의 사랑에 불을 지피고 기름을 부어 부추겼다.

할아버지는 돌아가실 때 내게 아름다운 파커 만년필 컬렉션을 남기셨는데, 내가 취미로 판타지소설을 끄적거린다는 것을 아셨기 때문이다.

할아버지가 어디에 계시든 그곳에서도 라디오4의 주파수가 잡혔으면 좋겠다.

9장

지식의 대성당

4월 일일 이용자(평균): 103

4월 일일 문의(평균): 38

4월 일일 인쇄 페이지(평균): 95

4월 폭력 사건: 1

어린이 프로그램 참석률: 85%

4월 일일 복사 페이지(평균): 70

4월 시계 건전지 무상 지원(총계): 29

4월 반려견 배변봉투 무상 지원(박스, 총계): 7

4월 훼손/분실 도서(총계): 19

4월 생리용품 무상 지원(박스, 총계): 33	
체크리스트 미작성일: 0(훨씬 좋아졌네, 대체 직원들에게 통계 기록 교육을 지금처럼만 해줘─린다)	
4월 도서 신청 완료: 202	
4월 음식물쓰레기 봉투 무상 지원(박스, 총계): 4	
도서 기부(박스, 총계): 3	
성인 프로그램 참석률: 75%	
건물 유지보수 사항 보고(총계): 7	
수리 완료: 1	
미해결 유지보수 건: 6	

"저기요. 우리 아들이 똥을 쌌는데요."

도서관 일은 지극히 초현실적이고 예측 불가능하며 기존에 알려진 어느 차원에서도 일어난 적 없는 사건들이 벌어진다는 점에서 꿈의 직업이다. 어느 순간에는 자선기금 복권을 판매하고 있는가 하면 다음 순간에는 굶주린 싱글맘을 위로하기도 하는데, 사람들은 당신이 기함할 만한 일을 끊임없이 찾아낸다.

도서관에서는 꼭 필요한 경우 아이 부모에게 무료 기저귀(필요에 의해 도서관 직원이 기부한)를 제공한다는 사실뿐 아니라 솔직히 난폭하게 분변을 흩뿌리는 당신 아기의 기저귀를 가는 데 책장은 적절한 장소가 아님을 설명하고 난 후, 나는 한숨을 내쉬고 체액 청소 키트를 집어들었다.

모든 도서관에는 체액에 대한 조치법이 있다. 그게 얼마나 자주 쓰이는지 알면 깜짝 놀랄 것이다.

아니, 놀라지 않을지도.

'피해는 주지 말되 모욕shit**은 참지 말 것'**이라는 원칙을 기억하는지? 그 모욕이 문자 그대로 똥shit일 때도 있고, 참을 수밖에 별 도리가 없을 때도 있다는 얘기를 했어야 하는데. 미안하구려.

*

라디오4 〈PM〉 인터뷰 이후 더 많은 언론 매체에서 나의 트윗 타래를 언급했다. 그리고 소셜 미디어에서 콘텐츠를 가져가 아무 가공 없이, 때론 출처 표기도 없이 그냥 복제해서 퍼뜨리기만 하는 몇몇 낚시성 사이트에서도 내 트윗을 긁어다 뿌려댔다. 다른 건 그렇다 쳐도, 〈더 선〉이 내 얘기를 제멋대로 갖다 쓰면서 나를 '남자'라고 부르다가 '청년'이라고 하다가 결국 '사람'이라고 했는데, 라디오 인터뷰 이후 나를 지칭하는 대명사를 제대로 수정했다는 얘기를 들었다.

칭찬할 건 칭찬하자면, 몇몇 웹사이트에서는 나의 트윗 타래와 도서관에 대해 좀더 전반적으로 다룬 기사를 게재하기 전에 미리 내게 연락을 주었다. 심지어 추가적인 언급과 해명—굴욕인 동시에 영광이었다—을 하게 해준 곳도 있었는데, 그중에는 서점과 도서관의 작가와의 만남을 비교한 내 트윗에 관해 밸 맥더미드*가 정정해준 사항도 있었으며, 나는 그 내용을 곧장 내 원래 트윗 타래에 멘션으로 올렸다.

나는 틈만 나면 다이렉트 메시지와 더 많은 정보 요청에 답을 보냈다. 라디오4의 또다른 인터뷰에 출연했고, 라디오 스코틀랜드와 전화 인터뷰도 했는데, 이건 훨씬 격의 없는 자리였고, 방방마다 나를 쫓아다니며 야옹야옹 관심을 요구하는 나의 길거리 출신 반려묘(얘는 내가 제 친엄마라고 철석같이 믿고 있다) 때문에 아주 약간 망쳤다.

그사이, 위대한 로스크리 제빵대회 준비는 순조롭게 진행되고 있었다. 애덤이 또 동네 빵집들에 연락을 취했고, 한 체인점 대표는 '전문 심사위원'으로 행사에 참여하여 동점인 경우 최종 순위를 가려주기로 했다. 애덤은 동네 슈퍼마켓에도 연락해서 빵틀부터 아이싱 키트와 나무스푼 세트에 이르기까지 다양한 제빵 관련 물품을 상품으로 협찬받았다.

---

* 스코틀랜드의 유명 범죄추리소설 작가로, 대표작으로 프로파일러 토니 힐 시리즈가 있다.

나는 엽서처럼 초대장을 만들어 사람들이 책을 대출할 때 바코드를 스캔하면서 책갈피에 슬쩍 끼워넣었다. 심지어 근처 다른 도서관으로 반납되는 책들에도 초대장을 끼워넣었다.

우리 사이에는 암묵적 공감대가 형성되어 있었다. 제빵대회는 도서관 자체의 홍보뿐 아니라 피비와 헤더라는 쌍둥이 족쇄 없이 우리 도서관이 얼마나 번창할 수 있는지 윗선에 뽐낼 수 있는 좋은 기회가 될 터였다. 만약 우리의 이 적극적 선제조치가 결실을 맺는다면, 최전방에서 근무하는 직원들이 좀더 많은 자율성을 누릴 수 있는 계기가 될 것이다.

린다의 말에 따르면, 로스크리의 프로그램 참석률과 장서 회전율 정도면 더이상 즉각 강등될 위험은 없었고, 따라서 예산과 직원이 깎일 염려도 없었다. 그러나 그럭저럭 버티는 것 이상을 원한다면 아직 갈 길이 멀었다.

가장 큰 문제는, 애덤과 에밀리와 나 모두 공감했다시피, 사람들(특히 공부나 일을 하는 청년층과 아이가 없는 사람들)이 도서관의 존재 자체를 모른다는 사실이었다. 시험삼아 건물 앞에 도서관이 열려 있음을 알리는 간단한 입간판을 세워놨더니 그날 이용자 수가 평소의 두 배를 넘겼고, 그들 중 대다수가 로스크리에 아직 이용 가능한 도서관이 있는 줄 몰랐다며 놀라움을 표했다. 입간판은 이후 비바람에 망가지고 끝내 누군가가 파손하고 말았지만 중요한 시사점을 남겼다. 지역사회가 도서관을 둘러싸고 일종의 집단 기억상실증에 걸린 모양이었다.

우리는 그들이 무엇을 놓치고 있는지 일깨워야 했다.

나는 내 트위터 계정에서 익명성을 걷어내면 어떨까 생각해보았다. 그 무렵 팔로워는 대략 만오천 명이었고, 그중에는 유명 작가를 포함해 대중에 이름이 알려진 사람들도 제법 있었다. 내가 제빵대회의 시간과 날짜와 장소만 간단히 언급하기만 해도 그 파급력은……

무척 유혹적이었지만 결론적으로는 불가능했다. 애초에 내가 그간의 관찰과 소견을 트위터에 기록하고 배포할 수 있었던 건 오로지 익명의 안전성 덕분이었다. 모든 시 자치체는 소셜 미디어 사용과 홍보에 지극히 엄격한 가이드라인을 적용했다. 시의회 페이스북 계정에 우리 제빵대회 관련 포스팅을 올려준 사람을 시의회 홍보팀에서 적발하여 괴롭힌 일로 이미 그쪽과 한바탕 옥신각신한 전력이 있었다. 그 불쌍한 양반이 우리의 집요한 노출 요구에 못 이겨 게시물을 올리긴 했지만, 뭐가 됐든 어차피 그 계정에 올라오는 어마어마한 분량의 포스팅과 알아들을 수 없는 전문용어로 쓸모를 잃은 정보의 홍수 속에 즉각 묻혀버렸을 것이다.

사실 도서관 경영진은 대체로 소셜 미디어에 대한 이해도가 낮은 편이다. 그들은 광활한 시의회 지역을 커버하는 단 하나의 페이스북 내지 트위터 계정을 좀더 지역 수요에 맞게 잘게 쪼개야 할 이유를 이해하지 못했다. 온라인에 정보를 올리면 됐지! 30킬로미터 넘게 떨어진 도서관이나 스포츠센터, 커뮤니티센터의 뜬금없는 공지를 하루에 삼십 개씩 올리는 계정을 누가 팔로우하든 말든 무슨 상관이야?

헤더가 관리운영규정과 업무지침을 너무 좋아한다고 생각했는데, 도서관 가장 윗선의 홍보팀에 비하면 새 발의 피였다. 모든 트윗, 모든 포스팅, 종이에 쓴 인용구와 문장 하나하나까지 일군의 법률가와 관료들의 점검을 받아야 했고, 그들의 역할은 모든 문장에서 인간성과 유쾌함을 제거하여 되도록 애매모호하고 무의미하게, 감사위원회 회의처럼 시 자치체 규정에 딱 들어맞게 만드는 것이었다. 홍보물이든 광고물이든 단순한 공지사항이든 그 절차를 통과할 즈음엔 이미 다 유효기간이 지났다.

도서관 일이 대부분 다 그렇듯, 뭐든 성사시키는 유일한 방법은 조용히 알아서 해치우는 것이다.

하여간 허락보다 용서를 구하는 게 더 쉽다니까.

＊

나쁜 소식은 늘 셋씩 짝지어 온다. 우리 아버지는 저 문구를 맹신했고, 요즘 들어선 나도 그러함을 인정해야겠다.

드물게 있는 비번 날에 나는 치토의 죽음을 알게 되었다. 지역신문 1면에 실린 그의 사진을 알아본 나는 곧장 신문 한 부를 낚아챘다.

그날 저녁 치토는 다른 도서관 단골과 수다를 떨고 근처 피시앤칩스 식당에 들르느라 귀가가 약간 늦어졌다. 한동안 치토를 괴롭히던 청년 패거리가 그가 사는 건물 입구에 모여 있었다. 치토는 고개를 푹 숙이고 다녔지만, 그의 안타까운 생방송 중얼거림이 사달의 빌미가 되고 말았다.

정확히 어떻게 된 일인지는 알지 못한다. 치토는 절대 고의로 그놈들한테 맞대들지 않았을 것이다. 놈들은 전부 술에 취한 상태였고 계속 술을 마시고 있었다. 치토는 온순하고 불안한 영혼이었다.

놈들은 치토를 두들겨팼다. 한 놈은 유리병까지 들었다. 그렇게 치토가 죽었다.

단골을 잃는 것은 늘 힘든 일이지만, 치토의 죽음처럼 끔찍한 사건과 그에 따른 여파는 예기치 못한 형태로 우리에게 모습을 드러냈다.

우리는 저마다 한동안 치토의 컴퓨터—정말로 그의 컴퓨터로 여겨졌다—를 다른 사람들에게 선뜻 배정하지 못했다, 특히 평소 치토가 오던 시간대에는.

신문에 의하면 치토는 건강이 악화(그는 정신에 영향을 미치는 모종의 질병 내지 상처를 안고 있었는데, 그걸 완곡히 표현한 듯했다)되기 전에 IT 전문가였고, 여자친구와 아파트를 빌려 삶과 커리어를 일구며 살았다.

다른 단골들도 치토에 대해 숨죽여 얘기하기 시작했다. 자세한 이야기를 청해 들은 적은 없지만, 시간이 지나면서 조금씩 치토의 인생을 그려볼 수 있게 되었다.

종종 나는 무슨 일로 그가 IT 전문가 존에서 우리 모두가 아는 중얼거리는 치토가 되어버렸는지, 그 원인이 된 사건이 궁금해진다. 내가 아는 건 그 사건 이후 그가 알코올의존증에 빠졌다는 사실이다. 그는 자신을 괴롭히는 불안과 싸우기 위해 허구한 날 술을 마셨다. 그는 아파트를 날렸다. 그의 여자친구가 떠났다.

그의 아버지가 알코올 관련 질병으로 세상을 뜨자 치토는 정신을 차리기로 결심했다. 그러자 그의 정신 상태가 호전되기 시작했다. 더이상 끊임없이 덜덜 떨며 이를 맞부딪치지 않았다. 대신 그 조용한 실황 중계가 시작됐다. 내가 거의 좋아하게 되기까지 한 그의 웅얼거림.

치토는 비좁은 임대주택에서 나오고 싶어했다. 그 건물에는 알코올의존증을 부추길 만한 것들이 잔뜩 있었고 마약에다 당연히 폭력도 난무했다.

사망 당시 그는 새집에 입주하기 위해 대기자 명단에 이름을 올린 상태였다. 우리가 도서관에서 준 도움으로 자신감을 얻은 치토는 지역 사회복지사에게 연락했고, 포기해버렸던 예전의 자신으로 돌아가려고 변화를 모색했다. 구직활동에서 1차면접 이상은 넘어가지 못했지만, 도서관에서 새로 사귄 친구들이 술을 끊은 그를 지지하고 격려하며 각종 팁과 연락처를 공유했다.

도서관 일의 원칙은 이용자들에게도 적용된다. **도서관에 오는 사람들은 책 못지않게 중요한 자원이다.** 이 원칙은 시시때때로 불쑥 튀어나온다.

치토 이야기가 그렇게까지 특이한 것은 아님을, 나는 깨닫게 됐다. 우리의 단골 장기 구직자 중 많은 수가 장애가 있거나, 과거에 중독자였거나, 업무 능력을 방해할 만큼 심각하지만 노동연금부에서는 보조금 수급 자격을 부여할 만큼 심각하다고 여기지 않는 정신질환을 앓고 있다. 그들 중 많은 수가 유해한 상황에서 벗어나기 위해 적극적으로 노력하고 있다. 거의 모두가 더 나은 주거, 교육, 지원, 치료, 의료 전문 서비스를 신청하고 대기중이다. 거의 모두가 나처럼 트라우마를 경험했다.

그들이 시간을 낭비하고 있는 게 아니다. 그들은 평생 얼굴도 모르는 관료와 관공서의 불필요한 요식행위에 시간을 낭비당하며 살았다. 진작에 지원을 해줬다면, 아니 정당하게 받을 권리가 있는 지원을 요청하는 방법을 진작에 누가 알려줬다면, 대부분 취업을 하고도 남았을 사람들이다. 그들을 지원하고 보조해야 할 바로 그 시스템 때문에 오히려 그들은 우리가 상상도 못할 일들을 겪어왔으며 또 좌절을 맛봐야 했다.

도서관은 바로 그런 사람들에게 필요하며, 도서관이나 시의회 자원 배분 문제에서 가장 목소리가 들리지 않는 이들이 바로 그런 사람들이다. 그들은 더 나은 대접을 받아야 마땅하다.

＊

우리는 헤더가 단계적으로 업무에 복귀할 거라는 통지를 받았다. 처음엔 주 이틀, 그다음엔 주 나흘 일하다가 차차 풀타임으로 복귀할 예정이며, 바로 그 주부터 시작한다는 것이었다.

애덤과 에밀리와 나는 그날 오후 서둘러 자재실에서 회의를 열었다. 헤더가 관리사무실에서 거의 나오지 않을 것(병가 전에도 그랬던 것처럼)임은 알았지만, 신중을 기해 우리의 홍보활동은 물밑에서 진행하기로 했다. '모르쇠'로 일관하는 작전이다. 그래도 언젠가는 헤더가 제빵대회에 대해 알아낼 것이고, 헤더의 그간 공적이 말해주는바, 규제를 통한 말살을 시도할 가능성이 다분했다.

피비에 대해서는 아무 얘기도 들리지 않았고, 그 점은 다행이었다. 우리 계획에 꼬투리를 잡고 딴죽을 걸 사마귀가 없다면 헤더의 주의를 적당히 분산시키는 일은 훨씬 쉬워질 것이다. 떠도는 소문에 의하면 피비는 헤더와 린다 둘 다를 상대로, 아이러니하게도 '적대적 업무 환경'을 조성했다면서 정식으로 항의를 올렸다. 그런데 위에서는 헤더를 살살 달래서 이렇게 제자리로 복귀시켰으니, 피비의 반응이 어떨지는 짐작만 할 뿐이었다.

이튿날 아침 나는 오전 여섯시쯤 린다의 문자 메시지를 받고 깜짝 놀랐다.

오늘 아침 도서관에서 공공기물파손 건이 보고됐어. 내가 지금 자리를 비울 수가 없어서, 부디 조심하고 도서관에 도착하자마자 경찰에 신고해. 경보기가 울리지 않았으니 외부 침입자는 없어. 별일 없이 무사하길.

그날 아침은 춥고 어두웠다. 밤사이 기세를 더한 사나운 바람이 아침까지도 계속 맹위를 떨쳤다. 빗방울이 안경을 후려치는 바람에 나는 경보기 패널을 더듬더듬 찾아 누르고 간신히 도서관 안으로 들어갔다.

공기가 얼음처럼 차가웠다. 발밑에서 뭔가 와그작 부서졌다.

바닥이 자잘한 유리 파편들로 반짝거렸다. 카펫이고 책장이고 할 것 없이 온통 유릿조각으로 뒤덮였다. 얼음장 같은 찬바람까지 불어대니 도서관은 마치 하룻밤 새 겨울왕국이 되어버린 것 같았다.

1층의 창문 몇 개가 박살난 상태였다.

나는 까치발로 데스크로 걸어가 전화기에서 유릿조각을 털어내고 경찰에 전화했다. 기계적으로 사건을 신고한 다음 린다에게 연락을 했고, "최선을 다해 장소의 안전을 확보하고 최대한 빨리 개관하라"는 간결한 지시를 받았다.

찬바람이 또다시 유리 파편을 뒤흔들어 눈송이 날리듯 이리저리 흩어놓을 때 나는 한기가 들어 부르르 몸을 떨었다.

나는 조심스레 발밑을 골라 디디며 직원실로 향했고, 이제 유리가 신발에 박혔다.

창문을 판자로 막기 위해 수리공이 오는 중이라고 했다. 나는 깨진 유리만 처리하면 됐다.

나는 협소한 직원 탕비실 문을 닫고 주전자를 불에 올렸다.

일단 극복이 불가능해 보이는 과업이나 방해물에 직면했을 때 이것이 내가 제일 먼저 하는 일이다. 나는 차를 끓인다. 한 잔은 나를 위해, 또 한 잔은 과업을 위해. 나는 과업을 초대하여 마주앉는다. 미친 짓거리로 보일 테고 누가 나한테 미친 짓이라고 한다면 나도 동의할 것이다. 하지만 그로써 나는 쓸데 없는 고심에 빠져들지 않고 좌절과 낙담에 배출구를 제공할 수 있다. 자신 있게 말하건대, 나의 소소한 다례는 백 퍼센트 심리학자가 보증한 행위다. 어쨌든 최소한 나의 담당 임상심리학자는 찬성했다.

난제를 초대한다. 함께 자리에 앉는다. 차를 마신다. 난제를 뚫어져라 쳐다본다. 난제에게 내가 앞으로 무엇을 어떻게 할 계획인지 구체적으로 얘기한다. 그런 식으로 어떻게든 계획을 강구해낸다, 아주 막연한 계획이라도. 악에 받쳐 발휘되는 생산성.

나는 맞은편 찻잔에 대고 얘기했다. 진공청소기를 갖고 와서 유리 가루를 치울 거야, 그다음에 책상과 책장 위를 정리한 다음 또 진공청소기를 돌리는 거지. 네가 날 괴롭히게 놔두지 않을 거야. 해야 한다면 그 망할 것들을 맨손으로 집을 수도 있어. 네가 날 괴롭히는 걸 좌시하지 않을 거라고.

머그잔이 조롱하듯 나를 향해 김을 피워올렸다.

"그걸로 되겠어?" 내가 말했다. "그 정도로 날 절망에 빠뜨릴 수 있을 거라 생각해? 난 미친 여자야. 나를 무너뜨리려면 좀더 힘을 내야지. 난 빌어먹을 찻잔한테 말을 거는 여자야. 난 뭐든 할 수 있어!"

나는 차를 다 마시고, 맞은편 잔을 집어들어 싱크대에 차를 부었다. 나만의 정화의식이었다. (집에서는 차가 식을 때까지 기다렸다가 화분에 부어준다.)

*

이쯤해서 나의 트위터 아이디 'grumpwitch'의 'witch'에 대해 언급해두어야 할 것 같다.

열두 살 때쯤 나는 한창 '고스족' 시기였고(이후로도 그 시기에서 완전히 빠져나오지는 못한 듯하다), 그 얘기를 들은 마음씨 좋은 친구인지 친척인지가(어느 쪽이었는지 기억나지 않는다) 마리나 베이커의 『십대 마녀들을 위한 주술』이라는 책을 내게 선물로 주었다. 눈길을 사로잡는 주황색 표지에 기괴한 일러스트와 동그랗게 말린 서체를 사용한 그 책은 1990년대 말과 2000년대 초를 휩쓸었던 십대 초반 '알트걸*' 시장을 주요 타깃으로 했다.

아쉽게도 여러 번의 이사와 집안의 격동기를 거치면서 그 책은 어디론가 사라져버렸지만, 맨 처음 책장을 넘겼을 때 느꼈던 가벼운 당혹감이 아직도 기억난다. 다시 책장을 넘기면

---

* alt-girl. 주류에서 벗어나 하위문화를 지향하는 십대 여성을 지칭하며, 주로 머리 염색과 중고 옷, 얼터너티브 음악과 반항적 태도 등으로 특징지어진다.

서는 호기심이 들었고, 그다음에는 서서히 눈앞이 밝아지는 느낌이었다.

책에는 '주문'이 수록되어 있었는데, 기본적으로는 십대 여자애들의 소망이나 요구에 부응하는 일련의 방법론을 레시피 스타일로 알기 쉽게 설명한 책이었다. 가령 시험 스트레스를 완화하는 주문, '기우 주문'(예상했겠지만, 비를 내리게 한다), 평화를 비는 주문 등등. 전부 다 매우 건전하고 친절하며 기운을 북돋아주었고, 궁극적으로 무해한 편이었다.

우연히도 그 책은 내가 처음으로 엄청난 트라우마와 스트레스를 상대하고 있을 때 내 손에 들어왔고, 거기에 나온 소소한 의례들에서 나는 깊은 위안을 발견했다. 비록 그 주문들이 약속한 결과를 가져오는 경우는 드물었지만. (아니 정말, 스코틀랜드에서 누가 비를 내리는 주문을 필요로 하겠는가?)

내가 그 책에서 얻은 것은, 나나 어느 십대라도 날씨에 영향을 미칠 수 있다거나 세계 평화를 이룩할 수 있다는 얘기가 아니었다. 그 책이 종교 없이 자란 내게 가르쳐준 것은, 때로는 의례가 위안을 주기도 한다는 사실이었다. 때로는 약간의 믿음이나 소박한 의지(오늘밤엔 푹 잘 거야)를 세상에 불어넣는 것이, 모르긴 해도 한 여자애에게 약간이나마 야무진 자신감을 가질 수 있게 해준다.

신만 아시겠지만 생애 그 시기에 나는 거의 아무것에도 자신감을 가질 수 없었다.

좀더 나이가 들자 십대다운 냉소주의가 스며들면서 그 책은 서랍장 어딘가 깊숙한 곳에 처박혔다. 자존심 강한 십대라면 신령한 힘을 불러내기 위해 붉은 초를 켜고 적정한 각도로 서 있는 모습을 결코 들키고 싶지 않을 것이다. 그때 내게는 과학과 냉소주의, 냉철한 현실 인식만이 전부였다. 감성이 아니라 이성과 팩트!

오랫동안 나는 반짝이는 돌멩이를 손에 쥐고 소원을 빈다든가, 숲에서 요술지팡이를 찾아다닌다든가, 혹은 한줌의 향과 적절한 집중력만 있으면 세상을 바꿀 수 있다고 잠깐이나마 믿는 해방적 경험을 수용한다든가 하는 데서 무한한 위로를 얻을 수 있음을 혼잣속으로조차 감히 인정하지 못했다.

나의 새로운 대처 방법 ─ 다양한 형태의 자해, 은둔, 건강을 해치면서까지 학교 과제에 파묻히기 ─ 이 이성적이고 심지어 '올바른' 길이라고 믿도록 나 자신을 속였다.

아동청소년 정신보건센터에서 담당 정신보건 간호사를 만난 후 대기실에 앉아 기다리다가, 마치 그 생각이 내 몸 바깥에서 들어온 것처럼 퍼뜩 깨달음을 얻은 기억이 지금도 생생하다. 병원에서 수행했던 안정화 기법, 시각화, 인지행동치료 사고훈련, (나중에 명명되듯) 마음챙김 프로그램들은 내가 십대 초반에 '마녀'로서 행하던 '주문'과 거의 똑같았다.

우린 모두 마법을 부릴 수 있다고 생각한다. 최고의 도서관들에 흘러넘치는 그런 마법 말이다. 생각만으로 비를 내리게 하거나 막대한 재산을 소환하지는 못할지라도, 실제로 우리 자신을 바꿀 수 있다. 우리는 플라세보와 간단한 환상에도 쉽게 넘어가는 단순하고 원시적인 존재다.

그러니까 나는 맞은편에 찻잔을 놓고 앉으면서 뜨거운 김 속에 또다른 존재를 시각화하고, 문제를 의인화하는 것으로 나만의 마법을 일으키는 것이다. 나의 단순하고 원시적인 두뇌를 문제해결 모드로 강제 가동시킨다. 나 자신의 힘을 소환한다. 꼬마 악마를 물리치거나 또는 같이 문제를 풀게 만든다.

내게 트라우마 치료법은 마법이다. 말 그대로 두뇌를 다시 프로그래밍하는 것이다! 지혜로운 가이드와 함께 과거로 들어가는 주술적 여행이다. 산산조각난 기억을 다시 짜맞추고 오래된 꼬마 악마들과 한자리에 모여 앉는 것이다. 나를 괴롭혀온 짐승과 함께하는 자리를 마련하고, 내가 더이상 먼저 눈을 깜박이지 않을 때까지 정면으로 마주보는 것이다.

종교를 믿기 때문이 아니라 영혼을 믿기 때문에 나 자신을 마녀라고 부른다. 스스로의 힘을 믿기 때문에 나 자신을 마녀라고 부른다. 우린 모두 스스로 생각하는 것보다 훨씬 더 강하다고 믿기 때문에 나 자신을 마녀라고 부른다. 우리는 스스로에게 그에 응당한 믿음을 주어야 한다. 꽉꽉 채워진 책장, 나무가 되는 씨앗, 병을 낫게 한다고 두뇌를 속이는 설탕 알약에 마법이 깃들어 있다고 믿기 때문에 나는 나 자신을 마녀라고 부른다.

그래서 내가 미쳤다고 한다면…… 뭐, 이미 늦었다. 나는 마법을 쓰기 훨씬 전부터 미쳐 있었고, 마법 없이는 훨씬 더 미쳐버릴 거라고 제법 확신하는 바이다.

＊

대여섯 살 때쯤 아버지와 함께 글래스고의 미첼도서관에 간 적이 있다. 아빠는 소설을 애독하는 사람이 아니었다. 지금도 아니다. 엄마가 항상 동네 도서관을 뻔질나게 드나드는 애용자였다면, 아빠는 기록물이나 물리 및 기계 쪽에 관심이 많았다. 천생 엔지니어였다. 그 무렵 아버지는 자신의(우리의, 라고 해야겠지) 가계도를 연구하고 있었고 그러느라 지역 공문서(출생, 사망, 혼인 신고서)가 보관되어 있는 미첼도서관에 가게 됐다.

비바람 부는 우중충한 날이어서 우리는 기차역에서부터 줄곧 뛰었다. 책 무더기 주변을 발끝으로 살금살금 걸어다닐 때 내 머리카락에서 어깨로 물이 똑똑 떨어지던 기억이 난다. 그 시절에는 모든 움직임이 고요히 이루어졌다. 책을 탑처럼 쌓아두고 공부 삼매경에 빠진 학생들 모습에 나는 매료되었다.

특히 한 남자에 대한 기억이 유독 또렷한데, 지금 생각하니 이십대였을 것이다. 두꺼운 안경테에 그 당시 내 머리통 양쪽을 다 가릴 만큼 커다란 헤드폰을 쓰고 있었다. 그는 한 손으로 턱을 괴고 다른 손으로는 거의 숭배에 가까운 손길로 책장을 넘기며 앉아 있었고, 커다랗게 확대된 눈동자는 가공할 속도로 텍스트를 따라 이리저리 휙휙 움직였다.

먼지를 머금은 공기가 육중하고 먹먹하게 가라앉아 있었다. 반 아이들을 따라 동네 작은 교회에 처음 갔을 때 우리를 휩싸던 정적이 생각났다—당시 우리로서는 불가해한 숭앙심이랄까, 드높은 천장과 반지르르 광택이 도는 가지런한 신도석과 맺어진 어떤 정서랄까. 교회는 우리 동네 건물 대부분이 그렇듯 기하학적 모양에 장식 없는 콘크리트 건물이었고, 가능한 최대로 불편하게, 사람이 머물기에 부적합하게 설계된 것 같았다.

그와 대조적으로 미첼은 성당이었다. 고색창연했고 고요한 경배가 가만가만 테이블을 토닥였다. 여기, 이 훌륭한 긴 테이블 중 하나에, 성직자가 앉아 있다. 저 사람은 헤아릴 수 없을 것만 같은 책더미의 미로를 항해할 수 있을 뿐만 아니라 그 안에서 편안해 보였다. 저 사람은 이 장소의 사용법을 익히는 데 얼마나 오래 걸렸을까? 이 정보의 성전에서 공부하는 방법을 연구하면서 얼마나 많은 시간을 보냈을까?

그쯤 되자 아빠는 내가 더이상 자신을 쫓아다니고 있지 않음을 알아챘다. 아빠는 내가 그 학생을 빤히 바라보고 있는 곳으로 되돌아왔다. 흠뻑 젖은 옷이 내 주변으로 조그만 웅덩이를 만들고 있었다.

"자자, 앨리. 우린 금방 갈 거야."

내가 그 학생의 외모를 똑똑히 기억하는 이유는 그가 내게 표상한 것, 도서관 자체가 내게 표상하는 것 때문이라고 생각한다. 그 시점까지 나는 우리 동네 조그만 공공도서관밖에 가본 적이 없었다. 학교에는 도서실이 아예 없었고, 그래서 도서관이 어떤 곳이 될 수 있는지에 대한 온전한 그림이 순전히 그 소규모 공공도서관으로만 이루어져 있었던 것이다.

나의 가장 무모한 책벌레 꿈속에서도 그렇게 광활하고, 그렇게 기록과 이야기가 가득 들어찬 도서관이 가능하리라곤 상상조차 하지 못했다. 그 안에서 길을 찾으려면 표지판이 필요하다니! 우리 동네 도서관의 미로 같던 '일반소설' 서가는 여기에 비하면 완전 미니어처였고, 게다가 여긴 기록보관실에 불과했다. 이 건물에는 여러 층이 있다! 층마다 책이 가득가득! 책장 위에 책장, 각 분야 속에 또 세부 분야!

미첼도서관은 성당이고, 그 종교는 지식이다. 지금도 나는 그곳에 발을 들이면 사방의 석조 벽면 내부에서 마법이 느껴진다. 현대적으로 리노베이션을 한 후에도, 그곳의 공기는 압축된 지식으로 농밀하다.

첫 방문 이후 몇십 년이 지나서, 나는 내 가장 절친한 친구 두 명이 그 신성한 홀에서 서약을 나누는 모습을 지켜보는 영광을 얻게 된다. 시 자치체에서 잠깐 도서관 내 결혼식을 허용했을 때였다. 정말 믿을 수 없을 만큼 멋진 분위기였다!

나의 트윗 타래에 대한 반응을 읽으면서, 특히 처음 보는 사람들이 자기네 동네 도서관에 보내는 진심어린 연애편지를 읽으면서, 나는 어렸을 적 느꼈던 그 힘을 다시 감지했다. 한동안 나는 도서관이라는 단어를 업무, 사내 정치, 월급, 교대근무, 근무표, 충돌, 가난 같은 개념과 연계하곤 했다. 애초에 그 절망적인 시절에 도서관에 구직원서를 넣게 만들었던 그 힘을 까맣게 잊고 있던 것이다. 그 마법을.

구직 초기 절망적인 나날들—실로 절망적이었다—의 나 자신과 지금의 나 사이의 대비는, 용기를 내서 당시 내 일기장을 들춰보면 더욱 분명해졌다. 그때 나는 일일 계획표를 짜는 습관이 있었다. 그날의 할일 목록을 간략히 적어 스스로에게 부과하고, 완료 여부에 따라 체크박스에 표시를 하든가 줄을 쫙 그어 지웠다.

면접일까지 몇 주 동안, 그리고 그뒤로도 한동안 나의 할일은 날마다 똑같았다.

선로에 서지 말고 기차에 탈 것.

나는 늘 그래왔듯 착한 모범생답게 부지런히 체크박스에 표시했다―완료!

밑바닥에 가라앉아 있던 그 시절에도 내 안의 무엇인가는 도서관의 힘을 인지하고 손을 뻗었다. 내가 항상 진짜로 안전하다고 느껴온 장소에 나의 마지막 희망을 꽂았다.

지금은, 고용 불안정성과 더불어 마약 패거리와 칼부림과 벽에 움푹 팬 의자 자국의 기억이 아직도 생생하고, 동료의 배신에서 오는 미묘한 스트레스에다 오늘의 무차별 공공기물파손까지 더해져 그때의 불꽃을 완전히 망각하고 있었다.

이대로는 안 된다. 나는 그 마법을 다시 일으켜야 했다.

＊

수리공이 창문을 막으러 오는 동안, 오늘의 불운한 비정규직 동료 멤버 클레어가 내게 도움의 손길을 주기 위해 징집되었다. 고맙게도 클레어는 고양이 손이라도 보태듯 작업에 착수했고, 불안불안했던 낡은 빗자루의 대가리가 떨어지고 진공청소기가 뻗어버리겠다고 위협할 때는 둘이 같이 웃어버리기도 했다.

불량한 청소장비와 적절한 도구의 부재는 실시간으로 농담거리가 되었다. 뭔가 망가질 때마다, 혹은 책장 뒤편에서 플라스틱 자와 점토접착제 덩이로 유릿조각을 집어낼 때마다 우리는 눈을 굴리며 "예산을 삭감하겠다고? 헐" 또는 "이 업계가 다 이렇지 뭐!" 따위의 말을 중얼거렸다.

청소를 하는 도중에도 우리는 끊임없이 호출당했다. 처음엔 성난 이용자들이, 그다음엔 연락을 받지 못한 성난 관리자들이, 그다음엔 린다 본인이 전화를 했는데, 린다는 우리가 괜히 호들갑을 떨며 돌아다닌다고 생각했는지 이렇게 물었다. 그나저나 자잘하게 깨진 유릿조각이란 게 뭐야?

나는 대답 대신 제일 엉망이 된 창문에 가장 가까이 있던 책들 페이지 안쪽에 들어간 유릿조각들 사진을 몇 장 찍어서 말없이 이미지만 린다에게 전송했다. 그후로는 연락이 뚝 끊겼다.

시간이 지나자, 단골 이용자들은 물론 도서관이 문을 닫았다며 성을 냈던 이용자들에게서도 전화가 오기 시작했다.

"아이고, 아까 잠깐 봤는데 상황이 그렇게 나쁜지 몰랐네. 다들 괜찮아요?" 범죄 마니아 할머니들 중 한 분이 물었다.

"금방 문 열 거예요!" 내가 대답했다. "거의 다 정리됐어요. 다만 내부가 안전한지 점검하느라요."

"뭔가 도와드릴 일 없을까요?" 또다른 이용자가 물었다. "필요하시면 빗자루와 쓰레받기 가져갈게요!"

"정말요?" 내가 물었다. "깨진 유리가 잔뜩 묻을 텐데요."

"괜찮아요, 헌거예요!"

얼마 안 있어 깨진 창문 근처에서 서성거리는 사람들이 생겨났다. 직원용 출입문을 두드리며 쓰레기봉투를 갖다주거나 쓰레받기를 하나 더 주거나, 심지어 낡은 진공청소기와 장갑을 주는 분들도 계셨다.

수리공이 도착할 무렵에는 도움을 주겠다는 사람이 십여 명이 넘었지만, 청소를 거들겠다고 나선 사람들을 나는 전부 돌려보냈다. 그러다 주민들이 다치기라도 하면 큰일이니 절대 안 될 일이었다. 안 그래도 신발과 손가락에서 여러 번 유릿조각을 떼어내야 했다. 어쨌든 도와주겠다는 제안은 늘 고마웠다.

그래도 전화가 계속 걸려왔다. 홍차와 커피를 보내주겠다는 사람들. 도서 대출을 연장하겠다는 요청들. 창문 교체 비용을 기부하겠다는 제안들. 심지어 평소엔 끙끙거림으로만 의사소통을 하는 루이스 씨마저 전화를 걸어와 도서관을 여는 데 자신이 뭔가 도울 일은 없냐고 물었다.

결국 그날 우리는 어떻게든 도서관 문을 열었다. 가장 훼손이 심한 곳은 줄을 쳐서 사람들의 접근을 막고, 창문은 판자로 덧대서 바람을 막고, 유릿조각에서 해방됐다는 확신이 들 때까지 내부를 쓸고 닦았다. 그날은 몇 시간밖에 도서관 문을 열지 않았지만 가장 바쁜 날 중 하루였다. 근처 단골 이용자들이 우리에게 비스킷을 갖다주며 안타까움과 지지를 표했다.

마치 동네 주민들의 친한 친구가 화를 당해서 주민들이 그 친구를 응원하기 위해 결집한 것 같았다. 그날 이용자들 사이에서는 진정한 의미의 공감성 분노가 일었다.

게다가 내가, 특히, 혼자 도맡아 청소를 다 했다는 소문이 나돈 것 같았다. 퇴근하기 직전에 린다에게서 전화가 왔는데, 몇몇 주민들이 클레어와 나한테 '일을 다 떠넘겼다'고 항의했다는 것이었다. 린다는 혹시 내가 사람들을 부추긴 건 아닌지 물었다. 나는 헛웃음을 터뜨리고 말았다. 누구한테 뭘 부추길 시간이 어딨어요? 진공청소기로 복사기에 떨어진 유리 파편을 빨아들이느라 정신이 하나도 없었구먼.

나는 도서관 마법이 서가 위에 놓인 것도 아니요 책 속에 깃든 것도 아님을 깨달았다. 진정한 마법은 도서관이 상징하는 가치에서, 그리고 그 가치에 숨을 불어넣는 지역공동체에서 생겨났다. 사람들이 없다면 — 고된 노동을 마다않는 사람들과 그들에게서 비롯된 참된 애정 없이는 — 도서관은 그저 안에 책이 좀 들어 있는 공허한 건물에 지나지 않고, 문자언어를 위한 엄숙하고 삭막한 창고에 불과할 것이다.

지역공동체의 역습

10장

5월 일일 이용자(평균): 157

5월 일일 문의(평균): 44

5월 일일 인쇄 페이지(평균): 129

5월 폭력 사건: 0(아이가 큰활자책에 소변을 본 사건도
포함되나요?—에밀리)

어린이 프로그램 참석률: 125%(수요에 대응하는 추가
프로그램 기획—수전)

5월 일일 복사 페이지(평균): 100(토너가 더
필요합니다!—앨리)

5월 시계 건전지 무상 지원(총계): 51

5월 반려견 배변봉투 무상 지원(박스, 총계): 10	
5월 훼손/분실 도서(총계): 22	
5월 생리용품 무상 지원(박스, 총계): 36	
체크리스트 미작성일: 8(고충은 이해하는데 지금 절차를 간소화하고 자동화하는 방안을 고려하고 있어. 일단은 계속 '모든' 통계 수치를 '매일' 기록하도록—린다)	
5월 도서 신청 완료: 233	
5월 음식물쓰레기 봉투 무상 지원(박스, 총계): 6(소진! 추가 주문 완료—애덤)	
도서 기부(박스, 총계): 7	
성인 프로그램 참석률: 90%	
건물 유지보수 사항 보고(총계): 14	
수리 완료: 4	
미해결 유지보수 건: 16(지하실에 아직도 물이 샙니다!—앨리)	

"그리고 이 풀 말인데, 기준에 맞는 무독성 제품입니까? 상표를 알아볼 수가 없어서."

내 손에 든 딱풀을 볼펜 끝으로 톡톡 치는 감사관을, 나는 믿기지가 않아서 물끄러미 쳐다봤다. 나의 본능적 첫 반응은 웃음을 터뜨리는 것이었지만, 감사관이 완벽히 무표정한 얼굴로 반달 모양 안경(아니 요즘 세상에 어딜 가면 저런 안경을 구할 수 있지?) 너머로 나를 쳐다보고 있었다.

"아뇨, 이 제품은 쓰레긴데요." 미처 손쓸 겨를도 없이 내 입이 먼저 나불거렸다. "좋은 냄새가 나는 제품은 바깥 쓰레기통 안에 있습죠."

헤더가 감사관 뒤에서 미친듯이 제 목을 긋는 시늉을 했다. 좀더 멀찌감치 떨어져 있던 린다는 엄지와 검지로 콧부리를 꾹 눌렀다.

멍청한 질문을 하니까 그렇지……

감사관은 씩씩거리며 수첩에 뭐라뭐라 휘갈겨썼고, 계속 내 주변 작업공간을 들쑤시고 다녔다. 그는 이제 두 시간째 도서관을 조사하는 중이었고, "흠"거리고 "허"거리며 갈수록 터무니없는 질문을 해댔다. 나는 내 일에 집중하려고 노력했다.

나는 감사관을 피해 상체를 내밀고 그 뒤에서 예의바르게 줄을 서고 있던 도서관 이용자에게 말을 걸었다.

"안녕하세요. 무슨 일로 오셨어요?"

루이셤 씨는 조직에서 가장 엄격한 보건안전 감사관으로 정평이 나 있었다. 내가 받는 보수가 감사관이나 그의 클립보드에 신경 꺼도 되는 수준—이건 진짜 아무리 강조해도 지나치지 않다—만 아니었다면, 루이셤 씨가 윗선 관리자들에게 자아내는 공포감은 제법 볼만했을 것이다.

콜뮤어에서 일할 때 나는 루이섐 씨의 방문을 받는 영광(?)을 누린 적이 있었다. 나는 모든 근무를 혼자 서는 직원이 폭력적인 사회 구성원에 의해 처할 수 있는 숱한 위험을 그가 알아봐줄지도 모른다는 희망을 바보처럼 품었다. 어리석게도 낙관적이었던 나는, 그가 응급처치 훈련이라든가 제대로 작동하는 비상버튼 따위를 제공하라고 윗선에 조언할지도 모른다는 희망까지 가졌었다.

그러나 루이섐 씨는 몇 시간 동안 소화기를 쑤석거리더니 마지막으로 수질검사를 한 게 언제였냐고 묻고는 나한테 수질검사를 하라고 했다.

내가 그 사람을 경멸한다고 말한다면, 그가 그런 감정이나마 받을 자격이 있다고 생각한다는 뜻이 될까봐 겁난다.

시 자치체에서 다른 초과지출 때문에 대민 서비스 예산을 삭감하려고 들면, 도끼가 떨어지기에 앞서 몇 가지 조짐이 보인다. 가령 감사ㅡ특히 보건안전 감독 같은 불투명하고 요식적인 부류ㅡ횟수가 뜬금없이 늘어난다. 이건 확실히 짚고 넘어가자. 나는 아카이빙 업종과 도서관에서 다년간 일해봤지만 직원들에게 실질적으로 위험이 되는 사안에 보건안전 감사가 관심을 가지는 꼴을 본 적이 없다. 심지어 기준에 못 미치는 확연한 차이를 직원들이 지적한 후에도 말이다.

보건안전이 전반적으로 필요 없다는 식의 얘기를 하려는 게 아니다. 나는 감사가 생명을 살릴 가능성이 높은 여러 다른 환경에서도 일을 했었다. 다만 시의회나 전 세계의 대규모 조직에서는 시간이 촉박하고 예산이 빠듯할 때 제일 먼저 보건안전을 아주 그럴듯한 핑계로 삼을 수 있음을 경험으로 잘 알고 있다는 안타까운 사실을 말하는 거다.

물론 나도 로스크리도서관을 지키려는 참호 전투에 허리 깊이까지 몸을 담그고 있었고, 그동안의 노력으로 이용자 수가 나날이 증가하고 있음에도 로스크리가 위험에 처해 있다는 건 잘 알고 있었다. 그래도 시시콜콜 따지며 세세한 규칙에 집착하는 이 남자와 그의 클립보드에 알랑거려봤자 별로 얻을 게 없다는 느낌이었다.

로스크리 수호대(에밀리처럼 애덤과 나도 우리를 그 이름으로 칭하게 되었다─도서관 직원들은 너드라고 누가 그랬더라?)의 주요 관심사는 곧 있을 제빵대회였다. 헤더의 복귀 전에 우리가 공식 일정표에 집어넣는 데 성공한 마지막 대규모 행사였고, 비교적 확실히 못박아둔 마지막 행사였다. 헤더는 근무조를 어이없게 바꾸고 더욱 황당하고 세밀한 규정까지 들이밀며 그 외의 모든 아이디어와 제안을 자르기 위해 사력을 다하는 중이었다.

헤더가 입 밖에 내어 인정한 적은 없지만, 첫날 애덤이 내게 했던 얘기가 점점 명백해졌다. 헤더는 로스크리의 이용자 증가세를 두려워했고, 그 사실을 숨기는 데에도 굉장히 서툴렀다.

하지만 나는 은근 헤더의 불안증이 단순한 대인공포 이상이 아닐까 하는 의심이 들었다. 헤더는 이제 정년퇴직을 이삼 년밖에 남겨두지 않은 나이였다. 말년을 조용하고 심지어 쇠락해가는 소규모 도서관에서 보내고 싶어한다면 나름 이해가 갔다. 인력 증원(과 행정 사무의 증가)을 위한 재정 지원선에 못 미치게 그 밑에서 납작 웅크리면, 연금 개시일까지 날짜를 꼽으면서 근무시간의 대부분을 안쪽 사무실에서 보낼 수 있다는 뜻이었다.

이용자 수와 도서 대출률을 늘려 재정 지원선 위쪽으로 로스크리를 밀어올리려는 우리의 지속적인 노력이 헤더 입장에서는 은퇴한 삶으로 가는 평화롭고 느긋한 길에 대한 습격으로 느껴졌을 법도 하다. 그렇다면 헤더가 우리의 모든 시도를 개인적인 공격으로 받아들였던 것도 그리 놀랍지 않다.

드디어 루이섬 씨가 만족스러운 수의 무생물을 건드렸다고 생각했는지 수첩에서 종이 한 장을 찢어내 린다에게 건넸다.

"근무일 기준 삼 일 내에 연락이 갈 겁니다." 루이섬 씨는 마치 혈액검사 결과에 대해 얘기하는 의사처럼 무뚝뚝하게 전달했다.

그 말을 끝으로 루이셤 씨가 나갔다.

헤더가 곧장 데스크로 다가왔고, 나는 지난 두어 달 동안 병원 신세를 졌던 이용자의 연체료를 몰래 지우고 있었다. 나는 그 나이 지긋한 노신사에게 손을 흔들었고, 노신사는 내게 윙크를 보냈다.

헤더의 표정은 가관이었다. 헤더는 내 바로 앞 책상을 손가락으로 두드렸다. 헤더의 신경질적인 에너지로 보건대 루이셤 씨에게 말할 때의 태도 때문에 나를 비난하고 싶어하는 게 분명했지만, 아직 말소리가 들릴 만한 거리에 린다가 있어서 감히 그러지 못하는 눈치였다. 대신 헤더는 억지로 새침하게 목을 가다듬고는 최근 반납된 책에서 빠져나온 종이 한 장을 집어들었다.

"이게 뭔가요?" 헤더가 물었다.

제빵대회 홍보용으로 내가 만든 '초대장'이었다. 나는 대출되는 책뿐만 아니라 곧 다시 대출될 게 분명한 반납도서 속에도 초대장을 끼워넣었다.

야단났다.

"그건 어…… 홍보물인데요. 제빵행사를 위한."

헤더의 눈이 가늘어졌다. "이런 식으로 도서관 자원을 사용해도 된다고 린다가 승인했나요?"

린다는 자기 이름이 거론되자 데스크로 다가왔다.

"어……" 혹시 지원사격을 해주려나 싶어 린다를 홀긋 쳐다봤다. 아무 소리 없는 걸 보니 감사관에 대한 나의 태도에 여전히 화가 나 있는 것 같았고, 그래서 나는 대답했다. "아뇨, 제 개인적인 생각이었습니다."

"흠."

나는 저 흠을 알고 있었다. 예상했던 대로 헤더는 가타부타 말없이 데스크에서 몸을 돌려 관리사무실로 향했다.

린다는 말을 하려는 듯 입을 열었다가 마음을 바꿨는지 그냥 나갔다.

그후에 따라오는 적막이 나는 마음에 들지 않았다. 저 조그만 사무실 안에서 지금 무슨 일이 일어나고 있는지 안 봐도 뻔했다. 헤더는 저 안에서 미친듯이 타이핑을 하고 있을 것이다 (뭐, 한 손가락 독수리 타법이 허락하는 한 미친듯이). 헤더와 그 윗선 관리자들이 신나게 서로 메시지를 날리고 있겠지. 공지가 나오기 전에 업무지침에 근거한 '명확한 설명'이 만들어지고 있는 게 분명했다.

걱정해봤자 소용없는 일이었으므로 나는 (오전 내내 그러려고 노력했듯) 그저 일을 계속했다. 대기줄의 다음 사람에게 데스크로 오라고 손짓했다.

"안녕하세요, 책을 찾고 있는데요."

"맞게 찾아오셨습니다. 특별히 찾는 책이 있으신가요?"

372

"네. 지난주에 여기서 봤어요. 뭐라더라…… 여름 오렌지인가 레몬인가…… 표지에 여자가 있고요. 레즈비언에 대한 얘기인 것 같은데."

로스크리에서는 너무 막연한 질문을 '파란 책 질문'이라고 부른다―"제목도 저자도 모르겠는데 파란색 표지였어요" 할 때의 그 파란 책이다. 이 현상에 익숙지 않은 도서관 직원을 나는 단 한 명도 알지 못한다. 나의 고유 업무 중 하나가 신착도서 등록이었으므로 의외로 자주 있는 이런 질문에 나는 쏠쏠히 정답을 맞혔고, 이 해결사 능력은 내게 자부심과 경이로움의 원천이 되었다. 독자로부터 실마리를 끌어내 대상을 좁히는 과정을 우리는 '파란 책 점술'이라고 부른다.

이십여 분간의 가벼운 심문 끝에 그 이용자는 지넷 윈터슨의 『오렌지만이 과일은 아니다』한 부를 손에 넣은 채 떠났고, 나는 조만간 휴가를 내야겠다 결심하면서도 미스터리를 또하나 풀었다는 훈훈한 만족감에 젖어들었다. 아닌 게 아니라 나는 이 도서관의 보유도서에 익숙해져도 너무 익숙해졌다.

평소와 달리 헤더의 이메일 주고받기 과정이 몇 시간씩 걸렸고, 감사관과 딱풀과 초대장과 헤더의 썩은 표정을 거의 잊었을 즈음 첫번째 이메일이 내 편지함을 때렸다.

받는 사람: 도서관 전 직원

보내는 사람: 오스카 코츠

참조: 팀장, 사서, 어린이 보조사서 (전원)

제목: **홍보용 인쇄 자료에 관한 건**

직원 여러분께

최근 비공식 인쇄 홍보자료가 사용되었다는 제보를 접했습니다. 개별 도서관 차원에서 지엽적으로 디자인되어 우리 공식 시 자치체 규격에 맞지 않는 자료였습니다. 이 같은 자료는 배포가 금지되어 있음을 상기해주십시오. 모든 홍보자료는 시의회 그래픽디자인 부서에서 디자인하여 배포하거나, 관리운영규정 207(A)를 참조하여 시 자치체 공식 용지에 시 자치체 규격 색상에 맞게 기본 서체로 제작되어야 합니다.

이 사안에 관해 좀더 명확한 설명이 필요한 경우 관장실로 연락 주시기 바랍니다. 시 자치체 규격 지침을 반복하여 어길 시 징계로 이어질 수 있습니다.

본 이메일은 인쇄하여 각 도서관 직원실 게시판에 부착하여 주십시오.

도서관장 오스카 코츠 드림

오후 근무에는 에밀리가 들어왔고, 드물게 찾아오는 귀한 한적한 시간에 우리는 이메일을 낱낱이 해부할 기회를 가졌다.

"내 말은," 내가 준 이메일 출력본을 본 에밀리가 말했다. "무엇을 홍보로 보느냐에 따라 다르다는 거지."

"이런 건 거기에 들어가겠지." 나는 초대장을 하나 들어 보이며 말했다.

에밀리가 한숨을 쉬었다. "아마도. 그럼 포스터는? 전시용 게시물도 포함되나?"

"뭐야, 포스터도 몽땅 다? 시의회 로고를 이마에 붙인 용지에 기본 서체로? 그거 진짜 볼만하겠는데. 설마." 나는 실소했다.

에밀리의 눈초리에 나는 즉각 웃음기를 거뒀다.

"이거 모든 도서관에 적용되는 거겠지?" 나는 나직이 말했다.

"모든 도서관의 전 직원."

"나한텐 강제력이 없어 보이는데."

"두고 보면 알겠지."

*

다음날 헤더가 일찍 출근했다. 나는 헤더가 그렇게 일찍 출근하는 사람인 줄 미처 알지 못했다. 그 탓에 내 리듬이 왕창 깨졌고, 나만의 시간엄수에 회의가 들었다.

도서관의 무언가도 같이 깨졌다. 단순히 판자로 막은 창문 때문에 생긴 우울함은 아니었다—단골 이용자들 대부분과 마찬가지로 나도 그 창문들에는 익숙해졌다—그냥 벽이려니……

"좋은 아침이네요, 앨리! 이제야 날씨가 좀 나아지려나봐요!" 서류 무더기를 위태롭게 품에 안은 헤더가 발걸음도 가볍게, 거의 통통 튀다시피 내 앞을 지나 사무실로 향했다.

모든 표지판과 포스터와 인쇄물이 뜯기고 제거되고 쓸려나갔다. 몇 개는 아무 장식 없는 시 자치체 흑백 로고 용지에 인쇄된 표지판으로 교체되었다. 다른 것들은 깡그리 사라졌다, 심지어 어린이 서가에 있던 것까지.

로스크리도서관은 잿빛으로 텅 비어 황량했다.

일단 헤더가 관리사무실 안으로 사라지자 나는 발끝으로 살금살금 걸어가 종이 재활용 수거함 안을 힐끔 보았다. 예상대로 색깔이 단 하나라도 들어간 모든 게시물이 그 안에 처박혀 있었다. 도서관의 이러한 변화를 보고 개선이라고 여기는 사람이 있다면 내겐 청소년 도서에 등장하는 악당의 심보만큼이나 황당할 뿐이었다. (『사악한 시 자치체 부인과 탈색화 저주 광선』 정도일까?)

나는 직원용 게시판을 흘깃 보았고, '홍보용 인쇄 자료에 관한 건'이라는 문구에 곧장 눈길이 박혔다.

나의 시선은 어린이용 색칠도구함으로, 칙칙하게 변한 주변에 비해 너무나 화려하게 도드라지는 색색깔의 사인펜과 크레파스 세트로 옮겨갔다.

빌어먹을 은퇴, 당신이 우리 도서관을 죽이게 놔둘 줄 알아, 나는 혼잣속으로 생각했다.

*

전에도 말했다시피 에밀리는 예술가다. 도서관 근무가 없을 때 에밀리는 그림을 그리고 시를 쓴다. 나는 항상 에밀리의 창작력에 경외심을 가졌지만, 그걸 떠들고 다니면 좀 이상한 사람으로 보일까봐 자제했다.

비번일 때나 근무중 한가할 때 둘이 함께 그림을 그리고 색칠을 했던 시간들은 더할 나위 없이 즐거웠다. 우리의 활동에서는 혁명의 기운이 느껴졌다. 그 어느 한 순간에도 우리가 잘못된 일을 하고 있다고는 생각되지 않았다. 우리는 꾸준한-예산-삭감에-의한-고사-위기에서 이 도서관을 구해야 했다. 지역사회가 우리를 필요로 했고, 그에 덧붙여 우리도 일자리를 필요로 했다! 심지어 애덤도 가세해서 보라색 펜과 주황색 크레파스로 글자를 베끼고, 빨간색 마커로 밑줄을 쳤다.

우리는 한 번에 한두 개씩 게시물을 바꿔치기했다. 다음날 바로 뜯길 때도 있었다. 그럼 우리는 또 바꿔놓았다. 우리 셋

은 서로에게 알리바이를 마련해주었다. CCTV에는 도서관의
일부 구역만 잡힌다는 것을 우리는 알고 있었다.

에밀리와 나는 비밀 페이스북 계정을 만들었다(애덤은 IT
기술에도, 온라인에서 꼬리를 밟히지 않는 법에도 자신 없어
했다). 우리는 프로필에 올린 이름을 아무에게도, 심지어 서
로에게도 말하지 않았다. 각자 비밀 페이스북 계정으로 '로스
크리 맘까페' '콜뮤어와 그 일대 지역 자경단' '로스크리 시사
토론' 등 다양한 지역 모임에 가입했다.

도서관의 변화는 아무도 모르게 넘어갈 수가 없었다.

"도서관에 그 희한한 게시물은 뭐예요?" 누가 한마디 올렸다.

"그 흑백으로 된 거요?" 다른 사람이 댓글을 달았다.

"아뇨, 그건 이제 모든 도서관이 다 똑같으니까. 그 그림들
말예요."

"못 봤어요. 나중에 장 보러 가면서 한번 볼게요."

"우리 언니가 쿠모어도서관에서 일하는데 관리자들 때문
이래요. 직원들이 직접 게시물을 만드는 걸 싫어한대요."

"맹인들에게 더 편해서라고 들었는데."

"맹인은 아예 못 보지, 바보야."

내 인기 폭발 트윗의 댓글을 읽는 시간 못잖게, 더 많이는 아
니어도, 도서관 상황에 관한 동네 사람들 댓글을 읽는 데 많은
시간을 할애했다는 점은 인정해야겠다. 진작에 이 방법을 생

378

각했어야 하는데. 실명으로는 동네 소식 그룹에 가입할 엄두를 내지 못했는데, 이제는 지역 주민들의 생각과 의견을 곧장 들여다보는 창문을 가진 셈이었다.

부계정을 통해 나는 다른 것도 할 수 있었다.

에밀리와 나는 우리의 디지털 자취를 덮는 온라인 툴을 사용하면서 제빵대회 초대장의 디지털 복사본을 페이스북 그룹에 올리기 시작했다. 미리 약속한 대로 우리는 어떤 댓글에도 답하지 않았고 어떤 텍스트도 더하지 않았다. 그저 그룹에 가입해서 행사에 관한 자세한 사항이 적힌 jpeg 파일만 올리고 나왔다.

트위터에서도 똑같은 일을 했지만 새 계정으로는 팔로워 수를 늘리기가 쉽지 않았고, 프로모션 비용을 내거나 스팸 해시태그를 달지 않고서는 특정 지역 내 이용자들에게 이미지를 노출시키는 게 훨씬 더 어려웠다.

페이스북 묘책은 제대로 먹힌 듯했다. 며칠 안 되어 그 포스팅에 대한 토론과 논쟁 수위가 너무 높아지는 바람에 여러 그룹의 관리자가 우리의 원 게시물에 대한 댓글을 막아버렸다. 사람들은 그 게시물이 도서관 직원이 공식적으로 올린 것인지 명확히 해달라고 요구했다. 그 이미지가 음모라며 낙인을 찍는 사람들도 나왔다. 우리의 부계정을 차단하는 그룹도 있었고, 그 포스팅 덕분에 디지털 트래픽이 증가했다며 환영하는 그룹도 있었다.

주민들 중 누가 그 포스팅에 대해 개인적으로 물어볼 때마다 나는 삐져나오려는 웃음을 억누르며 최선을 다해 지친 정치인을 연기하면서 이렇게 말하곤 했다. "죄송하지만 그에 대해서는 말씀드릴 수 없습니다. 시의회 규칙이라서요." 제가 확인해드릴 수 있는 건 지금 입소문을 타고 있는 그 이미지 파일에 나온 구체적 내용이 정확하다는 것까지예요. 곧 제빵대회를 하긴 합니다. 네, 누구나 참가할 수 있어요. 아뇨, 참가비는 심사 투표에 참여하려는 사람들만 내요. 네네, 참가자 등록은 지금도 가능합니다.

일주일도 안 되어 우리는 지역신문사에서 여러 통의 전화를 받았다. 또한 상황 여하를 막론하고 도서관과 서비스와 지역 당국을 대신해 어떠한 언급도 해서는 안 된다는 경고성 이메일도 두 차례에 걸쳐 받았다. 언론 상대의 모든 커뮤니케이션은 시의회 홍보 부서를 통해 처리되어야 했고, 그거야 완전 쾌재를 부를 일이었다.

'대대적 포스터 세탁' 이후 일주일이 막 지났을 때 로스크리 지역신문에서 도서관 전투—노골적으로 이렇게 명명한 것은 아니지만—에 관한 두 건의 별개 기사를 내보냈다. 그중 한 기사에는 제빵대회 초대장 이미지가 화려한 총천연색 컬러로 실렸다.

헤더는 대기줄이 길가까지 늘어나도 사무실에서 나오기를 거부했다. 놀랍게도 정기적으로 줄이 그렇게 길게 늘어나기 시작했다. 헤더는 대인공포증을 숨기려는 노력을 아예 포기한 듯 보였고, 우리가 도움을 청하지도 못할 정도로 너무 바쁠 때 혹은 공공개방시간이 아닐 때 부리나케 프린터로 나와서 인쇄된 서류를 모아들고 다시 들어갔다.

전에도 이용자 수가 꽤 높아진 편이라고 생각했었다. 그런데 이젠 하늘을 뚫을 기세였다.

판자로 막아두었던 창문은 예정보다 일찍 교체됐다. 늘어난 이용자 수 덕분에 건물 상태에 대한 항의 건수 또한 늘어난 게 아닌가 싶었다. 밤마다 지역 페이스북 그룹을 들여다보면서 나의 심증은 확증으로 굳어졌다. 도서관의 벽면과 전시공간에서 색깔을 전부 없애려는 시의회의 명령에 눈에 띄게 저항하는 우리 도서관이 지역사회의 자부심을 드높이는 데 한몫한 듯했다.

린다는 로스크리에 발길을 끊었다.

물론 회의는 열렸다. 우리의 근무 패턴(그리고 상황을 예측할 수 없다는 나의 제로아워 계약의 본질)을 고려했을 때 도서관의 전 직원이 한날한시에 모이기는 쉽지 않았다. 대신 일부만 모이는 회의가 드문드문 열렸고, 거기서 다른 회의 때 나온 자세한 내용이 공유되고 나서 안건에 대해 동의하거나 반박하거나 의견을 내야 했다.

우리는 저마다 상대방을 지목하기를 거부했다. 헤더는 다시 병가를 냈다. 시 자치체의 지시가 극도의 흥분 상태로 하달되기 시작했다.

받는 사람: **도서관 전 직원**

보내는 사람: 시 자치체 인사팀

참조: 도서관 관리자, 시 자치체 직원

제목: 도서관 직원 연차 사용에 관한 건

관계자 여러분께

내년부터 모든 연차 휴가(1월-12월)는 **반드시** 당해년도 1월 31일까지 미리 날짜를 정해주십시오. 이에 어긋날 경우 연차 휴가가 승인되지 않을 수도 있습니다. 위 사항은 도서관 보조직원과 팀장에게도 해당됩니다.

인사팀 로라

우리 중 이 사안과 관련 있는 사람은 극소수에 불과했다. 잘봐줘야 몽땅 무의미한 헛소리였다. 내려오는 지시마다 쩨쩨하고 옹졸하고 말이 안 되는 게, 그저 징벌용이었다. 그 목적은 뻔했다. 시의회가 직원을 직접 자를 수 없다면 적대적 환경을 조성해서 제 발로 걸어나가게 만들겠다는 심산이었다.

도서관에 그토록 많은 언론의 관심이 쏟아진 후 곧바로 관리 윗선의 공세가 유난히 날카로워진 것은 아마도 우연의 일치였을 것이다. 예산 및 인력 삭감은 이미 오래전에 계획되어 있었을 테고, 이것은 단순한 가속화 작업이었을 것이다. 서로 무관한 언명들 사이에서 특정 절차상 점검이 로스크리의 행사와 직접적으로 연관이 있다고 하면 그게 더 이상할지도.

우연이든 아니든, 그런 지시들은 로스크리에서의 삶을 더욱 어렵게 만들었다. 어딘가 딴 데로 이직할 생각을 안 해봤다면 거짓말일 것이다. 몇 주 지나면서 결국 나는 몇 군데 이력서를 보냈고, 시 자치체의 시시콜콜한 트집에 거듭 날개를 꺾이는 일 없이 지역사회에 좀더 기여를 할 수 있을 듯하여 어느 자선단체의 유급직 면접을 보기도 했다.

받는 사람: **도서관 전 직원**

보내는 사람: 오스카 코츠

참조: 팀장, 지역사회 사서

제목: 북 큐레이션에 관한 건

직원 여러분께

서비스 능률화에 발맞춰 향후 육 개월간 승인된 북 큐레이션 목록을 첨부하오니 확인 바랍니다. 첨부된 북 큐레이션은 우리 시 자치체 자선단체와 공식 협력사들이 동의한 내용으로 현 전시물에 우선하게 됩니다. 기결된 바와 같이, 각 팀장은 첨부 목록 중에서 각 지역 도서관에 가장 적절한 주제를 선정하여주십시오.

도서관장 오스카 코츠 드림

✻

그럼에도 불구하고, 제빵대회 참가자 명단을 볼 때마다 그 모든 암담하고 우울하고 비관적인 기분이 싸악 녹았다. 신청자가 오십 명을 찍은 다음에는 참가 등록을 마감해야 했다. 케이크 오십 개가 우리 도서관 안에 다 놓이기나 할지, 거기에 따라올 인원들은 일단 제쳐두고, 심각하게 고민스러웠다.

나는 그 명단을 보면 절로 미소가 지어졌다. 지역사회 페이스북 그룹에 올라온 성난 댓글들이 생각났다. 깨진 유리를 치워주겠다고 다 함께 모여들던 주민들이 생각났다. 나의 트윗에 반응하여 각 지역 도서관을 칭찬하는, 이제는 수천 개가 쌓인 댓글들이 떠올랐다.

지역 소셜 미디어 그룹에서도 뭔가 다른 내용이 연이어 올라오고 있었다. 현재 진행중인 시의회 예산감사가 차츰 속도를 내고 있었다. 처음엔 벤 프리스틀리의 갑작스러운 의원직 사직을 놓고 소문이 돌기 시작했다.

곧이어 〈로스크리 포스트〉에 기사가 뜨면서 소문이 사실로 확인됐다. 공교롭게도 벤 프리스틀리 시의원은 지난 몇 년간의 활동비 지출내역에 대한 강도 높은 감사를 받게 된 시기와 정확히 맞물려 시의원직을 내려놓고 이른 퇴직을 결심했다. 그것이 암시하는 바는 명확했다. 그런데 온라인 대화중 돌연 또다른 측면에서 그의 사임이 문제시됐다. 프리스틀리가 가고 나면, 시의회 내에서 누가 광부복지회관과 관련된 현상황에 책임을 질 것인가? 현재 진행중인 상황이란 게 존재하기는 하는가?

시의회로서는 시간이 이렇게 흘렀으니 그 문제를 묵살해버리는 편이 간단할 터였다. 건물은 이미 폐쇄됐다. 회관을 대체할 새로운 보금자리를 제공하지 않겠다고 결정한 사람은 나가버렸다. 상황 종료.

프리스틀리가 사직할 때까지 몇 주에 걸쳐 모이라는 여러 번 도서관에 찾아와 광부복지회관의 존속에 시의회의 개입이 필수임을 설파했다. 모이라와 다방면에 걸친 친구들과 여러 협회가 최대한 기금을 조성하긴 했지만, 민간에서 새로운 시설을 사거나 빌린다는 건 선택지 중에 없었다. 또한 옛 복지회관 건물의 부지는 지반 침하 때문에 더이상 쓸 수 없었다.

이 문제에 대한 도움 요청을 프리스틀리가 연신 무시하는 동안, 그를 향한 압력은 더욱 거세졌다. 캠페인에 분명한 타깃—비록 희생양의 모양새이긴 해도—이 있다는 것은 공동체에 지속적으로 동기를 부여하는 훌륭한 방법이었다. 공동의 적만큼 사람들을 규합하는 것은 없다.

그러나 프리스틀리가 없어진 지금, 그 문제는 그냥 묻혀버릴 공산이 컸다. 광부복지회관 후원회는 운동을 새로이 전개해야 하게 생겼다—새로운 시위, 새로운 탄원, 압력을 넣을 새로운 시의원.

"근데," 어느 날 내가 물었다. "프리스틀리를 대신할 사람이 후원회에 좀더 마음이 열려 있다면요? 혹시 모르잖아요."

모이라가 쓴웃음을 터뜨렸다.

"당신은 시의회를 몰라." 모이라의 말이었다.

모이라는 한숨을 내쉬고 주차장과 그 너머 길거리를 힐긋 내다보았다. 모이라의 눈이 가늘어지더니 내 쪽으로 시선을 돌렸다.

"저기 요양원이 비어 있은 지 얼마나 됐지?" 모이라가 물었다.

나는 어깨를 으쓱했다. "제가 여기서 일을 시작했을 때부터 저 모양이었어요."

"재밌군……"

내가 무슨 생각이냐고 묻기도 전에 모이라는 새로운 탄원서를 데스크 위에 탁 올려놓고 말했다. "나중에 다시 들를게요. 이것도 평소처럼 챙겨줄 수 있죠?"

내가 고개를 끄덕이자 모이라는 나갔다. 나는 버려진 요양원을 쳐다보았다. 저 건물을 새로운 광부복지회관 후보지로 떠올린 건가? 그러면 확실히 도서관도 시내 한복판의 다른 모든 기관들도 전부 편리해진다.

나는 탄원서 복사본을 도서관 이곳저곳의 전략적 요충지에 올려두었고, 이 종이들이 어떻게 여기 있게 됐는지 윗선 관리자들이 물어도 절대 아는 바가 없다고 부인하겠노라 다시 한번 다짐했다.

*

사람들은 도서관이 어떠해야 한다는 그림을 머릿속에 품고 있다. 그 그림이 약간 시대에 뒤떨어지거나 구식일지 몰라도, 대체로는 도서관이 무슨 일을 해야 하고 그게 무엇인지 우리 모두 잘 알고 있다.

도서관은 규제받지 않는 자본주의와 양립할 수 없다. 도서관의 핵심 기능은 현금의 흐름으로 측정되는 이윤이나 효율성 추구와는 양립할 수 없다. 본질적으로 도서관은, 도서관을 가장 필요로 하는 사람들을 돕기 위해 가장 덜 필요로 하는 사람들이 돈을 내는 구조이다.

지역 도서관들이 더이상 필요 없게 되는 날은, 누구나 모든 이야기와 모든 자료와 모든 형태의 교육에 무료로 접근할 수 있는 날이다. 그 머나먼 날까지, 도서관은 기울어진 운동장을 평평하게 만들기 위해 존재한다. 도서관은 지역사회의 지식 저장고이자 진료소이다. 도서관은 지역사회의 두뇌이자 맥동하는 심장이며, 공기처럼 필수적이다.

이와 같은 사실을 대부분의 사람들은 어느 정도는 알고 있다. 도서관이 제공하는 개별 서비스가 어떤 것인지는 잊었을지 몰라도, 내가 만난 사람들 중 도서관 주변에서 자란 이들은 하나같이 도서관의 중요성에 대해 잘 알고 있었다.

위대한 제빵대회의 날이 다가오자, 이게 그냥 엉뚱한 제빵 행사 이상이란 것을 사람들이 깨닫기 시작했다고 나는 생각한다. 책이든 다른 형태로든 더 많은 기부가 쏟아져들어왔다. 지역에 사는 역사학자가 로스크리의 역사에 대해 몇 회에 걸쳐 무료 강연을 해주겠다고 제안했다. 그 강연을 위해 옛 지도와 사진을 제공하겠다는 사람들도 생겼다. 작가 사인회 계획은 없는지 전화로 먼저 물어오는 작가들도 나왔다.

유리창이 깨졌던 날에 그랬듯, 로스크리는 자신의 심장부 주위로 결집하여 긴축의 도끼에 다 같이 맞섰다.

우리는 이 서비스를 이용한다, 라는 메시지였다. 우리는 이 서비스를 이용하고 또 필요로 한다. 우린 가만히 앉아서 빼앗기지 않을 것이다.

11장

케이크와 지역공동체

6월 일일 이용자(평균): 190

6월 일일 문의(평균): 52

6월 일일 인쇄 페이지(평균): 145

6월 폭력 사건: 0

어린이 프로그램 참석률: 100%(예약금 전략이 유효한 듯—수전)

6월 일일 복사 페이지(평균): 90(복사기가 또 망가졌습니다! AS 접수 후 대기중—앨리)

6월 시계 건전지 무상 지원(총계): 42

6월 반려견 배변봉투 무상 지원(박스, 총계): 9

6월 훼손/분실 도서(총계): 21

6월 생리용품 무상 지원(박스, 총계): 33

체크리스트 미작성일: 3(통계 수치 항목이 변경될 예정이므로 공지 이메일을 놓치지 말 것—린다)

6월 도서 신청 완료: 280

6월 음식물쓰레기 봉투 무상 지원(박스, 총계): 8(추가 주문 완료—애덤)

도서 기부(박스, 총계): 5

성인 프로그램 참석률: 85%

건물 유지보수 사항 보고(총계): 15

수리 완료: 10

미해결 유지보수 건: 21(지하실 누수 공사를 마쳤는데 바닥이 아직도 젖어 있습니다!—앨리)

행사 취소: 2(일정 중복: 시간대 조정 및 예약금 환불—앨리)

나는 명찰을 똑바로 매만지고, 밤사이 뻗친 건지 통 얌전해지지 않는 머리칼을 열심히 쓸어내렸다. 밤새 퍼붓던 비가 '위대한 제빵대회' 날 아침에는 보슬보슬 내리는 가랑비로 그 기세가 누그러들었다.

나는 세심하게 복장의 균형을 잡았다. 엄밀히 따지면 나는 제빵대회 날 근무자가 아니어서 유니폼을 입을 수 없지만, 그렇다고 당일 공식적으로 근무하는 사람들을 도우러 데스크에 들어갔을 때 그냥 주민의 한 사람으로 오인되고 싶지는 않았다. 게다가 망할 뻗친 머리를 눌러줘야 했고, 자꾸 삐뚤어지는 명찰을 바로잡아야 했으며, 화장이 너무 짙은가 싶기도 했다. 언론사에서 취재 나오면 어떡하지? 아이라이너는 안 하는 게 나을까?

마지막 차 한 모금을 억지로 넘기자 뱃속이 기분 나쁘게 꾸륵거렸다. 나는 고양이들에게 인사한 후 출근길에 나섰다.

눈을 가늘게 뜨고 빗물이 흘러내리는 버스 차창 너머로 밖을 내다보면서 이런 칙칙한 날씨엔 사람들이 행사에 나오기 귀찮아하겠다는 생각이 들었다. 예약금이라도 받아둘 걸 그랬나?

버스가 도서관 앞 모퉁이를 돌았을 때 나의 암울한 상념과 우려는 뚝 끊기고 즉각 다른 종류의 불안으로 대체되었다. 개관하기 무려 사십 분 전이었는데도, 길거리까지 구불구불 돌아나온 진짜 어마어마한 대기줄의 진원지는 착각이 아니라 참말로 도서관이었다.

손에 손에 케이크 통과 우산을 들고, 비닐커버를 씌운 유아차를 밀고, 우비의 후드를 뒤집어쓴 채 싱글벙글 웃고 있는 사람들. 나는 버스에서 내리면서 인파 속에서 낯익은 얼굴 몇몇을 알아보았다. 내가 도서관 직원용 출입구로 걸어가자 우리의 단골 이용자들이 줄 여기저기서 저마다 덮개를 씌운 자기 케이크를 들어 보이며 손을 흔들었다.

건물 안으로 들어서니 에밀리의 목소리가 들렸다. 아니나 다를까, 우리의 근무표가 일주일 전에 영문 모르게 변경되어 로스크리 수호대 중 아무도 제빵대회 날 근무가 배정되지 않았다. 대신 경험이 많지 않은 대체 직원이 끌려왔다. 아무리 둔한 사람이라도 이쯤 되면 대충 패턴이 보인다. 하지만 그런 건 이미 우리에게 문제가 되지 않았다. 그동안 우리가 여기에 쏟은 정성과 노력이 얼만데, 정식 근무수당을 받지 못한다는 것 정도로 단념할 수는 없었다.

"좋은 아침!" 애덤이 사다리 꼭대기에서 쾌활하게 외쳤다. 애덤은 손에 든 가랜드를 내밀어 보이고 압정 상자를 가리켰다. "좀 도와줄래요?"

최근 색을 잃은 도서관은 오늘을 맞아 이곳에서 일어나는 드라마틱한 변신을 더욱 강조하는 무대가 되었다. 힘으로 움직일 수 있는 책장은 몽땅 뒤로 밀어놓고 수전이 준비한 비닐로 덮었다. 수전은 어린이 교실에 온 아이들과 함께 케이크를 주제로 한 그림과 공예품을 만들었고, 그 작품들이 지금 책장에 씌운 비닐커버 위에 붙어 있었다. 또한 아이들은 포스터와 가랜드도 만들었고, 지금 그것들이 사방 벽과 창문을 장식했다.

애덤이 업소용 풍선을 한 상자 가져와서 우리는 풍선에 바람을 넣고 벽과 기둥에 붙이느라 족히 이십 분을 썼다.

에밀리는 예술가답게 미적 기량을 뽐내어 알림판과 케이크에 꽃을 작은 이쑤시개 깃발을 만들었고, 누가 어느 케이크를 출품했는지 알 수 없도록 깃발마다 예쁘게 번호를 그려넣었다.

우리는 종이 테이블보도 미리 공수해놓았다. 여기에는 반짝이(이것도 수전의 미술 재료 창고에서 나온 선물이다)를 흩뿌렸다. 도서관 테이블 말고도 근처 학교와 도서관에서 빌린 접이식 작업용 테이블도 몇 개 갖다놨다. 게다가 그 많은 의자는 또 어디서 그렇게들 찾아냈는지. 로스크리 주민 절반은 앉힐 수 있겠다 싶었다.

개관시간 오 분 전, 우리(수전, 애덤, 에밀리, 나)는 뒤로 물러나 저마다 솜씨를 발휘해 빚어낸 작품을 감상했다.

"나쁘지 않죠?" 애덤이 킥킥거렸다.

나는 입을 열려다 울컥 목이 메는 바람에 깜짝 놀랐다. 에밀리도 똑같이 말문이 막혔는지 기쁨의 환성만 내지르며 우리를 와락 얼싸안았다.

"좋아, 대원들," 마침내 에밀리가 말했다. "해보자!"

세상에 그런 시끌벅적 요란함은 생전 처음이었다. 우리가 첫번째 셔터를 들어올리는 순간, 바깥의 군중에게서 터져나온 환호가 먹먹하게 들렸다. 이어서 회전문이 돌아가고 줄이 안으로 쏟아져들어오자 웅웅거리던 함성은 쾌활한 수다의 아우성으로 바뀌었다.

우리는 최선을 다해 노력했고 내가 정말 스프레드시트 명부를 완벽하게 준비해놨는데도, 참가자 확인 작업은 금세 혼돈의 장이 되어버렸다. 우리가 대번에 알아차렸듯 사전에 참가신청을 한 사람들보다 훨씬 많은 사람들이 집에서 그냥 베이킹을 해서 가져왔고, 덕분에 모든 테이블이 다디단 과자와 쿠키와 빵의 무게를 간신히 버텨내고 있었다. 페이스트리와 케이크와 파이가 창턱에, 책장 꼭대기에, 컴퓨터 책상 위와 주위에 놓였고 금세 이곳이 도서관인지 빵집인지 모르게 달콤한 냄새에 휩싸였다.

"안녕, 앨리!" 누가 소리쳤다. 콜리시 엄마 소피였다. 소피는 컵케이크 트레이를 자랑스럽게 들어 보였다. "잔뜩 만들어 왔어요!"

제빵대회 참가율은 우리가 이전에 품었던 그 어떤 기대치도 훌쩍 뛰어넘었다. 직접 만든 빵과 과자를 갖고 온 처음 보는 얼굴들이 우리의 단골들 숫자보다 훨씬 많았고, 아는 얼굴들도 아주 많이 만나서 기뻤다. 빈손으로 온 사람들은 기꺼이 심사 투표에 참여하고자 돈을 냈고, 다들 우리가 선택한 대의명분(암환자를 위한 자선행사)의 중요성에 공감하며 무게를 실어주었다.

그날 내내 추가 기부가 이어져 모금함이 가득차는 바람에 안전을 위해 지하 금고에 모금함을 비워야만 했다. 건물 바깥에 이어져 있던 줄이 일단 안으로 들어오고 난 후에도 커플로 그룹으로 사람들이 계속 몰려들어 우리는 안전을 위해 입장 인원수를 제한해야 했다.

그 아수라장에도 불구하고 우리는 참가작을 나이대별로 구분하는 데 성공했다. 케이크가 바닥에 떨어지고 스프링클이 사라지고 비스킷이 책장 뒤로 넘어갔지만, 모두가 뜻을 모아 함께한 위대한 로스크리 제빵대회는 대성공이었다.

그날 무엇보다 가슴 벅차고 짜릿했던 것은 우리가 바야흐로 새롭고 신나는 도약의 발판에 서 있다는 느낌이었다. 로스크리 수호대의 반란을 넘어서 뚜렷한 목적을 품은 난장판을 벌이고 있다는 의식을 공유했다. 도서관이 케이크로 뒤덮인 광경, 최근까지 우중충하고 사무적이기만 했던 공간을 꽉꽉 채운 사람들, 수다와 혼란의 아우성은 지역공동체 전체가 도서관을 되돌려달라고 요구하고 있다는 신호로 느껴졌다.

틈틈이 테이블을 정리하고 있던 나는, 우리가 이 자선행사의 목적을 알리기 위해 마련해놓은 홍보용 자료를 들여다보고 있는 노인들을 무심결에 응시하게 되었다. 상대적으로 주위가 조용해진 희귀한 순간, 종이 접시와 플라스틱 포크를 모아 치우는 내 귀에까지 그들의 대화가 들려왔다.

그들 네 사람은 자선기금에 대해, 그리고 암 진단을 받은 자신과 주변의 사랑하는 사람들이 기금을 통해 얻은 온갖 도움에 대해 얘기하는 중이었다. 점점 더 많은 사람들이 이야기에 참여하면서 분위기가 어쩐지 숙연해졌다. 자선기금 덕분에 안도했던 순간을 하나하나 얘기하면서 눈시울이 촉촉해지는 사람들이 내 시야에 걸렸다.

스펀지케이크 부스러기와 아이싱을 그러모아 쓰레기통에 버리려는데 루이스 씨가 내게 다가왔고, 분명 내게 말을 걸려는 모양새였다. 나는 루이스 씨의 평소 끙끙거림을 예상하며 허리를 폈는데, 그의 눈가에도 눈물이 살짝 맺힌 것을 보고 깜짝 놀랐다. 루이스 씨는 갑자기 나의 빈손을 잡더니 20파운드짜리 지폐를 단단히 쥐여주었다.

내가 그와 눈을 마주치며 말하려는 찰나, 처음 듣는 부드러운 목소리로 루이스 씨가 말했다. "자선기금에 써주시오. 내 아내가 그걸 앓았지. 암. 그 빌어먹을 것."

나는 종이 접시를 쓰레기통에 떨어뜨리고 지폐를 움켜쥐었다. 말을 하려는데 목이 메어 당황스러웠다.

"감사합니다." 내가 말했다.

루이스 씨는 모자를 살짝 기울이고—그 모자를 쓰지 않은 루이스 씨는 본 적이 없다—묵례했다.

"건강 잘 챙겨요, 앨리." 루이스 씨가 말했다.

우리 직원들이 케이크를 맛보고 투표 결과를 합산하는 와중에도 최소한 서른 명 내지 마흔 명의 참가자가 새로 왔다. 사람들은 셀카를 찍어 지역 시의회를 태그하여 인스타그램에 올렸고, 이 자리에 오지 못한 친구들과 전화통화를 했다.

제빵대회는 우리의 통제를 벗어나버렸고, 대단한 즐거움이자 영예였다.

＊

가끔씩 내가 도서관에서 힘들었던 시기에 대해서나 평소 겪은 황당무계한 일들을 친구들에게 얘기하면, 친구들은 내게 다른 일을 찾아보는 게 어떻겠느냐고 묻는다. 좀더 안전한 직장을 구하는 게 낫지 않으냐고. 육 개월 후에도 고용과 안전이 보장되고, 문을 들어서는 사람 그 누구도, 이를테면 내 머리를 향해 의자를 던지지 않을 그런 곳?

하지만 위대한 제빵대회 날 오후 무렵, 상품을 모두 나눠주고 사람들이 대부분 돌아간 후 카펫에 짓뭉개진 스펀지케이크와 의자와 테이블 가장자리에 묻은 아이싱을 보면서, 나는 지금까지 내가 도서관에 대해 가졌던 그 알 수 없는 갉작거리는 느낌의 정체를 깨달았다. 나는 이곳에 속해 있었다. 콜리시엄마들과 치토들과 관심사가 특별한 아이들과 간호사들과 선생님들, 중력에 이끌리듯 이 도시의 작은 허브에 끌려온 다른 모든 사람들 사이에 내가 있었다.

나는 그날 깔깔 웃다가 기어이 울음을 터뜨렸다. 케이크를 맛보았고, 산더미처럼 쌓인 케이크 때문에 장갑의 손가락처럼 좁아진 통로에서 끝이 안 보이는 비스킷과 쿠키 트레이 사이로 지나다니는 노인들을 부축했다. 투표용지와 종이 접시를 나눠줬고, 어지러이 돌아다니는 의자에 부딪혀 헐거워진 가랜드를 다시 고정했다.

회전문이 정지하고 마지막 셔터까지 모두 내려간 후, 나는 우리의 작은 도서관 안을 둘러보았다. 애덤이 의자를 모으며 에밀리와 수다를 떨고 있었다. 에밀리는 상기된 얼굴로 활짝 웃으며 빗자루질을 하고 있었다. 그들의 웃음소리가 실내를 가득 채웠고, 그게 아니었다면 그날의 온갖 소동이 끝난 후 이곳에는 묘한 정적이 흘렀을 것이다.

수전은 서가에서 보호용 비닐을 뜯어내고 있었고, 지역 주민 몇 명이 자원하여 테이블을 닦는 중이었다. 앞으로도 기나긴 청소와 정리 작업이 우리 앞에 놓여 있음에도 모두 깔깔껄껄 웃고 있었다.

"어이, 거기 게으름뱅이!" 애덤이 소리쳤다.

내가 돌아보자 애덤이 돌돌 뭉친 지저분한 냅킨 한 덩이를 내 쪽으로 던졌고, 나는 흠칫 놀라며 받았다.

"전화 왔나본데, 휴대폰이 계속 울려요!" 애덤이 책상 쪽을 가리키며 말했다.

나는 애덤에게 장난스레 인상을 쓰고 냅킨을 쓰레기통에 버리면서 책상 서랍의 잠금장치를 풀고 내 휴대폰을 꺼냈다.

발신자명에 린다의 이름이 떴다. 나는 린다가 왜 도서관 유선전화가 아닌 내 개인번호로 연락했을까 의아해하며 전화를 받았다.

"오늘 행사는 어땠어?" 린다는 내가 입을 열기도 전에 물었다.

"잘 치렀어요. 진짜 성황이었죠."

"이용자 수도 엄청 나오고?"

"**엄청** 나왔죠." 나는 씨익 웃으며 확인해주었다. 이백 언저리에서 숫자 세는 것을 까먹었는데 그래도 거의 삼백 가까이 나왔으리라는 확신이 제법 들었다. 그날 어느 시점에서는 한동안 도서관의 적정 수용인원을 초과했을 것이다.

"그 말 들으니 기쁘네. 정말로. 내일 좀더 얘기하고, 바쁜 거 알지만 잠깐만 들어봐. 새 소식이 좀 있는데 당신에게 알려주고 싶어서. 잠시 얘기할 수 있을까?"

나는 정리위원회의 혼란으로부터 거리를 두고 지하실로 가는 계단통에 들어가 문을 닫았다.

"그럼요," 내가 대답했다. "말씀하세요."

"지난 몇 달간 로스크리의 통계치와 이용자 수를 점검해봤어. 한동안 내가 오스카에게 결정을 내리라고 압력을 넣었는데 이제야 겨우 답신이 왔네. 오스카도 통계 수치를 쭉 확인했고, 우린―로스크리 말이야―등급 재분류 결정을 받았어."

올 것이 왔다. 그동안 우리가 기울인 갖은 노력에도 불구하고 로스크리도서관은 목표를 달성하지 못한 것이다. 우리는 예산을 빼앗길 것이다. 그들은 도끼를 내리쳤다.

"앨리?"

"네?" 나는 실망을 감추려 안간힘을 쓰며 대답했다.

"앨리, 좋은 소식이야. 직원 수를 늘려주겠대. 우린 목표치를 가뿐히 뛰어넘었고, 파트타임 자리가 났다는 사실을 당신에게 제일 먼저 알려주고 싶었어. 물론 지금 당장 결정하라는 얘기가 아니라―"

도서관 메인 구역에서 웃음소리가 퐁퐁 솟아올랐다. 문에 달린 유리 패널을 통해 안을 흘긋 보니 마침 애덤이 컵케이크 하나를 통째로 입안에 넣고 있었다.

"할게요." 나는 다짜고짜 수락했다.

"그 자리에 올 거야? 아직 시간이나 페이는 얘기 못―"

"상관없어요. 할게요. 로스크리 근무직을 말씀하시는 게 맞는다면."

"당신이 그렇게 말해주길 바랐어. 자세한 내용은 이메일로 보낼게. 아, 그리고 어느 작은 새가 나한테 귀띔하길 한 지역사회 모임에서 도서관에 흥미를 느낀 모양이야. 그중 한 명이 도서관장의 사촌이래. 제빵대회가 엄청나게 좋았나보더군. 내가 말을 아껴야 해서 더는 얘기 못하는데, 하여간 아주 좋은 일이 생길 거야! 무척 기대되는걸!"

유리 패널 너머로 쳐다보는 나를 에밀리가 눈치채고 짐짓 오만상을 찌푸려 보이는 바람에 나는 웃음을 터뜨렸다.

"고마워요, 린다. 진심으로 감사합니다."

이 몇 마디 말에 용서와 사과의 감정이 오롯이 전달됐기를 바랐다. 애초에 나를 자른 게 린다가 아니라는 건 알고 있었다. 린다는 오히려 나를 위해 오스카 코츠를 채근하고 닦달한 게 아닐까 싶었다. 등급 재분류는 보통 회계연도가 끝날 때 결정되니까.

나는 전화를 끊고 사람들이 있는 자리로 되돌아갔다.

"별일 없어요?" 애덤이 물었다.

"별일보다 좋은 일이 있죠." 나는 배시시 웃었다. "임무 완수라고 말해도 될 정도로."

∗

"여보세요, 앨리 모건 씨 맞죠? BBC에서 재차 연락드립니다. 〈PM〉에서 또다시 도서관에 대해 얘기해줄 분을 찾고 있는데요. 혹시 내일 시간 되시나요?"

내 휴대폰은 밤사이에 또 한바탕 알림 소동을 겪었다.

트윗이 입소문을 타기 시작하면 뭐가 어떻게 돌아가는지 알려주는 책자는 없다. 다만 내가 그 책자를 쓴다면, 종종 바이럴은 한 번으로 끝나지 않는다는 사실을 꼭 집어넣겠다. 시차를 두고 또다른 지면에 실릴 수도 있고, 유명인이 원 타래를 리트윗해서 팔로워들과 공유할 수도 있다.

때로는 나의 타래가 번역되어 해외 뉴스에서 언급되기도 한다. 인도의 한 TV 방송국에서 홈페이지에 내 타래를 특집으로 올렸다. 프랑스 매체에서도 내 타래를 지면에 실었다.

도서관 마법은 언어와 문화 장벽을 초월하는 것 같다. 책벌레와 예술가와 지역공동체 공간을 사랑하는 사람들이 다시 몰려왔고, 어느 날 저녁 이 별종 마법에 대한 경험담을 쏟아낸 나의 트윗 몇 개를 통해 모두가 하나로 뭉쳤다.

신문 한 부가 내 무릎에 툭 떨어졌다.

"어이, 몽상가님," 애덤이 말했다. "그 신문 1면 좀 봐봐요."

〈로스크리 포스트〉였다. 나는 신문을 집어들고 웃음을 터뜨렸다.

1면에 제빵대회 날 도서관을 휘감은 기나긴 대기줄 사진이 커다랗게 실렸다. 헤드라인은 이랬다. '도서관, 암환자 자선기

금 마련을 위해 케이크를 사랑하는 군중을 끌어모으다.'

"우리 유명해진 것 같은데," 애덤이 말했다. "헛바람 들지 마십쇼, 네?"

"누구, 나요? 설마. 밀려드는 기자들을 막아야 한다면 모를까." 나는 신문을 휘리릭 넘겼고, 우리가 통으로 메인 기사를 차지한 것을 알고 기분이 좋아졌다. "애덤이 뭐라 해도 나는 이 기사를 넣은 포스터를 몇 개 만들어야겠는걸요. 숫자 총계도 좀 넣고. 아주 멋지고 컬러풀하게."

"뭐, 이곳도 좀더 산뜻해지는 게 좋겠지요. 다시 일상으로 돌아가야죠?"

"다시 일상으로 돌아가야죠."

＊

몇 주 후 다른 종류의 인파가 도서관 앞에, 아니, 도서관 맞은편 빈 건물 앞에 모였다.

모이라가 폐쇄된 요양원 앞에서 자신의 주장을 제대로 보여주기 위해 제법 인상적인 규모의 지역 주민들을 불러모은 것이었다. 내 생각처럼 모이라는 요양원 건물이 새로운 광부복지회관으로 안성맞춤이라고 판단했고, 모이라와 동료들은 이제 팻말을 들고 서서 그 앞을 지나가는 모든 사람들에게 전단지를 나눠주는 중이었다.

"저러다 다들 겁먹고 도망가고 말지." 애덤이 비꼬듯 한마디 했지만, 그의 바지 주머니에서 리플릿이 빼꼼 고개를 내밀고 있는 것을 나는 이미 보았다.

"대체 누가요?" 내가 말했다. "동네 사람들 절반은 다 저기 나온 것 같은데. 어쨌든 은퇴한 사람들은."

"저 여잔 미쳤어요." 애덤은 경외감을 담아 말했다. "제정신이 아니지. 시의회가 조금이라도 생각이 있다면 저 여자를 적으로 돌리지 않기 위해서라도 원하는 걸 들어주는 게 나을걸요."

벌써 사진기자 한 명이 모이라에게 다가가는 게 보였다. 모이라는 그 사진기자와 쾌활하게 얘기하기 시작했다. 나는 그 남자가 〈로스크리 포스트〉 기자임을 알아보았다. 로스크리 광부복지회관 후원회 회원 두 명이 수제 펼침막을 펼치는 중이었는데, 내가 서 있는 각도에서는 뭐라고 적혀 있는지 잘 보이지 않았다.

"미쳤어……" 애덤은 그 거대한 텀블러로 홍차를 홀짝이며 연신 중얼거렸다.

＊

"정말 기쁜데요, 앨리. 진짜 기쁩니다."

그레이엄은 가장 최근의 내 차트를 계속 넘겼다. 나는 문득 학교 다닐 때 내 성적표를 넘기며 살펴보던 부모님을 보는 듯한 강렬한 플래시백에 사로잡혔다.

내 두 뺨이 발갛게 달아올랐다.

"정말 많이 좋아졌어요." 그레이엄이 말을 이었다. "이제 삼사 주면 끝이겠네요."

"끝이라뇨, 뭐가……?"

"사 주 후에는 안 오셔도 됩니다."

나는 침을 삼켰다. 발밑에서 땅이 갈라진 기분이었다. 내 얼굴에서 혈색이 빠져나갔다.

"기분이 어때요?"

나는 사 년 동안 그레이엄을 보다 말다 했다(거의 봤다). 우리는 함께 안정화 기법과 냄새 연상에 이어 빌어먹을 EMDR을 죽어라 했다. 현재 그는 내 인생의 고정 요소였다. 나는 저도 모르게 한 주 동안 있었던 일을 머릿속으로 복기하며 상담 시간에 할 얘기를 추리는 버릇까지 들었다.

앞으로 상담치료 없이 매일의 일상을 마주한다고 생각하니, 처음으로 수영장 깊은 쪽에서 용케 물에 떠 있는 나 자신을 알아차린 기분이었다. 나는 공황 상태에 빠지지 않으려 애썼다.

"어…… 그런 생각을 해본 적이 없어서." 나도 모르게 쭈뼛거렸다.

"뭐," 그레이엄이 말했다. "간격을 차차 늘려가는 것도 가능합니다. 이 주나 삼 주에 한 번 보는 걸로 시작해서. 사 주도 좋고요. 솔직히 난 앨리가 이미 준비가 됐다고 생각해요."

나는 입술을 깨물었다. 뚝 떨어지는 것보다야 조금씩 줄어드는 편이 덜 극단적이긴 할 것이다. 진작에 이런 생각을 했어야겠지만, 사실을 말하자면 일이 년 전까지만 해도 나는 미래란 것을 전혀 상상할 수 없었다. 내가 포함된 훗날을 상상할 수 없었다.

"나는…… 차차 간격을 늘려가는 게 좋겠어요. 정말로 내가 준비가 됐다고 생각해요?" 내가 물었다.

"앨리, 스스로를 봐요! 내가 처음 봤을 때하곤 완전 딴사람이에요. 당신은 바깥세상에 나가 일도 하고, 사람들을 조직하고, 캠페인을 벌여요. 내가 지금까지 보아온 여느 사람들 못잖게 많은 일을 하고 있는걸요. 글도 쓰고, 당신 자신뿐 아니라 당신이 몸담고 있는 업계 전체를 위해 깃발을 들고 있죠. 우리가 처음 만났을 때 당신은 혼자 버스도 못 탔다고요, 기억나요?"

나는 고개를 끄덕였다. 떠올리기도 싫지만 그레이엄의 말이 맞았다. 공황발작이 너무 잦았고 몸도 몹시 쇠약했었다. 플래시백을 겪고 나면 당혹스럽고 두려웠다.

지금은? 여전히 이따금 플래시백을 겪지만 그럭저럭 컨트

롤할 수 있다. 내가 누군지 여기가 어딘지 안다. 나는 목적의
식도 있다. 나 원, 혼자서 기차를 타고 시내까지 가서 라디오
스튜디오에서 생방송으로 사회자와 얘기를 나눴다고!

"자랑스러운 일이 한두 개가 아닐 것 같은데요."

내 두 뺨에 홍조가 올라왔다.

"게다가," 그레이엄이 말했다. "우리의 상담시간 때문에 당
신의 목표가 방해를 받으면 안 되죠. 요즘 굉장히 바쁘다고 들
었는데."

나는 콧잔등을 긁었지만, 저도 모르게 씨익 웃고 있었다.

"현재 진행하고 있는 일이 많긴 하죠."

"유명해졌다고 모른 척하고 그러기 없깁니다, 네?" 그레이
엄이 자리에서 일어나며 농담을 했다. "이 주 후에 같은 시간
에 볼까요? 천천히 생각해봐요."

나는 일어나서 고개를 끄덕였다.

"그래도 전화는 해도 되죠?" 내가 물었다. "만약에…… 만
약에 상황이 다시 안 좋아지면. 그럼 어…… 다시 상담하러 와
도 되죠?"

그레이엄의 어조가 진지해졌다. "만약 그렇게 되면, 네, 그
래야죠."

"그럼 지금은 문제없는 거죠?"

"문제없습니다. 당신이 해낸 거예요."

일단은, 꼬마 악마들도 순순히 동의하는 것 같다.

*

마지막 원칙 ─ **작은 승리들을 자축할 것. 큰 승리들도 자축할 것.**

도서관의 미래

영국 국립독서재단의 2019년 연구에 의하면, 영국 전체 아동 인구 중 정기적으로 취미 독서를 하는 어린이는 전체의 4분의 1 미만이라고 한다. 지금의 어린이 세대는 이전 어느 세대보다 책을 덜 읽는 것이다. 또한 38만 명이 넘는 어린이들이 단 한 권의 책도 가져본 적이 없다고 한다.

현세대의 어린이들이 무언가 결함이 있다거나 독서의 즐거움을 만끽할 능력이 모자라다고는 생각지 않으련다.

책에 대한 나의 사랑은 초등학교의 아담한 도서관에서 시작됐는데, 요즘은 모든 학교에 도서관이 있는 것은 아니라는 사실을 얼마 전에 알고 충격을 받았다. 그럼 요즘 아이들은 어디서 책과 사랑에 빠지지?

독서가 하기 싫은 일 내지 단지 의무인 환경에서 자라는 아이들은 독서를 숙제, 과제, 책임, 엄숙 같은 단어들과 동일시하게 되어버린다는 게 내게는 상식과 같다.

거기 어디에 마법이 깃들겠는가?

초등학교 때 우리의 수학 교과과정은 하이네만 수학이라는 미국의 단계별 학습서를 바탕으로 만들어졌다. 어린 손과 머리가 감당할 수 있는 최대 빠르기로 과제를 해치워버리는 버릇이 있던 나는 중등학교에 가기 훨씬 전에 학습 진도를 다 빼버렸다. 내가 특별히 다른 교과목에 비해 수학을 좋아했던 건 아니다. 그저 가급적 많은 지식과 기술을 습득해야 한다는 강박적 욕구를 키워온 탓이었다. 나는 지식에 굶주렸다.

새로운 것을 학습하는 능력이 나이가 들수록 점점 쇠퇴한다는 얘기를 어디선가 읽은 후 나는 겁에 질렸고 갑자기 공부가 진짜 절박하게 느껴졌다. 커서 뭐가 되고 싶은지는 몰랐지만, 알고자 하는 욕구가 있다는 것만은 분명히 알고 있었다.

나는 이 년은 족히 앞당겨 7단계 교과서를 끝냈고, 새로운 과정으로 넘어가려면 한참을 기다려야 한다는 사실이 너무 잔인하게 느껴졌다.

가엾은 우리 담임 선생님은, 자신이 요청을 하기는 했지만 학교에서 8단계 교과서를 입수해줄 가능성은 매우 낮다는 점을 내게 열심히 설명했다. 8단계는 중등학생용이므로 초등학교의 도서 예산이 할당될 리 없다는 얘기였다.

그래서 우리는 7단계 교과서를 다시 공부했다. 같은 문제집을 또 풀었다.

나는 낙담하고 지루한 티를 한껏 내기 시작했다. 초등학교 졸업반 때 담임이 때론 정말 버릇없기 그지없는 나의 태도를 참아야 했으리라는 점은 의심할 나위가 없다. 그와 더불어, 나의 그러한 태도가 우리 부모님께 재깍 통보됐으리라는 점도 의심할 나위가 없다.

양육에 대해서라면 난 감사해야 할 게 너무너무 많다. 내가 얼굴에 책을 얹고 잠들 때마다 교대로 내 방 불을 꺼주셨던 우리 부모님은 나를 큰 도서관에 데려갔다.

큰 도서관이 마법의 공간이라는 사실은 이미 알고 있었지만 나는 어린이 문헌정보실을 다시 찾게 되었고, 그곳에서 옛날 시험지와 문제집 사이에 다소곳이 놓인 유광 표지의 약간 낡은 하이네만 수학 8단계를 발견했다. '8'이라는 숫자 자체가 위대하고 거침없는 무한대의 표시였고, 어린 나의 눈에는 초현대적이고 흥미진진하며 엄청난 잠재력을 품고 있는 책으로 보였다.

결국 나는 휴일과 여름방학 대부분을 톨킨과 로알드 달의 작품을 읽는 짬짬이 8단계 수학 교과서를 뒤적이며 보냈다.

중등학교에 입학했을 때, 새 수학 선생님은 제일 먼저 무한의 8이 잘 보이도록 그 교과서를 높이 치켜들고 이쪽저쪽으로 돌리며 반 아이들에게 일일이 "이 책 본 적 있습니까? 읽어봤습니까?" 하고 물었다. 우리의 대답과 한두 번의 쪽지시험을 토대로 각자 어느 레벨에서 수학 진도를 시작할지가 결정됐다.

도서관 마법은, 미리 앞서나가는 것이 제일 중요했던 때의 내가 뒤떨어지지 않도록 나를 떠받쳐주었다. 도서관 본연의 목적에 충실히 부응했다. 즉, 운동장을 평평하게 만들어주었던 것이다. 내가 노동계급 집안에서 자랐다거나, 다른 아이들은 쉽게 손에 넣을 수 있는 책을 우리의 작은 초등학교에서는 구경하기도 어려웠다거나 하는 건 상관없었다. 도서관에서는 요청하기만 하면 누구든 정보와 지식에 접근할 수 있었다.

요는 그 사실을 알아야 한다는 것, 그리고 요청할 수 있어야 한다는 것이다.

사회가 기능하는 방식이 변화하고 수십 년간 긴축재정을 펼친 결과 전국 곳곳의 도서관이 문을 닫게 되었다는 사실은 이제 비밀이 아니다. 이야기는 항상 똑같다. 도서관을 이용하고 필요로 하는 사람들은 취약계층과 빈곤층, 목소리가 없는 이들이다. 이 사람들이 도서관 폐쇄로 가장 큰 타격을 받는다. 나머지 지역사회가 그 소식을 접하고 항의에 나서기도 하지만, 이미 너무 늦었다. 너무 늦은 것이다. 피해는 이미 심각하다.

그리고 모르는 새 은밀히 삭감되는 것들이 있다. 직원 수가 줄어들고, 개방시간이 축소된다. 자격증이 있고 지식이 있는 도서관 직원들이 자원봉사자들로 대체되니(자원봉사자들이 나쁘다는 게 아니라, 그들에게만 도서관을 맡겨서는 안 된다는 얘기다) 자, 보시라, 서비스가 악화되고 이용률이 떨어지고 더 큰 삭감이 시작된다.

도서관에서 일하면서 한 가지 배운 게 있다면 바로 이것이다. 꼭 이런 식이 아니어도 된다.

라디오 인터뷰에서 나는 도서관의 미래가 어떻게 될 것 같냐는 질문을 받았다. 그때는 시간이 너무 촉박해서 원하는 대로 답을 다 하지 못했다. 나는 이렇게 말하고 싶었다.

지금 현재 우리가 알고 이용하는 대로라면, 도서관에 예산이 지원되는 방식을 진짜 진지하게 뜯어봐야만 도서관의 미래가 있을 것이다. '생산성'(현금 수입, 이용자 수)이라는 막연한 자본주의 용어로 계속 들여다본다면 그 가치를 심각하게 과소평가하게 된다. 도서관의 진정한 가치는 즉각 발생되는 현금과 유동인구에 있지 않다. 실제로는 그보다 훨씬, 훨씬 더 복잡하다.

성인과 어린이가 무료로 배울 수 있는 공간을 제공함으로

써 절약되는 돈을 어떻게 측정할 것인가? 퇴근시간이 지나서도 어르신 이용자들이 해외로 이주한 다 큰 자식들과 계속 연락을 주고받을 수 있도록 신형 휴대폰의 세팅을 도와주는 직원의 가치를 어떻게 측정할 것인가?

돈 내지 않고 눈치보지 않고 누구나 머물 수 있는 공간을 없애는 대가를 어떻게 치를 것인가? 긴급 자금 대출을 신청할 때, 읽지 못하는 양식을 작성할 때, 그저 중요 메일과 스팸 메일을 분류하는 일이라도, 정말 곤란할 때 도와줄 친절한 얼굴을 지역사회에서 빼앗는 손실은 어떻게 감당할 것인가?

이용자 수에 의해 예산이 결정되는 한, 사람들이 문을 넘어오기만 하면 도서관은 계속 존재하기야 하겠지만, 편치 않은 장소에 누가 가고 싶어할까? 낙서로 뒤덮인 깨진 유리창 아래 망가지고 지저분한 의자에 누가 앉고 싶어할까? 직원이 고작 한 명이고 그마저 폭력을 겪은 트라우마가 있을 정도로 반사회적 행위가 만연한 곳에 누가 아이와 같이 가고 싶어할까?

문을 넘어 들어가는 것은 첫걸음일 뿐이다.

그렇다면 우리는 어떻게 이 세대와 다음 세대가 우리가 축복처럼 누렸던 마법을 똑같이 누릴 수 있도록 보장할 것인가?

나는 정치인도 아니고 경제 전문가도 아니지만, 내가 너무나도 사랑하는 도서관 서비스의 최전선에서 일한 경험이 이제 몇 년 치가 쌓였다. 그 인기 트윗 타래 덕분에 나는 전 세계

도서관 직원들 및 도서관을 사랑하는 사람들과 계속 연락을 주고받았다. 나는 피로에 찌든 사서들을 인터뷰하고, 절망에 빠진 문헌정보실 직원들과 커피를 마시고, 대학 도서관 직원, 사회복지사, 돌봄노동자, 심리학자, 정신보건 간호사, 북클럽 운영자, 작가, 출판인, 그 외 상상할 수 있는 온갖 직업 및 계층의 사람들과 온라인으로 수다를 떨었다. 우린 모두 이 공공영역을 살려야 한다는 열정과 뭔가 바뀌어야 한다는 공감대로 엮여 있었다.

그간 경험과 리서치를 토대로, 이 아름다운 마법의 공간을 살릴 수 있는 방법은 다음과 같은 세 가지라는 결론에 이르렀다.

1. 투자

대단한 게 아니다. 디지털 서비스나 3D 프린터, 아이패드 대여를 말하는 게 아니다. (물론 더 많은 투자가 있다면 도서관이 제공하는 서비스를 다각화할 수 있겠지만.) 간단하다. 도서관에 인풋이 많을수록 더 많은 아웃풋을 얻을 수 있다. 사람들과 지역사회에 투자하면 나머지는 자연스럽게 따라온다.

금전적 투자도 무척 긴요하지만, 그것이 도서관이 절실히 필요로 하는 유일한 투자는 아니다. 시간과 전문 인력을 투자해야 한다. 지역사회는 관심을 투자해야 한다. 그 말은 곧 지역 내 상가와 업체에서 행사를 후원하는 형태로 지역공동체에 약간이나마 환원한다는 얘기일 수도 있고, 지역 야생동물 보호구역에서 일하는 아무개 씨가 몇 달에 두어 번씩 탐조에 관한 강연을 한다는 얘기일 수도 있다. 지역 대학교에서 도서관과 협력하여 몇 가지 초급 강의를 제공할 수도 있다.

지역 내 지식 투자가 필요하며, 그게 꼭 학계나 대학의 지식이 아니어도 된다. 가령 동네 어르신들 모임과 도서관이 협력하여 우리 동네 사진전을 열고 기억을 공유하거나 추억하는 시간을 가질 수도 있다. 요양원 입주자들이 오후에 잠깐 나와서 도서관 프로젝터로 옛 축구시합 명장면을 다시 볼 수도 있다.

우리는 이따금 요양원의 치매 노인들과 함께하는 북버그 교실을 열기도 한다. 아이들이 옛 자장가를 부르고 노인들도 함께 따라 부른다. 바로 이런 공동활동이 지역사회에 아주 큰 차이를 가져다줄 수 있는데, 요양원 직원과 동네 학부모와 어린이 사서가 시간과 노동을 투자하지 않았다면 가능하지 않았다.

2. 대중의 인지

내 직업이 뭔지 알려줬을 때 "오, 우리 동네에 공공도 서관이 있는 줄 몰랐어요"라고 말하는 사람들에게 1파운 드씩 걷었다면 나는 사설 도서관도 너끈히 지었을 거다.

취약계층 이용자들은 도서관이 있다는 걸 안다. 이 문 제가 시사하는 바는, 생존을 위해 도서관을 필요로 하는 사람들을 넘어서서 이제는 그 외의 사람들에게도 도서관 의 존재를 알려야 할 필요성이 있다는 것이다. 도서관은 극빈층을 돕기만 하는 기초적인 서비스를 넘어서서 반드 시 폭을 넓혀야 한다.

도서관을 좀더 접근하기 쉽고 유용하고 매력적인 공 간으로 만들지 않으면 우리는 계속 카페와 서점, 유치원, 아마존, 사설 어린이집, 동네 펍, 그 외 다른 민간영역에 이용자들을 빼앗길 것이다.

3. 자율성/민주주의

각자의 특성을 무시하는 획일적인 접근방식은 통하지 않는다. 공공도서관은 융통성 없는 관료제에 지나치게 얽매여 있고, 그 결과 직원과 이용자 모두 도서관 본연의 목적을 망각하고 있다. 그렇게 서비스가 악화되고 지역 공동체가 약화된다.

나는 종종 사람들에게 도서관 이용이 무료임을 일깨

우지만 사실은 그렇지 않다! 여러분은 이미 이용료를 냈어요! 여러분이 지방세를 낼 때마다 도서관 이용료를 납부하고 있는 거라고요. 이것은 여러분이 응당 받아야 할 서비스이고, 그러니 도서관이 어떻게 운영될지에 대해 목소리를 낼 권리가 당연히 있지 않겠어요?

쉽게 말해, 각 지역사회 차원에서 개별 도서관이 각자 예산을 관리하고 운영할 권한을 좀더 가져야 한다. 불필요한 요식보다 풀뿌리 주도권이 필요하다.

정책이 앞뒤 고려 없이 무턱대고 적용될 때 생기는 낭비의 한 예를 보자.

우리 지역 관할에서는 도서관과 스포츠센터, 수영장, 박물관이 하나의 관리조직 산하에 있다. 직원들은 하나의 '밴드'로 묶여 관리되고, 같은 밴드 내에서는 건물 관리인이든 어린이 보조사서든 인명구조원이든 기본적으로 연봉과 권한의 수준이 동일하다. 그 때문에 나는 수영장 유지보수와 수질 PH 균형에 관한 교육을 들어야만 했다. 그것도 여러 번.

화나지들 않으시는가? 이런 교육과정에 드는 돈이 바로 여러분의 세금이다. 여러분의 세금이 내가 공공수영장의 수질정화법에 관한 강의를 듣는 데 지불되었다.

도서관 보조사서라는 나의 직무에 거기서 교육받은 내용을 한 번도 써먹지 못했음은 두말할 필요도 없다. 나는 수영을 못하며, 되도록 수영장 근처에는 얼씬도 하지 않으려는 편이다.

이런 종류의 한심한 낭비는 민간영역이었다면 일어나지 않았을 일이다. 도서관이 이윤 창출을 위해 존재하지 않는 건 맞지만, 이런 답답하고 어리석은 일이 지역 자치체 단위에서는 비일비재하다.

꼭 이런 식이 아니어도 된다.

이미 돈을 냈으면서도 대다수 사람들이 현재 서비스를 이용하지 않고 있고, 심지어 그런 서비스가 있다는 것 자체도 모른다는 건 정말 이상하지 않은가?

이런 상상을 해보자. 동네 도서관에 가서 도서관의 특정 정책들과 관련된 공지를 살펴본다. 우리 도서관에서 어떤 프로그램을 개설할지 투표한다. 예산의 우선순위를 결정하는 데 참여한다.

당신은 당신이 살고 있는 동네를 잘 알고, 어떤 서비스가 필요한지도 잘 안다. 지금 도서관을 이용하지 않더라도 어떤 서비스가 있으면 앞으로 정기적으로 이용하게 될 것 같은지 한마디 보탤 수 있다고 다시금 상상해보자. 당신의 일상에 도움이 될 만한 게 뭐가 있을까? 어떤 서비스를 유용하게 이용하게 될까? 왜 북클럽에 가입하지 않는 걸까? 당신의 근무시간에 모이니까 시간이 안 돼서? 장르가 취향이 아니라서? 도서관 개방시간이 너무 제한적이라서?

진정한 의미에서 지역공동체가 운영하는 도서관을 상상해 보자. 그건 어떤 모습일까?

우리에게 필요한 것은 바로 여기 우리 눈앞에 있다. 우리의 목소리를 듣게 만들어야 하고, 우리의 목소리에 귀를 기울이게 만들어야 한다. 여러분의 목소리에 귀를 기울이게 만들어야 한다.

여러분이 돈을 내는 서비스가 여러분을 위해 작동하지 않을 때 책임자와 직원이 나와서 해명을 해야 한다. 사서들은 시간과 열정을 투자한 만큼 그에 대한 보상을 받아야 한다. 지역사회에 대한 전문가로서 사서들은 그 전문성을 인정받아야 한다!

항의를 하자. 제안을 하자. 시끄럽게 굴자! 소셜 미디어에서 떠들썩하게 난장을 피우자. 당신에게 편한 시간대를 제안하자. 당신에게 맞는 당신의 북클럽을 만들 권리를 요구하자! 더 많은, 더 좋은 책을 요구하자! 제대로 작동하는 설비를 요구하고, 고장나지 않은 프린터를 요구하고, 실제 현장에 와본 적도 없는 관료들이 작성한 관리운영규정 따위에 얽매이지 않고 이용자들을 응대할 자율성을 지닌 직원을 요구하자!

지역 단위 직원들은 분명 번아웃 상태겠지만, 그래도 여러분과 똑같은 열정과 아이디어로 일어날 것이다. 그런 아이디어들이 요식행위와 서류 작업에 질식되지 않고 번성할 수 있도록 압력을 넣자.

여러분의 도서관이니까. 인풋을 넣은 만큼 아웃풋을 얻는 거죠. 그 점을 절대 잊지 마세요.

아 그리고, 모쪼록 일선 직원들에게 친절히 대해주세요. 우리 사서들이 종종 손발 다 묶인 상태긴 해도 여러분과 똑같은 걸 원한다고요. 직원실에 넣어주시는 비스킷도 언제나 환영입니다. 혹시나 해서 말해두는데, 제가 개인적으로 좋아하는 건 홉높스예요.

＊

어린이 서가 쪽에서 어떤 여자가 한숨을 푹 내쉬고 말한다. "안 돼, **그렇게** 많이는 못 가져가. 네가 지금 얼마나 많이 챙겼는지 보라고! 대체 그게 다 몇 권이야?"

아이 목소리가 대답한다. "**백만 개!**"

"여섯 개만 골라." 여자가 말한다.

"에이." 아이다운 실망의 소리가 조그맣게 나고, 욕심껏 가져온 책을 다 들기엔 너무 작은 고사리손이라 비닐커버를 씌운 어린이책이 바닥으로 툭 떨어지는 익숙한 소리가 이어서 들린다.

"겨우 여섯 개?"

"응."

"진짜?"

"응."

"하지만 엄마, 난 책이 **정말 좋아요**. 다 갖고 싶어! 어떻게 **여섯 개만** 골라요?"

데스크에서는 애덤이 동네 지도를 프린트해서 루이스 씨에게 보여주고 있다.

"자, 제가 여기 동그라미 쳐놓은 거 보이시죠?" 애덤이 말한다.

루이스 씨가 끙끙거리며 고개를 끄덕인다.

"여기가 예전 우체국이에요. 이쪽 길로 쭉 올라가시면 돼요. 지금 우린 여기 있고요, 보이죠? 제가 형광펜으로 길을 표시해드릴게요. 여기서 모퉁이를 돌면 있어요."

애덤이 지도를 루이스 씨에게 주고, 루이스 씨는 한참을 자세히 들여다본 끝에 결론을 내린다. "그래, 이제 자네 말이 뭔 얘긴지 알겠군. 그럼 이거 얼마인가?"

애덤이 고개를 흔든다. "돈은 안 내도 돼요. 뒤에다 도서관 전화번호를 써드릴게요. 못 찾으시겠으면 전화 주세요."

루이스 씨가 끙끙거리는데 이건 기분좋은 쾌활함을 나타내는 끙끙거림이다. 루이스 씨는 지도를 접어서 외투 호주머니에 넣는다.

우리의 뜨개질 및 크로셰 모임이 차를 즐기고 있는 한쪽에서는 명랑한 웃음소리가 터지고, 입놀림은 재재바른 데 비해 손놀림은 아주 더디다. 소셜 미디어에 이 모임을 광고한 후로 회원수가 꽤 불었다. 모임 때마다 홍차가 두 주전자씩 소비된다. 사람들은 지역 주민들에게서 기부받은 뜨개실과 대바늘을 둥글게 모아놓고 신입회원을 반갑게 맞이한다. 소피는 매주 집에서 만든 비스킷을 가져온다. 이젠 아장아장 걸어다니는 캐머런이 신나게 옹알거리며 우리가 특별히 인쇄해준 색칠놀이 그림에 크레파스로 죽죽 색을 긋는다. (캐머런이 가장 좋아하는 건 유니콘이다.)

에밀리는 지금 할머니 한 분과 손주 셋이 함께 온 가족을 회원으로 등록하느라 분주하다. 이 집 식구들은 모두 강렬한 빨강머리가 도드라진다.

"우리 친구는 생일이 언제예요?" 에밀리가 그 집 막내에게 묻자 아이는 얼굴이 빨개져서 손가락을 입에 넣고 어깨만 으쓱한다.

"8월이에요." 할머니가 대답한다.

"아냐아냐아냐, 할머니!" 다른 두 아이가 일제히 외친다. "그건 제시카 생일!"

"걔는 5월 아닌가?"

"할머니이이이!" 맏이인 여자애가 한숨을 내쉰다. "그건 **할 머니** 생일이죠!"

"아. 그래. 그렇구나."

에밀리가 성자 같은 인내심으로 미소를 짓고 용지 세 장을 그들에게 내민다.

"자 그럼," 에밀리가 말한다. "할머니는 앉아서 기다리시게 하고 다 같이 이 가입신청서를 작성해볼래? 다 적고 나면 나한테 갖다주렴."

나는 콜린스 부인과 함께 디지털자료실에 있고, 부인은 내 손에 자신의 휴대폰을 이제 막 쥐여준 참이다.

"신제품이야, 보면 알지?" 콜린스 부인이 말한다. "토미가 애들하고 같이 뉴질랜드로 돌아가기 전에 줬어. 나랑 '얼굴 통화'인가 뭔가를 할 수 있다면서."

나는 웃으며 고개를 끄덕인다. 콜린스 부인은 아들 토미가 명절 때 왔다 간 다음부터 맨날 손주들 얘기뿐이다. 얘기를 하도 많이 들어서 이젠 우리 가족처럼 잘 아는 기분이 든다. 지금까지 장운동과 섬뜩한 범죄소설 말고 콜린스 부인이 이렇게까지 뭔가에 열중하는 모습은 처음 본다.

"그러니까 소리를 키워달라는 말씀이시죠?" 내가 묻는다.

"그렇지. 거기서 아무 소리도 안 나는 것 같아. 그래서 자꾸 애들 전화를 놓치네."

나는 십 분 정도 새 휴대폰의 '음소거' 기능을 설명하고, 콜린스 부인은 핸드백에서 가죽 장정 수첩을 꺼내고 펜 끝에 침을 묻혀 받아적을 준비를 마친 다음 안경 너머로 눈을 가늘게 뜨고 수첩을 바라본다.

"방금 얘기한 거 다시 말해봐요. 볼륨이 어디 있다고?" 나는 십오 분 정도 아까 했던 설명을 반복한다.

이젠 늘 그렇지만, 데스크 앞에 줄이 길게 늘어서 있다. 컴퓨터는 자리가 없어서 인당 한 시간씩 이용시간 제한을 걸었다. 예산이 마련되는 대로 컴퓨터를 더 구입할 거라는 얘기가 있긴 하다.

수전이 지하층에서 나타난다. 지하는 좀더 규모 있는 모임과 프로그램을 위한 공간으로 리모델링됐다. 자재실은 대부분의 물건을 치우거나 한쪽으로 옮겨 다양한 크기의 성인용 및 어린이용 의자와 테이블을 놓을 자리를 마련했다.

방과후 교실이 도서관으로 옮겨왔고, 퇴근길의 부모와 보호자가 도서관에서 아이들을 만난다.

"부모님들 잊지 마세요, 다음주는 학교가 쉬니까 방과후 교실이 없어요! 하지만 도서관에서 하는 프로그램들이 많이 있으니까 게시물을 눈여겨봐주세요, 금방 마감되니까 서두르시고요!"

로스크리는 3인 근무 체제로 등급이 재분류되면서 예산이 확 늘어났지만, 그 예산을 안정적으로 받으려면 이용자 수를 지속적으로 올려야 한다는 조건이 붙었다.

우린 이미 더 많은 행사와 프로그램을 계획중이다.

택배기사가 골판지 상자를 수북이 쌓은 핸드카트를 아이들 사이로 요리조리 밀며 들어온다. 나는 손을 흔들어 콜린스 부인을 배웅하고 얼른 수령증에 사인하러 달려간다.

"이거 다 책이죠? 많기도 하네." 기사가 말한다.

"많아야죠." 나는 기사가 책 상자를 데스크 안쪽으로 옮기는 것을 거든다.

"여기가 이렇게 분주해지다니 믿기지가 않아요. 이제 책 같은 걸 읽는 사람은 아무도 없을 줄 알았는데."

"깜짝 놀랄 만도 하죠."

나는 일을 마치고 나가는 택배기사에게 손을 흔든다. 기사의 다음 일정은 길 건너편 새로운 로스크리 광부복지회관에 가구며 설비며 이런저런 물건을 배송하는 일들로 채워질 것이다. 끊임없이 드나드는 일꾼들과 택배기사들을 총지휘하며 이리저리 뛰어다니는 모이라가 눈에 선하다. 생각만 해도 슬몃 미소가 떠오른다.

애덤이 또다른 가족을 신입회원으로 등록하고 있다.

"좋아요, 그럼 여기 숙녀분부터 먼저 하죠. 이름이 어떻게 되나요, 그리고 더 중요한 건, 제일 좋아하는 공룡이 뭐죠? 자아, 시작!"

나는 키보드를 닦으며 혼자 키득키득 웃는다. 저 대화가 도서관의 업무를 요약해서 보여주지 않는다면, 뭐가 그럴 수 있는지 나는 알지 못한다.

*

가끔은 도서관에서 일한다는 것의 실상을 구체적으로 설명하기가 쉽지 않다. 실제로, 책장 사이에서 보내는 날들에 예측 가능한 유일한 것은 예측 가능한 것은 없다는 사실뿐이다. 콜뮤어도서관에서 처음 일을 시작하는 앨리를 만나 얘기할 수 있다면, 과연 난 무슨 말을 해줄 수 있을까?

앨리, 넌 독서 모임에서 토론을 주재하는 날들이 자주 있을 거야. 차와 비스킷을 준비하고, 여름 북 큐레이션 전시를 준비하며 색종이를 오리는 날들도 자주 있지. 웬 남자가 화를 내며 오전 육아 모임에서 어린 엄마와 아기를 끌고 나가는 모습을 무력하게 지켜봐야 하는 날도 있어. 나중에 알고 보니 고등학생인 애엄마가 아기한테 '평범한' 놀이활동 비슷한 것을 경험하게 해주고 싶어서 학교를 빼먹었기 때문이더라고.

사서의 정체성에 대해 외곬으로 파고들 수도 있고(이쯤 되면 내가 혼자 골똘히 망상에 빠지길 좋아한다는 것을 다들 알겠지), 도서관의 명칭과 기능에 대해 논의를 해볼 수도 있겠지만(커뮤니티센터인가? 지역공동체의 허브? 정보의 보고? 알 게 뭐람?!), 본인을 위한 하루치 고등학교 수업과 아기를 위한 한두 시간의 놀이 교육 중 하나만 선택해야 하는 여자애에게는 뭐가 됐든 상관없을지도.

충분한 예산과 자율성을 갖고 제대로 기능하는 진정 좋은 도서관이라면, 아기를 돌보기 위해 수업을 빼먹는 것이 꼭 교육을 비롯해 본인이 누릴 수 있는 사회적 기회를 상실하는 것과 등치되지 않는 지점을 찾아낼 것이다. 좋은 도서관이라면 가난과 성공, 그저 생존하는 것과 진짜로 살아가는 것 사이에 변화를 만들어낼 것이다.

명칭이야 아무래도 좋다. 어떤 형태를 취하든, 진정한 도서관은 사회의 안전망일 뿐만 아니라 지역사회의 맥동하는 심장이다. 사서는 그 이상을 현실로 이뤄내기 위해 전력을 다하는 사람이다.

나쁜 소식은, 지금 현재 전 세계 대부분의 선진국(많은 개발도상국을 포함하여)에서 전투가 벌어지고 있다는 것이다. 로스크리도서관 전투에서 봤듯 이 전투는 매우 복잡하고 다면적인 양상으로 전개되며, 상황이 진짜 심각해지기 전까진 일반 대중은 거의 모르고 지나친다.

대부분의 경우 도서관은 자본주의적 습성과 잘 어우러지기 쉽지 않고, 자본주의 문화의 가장 큰 옹호자이자 공교롭게도 정치적으로 힘있는 사람들과는 사이가 좋은 편이 아니다. 이런 소규모 지역사회 안전망이 이윤을 낼 잠재력이 있음에도 무료로 서비스를 제공하는 것은 수지가 안 맞는 장사니까.

정치인이나 기업가들이 이런 식으로 말하는 것을 한 번쯤 들어봤을 것이다. "혁신을 위해 민영화를 고려할 수도 있다"느니(그렇게 되면 상점이지), "꾸준한 소득 없는 도서관은 지속 가능하지 않다"느니(그건 '지속 가능성'을 어떻게 정의하느냐에 달렸고, 그 문제라면 소득이란 단어도 마찬가지다), "도서관은 시대착오적이다"(그 어느 때보다 도서관이 필요한 지금 이 시대에?) 하는 말들.

나는 이런 말들이 악의에서가 아니라 잘못된 정보에서 비롯됐다고 진심으로 생각한다. 로스크리에서 도서관이 무슨 일을 하는지에 대한 약간의 교육만으로 일반 대중이 정말 많이 달라졌던 것처럼, 저 정치가들과 기업인들도 약간의 교육과 지식만 주어지면 많은 일을 할 수 있을 것이다.

그들에게 알려주자. 도서관을 이용하자. 우리의 도서관을 찬양하자. 더 좋은 것을 더 많이 요구하고, 우리의 돈과 행동과 투표를 통해 수지타산만으로 측정되지 않는 가치가 있음을 보여주자!

내가 그렇게 만들 거다.

13장
로스크리에
역병이 당도한 날

세상 속 우리의 현재 위치와 지금 그대로의 현실에 안주하는 건 쉽다. 우리는 삶의 궤적을 돌아보며(실패와 추락과 상실에 슬퍼한다) 좀더 나은 모습을 지향하긴 하지만, 주변 환경을 급진적으로 바꾸는 것을 고려하는 경우는 드물다. 정부 정책과 자본주의의 현상황과 심지어 인간 본성에 대해서까지 냉소하기는 해도, 미미한 성장이 아닌 더 크고 적극적인 변화에 익숙한 사람은 거의 없다.

선거도, 심지어 국민투표도 세상을 하루아침에 바꾸지는 않는다.

코로나19는 영국 전역에 닥친 것과 거의 똑같은 식으로 로스크린에 닥쳤다—서서히, 막연히, 그러다 느닷없이 코앞에, 단번에.

공식 지시가 내려왔을 때 나는 로스크리도서관에서 일하고 있었다. 최대한 빨리 사람들을 내보내고 건물을 폐쇄하도록. 록다운 명령이 있을 것이다. 추후 총리 발표가 이어질 예정이다.

나는 그 전날 하루종일 신경과민 상태로 안절부절못했다. 바이러스는 벌써 영국에 도달한 상태였다. 우리는 이용자들에게 서로 2미터씩 간격을 둘 것, 생일축하 노래를 두 번 부를 때까지 손을 씻을 것 등을 당부하는 포스터를 도서관 창문과 벽에 붙여놨다.

나는 도서관이 사람들로 채워지는 장면을 점점 차오르는 공포감 속에서 지켜보았다. 북버그는 평소와 다름없이 무정부 상태의 난장판이었고, 끈적거리는 조그만 손들이 온 사방을 더듬었다. 데스크 앞의 줄이 점점 늘어나더니 이내 여기저기서 뭉쳤고, 디지털자료실의 컴퓨터 화면 주위로 사람들이 옹기종기 모여들었다.

나는 애덤에게 퇴근하라고 말했다. 애덤은 천식이 심했다. 우리가 뭘 어떻게 하든 갑자기 등장한 이 새로운 사회적 거리두기 규칙에 사람들이 고분고분 따를 리 없었고, 우리로서는 강제할 방법이 없었다. 애덤은 나 혼자 놔두고 퇴근할 수 없다고 버텼고, 나는 애덤처럼 고집 센 사람과는 다투지 않는다.

애덤과 나는 우리의 단골 할머니 중 한 분이 기침을 하며 인파를 헤치고 온몸을 떨면서 데스크로 다가오는 모습을 겁에 질려 바라보았다. 할머니는 땀으로 번들거리는 해쓱한 얼굴로 조그만 체크무늬 카트에 구부정하게 몸을 기댔다. '최초 감염자'라는 문구가 머리를 스쳤다.

"여기 계셔도 괜찮으시겠어요? 집에 가서 쉬셔야 할 것 같은데요." 나는 최대한 에둘러 말했다.

"아냐." 할머니는 큰활자책을 카트에서 끄집어내 데스크에 떨구면서 콜록콜록 기침을 섞어가며 말했다. "책이 필요해서. 폐렴기가 좀 있네. 그래도 시간을 보내려면 책이 있어야지."

위험이 그토록 생생히 느껴지지 않았더라면 거의 코미디로 보였을 것이다.

윗선의 지시사항은 없었지만 나는 라텍스 장갑과 손소독제를 구비했다. (다행히 캠핑장비 중에 소독제 남은 것이 꽤 있었다.) 애덤을 더 큰 위험에 노출시키고 싶지 않아서 알코올 스프레이로 책을 닦는 일은 내가 맡아서 하겠다고 우겼다.

북버그가 끝난 후, 록다운 전 마지막 개관일이었던 그날의 이용자들은 어르신들뿐이었다. 노인들이 뉴스를 인쇄매체에 의지하는 경향이 있어서인지 모르겠지만 끊임없이 변화하는 환경에서 노인들은 약간 소외되는 편이고, 바이러스를 대하는 태도에 세대간 차이도 있지 않았을까 생각한다.

내가 아는 건, 노인 이용자들 중 어느 누구도 나의 불안과 우려에 공감하지 않았다는 사실이다. 도서관이 폐쇄될지도 모르니 책을 좀더 챙겨가시라는 나의 권유에 다들 코웃음을 쳤다. 코로나 바이러스를 '그냥 또 새로 유행하는 독감' 정도로 치부하는 사람들도 있었다. 직원이나 다른 이용자들과 안전거리를 유지하라는 우리의 요청은 대부분 완전히 무시됐다.

폐쇄 명령이 내려왔을 때 나는 안도감에 눈물이 났다.

그날 아침 나는 가능한 모든 겉표면을 소독제로 닦았다. 이탈리아 같은 나라에서는 록다운이 한창일 때 사람들이 창문에 무지개 그림을 내걸어 서로에게 ― 특히 가장 무섭고 어리둥절할 아이들에게 ― 희망을 전했다는 얘기를 들었다.

나는 얼른 무지개 포스터를 몇 장 인쇄해서 '무사히 잘 지내요, 로스크리 여러분' '손을 씻으세요' 같은 슬로건을 써서 온 사방 유리창에 다 붙였다. 도서관 문을 닫고, 어려운 시기 속 회복탄력성을 얘기하는 문학작품에서 몇 구절을 인용하여 정문 안내판에 남겨놓았다.

나는 도서관이 닫혀 있는 건 국가가 이 새로운 상황을 통제할 수 있게 될 때까지, 그러니까 한 달이나 두 달 정도라고 생각했었다.

그때 선택한 인용문은 이후 몇 달 동안 날이 갈수록 더욱 가슴 아픈 것이 되고 말았다.

✳

이후 며칠간 애덤과 나는 계속 도서관에 나왔다. 우리는 청소와 소독을 하고, 낡은 재고를 솎아내는 일같이 한참 미뤄두었던 작업을 했다.

그동안 거리는 텅 비어 있었다. 주차장에는 애덤 차밖에 없었다. 물건을 사러 가느라 도서관 앞을 지나는 사람도 없었다. 약간 세상의 종말 같은 기분이 들었다.

위대한 작가들이라면 문명이 실패의 낭떠러지 끝에서 적막 속에 비틀거리는 듯한 이 시기를 묘사할 문장을 갖고 있을 것이다. 나는 다만 그 텅 빈 도서관에서 거대한 시체를 조심스럽게 염하듯 우리의 의무를 다하고 있을 때 묘한 애도의 감정이 들었다고 증언할 수 있을 뿐이다.

나흘째 되는 날, 린다에게서 연락이 왔다. 이제 도서관 업무는 종료됐다면서 곧 닥칠 미래에 대비하여 집에 있으라고 했다.

그날 저녁, 남편과 나는 보리스 존슨 총리가 록다운을 공식 발표하는 모습을 TV로 지켜보았다. 필수 인력을 제외한 모든 시민은 집안에 머물러야 한다. 총리는 신중히 작성된 사전녹화 연설에서 여러 행정지침이 곧 나올 거라고 말했다.

발표 이후 스산한 정적이 뒤따랐다. 우리는 서로를 바라보기만 할 뿐 입을 열지 못했다. 무슨 할말이 있겠는가? 선전포고가 내려진 느낌이었다. 우리 사이에 미처 말이 되지 못한 질문이 허공을 맴돌았다. 이제 어쩌지?

*

첫 충격이 가시고 어느 정도 시간이 지나자 도서관 이용자들, 특히 우리의 단골들이 생각났다. 콜린스 부인은 어떻게 지내실까? 페이스타임으로 영상통화를 하며 이 새로운 사태를 아들네한테 설명하고 계실까? 루이스 씨나 세상의 수많은 가난한 치토들은 어떻게 하고 있을까? 우리의 취약계층 이용자들에게, 학습에 어려움을 겪거나 장애가 있는 도서관 단골들에게는 누가 록다운에 대해 설명해줬을까?

혼자 사는 사람들은 어떡하지?

도서관 직원들에게 자원봉사를 요청하는 이메일이 오기 시작했다. 우리는 지역 요양원으로 지원을 나가기도 하고, 필수인력 자녀들을 돌보는 학교에 지원을 나가기도 했다.

몇 주가 지나자 로스크리도서관은 임시 콜센터로 전환됐다. 더 많은 도서관 직원들이 시의회의 새로운 비상연락망에 배치되어 취약계층에 식료품을 전달하거나 처방약을 모아 배송하는 등의 협력 서비스에 동참했다. 다른 이들, 이를테면 애덤 같은 사람들은 가장 곤궁한 이들에게 생필품을 배달하는 일을 맡았다.

남편이 천식 때문에 차를 운전할 수가 없어서 나는 재택근무로 도서관 이용자들의 이메일에 답신하고 북버그 화상중계나 디지털도서 대여 같은 원격 도서관 서비스를 구축하는 일을 지원했다.

매일 아침 린다는 전체 메일을 보내 전 직원의 현황을 확인했다. 오늘은 어딜 가는지, 무슨 일을 하는지 묻고, 우리가 아직 건강하고 무사한지 확인했다. 이메일에는 '이렇게 불확실한 시대에' 같은 문구가 포함되기 시작했고, 나중에는 '뉴노멀에 진입하면서' 같은 문장도 등장했다.

도서관 이용자들의 이메일에 답신하는 것처럼 이 팬데믹의 특이함을 끊임없이 되새기게 하는 일도 없었다.

"제가 서류 몇 장을 보냈는데, 대신 프린트 좀 해주실 수 없나요?"

안타깝게도 도서관은 여전히 폐쇄 상태로 이용이 불가하며, 따라서 현재 인쇄 서비스는 제공되지 않음을 알려드립니다. 널리 양해해주시기 바랍니다.

"도서관 정문을 두드렸는데 아무도 안 나와요. 책들 반납해야 하는데요."

안타깝게도 도서관은 여전히 폐쇄 상태로 이용이 불가하며, 현재 도서 반납은 받을 수가 없습니다. 이에 맞추어 모든 도서 반납일자는 연기되었습니다. 널리 양해해주시기 바랍니다.

이게 다 감염병 때문이라고, 나는 답하고 싶었다. 우리는 역병의 시대에 살고 있다고. 나는 고객센터 상담원처럼 양해를 구한다. 세계는 쾅 소리와 함께 끝나는 게 아니라 '불편을 드려서 죄송합니다'와 함께 끝난다.

록다운 팔 주 차에 접어들 무렵 그레이엄이 코로나19 테스트에서 양성이 나왔다고 내게 알렸다.

코로나 바이러스에 감염된 상담치료사에게서 상담을 받으려는 사람이 어디 있겠는가?

나는 그에게 쾌유를 빌었다. 그레이엄은 최악의 시기는 넘겼다고 말했다. 몸이 좀 안 좋기는 했지만 특별한 후유증은 없다면서.

그 시점까지 우리는 전화로 한두 번 상담을 진행했지만 거의 짧게 줄이거나 별 얘기 없이 끝냈다. 세상이 이렇게 정상에서 벗어나 어떤 종류의 치료도 불가능하게 되니 오히려 나는 상담치료에 의존하지 않고도 그럭저럭 살고 있다는 사실을 깨달았다. 팬데믹 와중에 여느 사람들과 마찬가지로 스트레스를 받고 있었지만 어쨌든 나는 살아남았고, 심지어 어떤 면에서는 제법 잘해나가고 있었다.

나는 일기장에 이렇게 썼다.

나의 상담치료사가 코로나19에 걸렸다는 사실로 블랙유머를 하나쯤 만들 수도 있을 것 같다.

근데 **그걸** 누구한테 말할 수 있을까?

다행히 지금은 회복중이란다. 한편 그 얘기를 듣고 나 자신의 정신건강에 대해 생각하다 알게 된 건, 내가 그동안 나의 정신건강에 전혀 신경쓰지 않고 살고 있었다는 사실이다. 나의 생존과 다른 이들의 생존을 지키느라 너무 바빠서 내 머릿속 공간을 뜯어볼 겨를이 없었다.

뭐, 이따금 플래시백이 불쑥 나타나기도 한다. 그야 언제까지나 그럴 테고. 뭐, 나의 손 씻기 강박증은 평소라면 대단한 생존기술은 아닌데 이 특별한 팬데믹 시기에는 묘하게 생존에 특화된 느낌이다.

나는 불안함이 뭔지 안다. 나는 두려움이 뭔지 알고, 불확실한 미래에 대한 절망감이 뭔지 안다.

또한 나는 내가 살아 있어서 더럽게 기쁘다.

이제 우린 모두 누군가를 잃었다. 친구, 사촌, 이모, 심지어 부모까지, 한 다리 건너면 코로나 바이러스에 쓰러진 지인이 없는 사람이 없다. 정말 끔찍하고, 우린 모두 서바이벌 모드다. 하지만 한 가지 짚고 넘어가자면, 우리 중에는 삶이 내내 서바이벌 모드였던 사람들도 있다.

PTSD는 기묘한 놈이다. 하나의 종으로서 우리는 극심한 트라우마를 광범위하게 초래하는 희대의 사건을 겪는 중이지만, 나는 평생 동안 그에 대비해온 듯한 느낌이다. 트라우마에 관해서라면, 나는 숙제를 이미 다 끝냈다.

지금 나는 어쩌다보니 친구들과 사랑하는 이들에게 조언을 하는 독특한 위치에 있게 됐다. 나는 그레이엄이 나를 치료할 때 사용했던 문구들을 앵무새처럼 따라 말한다. 심리학 교과서와 상담치료를 통해 알게 된 지혜를 공유하고 있다.

돈이라도 받아야 할까보다.

록다운이 해제되기 시작하면서 나는 도서관으로 걸려오는 전화를 다시 받을 수 있게 됐다. "네, 아직 폐쇄중이에요. 아뇨, 언제 다시 문을 열지는 잘 모르겠습니다"라는 말 외에는 별로 할말이 없긴 했지만.

그래도 나는 일기장에 이렇게 썼다.

우리 사회의 가장 취약한 일원 중에는 팬데믹을 전혀 이해하지 못하는 사람들도 있는 것 같지만, 그래도 그들은 우리의 목소리를 듣고 기운을 차린다. 앞으로 어떻게 될지 정확히 아는 사람은 없지만, 우리는 당신을 위해 이 자리에 있을 것임을 알리기 위해 최선을 다한다. 여러분의 도서관은 여러분을 위해 어떤 형태로든 이 자리를 지킬 거예요.

도서관은 닫힌 상태로도 여전히 지역사회의 허브로서 기능했다. 비록 데스크 위에 투명 아크릴 보호막이 설치되고 정문은 여전히 잠겨 있지만, 사람들은 조언과 정보를 구하러 우리를 찾아오기도 하고 전화를 하기도 했다. 로스크리 사람들은 자기네 도서관의 사서를 신뢰했다. 위기 상황에서 지역 주민들이 기댈 수 있는 사람 중 하나가 된다는 것은 진정 영광(이자 살짝 불안 유발 요인)이었다.

＊

도서관 데스크의 내 자리에 앉아 있자니 투명 플라스틱 얼굴 가리개의 밴드 밑에서 땀이 송송 솟는 것이 느껴졌다. 얼굴을 만질 수가 없으므로 땀방울이 천천히 이마로 내려와 눈썹에 내려앉아도 손쓸 도리가 없었다.

집에서 만든 천 마스크를 쓰고 숨을 내쉴 때마다 안경이 뿌옇게 흐려지더니 결국 짜증나게도 안경 안쪽에 물방울이 맺혀 흘러내렸고(다행히 눈으로 들어오지는 않았다), 그 하강은 마스크 끈을 축축하게 적시는 습기에 합류하는 것으로 완료됐다.

나는 강의에 집중하려 노력했지만 오스카 코츠의 목소리는 단조롭게 웅웅거리는 저음이었다. 오스카는 교육을 시작하며 오염제거 및 소독에 관한 새 관리운영규정을 알려줄 강사로 '도서관에서 가장 지루한 남자'를 찾아냈다는 농담을 했고, 그게 벌써 한 시간 전이었다.

우리 로스크리의 일선 직원들은 '재개관 업무지침 교육'을 받기 위해 도서관에 나왔고, 저마다 마스크를 쓰고 불빛에 부신 눈을 가늘게 뜬 채 회전문 앞에서 쭈뼛거렸다. 나는 몇 달 만에 에밀리를 보고 반가워서 악수를 하려고 다가갔지만 에밀리는 흠칫하며 움츠러들었다.

그 반응에 나도 움찔해서 장황하게 미안하다고 사과했고, 장갑 낀 두 손을 축축한 겨드랑이에 찔러넣고 혼자 팔짱을 끼었다. 록다운 동안 나는 사회적 거리두기가 제2의 천성이 됐다고 생각했지만, 보호장비를 갖추긴 했어도 동료들 얼굴을 보니 순간 다시 예전 모드로 돌아갔던 모양이다.

우리의 어색한 웃음소리는 마스크에 묻혀 잘 들리지 않았고, 애덤과 다른 사람들이 도착하자 에밀리는 내게 손을 흔들고 가버렸다.

헤더의 모습은 보이지 않았다. 코로나 바이러스 고위험군이어서 당분간 집에서 나오지 말라는 조언을 들었나보다.

우리 총 다섯 명은 조심조심 도서관으로 들어갔고, 2미터 거리 이내로 가까워지려고 할 때마다 멈칫거리며 어색하게 걸었다. 나는 동료를 포용하려는 충동에 휩싸일까봐 팔짱 낀 양손을 꼭 눌러 잘 간수했다.

우린 분명 이제 막 인간의 형체를 입고서 인간적 교류와 움직임의 복잡성을 파악하는 중인 외계인처럼 보였을 것이다.

그 시점까지 나는 록다운을 일종의 공휴일로 취급하며 살아가고 있었다. 그냥 내 재량껏 재택근무를 하는 거라고 스스로를 납득시킨 상태였다. 겁에 질려 물건을 구하러 뛰어다니는 와중에도 저도 모르게 일종의 해리성 멍함에 빠져 고개를 푹 숙인 채 조만간 일상으로 되돌아갈 거라고 혼잣속으로 되뇌고 있었다. 이건 그저 지나가는 사건이라고, 이 나라의 모든 사람들에게 임의로 주어진 휴가라고.

몇 달 동안 나는 그런 식으로 제정신을 붙잡고 있었다. 공황발작의 기미가 슬금슬금 올라올 때마다 집 근처 숲으로 산책을 나갔다. 숲속 산책을 좋아하지 않는 사람이 어디 있겠는가? 난 그저 유난히 긴 휴일에 햇볕을 즐기고 있는 것뿐이다. 너무 깊이 생각하지 말자.

내가 그렇게 신중히 가꿔온 부정의 보호막은 새로운 역병의 시대에 대비한 로스크리도서관의 변모를 목격한 후 산산조각났고, 그 광경에 나는 남들한테 다 들리게―소독약 연기를 들이마시며―숨을 컥 집어삼켰다.

모든 색채와 장식이 벽에서 뜯겨나갔다. 도서관을 비상 콜센터로 운영할 때부터 투명 아크릴 보호막이 설치되긴 했지만 지금은 그야말로 디스토피아적인 신호로 가득했다. 시민들이 거리를 두고 설 수 있도록 노란 테이프로 안전거리를 표시해놨다. 이용자들에게 안전거리를 지키라고, 코로나 증상이 있으면 반드시 격리하라고 경고하는 안내문이 눈높이에 맞춰 곳곳에 붙어 있었다.

눈길 닿는 곳마다 알림판 문구들이 이용자들에게 마스크를 쓰고 도서관에 들어올 때와 나갈 때 모두 주요 출입구에 놓아둔 손소독제를 사용하라고 간곡히 호소했다.

대재앙 이후의 세상 같은 느낌은, 사람들이 도서를 반납할 때 이용하는 새 '반납함'에서 정점을 찍었다. 비닐봉지가 주르르 걸려 있고 생물학적 위험물 표시가 덕지덕지 붙어 있었다.

반납도서를 비롯해 도서관 외부에서 들어온 물품들은 전부 지하실에 칠십이 시간 동안 격리된다는 사실을 우리는 나중에 알았다. 모든 근무조에서 직원 중 한 명은 이 반입품을 옮기고 보관하는 작업만 하게 된다.

건물 전체가 찜통 같았다.

오스카가 전달하기를, 에어컨은 록다운 때 수리되어 현재 작동이 되긴 하지만 사람들이 건물 안에 있을 때 틀면 공기가 너무 많이 퍼져 안전하지 않다고 했다. 또한 선풍기 종류도 전부 사용금지였다. 자칫 바이러스가 든 비말을 멀리 퍼뜨려 사람들을 감염시킬 위험성이 있었다.

나는 도서관에 앉아 오스카의 강의를 들으면서 내 안경에 맺힌 수증기가 내 숨 때문인지 실내 습도가 높아서인지 알 수 없게 되어버렸다.

우리는 투명 플라스틱 얼굴 가리개를 지급받았고, 도서관 안에서는 항상 그것을 쓰고 있어야 했다—스코틀랜드 정부의 가이드라인인 듯했다.

소독약 연기와 손소독제(틈날 때마다 손을 닦으라는 지시를 받았다)의 알코올냄새와 숨막히는 더위(게다가 '개인보호장비'로 겹겹이 둘러쌌다)의 조합에 나는 살짝 속이 메스껍고 졸렸다.

오스카의 말소리는 수면 유도적 분위기를 완화하는 데 아무런 도움이 되지 않았다. 강의 내용 자체도 마찬가지였다.

우리는 저마다 읽어야 할 새 관리운영규정을 산더미처럼 받았고, 그 각각의 서류마다 우리가 암기해야 하는 새로운 업무지침이 깨알같이 꼼꼼히 설명되어 있었다.

"······그리고 당연히 컴퓨터 한 대당 한 사람의 이용자만 허용하게 됩니다. 관리운영규정 497-A에서 보듯, 그렇게 함으로써······"

에밀리의 장갑 낀 손이 허공으로 치솟았고, 그때 우리 대부분이 잠에 겨운 몽상에서 깨어났다.

이런 끼어듦을 전혀 예상치 못한 게 분명한 오스카는 잠시 말을 잃었다. 오스카는 두꺼운 뿔테안경 주위로 잿빛 눈썹이 듬성듬성 자라났을 뿐 완벽한 대머리의 오십대 남자였다. 그는 전형적인 교수처럼 차려입었다. 오늘 같은 날에도 스리피스로 조끼까지 다 갖춰 입었다, 비록 두꺼운 구식 트위드 대신 좀더 가벼운 검정 모직을 입긴 했지만. 나는 그가 오늘 나온 사람들 중 개인보호장비를 제대로 갖추지 않은 유일한 사람임을 눈치챘다. 사실 그는 우리가 마스크와 투명 바이저를 쓰고 무더위에 시달리는 동안 얼굴을 가리는 그 무엇도 쓰지 않았다. 햇빛이 그의 머리 위 땀에 반사되어 반짝거렸다.

"어······ 네?" 오스카가 말했다.

"보호자나 간병인은 어떻게 합니까?" 에밀리가 물었다. "돌보는 사람이 옆에 있어야 하는 사람들은 어떡하죠?"

오스카는 이마를 찡그리며 특유의 비음으로 믿기지 않는 듯 말했고, 나는 그게 곧장 신경에 거슬렸다. "그런 일이 생길까요? 그런 사람들이 컴퓨터를 쓰러 자주 옵니까?"

"네." 나는 에밀리가 대답하기 전에 냉큼 말했다.

이 남자가 다양한 살균소독제의 종류에 대해 단조롭게 설명하고 있을 때, 나는 우리의 모든 관리운영규정 서류의 맨밑에 적힌 이름이 항상 오스카 코츠였음을 기억해냈다. 도서관의 업무지침을 기획한 사람이 바로 이 남자인데, 코로나 위기 전까지 몇 년 동안 이 남자는 한 번도 도서관에 발을 들인 적이 없을 가능성이 농후했다. 내가 로스크리도서관에서 일하는 동안 한 번도 이곳을 방문한 적이 없음은 확실했다.

"그런 사람들이 아주 많이 옵니다." 내가 말했다.

"에 —" 오스카는 재킷 안주머니에서 정교하게 세공된 볼펜을 꺼내더니 뒤꽁무니를 딸깍딸깍딸깍 세 번 누른 다음 메모를 끄적였다. "— 그 점은 재검토해야겠군요."

그때 우리 모두 정신이 번쩍 들었고, 우리 사이에 암묵적 공감대가 형성된 것 같았다. 지금이 오스카를 현실에 눈뜨게 할 유일한 기회임을 깨달았다. 비실용적이기 짝이 없는 업무지침이 우리에게 부과되기 전에, 그게 만들어지는 과정에서 비판 의견을 낼 수 있는 유일한 기회였다.

애덤의 손이 올라갔다. "책을 그냥 둘러보기만 하는 건 어떻게 합니까? 이용자들이 손을 댄 책은 몽땅 북트럭에 옮겨 담으라고 하셨죠. 여기 있는 다른 직원들은 몰라도 일단 저는 사람들이 도서관의 모든 책을 다 한 번씩 건드리는 모습을 숱하게 봐왔는데요. 사람들이 손댄 책을 일일이 다 소독할 시간을 저희가 어떻게 내죠?"

"에, 음…… 물론 그것도 재검토를…… 정말 현실이 그렇다면……"

"비협조적인 사람들은 어떻게 합니까?" 내가 물었다. "만약 누가 다른 이용자들과 거리를 두지 않으려 하면 어떻게 대처해야 합니까?"

"에, 그 사람들은…… 어…… 직원들이, 어…… 좋게좋게 말로……"

우리는 승기를 더해갔다. 이미 에밀리는 앞서 설명하고 지나간 관리운영규정을 뒤적거리고 있었다.

"여기 보면 최소한 삼십 분에 한 번은 손을 씻어야 한다고 되어 있는데요," 에밀리가 말했다. "제가 지하에 갔다 오는 동안 데스크에 대체 인력을 두어야 합니까? 저희 1층에는 세면대가 없습니다만."

"에, 그게…… 상황에 따라서는 원칙을 약간 융통성 있게 적용할 수도 있다고 생각합니다."

"여기 보면 엘리베이터는 한 번에 한 사람씩 타야 한다고 되어 있네요." 수전이 말했다. "어린아이들은 어떻게 하지요? 다목적실은 아이들에게는 출입금지구역인가요?"

"우리는, 에…… 그에 내재된 위험요소를, 에…… 적절히 평가해야 할 필요가 있겠지요……"

계속 그런 식이었다. 막판에는 아르바이트생까지 업무지침의 결함과 현실과의 괴리를 지적했다. 건물 구조상 애초에 준수가 불가능한 규칙들, 글자 그대로 따랐다간 이용자들을 위험에 몰아넣을 수도 있는 절차들, 적어도 하나 이상 상충되는 지침들. 우리가 질문을 하면 할수록 오스카는 "에"나 "음"을 연발하며 수첩에 뭐라뭐라 휘갈겨썼다.

이런 식으로 그를 비판한 사람이 지금까지 한 명도 없었음이, 적어도 일선 직원들과의 모임에서는 없었음이 분명했다. 오스카 또한 우리 중 누구에게도 굳이 질문한 적이 없었음이, 그래서 그렇게 오랫동안 전반적으로 우리 업무를 필요 이상으로 힘들게 만들었던 표준 업무지침에 그토록 사소하고 비합리적인 규정을 써넣고도 아무 일 없이 지내왔음이 분명했다.

당시에는 카타르시스를 느꼈지만 지금 돌이켜보니 화가 난다. 그 남자 때문에 나와 내 동료가 정말로 위험에 처할 수도 있었기 때문에 화가 난다. 그 남자가 공공도서관을 고사시키는 무의미하고 일방적이고 옹졸한 관료주의의 전형이기 때문에 화가 난다. 우리에게는 보호장비를 쓰라고 강요해놓고 자기는 맨얼굴로 내 앞에 앉아 있고, 현장에 거의 발을 들인 적도 없으면서 우리에게 이래라저래라 업무 방식을 지시하며 나보다 네 배는 더 높은 연봉을 받는 그 후안무치함에 화가 난다.

다 같이 도서관을 한 바퀴 돌면서 오스카가 이런저런 물품과 새 표지판의 배치에 대해 시연해 보일 때 마지막 지푸라기가 우리의 등 위에 얹어졌다. 우린 모두 최소 2미터의 간격을 유지하기 위해 애쓰고 있었는데 오스카가 우리에게 더 가까이 오라고 손짓하며 자꾸 상체를 들이밀고 사람을 밀치자 기어이 애덤이, 얼굴 가리개 때문에 말소리가 잘 안 들렸지만, 쏘아붙였다. "뒤로 물러서주시겠습니까? 제발 좀!"

오스카가 움찔하며 뒷걸음질치더니 애덤을 빤히 응시했다.

"방금 에밀리한테 너무 가깝게 상체를 내밀었잖아요! 최소한 저 빌어먹을 마스크라도 좀 쓰세요!"

"아니 지금 뭐라 —"

"애덤 말이 맞아요." 내가 말허리를 잘랐다. "좀 전엔 내 발도 밟았어요."

오스카는 입을 몇 번 벌렸다 다물었다 했다. 이마의 주름이 깊어졌고, 헛기침을 하며 목청을 가다듬었다.

"네. 그렇군요. 죄송합니다." 그가 마침내 뒤로 물러나 거리를 두고 말했다. "오늘은 여기까지 하지요. 자료집은 잊지 말고 반드시 갖고 가세요."

애덤이 내게 윙크했다고 맹세할 수도 있지만, 눈에 땀이 들어가서 깜박인 것일지도 모르겠다.

✳

로스크리도서관에 다시 출근하게 된 첫날, 여태 살면서 흐린 날씨에 그렇게까지 고마워해본 건 처음이었다. 실내는 여전히 답답했지만 적어도 소독제 냄새는 조금 옅어졌다.

나는 직원 컴퓨터에 로그인을 마치고 새 투명 보호막 너머로 애덤에게 엄지를 척 들어 보였다.

그는 입구에 서서 열쇠를 돌리고 스위치를 켜는 중이었다.

회전문이 웅웅거리며 돌아가기 시작하자 마스크를 쓴 첫번째 주민이 안으로 들어왔다.

에밀리는 데스크 전면에 '다시 오신 것을 환영합니다'라는 문구를 코팅해서 테이프로 붙이고는 첫 이용자인 할머니가 일단 손소독제가 비치된 곳으로 갈 수 있게 길을 텄고, 거기서 애덤이 할머니가 출입명부를 작성하는 것을 거든 다음 내가 서 있는 데스크로 안내했다.

"안녕하세요, 콜린스 부인!" 나는 몇 겹의 직물과 플라스틱 뒤에서 외쳤다. "손주들도 다 잘 지내지요?"

✳

우리의 예전—그러나 새로워진—역할이 몸에 익은 순간이

언제인지 콕 집어 말하기는 어렵다. 그날 하루를 보내면서 우리는 미지의 바다를 항해하는 신경이 곤두선 선원들에서 제법 능숙하게 물길을 헤쳐나가는 노련한 뱃사람이 되어갔다.

이런 시절에도 모든 도서관에는 저마다의 리듬이 있다. 로스크리의 심장박동은 약간 느려졌을지언정 일단 새로운 템포에 안착하자 마치 언제 폐쇄된 적이 있었냐는 듯했다.

물론 우리는 지역사회가 도서관에 기대하는 프로그램과 서비스를 운영하지는 못했다. 컴퓨터는 한 번에 두 대밖에 제공하지 못했고, 매번 사용 전후로 철저한 세정과 소독을 위해 시간을 띄웠다. 정부의 역학조사 및 동선추적 방침에 따라 혹시 모를 확진자 방문에 대비해 입구에서 방문자들의 이름과 연락처를 기록했다.

코로나 바이러스에 대한 어렴풋한 불안도 어찌나 빠르게 우리 삶의 배경 중 하나가 되어가는지, 나는 깜짝 놀랐다. 일단 현실의 생생한 이용자가 도서관 문턱을 넘어 들어오자 나는 사서 모드에 들어갔다. 비록 몇 가지 따라야 할 규정이 추가되긴 했어도 그냥 다시 돌아온 평범한 월요일이었다.

이용자들 본인도 대체로 저 회전문을 통해 다시 도서관에 들어올 수 있어 기쁜 것 같았다. 벌금이 전액 면제된다는 소식에 다들 안도했고, 여태껏 온라인으로 책을 구매했는데 이제 도서관이 열렸으니 다시 전처럼 책을 빌릴 거라고 약속하며 왠지 겸연쩍어하는 사람들도 있었다.

우리는 마스크 때문에 잘 안 들린다고 농담을 하다가 결국 종이에 질문과 응답을 적는 방법을 쓰기로 했다.

자리를 교대할 때―에밀리가 정문에, 애덤이 데스크에, 나는 소독과 정리에―나는 잠시 짬을 내서 도서관 직원들과 이용자들이 의사소통할 때 다 같이 쓸 수 있는 기호와 자주 묻는 질문들을 표로 만들었다.

며칠 지나면서 우리는 각종 의사소통 장벽을 우회하는 새로운 방법을 찾아냈다. 나는 휴대폰에 실시간 받아쓰기 앱을 깔고 데스크에 잘 보이게 올려놔서 내게 말을 거는 사람들이 내 말을 (대략적으로나마) 받아적힌 글로 볼 수 있도록 했다.

가정 배송 서비스는 당분간 중단됐지만, 그래서 온라인으로 대출을 신청하는 데 익숙했던 이용자들이 도서관 서가를 찬찬히 둘러보게 되었고, 이것은 마음에 드는 새로운 작품과 숨겨진 보물을 발견하는 기회가 되어주었다.

나는 이용자들이 서가의 책을 만지길 꺼려할 줄 알았다. 특히나 직원 한 명이 안전거리를 두고 졸졸 따라다니면서 선택받지 못한 책들이 북트럭에 놓일 때마다 그걸 집어들어 일일이 소독하고 있을 때는 말이다. 처음엔 확실히 둘러보면서 약간 주저하며 까치발을 들기도 하고 실눈으로 살피기도 했지만, 이내 늘 그랬듯 무아지경으로 빠져드는 모습을 보였다.

재밌는 것은, 우리의 새로운 규정과 절차에 대해 싫은 소리를 하는 사람이 아무도 없었다는 사실이다. 출입명부 작성에 대해 가끔 불만을 터뜨리기도 했지만, 도서관을 모두에게 열린 공간으로 운영하기 위해 우리가 최선을 다하고 있다는 사실을 다들 이해해주었다.

이것이 사서의 진정한 역할임을 나는 다시금 깨닫는다. 그렇다, 우리는 책을 정리하고 듀이 십진분류법의 숫자를 설명하고 컴퓨터를 닦고 문서를 인쇄하지만, 궁극적으로는 그 모든 일이 하나로 수렴된다. 이곳을 모두에게 열린 공간으로 계속 유지하는 것.

비록 이렇게 축소된 상태일망정, 도서관은 모든 사람에게 최우선으로 제일 요긴한 곳이다. 여기는 평등을 위한 장치이자 안전한 공간이며 지역사회의 심장이다.

우리는 여러분을 다시 맞이하게 되어 기뻐요.

＊

이 모든 것이 끝나고 나면 로스크리도서관이 이전의 영광을 되찾을 거라고 말하며 이 글을 마무리할 수 있다면 좋겠다. 여러분 동네의 공공도서관들도 서서히 회복될 거라고 말하고 싶다.

나를 살렸던 도서관을 여러분이 살렸다고 말하고 싶다. 하지만 항상 그렇듯 일이 그렇게 단순하지만은 않다.

코로나19는 지역 자치체 예산에 엄청난 부담을 안겼고, 도서관의 재개관 및 운영은 느릴 뿐 아니라 비용이 매우 많이 든다. 슬프지만 그 얘기는 곧, 도서관이 그 어느 때보다 필요한 이 시점에 하필 우리의 도서관들이 당장 실질적인 위험에 처해 있다는 뜻이다.

이 이야기가 어떻게 끝날지는 여러분에게, 즉 도서관 이용자와 독자와 지역사회에 달려 있다.

우리에겐 맞서 싸워야 할 전투가 있고, 이쯤 되면 내가 멋진 전투를 아주 좋아한다는 것을 다들 알았을 것이다.

지역사회에서 도서관의 가치는 측정하기 쉽지 않고, 특히 금전적으로는 더욱 쉽지 않다. 친애하는 독자 여러분, 도서관 마법을 사랑하는 여러분, 시끄럽게 설치고 외쳐주세요! 당신의 도서관이 당신에게 어떤 의미인지 공유해주세요. 가능하면 도서관 문턱을 넘어 친구들과 가족들에게 지역공동체의 이 귀중한 자원을 알려주세요. 시위든 탄원이든 자원봉사든, 당신의 세금이 어디에 쓰이는지 알고 싶다고 지역 자치체 민원 게시판에 글을 올리든, 도서관 마법이 생생하게 유지될 수 있도록 도와주세요.

그동안 우리 사서들은 우리가 할 수 있는 최선을 다하겠습니다. 이곳을 꾸준히 지키고, 열어두고, 마법을 부리겠습니다.

물론, 혹시 생각이 있으시다면, 이제 이 책은 다 읽었으니까, 어쩌면 동네 도서관에서 기증을 받아줄지도 모르지요. 그냥 한번 해본 생각이에요.

아 그리고 저는 홉놉스 비스킷을 마다하지 않는다니까요.

내가 세운 원칙

1. 사람들의 IT 친화 수준을 넘겨짚지 말 것.
2. 언제까지나 인내할 것. 누가 어떤 일을 겪고 있는지 당신은 절대 알지 못한다.
3. 화가 날 때는 화를 낼 것. 그 화도 다 쓸데가 있다.
4. '읽어야 한다'고 생각되는 책이 아니라, 좋아하는 책을 읽을 것.
5. 군중은 예측할 수 없는 짐승이다. 절대 등을 보이지 말 것.
6. 항상 문서화된 기록을 남길 것.
7. 도서관에 오는 사람들은 책 못지않게 중요한 자원이다.
8. 말하는 방식이 다르다고 틀린 말을 하는 것은 아니다. 틈새를 메우고 차이를 줄이는 것이 사서의 일이다.

   a) 누가 욕설을 입에 담는다고 해서 꼭 **나에게** 욕을 하고

있는 것은 아니다. 어떤 사람들은 욕을 입에 달고 사는
데, 그게 꼭 그들이 고의로 무례를 저지른다는 얘기는
아니다. 모든 건 의도가 중요하다.

9. 피해는 주지 말되 모욕shit은 참지 말 것.

   a) 그 모욕이 문자 그대로 똥shit일 때도 있고, 참을 수밖
   에 별 도리가 없을 때도 있다. 양해를 바란다.

10. 하드웨어와 소프트웨어는 고장나게 마련이다. 때론 수
    첩과 공책이 든든한 동아줄이 되기도 한다.

11. 절대 공감력을 잃지 말고, 분노를 그 자리에 놔두고 오
    는 법을 배울 것.

12. 손을 씻을 것. 규칙적으로 손을 씻을 것.

13. 작은 승리들을 자축할 것. 큰 승리들도 자축할 것.

한국의 독자들에게

『사서 일기』의 집필이 끝났을 때 세상은 무척 기묘하고 불안정한 상태였다. 코로나19가 전 지구를 휩쓸었고, 그 여파로 일련의 록다운이 이어졌다.

이 책이 출간될 즈음, 영국 사회는 '다시 문을 열기' 위해 머뭇머뭇 발걸음을 내딛는 중이었다―각종 규제가 서서히 풀리고 있었다. 우리는 조심스럽게 집에서 나와 새롭고 낯선 사회 풍경에 합류했다. 이러한 양상이 세계 여러 나라에서 비슷하게 반복됐고, 우린 모두 이 '뉴노멀'을 받아들이려 애쓰고 있었다―뉴노멀이 무엇을 뜻하든. (난 아직도 배우는 중이라니까요!)

내가 사고를 당한 것은 바로 그 시점이었다. 목숨이 위중할 정도로 다친 건 아니었지만, 그래도 집에서 안정을 취하며 회복을 도모해야 했다. 세상이 코로나의 고치에서 막 벗어나려 할 때 나 혼자 집에 갇힌 신세가 되어버린 것이다!

그 어려운 시기에 나를 비롯한 대다수가 의지했던 현실도피의 한 형태 — 이야기의 마법 — 가 없었다면, 내 정신건강은 나락으로 급전직하했을 거라고 해도 절대 과장이 아니다.

처음엔 너무 아프고 힘들어서 책에 쓰인 낱말들이 눈에 들어오지 않았다. 사고로 인해 일시적으로 시각이 손상된 탓에 눈을 가늘게 뜨고 열심히 집중하지 않으면 종이 위에서 단어들이 날아다녔고, 그렇게 안간힘을 쓰고 있자니 관자놀이가 지끈거리고 뱃멀미를 하는 듯한 느낌이 들었다.

나는 종이책 대신 오디오북으로 눈을 돌렸다. 운좋게도 내 도서관 회원증으로 지역 도서관에서 오디오북을 무료로 빌릴 수 있었다. 뿐만 아니라 우리 도서관에는 전용 앱도 있어서 집에서 편하게 책을 내려받아 들을 수 있었다. 그리하여 내 몸은 침대와 소파에서 벗어나지 못했지만, 나는 눈을 감은 채 세상을 돌아다닐 수 있었다. 다른 여러 세상을 구경할 수 있었던 것이다!

나는 학습할 수 있었다. 생산적이 된 기분이었다! 나는 학교를 졸업한 후 거의 사용해본 적 없는 프랑스어를 다시 배우기로 했다. 팡타스티크Fantastique!

시력이 회복되자 나는 종이책으로 돌아왔다. 이번에도 나의 도서관은 나를 위해 그 자리에 있었다.

달리 할일이 별로 없었으므로, 나는 어릴 때 이후 도달해본 적 없는 엄청난 속도로 책을 우걱우걱 읽어치웠다. 만약 도서관이 없었다면 꽤나 거금이 들었을 것이다(당시 나는 일을 하지 못했다).

거의 완전히 몸이 회복된 지금도 나는 종종 그때가 생각난다.

나는 새 직장을 얻었고, 여전히 공공 부문에서 일하고 있다. 도서관에서 하던 일과 매우 유사한데 살짝 각도만 틀었을 뿐이다. 아쉽게도 이젠 수많은 책에 둘러싸여 일하지 않지만, 지금도 나는 읽을 수 있는 거라면 뭐든 읽는다.

책은 내가 어릴 때부터 익히 알고 있었듯 마법 포털이 되어주었다. 끔찍한 스트레스와 두통을 유발하는 최악의 하루를 보내더라도 좋은 이야기는 항상 기분을 북돋아주며, 세상의 수많은 사람들에게도 분명 그럴 거라고 생각한다.

다들, 상황이 어떻든, 그 마법에 접근할 수 있다면 좋겠다.

팬데믹이 우리에게 가르쳐준 것이 있다면, 바라건대 그것은, 우리를 인간답게 만드는 것은 바로 예술과 좋은 이야기라는 사실이다. 우리에겐 맑은 공기와 비타민처럼 예술과 좋은 이야기가 필요하다. 우리가 격리되고 갇힌 상태라 할지라도 예술과 좋은 이야기는 우리의 영혼을 살찌운다.

나는 탈출구가 필요할 때면 SF 소설을 꺼내든다. 고양감이 필요할 때면 회고록과 전기를 꺼내든다. 괴롭고 힘들 때는 공포소설을 꺼내드는데, 때론 두려움을 이기는 가장 좋은 방법은 그 두려움에 괴물의 형체를 입힌 다음 단칼에 베어버리는 것이다.

우리가 책을 이해할 수 있는 교육을 받았고 책을 살 돈이 있는 운좋은 사람이기 때문에 그런 책들에 접근할 수 있다는 사실은 그 자체로 공정하지 않다. 내 보기엔 바로 그 지점에서 도서관이 등장한다.

나는 한국의 도서관에 관한 이런저런 글을 읽었고, 많은 지역공동체가 도서관을 혁신적이고 우호적인 공간으로 변모시켰다는 얘기를 듣고 무척 기뻤다. 마포중앙도서관에서 운영하는 각종 프로그램, 순천기적의도서관에서 상연하는 인형극, 정독도서관의 멋진 어린이 서가…… 관련 기사를 읽고 사진을 보며 내 심장은 콧노래를 불렀다.

안타깝게도 영국의 도서관들은 팬데믹 이후 더욱 극심한 위협에 시달리고 있다. 예산은 거의 한계에 다다랐고, 각 지역당국은 도서관의 인력과 장서를 유지하기 위해 사투를 벌이고 있다.

우리는 지금 그 어느 때보다 도서관과 같은 공간이 필요하다는 점을 강조하고 싶다. 지금까지도 전 세계 시민들의 정신 건강에 명백히 엄청난 타격을 주고 있는 그 몹쓸 전 지구적 이벤트의 여파 속에서, 우리에겐 일상으로부터의 탈출이 필요하다. 우리에겐 이야기가 필요하다. 우리에겐 공동체 정신과 응원이 필요하다고요!

언제나 도서관은 가장 가진 것 없는 이들에게 가장 절실하지만, 궁극적으로 우리 모두를 위한 곳이다. 도서관을 변함없이 그곳에 있는 당연한 존재로 여기지 말도록 해요.

앨리 모건

옮긴이 **엄일녀**

을묘년 화곡동에서 태어났다. 서울대학교 언론정보학과를 졸업하고 출판 기획과 잡지 편집을 겸하다 지금은 전업 번역가로 일하고 있다. 『내일 또 내일 또 내일』『섬에 있는 서점』『비바, 제인』『그녀의 몸과 타인들의 파티』『세 번째 호텔』『로즈의 아홉 가지 인생』『여자는 총을 들고 기다린다』『비극 숙제』『나이트 워치』등을 번역했다. 『리틀 스트레인저』로 제10회 유영번역상 을 수상했다.

사서 일기

1판 1쇄 2023년 7월 27일 | 1판 2쇄 2023년 11월 2일

지은이 앨리 모건 | 옮긴이 엄일녀
기획·책임편집 박아름 | 편집 여승주 윤정민 이현자
디자인 강혜림 | 저작권 박지영 형소진 최은진 서연주 오서영
마케팅 정민호 서지화 한민아 이민경 안남영 왕지경 황승현 김혜원 김하연 김예진
브랜딩 함유지 함근아 고보미 박민재 김희숙 박다솔 조다현 정승민 배진성
제작 강신은 김동욱 이순호 | 제작처 한영문화사

펴낸곳 (주)문학동네 | 펴낸이 김소영
출판등록 1993년 10월 22일 제2003-000045호
주소 10881 경기도 파주시 회동길 210
전자우편 editor@munhak.com | 대표전화 031)955-8888 | 팩스 031)955-8855
문의전화 031)955-1927(마케팅), 031)955-2646(편집)
문학동네카페 http://cafe.naver.com/mhdn
인스타그램 @munhakdongne | 트위터 @munhakdongne
북클럽문학동네 http://bookclubmunhak.com

ISBN 978-89-546-9407-0 03840

www.munhak.com